本书系下列项目研究成果：

国家社会科学基金重大项目"中国新诗传播接受文献集成、研究及数据库建设（1917-1949）"（16ZDA240）

国家社科基金项目"中国现代诗歌隐喻研究"（15BZW134)"

"武汉理工大学研究生教材专著资助建设项目"

叶琼琼 著

隐喻与中国现代诗歌研究

现代汉语诗歌传播研究丛书

武汉大学出版社
WUHAN UNIVERSITY PRESS

图书在版编目(CIP)数据

隐喻与中国现代诗歌研究/叶琼琼著.—武汉:武汉大学出版社,
2022.9
现代汉语诗歌传播研究丛书
武汉理工大学研究生教材专著资助建设项目
ISBN 978-7-307-23295-2

Ⅰ.隐…　Ⅱ.叶…　Ⅲ.诗歌研究—中国—现代　Ⅳ.I207.22

中国版本图书馆 CIP 数据核字(2022)第 163102 号

责任编辑:詹　蜜　　　责任校对:鄢春梅　　　版式设计:马　佳

出版发行:**武汉大学出版社**　(430072　武昌　珞珈山)
　　　　　(电子邮箱:cbs22@whu.edu.cn　网址:www.wdp.com.cn)
印刷:武汉中远印务有限公司
开本:720×1000　1/16　印张:20.75　字数:306 千字　插页:2
版次:2022 年 9 月第 1 版　　2022 年 9 月第 1 次印刷
ISBN 978-7-307-23295-2　　定价:72.00 元

序：传播接受视域中的中国现代诗歌

王泽龙

在新文学经历了百年历程之后，系统考察中国现代诗歌的传播接受，是为了从新诗传播的历史语境与读者接受的视角，深入阐释中国诗歌现代缘起与变革，重现新诗经典建构过程中的历史图景，总结新诗变革的规律特征与经验教训，为当下诗歌理论建设与创作实践提供参照。

一、科学思潮传播与"五四"新诗变革的历史语境

清末民初现代科学思潮的传播与大众启蒙是中国新诗滥觞的重要语境，白话新诗运动在"五四"新文学运动中具有至关重要的意义。

中国诗歌的历史是古代中国文明历史的一个重要组成部分，史与诗是古代人文知识结构中最重要的内容。从《诗经》开始，中国诗歌几度辉煌。然而，在经历了唐宋诗歌诗体变化的探索与创新之后，中国诗歌再没有大的改观与新变，至清末民初，在外来科学与文化思潮的洪涛巨浪冲击中，中国诗歌更加显得衰弱萎靡，失去了中华往日的精神气象，与20世纪之初世界格局中的新思潮、新文化格格不入。20世纪之初，一批留学海外的先进知识分子，强烈地感受到了中国古老文化的日趋没落，共同意识到只有传播西方现代文明的种子，才能改良中国文化的基因。经历过洋务运动、辛亥革命政治运动的社会变革与思考，一批精神界精英、思想家们更加坚定与更加深入广泛地开展了思想文化启蒙运动。他们把办报与倡导文学改

良运动作为传播新思想、启蒙大众的双翼。梁启超从 1890 年第一次在上海看到介绍世界地理的《瀛环志略》和上海机器局所翻译的西书后，就萌发了要创办白话报的初衷，先后在北京主笔《万国公报》与上海的《时务报》；百日维新失败后，流亡日本，创办《清议报》《新民丛报》；同时，借助白话报这一新的传媒发起了影响广大的文学改良运动。陈独秀 1903 年协助章士钊主编《国民日报》，1904 年在家乡芜湖创办《安徽俗话报》。1908 年开始，胡适参与并主编上海《竞业旬报》。白话报刊成了这两位新文学运动领袖在"五四"前大力传播启蒙思想与白话文的舞台。"五四"前这一代知识精英，大力借助现代报刊出版传媒，采用现代白话翻译外来科技、人文思想著作，广泛传播科学知识与现代文明。他们认识到要启蒙愚弱的国民，提高大众智慧，了解现代科技文明，必须让老百姓有文化，必须对古老的汉字进行改革。有学人声言："今日议时事者，非周礼复古，即西学更新。所说如异，所志则一，莫不以变通为怀，如官方兵法、农政、商务、制造、开矿、学校。余则以变通文字为最先。文字者，智器也，载古今言语心思者也。文字之易难，智愚蠢强弱之所由分也。"①从世纪之初的白话文运动、国语运动到"五四"白话文运动，虽然文字改革策略不同，但是目标一致，就是要通过改革文字，实现文言合一，它们为"五四"白话新诗运动做了有力铺垫与思想准备。

清末民初的白话文运动、国语运动，包括诗界革命、文界革命，并没有完成语言的变革，因为当时仍然是文言、白话两套话语并行，知识分子也仍然在并用两套语言，文言分离问题没有解决，对传统文言文持保留立场。方言问题、白话文推广与运用得不到根本解决，中国语言与文学的现代转换不可能实现。"五四"文学革命的成功，最重要的就是公开坚持了白话对文言文彻底革命的立场，主张对文言文毫不含糊的取代。"五四"文学革命作为现代文学的标志，"五四"白话诗歌运动作为新诗的界碑，是众多

---

① 沈学：《盛世元音·原序》，载《盛世元音》，文字改革出版社 1956 年版，第 4 页。

因素影响的结果："五四"文学革命是一次有思想、有阵地、有组织、有纲领、有成果，通过广泛的传播，被大众较普遍接受，有广泛社会影响、被官方认可的自觉文学运动。

"五四"白话新诗运动与"五四"新文学运动相伴而生，白话新诗运动的成败是"五四"文学革命成败之关键。中国人的心目中只有诗歌是最纯粹的、最正宗的、最有成就的文学，也是不可以随便革命的。可以说白话新诗运动是中国文学历史转变的一个界碑，它开启了中国文学一个崭新的历史时期，把中国诗歌带到了一个与20世纪西方现代诗歌一体化的新阶段，与中国新文化一道突破了传统文化的封闭与禁锢，开启了古老文明与西方现代文明全面会通交流、共生发展的新时代。尽管我们的现代文明、现代文学与新诗还不尽人意，但是我们的民族真正从"五四"开始新生，开始了人类共同追求的民主、自由、科学、平等的现代文明的崭新时代。20世纪之交的科学、民主、革命、自由的社会思潮的传播接受都不同程度地成为中国诗歌转型的历史语境。

清末民初西方科学技术的迅速传播与接受，促进了中国现代报刊出版的兴起与发展。从1900年到1919年，中国有100多种科学刊物创刊，包括物理、地理、数学、生物、气象、医学、农业、水利等，其中最有影响的中国科学社1915年创刊的《科学》月刊，全部采用横排书写，成为现代传播方式的一个重要标志。《新青年》1915年创刊（原名《青年杂志》），1918年1月第4卷第1号改版，全部采用白话与新式标点。中国古代传统的竖排书写形式已经不能适应西方科技知识（大量的科学公式与演示必须横排书写）的传播，西方表音文字横排书写成为与科学技术传播、人们阅读生理条件更加适应的书写符号。接受外来科学思潮与外来诗歌翻译的影响，白话诗歌开始迎来了采用横排书写的时代。

现代报刊的横排书写，直接改变了中国读者的阅读习惯，为白话自由体诗歌的倡导与推广创造了传播接受的便利条件。书写、阅读习惯的改变，直接影响了诗歌形式与观念，诗歌可以不必歌，主要依靠固化的韵律声音节奏的口头传播传统开始被打破，镜像阅读逐渐成为普遍形式，分行书写、自由排列、多元现代节奏等成为可能，给自由诗体的自由实践提供了平台。现代报刊的白话文字，自由多样、便于阅读的诗体形式，提供了现代诗歌走向社会与广大读者接受的新途径，没有现代报刊的广泛传播，就不会有新诗广泛而迅速的传播与诗歌形式的现代转变。

二、现代汉语传播接受与"五四"现代诗歌形式建构

现代汉语诗歌的新构型是建立在现代汉语广泛传播接受基础之上的现代形式。现代汉语与"五四"新诗形式变革的关系主要体现在以下几个方面。

一是大量现代汉语词汇构成了新诗的语言基础。大量的现代汉语词汇来自外来科技与人文社会科学新词汇的翻译与借鉴。语言学家王力指出：我们的现代汉语词汇大量来源于对外来词汇的接受，"近百年来，从蒸汽机、电灯、无线电、火车、轮船到原子能、同位素等，数以千计的新词新语进入了汉语的词汇。还有哲学、社会科学、自然科学各方面的名词术语，也是数以千计地丰富了汉语的词汇。总之，近百年来，特别是最近五十年来，汉语词汇发展的速度，超过了以前三千年的发展速度。"[1]现代汉语词汇，其中包含了丰富的思想观念的内涵，这一些词汇的现代性与精确性从根本上顺应了现代人、现代生活与现代思想情感交流、表现的需要。

二是新的语义关系(现代汉语语法或汉语组织结构)改变了汉语诗歌的思维方式。现代语言的传播与接受带来的是语言思维、语言内部关系的新变化。傅斯年认为：在白话新词的产生中，"不得不随西洋语言的习惯"，"直用西洋文的文法、词法、句法、章法、词枝……一切修辞学上的方法"[2]。现代汉语接受西方语言的影响，包含了语法观念体系的影响，形成了文言一致与表意的完整与精密，改变传统格律诗歌的文言分离，把古汉

---

① 王力：《汉语浅谈》，载《王力文集》(第 3 卷)，山东教育出版社 1985 年版，第 680 页。

② 傅斯年，欧阳哲生主编：《傅斯年全集》(第 1 卷)，湖南教育出版社 2000 年版，第 132 页。

语超语法、超逻辑的功能转向了接受语义支配的表述功能，特别是虚词成分的激增，使得现代汉语具有与讲究严密逻辑的西方语法相生相融的便利条件。

三是现代诗歌语言重新建构了新诗形式与新诗趣味。新诗的滥觞是与对西方诗歌的翻译借鉴直接联系的。朱自清认为，"新文学大部分是外国的影响，新诗自然也如此"。"新文学运动解放了我们的文字，译诗才能多给我们创造出新的意境来。"译诗不仅丰富了我们的语言，"它还可以给我们新的语感、新的诗体、新的句式、新的隐喻"①。在新诗发生期，新诗倡导者大多通过翻译自觉探索着新诗形式的建构。比如胡适自认为最满意的译诗《关不住了》，就是他对新诗自然口语节奏与新诗自由诗体的尝试。

现代汉语直接影响了汉语诗歌现代形式建构。比如人称代词在古代汉语格律诗中较少入诗，较多处在一种被省略或缺位的状态，或者以人物身份作为指代。受西方翻译诗歌与语法体系的影响，现代汉语人称代词大量入诗，带来了诗歌书写观念与表达方式的转变。第一人称代词大量入诗，体现的是诗歌主体意识的觉醒、人物身份的确定与叙写视角的变化。第二人称代词大量入诗，体现的不仅仅是对话的叙事方式，也是平等立场、客观交流的现代价值观念反映。人称代词的大量交叉使用，既是叙事方式的转换，也是丰富复杂的现代世界与现代人思想表达的必然要求。受西方科学主义思潮传播影响，在逻辑化、理性化诗思方式与知性化表现诗潮影响下，现代汉语虚词大量入诗，成了中国诗歌现代形式变革的一个重要因素，现代汉语虚词的入诗扩充了汉语诗歌的句式，改变了汉语诗歌语义关系与诗歌内部结构，是构成诗歌现代节奏形态最活跃的因素，增强了诗歌叙事与知性表达的功能，丰富了诗歌的表现形态，把抒情表意的传统诗歌风格推进到了宏阔、深厚、复杂的现代审美境界，有效地促进了汉语诗歌语言的转化、诗体的解放、诗意的深化与审美的嬗变。

---

① 朱自清：《译诗》，载《朱自清全集》（第2卷），江苏教育出版社1988年版，第371-374页。

三、中外诗歌传统的接受与新诗变革

毫无疑问，我们的现代诗歌是自觉接受外来现代诗学观念、诗歌形式影响的结果。我们应该怎样评价"五四"以来新诗的欧化倾向？我们应该在历史语境中，发现、梳理现代诗人对外来文化与外来诗歌传统的取舍立场与探索实践；客观看待西方资源选择接受中的复杂性。从"五四"前的南社诗人开始，他们革新社会的态度受同盟会影响，政治上是激进的，但是对文学变革却持保守主义态度，像他们在上海成立国学保存会，出版《国粹学报》（陈去病主编）；柳亚子、苏曼殊等一批南社诗人用文言文翻译外国诗（胡适、郭沫若开始也尝试用文言文翻译过外国诗歌，但是无一成功）。"五四"期间白话新诗派诗人在翻译与创作中都走上了现代白话、自由体诗歌的散文化路子。他们从正反两方面中启示我们，现代白话与自由诗体是与外来诗歌语言、诗体最兼容的选择。而这种接受选择中的中国文化、诗歌趣味，语言、节奏等传统形式会不同程度地起作用，这都需要我们深入辨析。

西方诗歌的影响也不仅仅是艺术形式的。像郭沫若"五四"时期诗歌个性的张扬，飞扬凌厉的青春气息；徐志摩诗歌呈现的自由个性、真诚人格、潇洒的抒情风格，分明体现的是西方现代浪漫主义个性解放、主体精神高扬的反传统思想。如徐志摩《雪花的快乐》："假如我是一朵雪花，/翩翩的在半空里潇洒，/我一定认清我的方向——/飞飏，飞飏，飞飏——/这地面上有我的方向。//不去那冷寞的幽谷，/不去那凄清的山麓，/也不上荒街去惆怅——/飞飏，飞飏，飞飏——/你看，我有我的方向！//在半空里娟娟的飞舞，/认明了那清幽的住处，/等她来花园里探望——/飞飏，飞飏，飞飏，/——啊，她身上有朱砂梅的清香！//那时我凭藉我的身轻，/盈盈的，沾住了她的衣襟，/贴近她柔波似的心胸——/消溶，消溶，消溶——/溶入了她柔波似的心胸！"这一首诗的现代品格，采用的虽然是传统的拟物抒情的方式，但是自主的个性，真诚的人格，对爱情理想的坚定向往与追求，这在古代诗歌含蓄委婉的文人抒情诗里是较少见到的。徐志摩代表的新格律派诗歌注重形式对称、韵律和谐的传统烙印，在这一首诗歌中有鲜明体现。外来现代诗歌影响与中国古代诗歌传统作用互相交织，是中国现代诗歌演变的主流。

像 20 世纪 30 年代以戴望舒为代表的现代派一方面接受西方现代主义诗歌的影响，另一方面他们对古代诗歌的优秀传统也用心吸纳。现代派诗人对传统的接受，主要继承了晚唐诗歌流派中的温李一派，他们都属于一种追求纯艺术的文学潮流，偏离"诗教"传统，社会担当意识削弱，文学功利性降低，主体性增强，注重表现丰富的"内宇宙"；他们一反"乐而不淫，哀而不伤"的中庸传统，在情感表现上具有情韵缠绵，感伤忧郁，纵情声色，颓然自放的特征。在意象使用上超越了感物吟志的比兴传统，以心灵主观化打破时空界限，诗意晦涩朦胧；诗歌语言典丽精工，雕琢锻炼，注重韵律、对仗和典事使用，具有密丽的形式美和音韵美。

20 世纪三四十年现代派诗歌中的另外一脉，以废名为代表的京派诗人（包括废名、林庚、朱英诞、南星等）一方面接受了西方现代知性诗学的影响（像朱英诞就明确表示，他的诗受到了艾略特的影响）；另一方面，他们诗歌中的以议论为诗、诗思融合的知性特征，简练平实的语言，讲究用典，含蓄而晦涩风格等均有鲜明的宋诗传统的痕迹。当然，他们的出发点是与古为新，不是厚古薄今，是继承传统，别立新宗，对古代诗歌传统接受的辩证态度与现代立场是我们不应该忽视的。

新诗对外来诗歌的接受传播具有鲜明的阶段性特征。在新诗滥觞期，外来诗歌的翻译接受是为了突破古代诗歌僵化格律的限制，创造新生的语言词汇，对传统诗歌较多持有对立姿态，胡适倡导的话怎么说诗就怎么写，是为了建立一种白话的口语节奏，求得文言一致的目标，并不是要混淆诗歌与散文的界限。像周作人早期的白话诗集《过去的生命》，就是采用的现代白话语言与口语自然节奏，有一些诗歌借鉴了西方现代主义诗歌散文化叙事结构、戏剧化手法、现代派的隐喻艺术（比如《小河》）探索新诗的道路。"五四"白话诗歌运动高潮过后，新诗初步得到了接受群体的认可，可是新诗的艺术规范并没有建立起来，诗人们便开始了重建新诗秩序的艺术化探索。闻一多、徐志摩为代表的新格律诗体实践，把视野向外转向了英美近现代浪漫主义与古典主义诗歌的翻译借鉴，向内转向对传统诗歌的理性反观。同时期，以李金发、穆木天为代表的象征派诗歌，开始了对法国现代象征主义诗潮的引进与艺术模仿。20 世纪 30 年代戴望舒代表的现代派，表现出对法国象征主义诗歌知性化现代传统与中国古代诗歌抒情传统的综合性融通与选择。40 年代穆旦代表的现代主义诗潮，标举告别中国抒情传统，走向"象征、玄学、现实"，他们选择接受的主要是艾略特、叶芝、里尔克、燕卜逊、奥登为代表的现代主义诗学传统，但是，他们的创作中又无不含混地交织着古代诗歌人文精神与现代社会的民族情绪。外来诗歌的接受传播与现代中国诗歌艺术变革道路的探索，民族的现实国情与文化语境的紧密联系，外来诗歌接受传播的主导性、复杂性、含混性构成了中国现代诗歌接受传播语境的主导性历史态势。

在新诗外来诗歌的接受传播的影响研究中，我们有了许多可喜的成果，而中国古代诗歌优秀传统的接受传播与西方现代诗歌的汇通是我们研究的薄弱环节，也是我们新诗传播接受研究新的生长点。

四、近现代学校教育与现代诗歌传播接受

清末民初，现代科学文化思潮的广泛传播，推进了中国现代学校教育的兴起与发展。基础教育主要是白话文的推广与普及教育。1903 年京师大学堂的一批学生上书北洋大臣："窃思国之强不强，视民之智不智；民之智不智，视教育之广不广。……如欲开民智以自强，非使人人能读书、人人能识字、人人能阅报章、人人能解诏书示谕不可。虽然时至今日，谈何容易，非有文言合一字母简便之法不可。彼欧美诸邦，所以致强之源，固非一端，而其文言合一，字母简便，实其本也。"①当时基础学校教育为了

---

① 何凤华等：《上直隶总督袁世凯书》，载《清末文字改革文集》，文字改革出版社 1958 年版，第 35 页。

推动白话文的传播，扩大教育启蒙的影响，借鉴西方与日本的乐歌教育，以白话歌谣对学生开展文化知识启蒙教育。早在1898年，康有为在《请开学校折》中就主张向西方与日本学习，废除科举，广开学校，培养人才，并提出了将乐歌课程纳入学校课程体系的建议。1891年，在他开办的广州万木草堂，就开设了乐歌和体操等课程。梁启超指出，"盖欲改造国民之品质，则诗歌音乐为精神教育之一要件"①。梁启超认为西方儿童教育得法在于其注重实物教育和按照儿童心智发展规律来展开教学，并强调诗歌音乐教育在儿童教育中的重要作用，歌谣音乐，"易于上口也；多为俗语，易于索解也。"②在他主编的《新民丛报》上就刊载了他自己用白话作词的《爱国歌》《从军乐》《终业式》《黄帝歌》等（还刊登有黄遵宪的《出军歌》《军中歌》《旋军歌》等）。

中国古代素有诗教传统，诵读古诗是儿童启蒙教育的重要课程；古代把眼看的诗称为"徒诗"，用嘴唱的称"声诗"。清廷订立的《学堂章程》，到1904年小学普遍开始实施乐歌课堂教育（成为与物理、算数等同样的新式课程），学堂乐歌当时成为一种普及与时尚的活动。当时把这种有声音的乐歌也叫"新声诗"。不少文学改革者、倡导者都是学堂乐歌与新声诗的作者。在文学改良运动时期的黄遵宪就专门写有《小学校学生相和歌》；李叔同写有大量乐歌，像广为传唱的《送别》就是由他写词谱曲的。"五四"前后，大量的现代白话诗被谱曲成为广为传唱的乐歌，如刘半农的《教我如何不想她》、胡适的《上山》、刘大白的《卖布谣》等。

还有不少教育界人士专门写有大量的现代白话教育诗。像陶行知共创作白话教育诗700多首，不少诗歌被谱曲后在学校与社会广为流行。民国初年，出版媒介专门出版有乐歌专辑，代表性的有沈心工编辑的《学校唱歌三集》（商务印书馆1912年10月），王德昌编辑的《中华唱歌集》（中华书局1912年）。小学国文教科书中也选用有歌谣内容；官方还推荐出版有通

---

① 梁启超：《饮冰室诗话》，人民文学出版社1959年版，第58页。
② 梁启超：《变法通议》，载《饮冰室合集》，中华书局1989年版，第45页。

用的乐歌教科书，像胡君复编辑的《共和国教科书新唱歌》（1~4 册）（商务印书馆 1914 年）。

如果说小学教育是白话诗歌教育启蒙与传播接受的基础，那么大学教育，则是现代诗歌启蒙教育与传播接受最活跃的成分。北京大学《新青年》《新潮》，清华大学《清华周刊》等，是"五四"新文化与新文学运动最为活跃的校园期刊。《新青年》作为倡导与推动"五四"文学运动与白话新诗运动最有力的前沿阵地，为学界所共知，《新潮》《清华周刊》作为"五四"文学革命运动与新诗运动的重要舞台，却较少被关注。美国学者微拉·施瓦支在《中国的启蒙运动——知识分子与五四遗产》一书中指出：新潮社及《新潮》是北大青年学生们共同觉醒下的产物，作为学生杂志的《新潮》通过与老师辈创办的《新青年》进行代际间的合作，在文学革命尤其是语言革命中发挥了重要作用，加速了"五四"新文化运动的进程。① 黄日葵在《北京大学二十五周年纪念刊》中指出："《新潮》于思想改造、文学革命上，为《新青年》的助手，鼓吹不遗余力，到今这种运动已经普遍化了。"②

新诗倡导与推广是《新潮》最重要的内容之一。《新潮》杂志除第一期外，每一期都开辟有新诗专栏，主要人物都是活跃在"五四"诗坛的主将。包括胡适在《谈新诗》中评价的新潮社的几个主要新诗人：傅斯年、俞平伯、康白情，《新潮》诗歌作者还包括汪敬熙、傅斯年、杨振声、周作人、罗家伦、顾颉刚、叶绍钧、江绍源等。《新潮》第 1 卷第 5 号刊登有周作人以笔名仲密发表的两首新诗：《背枪的人》和《京奉车中》，周作人是最早尝试散文化自由诗体方向的现代诗人之一。《新潮》主帅俞平伯与康白情十分活跃。俞平伯发表于《新青年》的《白话诗底三大条件》和康白情发表于《少年中国》的《新诗底我见》，在当时诗坛上非常有分量，前者得到了胡适的

---

① ［美］微拉·施瓦支著，李国英等译：《中国的启蒙运动——知识分子与五四遗产·序言》，载《中国的启蒙运动——知识分子与五四遗产》，山西人民出版社 1989 年版。

② 张允侯等编：《五四时期的社团》（二），生活·读书·新知三联书店 1979 年版，第 35 页。

认同，后者也被闻一多视为新诗的"金科玉律"之一。《新潮》在《新青年》的影响下诞生，它与《新青年》恰似一种结盟关系，二者不仅互相为对方刊登广告宣传，还在思想上主张与新诗倡导方面彼此应和，为白话诗浪潮推波助澜。正如新潮主将罗家伦所说："我们主张的轮廓，大致与《新青年》主张的范围，相差无几。其实我们天天与《新青年》主持者相接触，自然彼此间都有思想的交流和相互的影响。"①查阅《新青年》的目录，可以看到俞平伯的诗作经常和胡适、刘半农、周作人等老师辈的诗作共同刊登在《新青年》"诗歌"栏目里。如1918年《新青年》第4卷第5号第一次出现了俞平伯的诗《春水》，并且这一期还有唐俟(即鲁迅)、胡适、刘半农的诗作；《新青年》第8卷第3号在"诗"栏目刊登了俞平伯的三首诗《题在绍兴柯岩照的照片》《绍兴西郭门的半夜》《送缉斋》，胡适的《〈尝试集〉集外诗五首》和周作人的《杂译诗二十三首》。1921年1月1日，俞平伯的两首诗《潮歌》《乐观》刊登于《新青年》第8卷第5号"诗歌"栏目上，同期的还有胡适的三首诗《梦与诗》《礼》《十一月二十四日夜》。康白情、俞平伯作为《新潮》的代表诗人，不仅立足于自身的刊物《新潮》，还通过在当时社会的主流期刊上发表新诗创作与新诗理论文章，有力扩大了《新潮》的白话诗影响。事实上，《新潮》第1卷发行后，就受到了许多师生的欢迎，《新潮》作为传播"五四"新思想、新文学、新诗歌的期刊，每一期销量远远超过预期，在青年读者中有广泛影响，"顾客要买而不得的很多，屡次接到来信，要求重版。"②

　　另一本影响较大的大学生校园期刊《清华周刊》，1914年3月创刊，直到1937年5月结束。1914年，年仅15岁的闻一多担任《清华周刊》编委，随后又当选为总编辑，开始在周刊上发表诗作、评论文章。从创刊至1925年期间，闻一多在《清华周刊》及其副刊《文艺增刊》上共发表了25首新诗。1922年，"清华文学社"出版了闻一多的《冬夜评论》，闻一多差不多成了

---

① 罗家伦：《逝者如斯集》，传记文学出版社1981年版，第169-170页。
② 《启事》，《新潮》第2卷第1号，1919年10月30日。

清华诗坛的新人领袖。《清华周刊》上发表新诗的主要成员有洪深、蔡正、陈达、汤用彤、李达、梁实秋、顾毓琇、朱湘、孙大雨、饶梦侃、陈铨、吴宓、杨世恩、罗念生、柳无忌等。《清华周刊》在"五四"前后的办刊倾向相对《新潮》较为激进的变革传统的姿态，显得较为理性平和，它既发表自由体白话新诗，也发表文言旧体诗，同时开展新旧诗歌的争论。对西化思潮的接受也较为中庸，创作上主张新创格律，艺术上倡导节制为美的原则，后来主要成员成为新月诗派的骨干。当时大学生期刊是学生社团活动的主要阵地，对新诗传播起到了有力的引领作用。

大学课堂新诗讲授在新诗教育传播与接受的历史影响更是不可低估。废名1936年在北京大学开讲新诗，讲授内容包括胡适、沈尹默、刘半农、鲁迅、周作人、康白情、湖畔诗人、冰心、郭沫若的新诗，几乎涵盖了"五四"时期最有代表性的白话诗人及其诗集，抗战开始后被中断。1939年朱英诞被林庚、废名推荐到北京大学中文系任教后，1940年至1941年继续废名讲授新诗，他讲授的诗人与诗歌群体有：刘大白、陆志韦、《雪潮》诗人群（包括俞平伯、朱自清、梁宗岱、徐玉诺等）、王独清、穆木天、李金发、冯至、沈从文、《新月》诗群（包括徐志摩、闻一多、朱湘、于赓虞、林徽因），废名、戴望舒、何其芳、卞之琳、《现代》诗群的金克木、徐迟等。废名抗战胜利后回到北京大学，继续讲新诗，讲授内容包括卞之琳、林庚、朱英诞、废名自己的诗歌。废名与朱英诞的新诗讲义（陈均编订：《新诗讲稿》，北京大学出版社2008年版），可以说，是"五四"以来至20世纪30年代，中国现代诗歌经典诗人较为权威性的发现与甄选，形成了对中国现代文学史诗歌经典建构的基本叙述内容与呈现框架，与新中国后的文学史现代诗歌叙述比较对照，各种文学史的叙述大多只是表现为对上述诗人不同的取舍，以及价值评述的差异，废名、朱英诞的讲义基本确定了中国现代诗歌学术研究与经典传播的对象。

1937年8月至1939年8月，英国诗人、著名的英美新批评派代表人物燕卜逊受邀到西南联合大学讲学，他对英美现代诗歌介绍与理论传播（包括他自己的创作），启发了以穆旦、袁可嘉、王佐良、赵瑞蕻、杨周翰、郑敏、杜运燮等为代表的学生对英美现代主义诗歌的新认知，激发了他们现代主义新诗创作与理论探究的热情，叶芝、艾略特、奥登、霍甫金斯等成了爱好新诗创作学生们的偶像，一时间在西南联大英美现代主义诗歌与理论成为时尚，西南联大校园诗歌与理论传播直接构成了影响 20 世纪 40 年代中国现代诗坛的一个新潮流，成为中国现代诗歌的一个新走向。

民国以来，现代学校教育制度的建立，白话文教育的推广，国语教材的改革，现代报刊在学校的创办，学生社团的勃兴，现代诗歌的课堂讲授，文学史教材的编撰等，为中国新诗的传播开辟了最广阔、最活跃的读者市场，学校教育是中国现代白话新诗传播接受最重要的途径，直接参与，并深刻影响了中国诗歌的现代变革。

五、传播接受与中国现代诗歌经典建构

中国现代诗歌经典的建构是在中国现代诗歌的传播接受历史过程中形成的。经典是要经过文学历史的检验，被不同时代广大受众所接受的文学遗留，文学经典需要历史的关照，需要经过不同时代接受主体的阐释、认同，在某种意义上经典是离不开读者参与的，经典是作者与接受者共同建构的。诗歌历史上有不少伟大诗人，在同时代没有被认可，是经过后人的发现与阐释被确认的。比如唐代山水诗人孟浩然，在他去世后 100 多年才被提及，开始引起文人关注；陶渊明经宋代苏轼的推崇才被彰显；杜甫也直到宋代才被尊崇为大诗人。

现代诗歌理论批评是一种重要的诗歌接受与传播活动，是对现代诗歌经典形成、历史建构的一种阐释与确认。其主要内容应该包括诗歌理论与批评（包括专家学者、诗人的评论与研究），包括历史上的诗歌选本（专家选本，比如朱自清编选的《新文学大系》、民间书商选本、诗人自选本、国文教材中的诗选等），包括不同时期文学史的叙述评价，还有序跋广告等副文本等，只有多视角的传播接受研究，才会形成对诗歌经典较为全面的认知。我们应该怎样把握上述不同层面的关系，研究主体的价值观、考辨

史料能力与历史意识将起到重要作用。比如我们对郭沫若《女神》经典性问题的阐释，首先应该在"五四"时代语境中、中国诗歌历史长河这样一个时间空间交集的坐标上来讨论它。《女神》在中国诗歌历史演变中，以"天狗"般的自我高扬的现代主体精神，"凤凰涅槃"似的飞扬蹈励姿态，浴火重生，冲破了传统思想与格律规范的禁锢，为中国诗歌思想解放与形式自由开辟了新境界、新天地，成为最能表现"五四"时代精神，最具现代审美气息的"五四"时代的镜像，闻一多称它是"五四时代底一个肖子"。发表《凤凰涅槃》的《学灯》编辑宗白华称《凤凰涅槃》如惊雷闪电，"照亮了中国诗歌的天空"。当然，《女神》中的诗歌，有不少作品经过诗人多次修改，并且诗歌艺术水平参差不齐，需要我们在接受过程中细心辨析。其中，哪一些作品是经典，还需要我们继续探究，进一步接受后人的检验。经典的形成过程构成了经典作品的传播接受史。

传播接受会受时代语境的影响，经典阐释中常常会出现过度阐释或消解经典的倾向，经典建构的过程是历史再发现、再阐释，真正的经典是经得起历史检验的。我们今天的经典定位，是现代经典，不同于传统经典，我们不能简单用唐宋诗歌经典价值与趣味来检验现代诗歌经典。然而，我们共同面向的是文学经典，不能搬用政治学、社会学的价值观来判断诗歌经典，古今中外的诗歌艺术有着共同的基本美学元素。总之，历史视野、现代观念、审美价值是我们共同要坚守的现代经典研究的原则。

诗歌的传播与接受是以读者为本位的。传播是向读者传播，读者的接受影响传播主体。传播主体一是诗歌创作主体，二是评价或批评主体。诗歌创作主体往往通过诗歌自选、编辑、序跋、注解（创作谈）推介自己的作品。现代文学史早期，大量诗歌集的出版，都是由诗歌作者自己编辑、自费出版，或者由名家推荐出版。胡适的《尝试集》自己编辑，初版于1920年3月，至1922年10月出版的《尝试集》是经过作者增删过的第4版，初版本与第4次版本有了很大不同。第4版在第1版基础上新增加诗歌15首，删减诗歌22首，同时删减序言3篇（钱玄同序1篇，自序2篇），第4版保留第1版诗歌仅32首，增删篇幅比保留的还要大。从自选本的不同版本中，我们可以看到：作者思想与艺术探索变化的轨迹。《尝试集》增加的诗歌，是作者集中于民国九年、十年的创作，作品中增加了关注时事的诗篇(《平民学校校歌》《四烈士冢上的没字碑歌》《死者》《双十节的鬼歌》，另有 4 首写给亲友的诗)。这一些诗歌更加注重自然音节与白话语言的探索，所删诗歌作者认为有较多旧诗词的气息，"是词曲的变相"①。他最满意的诗作集中在第二编，包括《鸽子》《老鸦》《老洛伯》《关不住了》《希望》《"应该"》《一颗星儿》《威权》《乐观》《上山》《一颗遭劫的星》等，几个版本都保留上述作品原样，未做修改，收集的主要是民国六年到民国八年的作品，在内容上具有新时代气息，艺术上作者认为是真正的"白话新诗"尝试。胡适在《再版自序》中说："我本来想让看戏的人自己去评判。……我自己觉得唱功做工都不佳的地方，他们偏要大声喝彩……我只怕那些乱喝彩的看官把我的坏处认作我的好处，拿去咀嚼仿做，那我就真贻害无穷"。② 胡适的《尝试集》自选本的变化与序言，包括自序(特别是再版自序)对接受者认识评价胡适的新诗实践与早期新诗观都具有较重要的作用。

作为《尝试集》副文本的钱玄同的《〈尝试集〉序》(初版本序，1918 年 1 月)，从文言一致的白话文学史的梳理辨析中，以评论者的身份、新文学同路人有力声援了《尝试集》的传播，旗帜鲜明地指出：我们现在作白话的文学，应该自由使用现代的白话，自由发表我们自己的思想和情感，这才是现代的白话文学，——才是我们所要提倡的"新文学"。③ 可以说，这是"五四"文学革命时期最切近新文学或现代白话文学的定义，从思想观念上为《尝试集》的传播与现代诗歌经典阐释做了铺垫。以接受主体身份编选的权威诗歌选本，经过历时性的读者检验，对经典的形成会产生较重要的影响。比如 1935 年由上海良友图书印刷公司出版的《新文学大系》(赵家壁主编)，

---

① 胡适：《尝试集·再版自序》，载《尝试集》，人民文学出版社 1984 年版，第 193 页。

② 胡适：《尝试集·再版自序》，载《尝试集》，人民文学出版社 1984 年版，第 193 页。

③ 胡适：《尝试集》，人民文学出版社 1984 年版，第 131 页。

其中由朱自清编辑的诗集卷对中国现代文学史与现代诗歌经典建构可谓影响深远。朱自清对新诗第一个十年主要诗人诗选与评述（导言），对自由诗派、格律诗派、象征诗派的分类，几乎影响了从王瑶的《中国新文学史稿》到钱理群等的《中国现代文学三十年》的写作。文学史的传播对诗人形象的建构与新诗经典的形成具有重要的作用。民国时期文学史对新诗的评介极为简略，对现代诗歌的历史性描述的系统框架是从王瑶的《中国新文学史稿》开始建立的，后来的文学史有了不同程度的观念性变化，对诗人经典性选择与意义定位也有不同。在王瑶的文学史中，20 世纪 40 年代穆旦代表的西南联大诗群就是缺席的，对 30 年代现代派诗人的评介也是非常单薄的。后来文学史接受了 80 年代以来的学术研究成果的影响，补充、丰富了现代主义诗歌在文学史中的评述，提升了现代主义诗歌的地位，而对某一些艺术性缺失的诗人评价有了改写。特别是官方性文学史或权威性文学史的写作，在现代文学经典的传播中对读者的接受有较重要的影响。

总之，现代传播接受从多元通道开启了中国诗歌的现代转型，决定了现代诗歌嬗变的路向，成为建构中国现代诗学品格、形成现代诗歌丰富形态的重要动因与思想资源，为我们深入中国现代诗歌研究提供了广阔空间与新的生长点。

"中国新诗传播接受文献集成、研究及数据库建设（1917—1949）"是由我主持的国家社科基金重大项目。项目由五个子项目组成：一是现代传播接受与中国现代诗歌形式变革；二是外来诗歌翻译传播与中国现代诗歌；三是现代报刊出版传播与中国现代诗歌；四是现代诗歌理论批评与中国现代诗歌传播接受；五是现代学校教育与中国现代诗歌传播接受。整个项目由华中师范大学诗歌研究中心、北京大学诗歌研究院、首都师范大学诗歌中心有关专家分别带领子项目团队共同实施。主要成果将陆续按专题结集出版，相关数据库平台建成后陆续向社会开放。我们殷切期待广大读者的建议与批评。

2021 年 4 月 18 日于武昌桂子山

前　言

第一节　什么叫隐喻

隐喻是一个古老的但具有不竭生命力的话题。早在 2000 多年前，东西方学者就对这个话题表现出浓厚的兴趣，并展开研究，绵延至今。在这漫长的研究历程中，隐喻的内涵逐步被深化，外延不断被拓宽，研究方法由静态考量升级到动态考究，研究范畴由修辞学、语言学拓展到诗学、符号学、美学、心理学、哲学、文化学、人工智能等诸多领域，隐喻的功能不断被"发现"，隐喻由文学领域、语言学领域的修辞格上升至文化领域的精神活动，心理活动，言语行为等。正如语言学家考恩所言"隐喻渗透了语言活动的全部领域并且有丰富的思想历程，它在现代思想中获得了空前的重要性，它从话语的边缘地位过渡到了对人类的理解本身进行理解的中心地位"①。

什么叫隐喻？隐喻的定义众说纷纭，据悉超过百余种，这源于隐喻漫长的研究历史和高度跨学科性，不同领域的学者根据自己的关注点和隐喻在本领域中的地位、作用给隐喻下定义，但诸定义均有点类似于"盲人摸象"，都具有"局部真理"的特点，各有各的道理，各有各的局限。概念的厘清是展开研究的前提，我们非常有必要对隐喻的概念作一个界定。亚里

---

① Sheldon Sackes. On Metaphor. The University of Chicago Press，1978：1.

士多德是第一个给隐喻下定义的人。他的定义是：

> 用一个表示某物的词借喻它物，这个词便成了隐喻词，其应用范围包括以属喻种，以种喻属，以种喻种，和彼此类推。①

亚里士多德的定义是指通过类比的方法在同种同类的事物之间"看出可资借喻的相似之处"，然后以他物之名来替代此物。这个定义的关键是比较和替代。

这个定义尽管仅从语词层面考察隐喻，具有先天的狭隘性，但是对后世产生了极为深远的影响，致使整个 20 世纪以前的隐喻研究基本上没有突破修辞学和诗学的范围，后人更在此基础上发展出"比较论"和"替换论"。直到 20 世纪 80 年代，西方学者的隐喻定义里依然有比较论和替换论的影子：

> 隐喻是一种隐含的类比，它以想象的方式将一物等同于另一物，并将前者的特性施加于后者或者将后者的相关情感与想象赋予前者。②
> 隐喻在希腊文里就是"转换"的意思（"meta"意谓"跨越"；"phor"意谓"运送"），也就是将某物运过去。所以隐喻将一物视为另一物。③
> 隐喻是一种紧缩的语词关系，其中某一个观念、意向或者象征可能通过另一观念、意向和象征的存在而提高含义的生动性、复杂性或者广度。④
> 在隐喻中，在一般的（字面的）用法中指某一事物、性质或者行动

---

① 亚里士多德：《诗学》第 21 章，商务印书馆 1999 年版，第 158 页。

② Holman Hugh. A Handbook to Literrature. rev. New york：The Odyssey Press, Inc. 1960：281.

③ Northrop Frye, et al. The Harper Handbook to Literature. New York：Harper & Row Publishers, 1985：282.

④ Alex Preminger, ed. The Princeton Handbook of Poetic Terms. New York：Princeton UP, 1986：136.

的词被用来指另一事物、性质或行动，其方式是以相同合一的方式，
而不是类比的方式。①

以上定义很明显可以看出替换论和比较论的痕迹。替换论和比较
论都属于修辞论的范围，尤其是替换论在很长的时间里占有统治地位，而比较
论被许多学者认为是特殊的替换论。关于替换轮和比较论的缺失，季广茂
在其著作《隐喻视野中的诗性传统》一文中有精辟的见解。他认为两论有两
个不足之处：一是认为隐喻只是换一个表达方式，只有修饰润色的功用，
没有认知功能，不管是哪一个表达方式，意义是等值的，不会发生变化②。
二是西方替换论相信一切都可以言说，但是事实上许多事物是无法直接言
说的，或者说，直接言说了，效果并不好。但若能换一种方式表述，则往
往能够曲尽其妙，回味无穷。如：一个人直接说，我不开心，我很难过，
我成天发愁。我们只是知道了一件事实，感情上很难被感染，不能立刻体
会对方的心情。但若是"白发三千丈，缘愁似个长""问君能有几多愁，恰
似一江春水向东流""只恐双溪舴艋舟，载不动许多愁"等精彩的隐喻式表
述使愁有了长度、重量、情态，"愁"的多重内涵立刻得到生动形象深刻的
表达。③
也就是说，隐喻的功能远远超过替代论与比较论，它并不单单是将一
种事物替换为另一种事物，而是帮助我们理解、体验、想象、认知现实世
界。替换论将隐喻复杂内涵简单化，多层次含义单一化，狭隘化。另外，
隐喻并不单单是表达使用者的意图，还能派生出新的意义。诗的意义之所
以阐释不尽就是因为诗语是隐喻性的，它创造出来的意义在不同的文化环
境和语言环境中会折射出不同的光芒。隐喻中两个可以置换的单位并不是
等值的，二者在意义上存在或大或小的差异，而替换论则完全忽略了这个

---

① M. H. 阿伯拉姆：《简明外国文学词典》，湖南人民出版社 1987 年版，第 123
页。译文有改动。
② 季广茂：《隐喻视野中的诗性传统》，高等教育出版社 1998 年版，第 21 页。
③ 季广茂：《隐喻视野中的诗性传统》，高等教育出版社 1998 年版，第 23 页。

差异。再次，替换论忽略了历史、政治、文化等方面因素的影响。可以直说的话为什么要"曲说"呢？除了修饰、美化功能，还有政治和社会方面的因素。"比，见今之失，不敢斥言，取比类以言之。"①黑暗的政治专制使人们不敢直接说，只好用隐喻的方式含蓄曲折地表达内心的愤怒。

　　20世纪30年代，瑞恰慈质疑亚里士多德的定义，他认为隐喻中"主旨"与"载体"常常因为不对等而产生"张力"。②布莱克进一步发挥了这个观点，提出了"互动论"，即事物A和B互动融合，产生一个全新的表象C。在一片质疑声中，张沛认为亚里士多德的"比较"并不一味强调相似，其中也包含了"互动论"的萌芽，某种程度上"比较""替代""互动"都是隐喻之"转换生成"工作机制的同位表述，隐喻义未必都产生于语句各成分间的互动。张沛用"体验"论解答上述难题，人类通过身体经验来理解世界，建构概念世界。③张沛的观点与莱考夫、约翰逊的概念论是相通的。1980年美国语义学家莱考夫和英国哲学家约翰逊在互动论的基础上提出概念论。他们将隐喻定义为"隐喻主要是以表达一事物的方式来表达另一事物，其主要功能是理解"。后将这一定义泛化为"概念系统中的跨领域投射"。所谓"跨领域投射"，有人称为"图式的转换""概念的迁徙""范畴的让渡"。这个定义意味着隐喻涉及人类感情、行为和思想的表达方式在不同但是相关领域的转换生成。莱考夫和约翰逊的观点使隐喻最终摆脱修辞学的束缚，进入认知科学的领域。美籍法裔学者福柯尼埃提出概念合成理论，强调了隐喻的独创性、认知性以及交际双方的互动性。20世纪以来的系列研究成果，尤其是莱考夫和约翰逊的观点突破了长期在语词层面研究隐喻的窠臼，将隐喻研究推进到思维和认知层面，使隐喻由修辞论上升到本体论，隐喻不单单是语言层面的修辞，更是一种思维方式，是了解和认识世界的途径，是形成概念，建构意义的基本方法，具有高度的认知性，创造性，暗示性，独特性。人类对隐喻的认识由微观领域进入宏观领域。这一

---

① 郑玄注《周礼·春官宗伯·大师》。

② I. A. Richards. The Philosophy of Rhetoric. 123, 125&93.

③ 张沛：《隐喻的生命》，北京大学出版社2004年版，第13页。

发现推动了西方学术界的"隐喻转向"的热潮，隐喻一词不仅可以汇聚语言学、修辞学、人类学、诗学、哲学等众多学科，而且迅速向政治、军事、文化、广告、传媒、医学等领域渗透，从而也使 20 世纪诗歌隐喻研究呈现出综合、多元的状态，如法国哲学家保罗·科利从修辞学、哲学、语义学等角度对隐喻进行了跨学科研究。

　　国内对隐喻的研究亦是源远流长，渗透在古典美学、诗学、伦理哲学等多个领域，具有"比""兴"等独特范畴与意蕴，并形成了政治隐喻与审美隐喻两大传统。在漫长的中国传统诗学中，"隐喻"首先指"象—隐—喻"这一诗学范畴。经典的修辞学理论中，隐喻是"比喻"这一"类"下与借喻、讽喻、博喻、引喻等众多辞格相提并论的修辞格。张沛对中国隐喻研究历史作了较好的分类与概括：先秦草创期着重从哲学认知层面研究隐喻思维、原理、种类与功能等，实践"近取诸身，远取诸物"的原则，这一原则奠定了后世中国隐喻研究的基本框架与发展方向，"言象意"和"赋比兴"理论均由此衍生而来。早期儒家由此开创诗歌"微言大义"的政治隐喻修辞传统，后形成"讽譬""刺美"的比兴传统。两汉魏晋时期，从诗歌角度探讨隐喻的著作渐多，刘勰《文心雕龙》是集大成者，系统归纳了隐喻在诗歌中的工作机制和审美价值。隐喻的政治修辞功能渐渐淡化，审美修辞功能被强调，"讽譬""刺美"被"气韵""风骨"替换。唐宋明清时进一步发展，提出了"性灵说""神韵说"，其中影响最大的是清末王国维的"境界说"。从 20 世纪初到 80 年代，中国现代诗歌隐喻研究既关注本土资源，从比兴、隐、象等角度研讨隐喻问题，又通过与西方隐喻研究的比较，互证，推动中国诗歌隐喻研究向现代转型，代表人物有朱光潜、闻一多、陈望道等。20 世纪 80 年代以来学界着重用西方隐喻理论整合本土隐喻艺术资源，并企图在西方隐喻研究范式和中国传统隐喻研究之间找到一条融通之路①。90 年代以来学者耿占春、季广茂、张沛、陈庆勋等从语言学、诗学、哲学、文学等多维角度论评述西方隐喻理论，述诗歌隐喻特征，对隐喻下了颇有见地的

---

① 相关资料参考了张沛：《隐喻的生命》，北京大学出版社 2004 年版，第二章。

定义。如季广茂认为：隐喻是在彼类事物的暗示之下感知、体验、想象、理解谈论此类事物的心理行为、语言行为和文化行为。① 张沛认为：隐喻涉及意义与表达在修辞、诗学、语言以及思维诸领域内的转换生成。隐喻具有转换生成的生命形态，而生命也具有转换生成的隐喻本质。② 陈庆勋认为：隐喻是将感知体悟到的事物、思想、情感等投射到与其有质的区别的另一事物、意象、象征或者语词之上的过程。③ 季广茂的定义强调隐喻是一种语言现象和文化现象，重视心理活动和言语行为，张沛的定义跨学科多元研究倾向突出，陈庆勋的定义则重视动态投射和两造之间质的区别，这几位学者的研究关注点虽有差别，但是都推进了诗歌隐喻研究，从认识论深化到本体论。

中西学界对隐喻的研究逐步深入，由单一趋向复杂，由轻盈蜕变为厚重，由"工具"跃升为人类生存之本。隐喻研究的深入也推动了人们对隐喻与诗歌关系认识的深化。隐喻与诗歌语言具有天然的"同源同质"的关系，隐喻是天然的诗性语言，诗歌语言常常采用隐喻的表达方式。诗歌语言与隐喻血肉相融，密不可分。俄国形式主义诗学、英美新批评以及结构主义诗学等均认为隐喻是诗歌的基本要素。新批评尤其重视隐喻在诗歌中的作用，他们对隐喻与诗歌的关系进行了深入的研究。重要代表人物燕卜逊认为隐喻带来诗歌语言意义的含混，另一重要代表布鲁克斯认为现代诗歌的技巧就是"重新发现隐喻并充分运用隐喻"，结构主义批评家卡勒则认为隐喻具有语篇连贯功能。本书重点关注隐喻与中国现代诗歌的关系，从文学以及隐喻思维特征出发，对隐喻的定义如下：

> 隐喻是在不同的事物、思想、情感之间发现、创造联系，并在这个建立联系的过程中认识世界，激发情感，创造新的意义，开拓新的审美空间，创造新的言说方式和抒情方式的过程，是一种心理活动、

---

① 季广茂：《隐喻视野中的诗性传统》，高等教育出版社 1998 年版，第 14 页。
② 张沛：《隐喻的生命》，北京大学出版社 2004 年版，第 4 页。
③ 陈庆勋：《艾略特诗歌隐喻研究》，上海人民出版社 2008 年版，第 63 页。

精神活动与言语活动。

这个定义一是从思维与认知的层面来考察隐喻在诗歌创作中的作用，现代诗歌特别重视从看起来毫不相关，没有可比性的事物之间创造联系，激发情感，引起联想，创造意义，投射创作主体主观意识，这是带有创作主体鲜明个人情感、性格与思维特色的隐喻，是强隐喻，具有文学创作特有的独创性和新颖性，而独创性是现代隐喻的核心功能，也是其具有自我蜕变和革新能力，几千年长盛不衰，保持旺盛生命力的奥秘所在；二是强调隐喻在诗歌中的建构作用，隐喻是一个思维过程，也是一个将零散材料通过创作主体意志与情感的投射，合并为一个有机整体的过程；三是强调隐喻是新的言说方式，它创造词语能指与所指之间新的关联，新的词汇组合方式，新的言说方式，抒情风格乃至审美风尚。它对诗歌的各个层面，如词汇、意象、诗歌结构等具有强大的革新能力；四是就隐喻的存在方式而言，隐喻是没有常形常态的，它的存在形式极其灵活多变，它不限于特定的语法形式，它未必以语句的形式出现，也不限于固定的语言单位，它可以是一个词，一个意象，也可以是一个句子，还可以是篇章结构。这个定义和它所蕴含的功能、机制等充分体现了现代隐喻的特点。

第二节　隐喻与中国现代诗歌

隐喻与诗歌同质同源，研究诗歌中的隐喻对诗歌实践与诗学理论的丰富与发展有根本性意义。隐喻（尤其是西方隐喻理论）在中国诗歌由古典形态向现代转变的过程中发挥了根本性的作用，但是以中国现代诗歌为对象展开的诗歌隐喻研究目前并不多见，本书主要研究中国现代（20 世纪初至20 世纪 40 年代末）诗歌的隐喻形态与隐喻特征。

在中国现代诗歌现代化进程中，隐喻发挥了重要的不可替代的作用。首先，隐喻对中国现代诗歌词汇系统的更新作出了重要贡献。中国现代诗歌词汇系统的更新首先表现为大量新时代词汇的涌入，包括科技词汇，各专业领域词汇，生活词汇，社会词汇，抽象词汇等。人们用这些充满时代生活气息的新生词汇展现了现代人多姿多彩的生活图景，但是新的词汇是有限的，现代诗歌更新词汇的另一个途径是给旧的词汇赋予新的内涵。如何赋予旧词汇新内涵？启动隐喻机制是一个必不可少行之有效的途径。传统汉语诗歌的隐喻义是固定的，是一种集体约定的"含义"，即所谓"文化原型隐喻"，而不是含义的"观念"。弗雷格指出，"应把符号的含义和符号含义的观念区别开来"，"同一个含义即使在同一个人那里也并非总是与同一个观念结合在一起。观念是主观的；一个人的观念不是另一个人的观念。因此，与同一种意义联系在一起的观念自然就有各种各样的区别。"弗雷格的意思是指称是客观的，含义是集体的、共有的，而且也是客观的，而观念则是个人的，主观的。传统诗歌语言词汇的隐喻尽管随着历史的演进会有所变化，但从隐喻的类型看，应该属于文化原型隐喻。诗人的个人话语往往淹没在群体观念中，语词的意义是属于集体共有的"含义"，在现代主义新诗中，诗人启动隐喻机制，充分发挥想象，对传统语词"祛魅"，剥离牢牢附着在它们身上的含义，那种已化入传统中国人骨髓深处的含义，让它们回到最初的最基本的含义，再赋予它们具有强烈个人色彩的意义，从而自成话语系统，实现自我阐释，进而完成现代汉语词汇的更新。这个机制也决定了现代汉语诗歌的隐喻是灵活的，流动的，具有现场性和临时性。在同一个诗人的笔下，同一个符号在不同的诗中不同的时期可能具有不同的含义。在不同诗人的笔下，其含义更是千差万别，深深打上了诗人个人经验的烙印，形成其独特的话语。这就好比是一枚金币，不同的人去触摸它，留下各自独一无二的指纹。比如，在传统诗文和口语中，"青"这个颜色词与它所对应的内涵之间有比较明显、比较固定的关联：如青山隐喻着生命和生长，喻勃勃的生机；"青鸟殷勤为探看""青眼有加"则有吉祥如意，和谐美好的意味；"素女青娥"之"青"有素雅清淡之意，"青灯古佛"之"青"含着淡淡的孤独，"青裙布袄"之"青"暗喻清贫，清冷，而"青云之志"的"青"则有飞黄腾达之意。传统"青"的隐喻是常规隐喻，随着各种内涵的长期使用和广泛接受，"青"熠熠生辉的创造性内涵逐渐被湮没，成为死隐喻。在现代诗人戴望舒的诗歌中，"青"通过隐喻得到重生，"青"在戴诗中主要蕴含三重意蕴：一是悲喜交织、苦乐相融、患得患失的爱情体验；二是对永恒精神家园的向往与追求但求之不得的怅惘与苍凉；三是对祖国和民族光明前途的乐观肯定与由衷赞美。"青"深深地烙上了戴氏个人气质和时代色彩，重重映射出此前未有的斑斓色彩，呈现古典与现代情感艺术交汇特征。① 中国现代诗歌大量传统词汇凭借其隐喻内涵的更新完成了现代性转化。

其次，隐喻更新了中国现代诗歌意象隐喻体系。中国传统诗歌有一套固定的意象隐喻体系，如梅意味着勇于抗争、自强不息的品质；菊蕴含着恬淡自守，与世无争的品格；竹则喻指坚守气节，不向权势和流俗低头的君子之风。这些隐喻内涵早就深入整个中华民族的意识深处，成为集体无意识，沉淀成死隐喻。与词汇隐喻类似，现代诗歌意象隐喻激活死隐喻的方式首先是"祛魅"，清除附着在意象符号中的陈旧的约定俗成的内涵，其次是"赋魅"，作者根据个人经验和时代经验赋予意象符号全新的内涵。但是实际上完全的清除是不可能实现的，一则语言的发展自有其连续性，新的含义不可能凭空产生，它只能在原有基础上产生变异，但是不管怎么变，追根溯源，仍旧能看出原有内涵的影子；二则每个民族都有自己赖以生存的文化根基，其中包括一整套蕴含民族价值观和对世界理解方式的意象体系，无论时代怎么发展，这一套意象体系和它蕴含的类似于本源性的隐喻内涵都会作为基因遗传下去。如果说新诗是一副千变万化的画儿，那么这种类似于基因的意象隐喻体系及其内涵就是这幅画的底色。如"春"是一个常见的传统词汇，也是经常出现在穆旦笔下的意象符号，虽然内涵发生了很大变化，但是我们仍旧可以看出传统内涵的质素。"春"在传统内涵中或喻指春天的勃勃生机。如"春眠不觉晓，处处闻啼鸟。夜来风雨声，花落知多少"；或是伤春惜春，如"自是寻春去校迟，不须惆怅怨芳时。狂风落尽深红色，绿叶成阴子满枝"；或是抒写春闺怨妇的幽怨之情："忽见

———————
① 叶琼琼：《论戴望舒青色世界的三重意蕴》，《江汉学术》2018 年第 5 期。

9

陌头杨柳色，悔叫夫婿觅封侯"；或是对生命本源的"性"进行热烈的肯定和赞美："春林花多媚，春鸟意多哀。春风复多情，吹我罗裳开"（子夜四时歌·春歌 晋·乐府民歌）。穆旦笔下的"春"同样亦有"生机勃勃""时光流逝""伤春惜春"之意，如《一个老木匠》《我看》都用"春"等季节词指代时光的流逝："春，夏，秋，冬……一年地，两年地，/老人的一生过去了"（《一个老木匠》）；"像季节燃起花朵又把它吹熄"（《我看》）。但这些内涵只是一个模糊的影子，不是其主要特色。

让穆旦诗歌脱颖而出的主要原因不是他对传统隐喻的传承，而是他用隐喻给诗歌意象"赋魅"，让意象充满了现代诗情诗绪，获得了崭新意义。穆旦笔下的春天是骚动不安的，充满了既痛苦又幸福的欲望。比如那首著名的《春》（1942）："绿色的火焰在草地上摇曳，/他渴求着拥抱你，花朵。/反抗着土地，花朵伸出来/，当暖风吹来烦恼，或者快乐。/如果你是醒了，推开窗子，/看满园的欲望是多么美丽。""绿色的火焰在草地上摇曳"既写出了烂漫的春光，也有声有色的描绘出年轻的身体里蓬勃生长喷薄而出的欲望。如果说在《春》里面，24岁的穆旦还被这种欲望折磨得悲喜交加，苦乐并存，矛盾纠结，甚至有点茫然不知所措，那么五年后，在《发现》中，29岁的穆旦则对欲望完全进行了肯定和礼赞。作者陶醉在灵肉相融的巨大欢乐中："当你以全身的笑声摇醒我的睡眠，/使我奇异的充满又迅速关闭"，"你把我轻轻打开，一如春天，/一瓣又一瓣的打开花朵"。作者用奇特的想象赋予春天"肉欲"的内涵。这个"春"打上了诗人穆旦的独特理念和体验。"春"被穆旦用他特殊的思维浸泡得完全丢掉了古典美女的苗条清纯，膨胀为一个高挑丰满、婀娜多姿、充满诱惑和挑逗性的现代女子。读着这样的"春"，你会不自觉地想到张爱玲笔下的王娇蕊，有一种不安的喜爱，欲罢不能，欲走还留，你感到：你被诱惑了！你内心古老、传统的平衡被打破了，你猛然间窥见了现代社会的喧哗、分裂、矛盾、骚动和混乱！穆旦的"春"唤醒了肉体沉睡的功能和麻木的感觉，唤起了人们内心隐秘的欲望，并且肯定欲望的存在是合理的。而这，正是古典与现代最本质的区别之一：古代社会是崇天拜地，伦理至上，甚至为了所谓的"天理""道"，可以"灭人欲"。而现代社会恰恰反其道而行之，强调人的价值，人的尊严，崇尚个性的解放和人性的飞扬①。穆旦对春里面的传统"性"意识进行了极具现代意味的改写。《我看》前两节中出现了比较明显的现代情爱意识的苗头，《春》（1942）里萌芽状态的性意识无可阻挡地燃烧成摇曳的火焰，要突破封建伦理道德以及一切阻碍生命力喷发的禁锢，如花朵要背离滋养它的土地一样。穆旦诗歌中的情欲元素既有与古典文学相通之处，更多的是偏离：这股爱欲的火焰饱含着强大的破坏力和创造力，前者是基础，后者是吸收了西方外来文化尤其是现代主义思想和时代思潮之后的质的蜕变。② 中国现代诗歌许多著名诗人成功之处正在于对传统意象进行了富有时代特色和个人特色的改写，将传统经验与现代意识巧妙熔铸进意象符号中，如郭沫若的"天狗"，戴望舒的"丁香"，李金发的"弃妇"，冯至的"蛇"。这些新旧杂糅的意象隐喻体系让中国现代诗歌源于传统，又超越传统；借鉴西方，又区别于西方，展现了全新的时代特色与"现代中国"特色。

现代隐喻不同于传统隐喻的地方还在于，在本体与喻体的相似性的营造上，传统隐喻重在发现本体与喻体之间的相似性，而现代隐喻重在创造两者的相似性，传统隐喻两造之间相似性较容易发现，且因长期广泛使用已成为民族集体无意识，新颖性的丧失使其成为死隐喻，死隐喻不能激起读者的新奇感，更不能引导读者进行形而上的思考。现代隐喻奇崛、特异、想落天外，带来很大的阅读障碍，但是若读者循着诗歌给出的线索，结合时代背景，经过一番思索，就会恍然大悟，产生更大的惊喜。在现代隐喻中，本体与喻体之间的距离越大，理性思维参与的程度越深，诗歌的隐喻空间就越开阔，空间所包含的新信息就越丰富，因而产生的阅读感受就更加深刻、丰富，诗歌语言也因此深沉厚重，含蓄蕴藉，充满玄学的意味。袁可嘉说："玄学、象征及现代派诗人在十分厌恶浪漫派意象比喻的

---

① 叶琼琼：《论穆旦诗歌词汇的现代性特征》，《天津社会科学》2010 年第 6 期。

② 叶琼琼：《从"春"的隐喻内涵看穆旦诗歌的传统性与现代性》，《清华大学学报》（哲学社会科学版）2020 年第 2 期。

空洞含糊之余，认为只有发现表面极不相关而实质有类似的事物的意象或比喻才能准确地、忠实地，且有效地表现自己；根据这个原则而产生的意象便都有惊人的离奇、新鲜和惊人的准确、丰富；一方面它从新奇中取得刺激读者的能力，使读者在突然的棒击下提高注意力的集中，也即使他进入更有利地接受诗歌效果的状态，另一方面在他稍稍恢复平衡以后使他恍然于意象及其所代表事物的确切不移，及因情感思想强烈结合所赢得的复杂意义。"①实际上，不单单是穆旦为代表的中国现代派诗人，中国现代诗歌史许多著名诗人都是在不相关的事物之间创造相似性的好手。比如传统神话中个性模糊的"天狗"与自信到自负、狂妄，欲毁坏旧世界，创造新世界的五四青年，涅槃的"凤凰"与绝地求生的新中国，在春光中消失的"黄鹂"与美好但可望不可即的理想，拐腿的瞎马与历经挫折，矢志不渝的追梦人，"蛇"与思念恋人时甜蜜与痛苦交织，希望与失望并存，寂寞与喧闹共有等复杂的心境，其间的相似性同样体现了浪漫主义以及其他流派诗人使用现代隐喻的天才创意。这一批诗界先行者对现代隐喻的发现和使用使中国现代诗歌的意象体系呈现出鲜明的现代意味。现代隐喻意象体系独特的"创造"机制使其隐喻内涵具有鲜明的个人性、临时性，而这必定带来丰富性与复杂性。

现代隐喻本质上是一种现代思维方式，也是中国现代诗人最主要最突出的诗思特征之一，在中国新诗现代化历程中，每一步重要的变革都有隐喻的功能在发挥作用。新隐喻有创造一个新现实的力量，当它进入我们赖以活动的概念系统，它将改变由这个系统所产生的概念系统、知觉、活动。许多文化变革起因于新隐喻的引入和旧概念的消亡。② 现代隐喻作为一种思维方式，是跨时空跨领域的，它以多种形态存在于诗歌的各种层面中，它在中国现代诗歌语篇中有很强的建构功能。诗歌中词汇、句子、意象等大大小小的单位需要一个联系机制将其整合为一个整体，隐喻以它的

---

① 袁可嘉：《论新诗现代化》，生活·读书·新知三联书店 1988 年版，第 18 页。
② ［美］莱考夫、［美］约翰逊著，何文忠译：《我们赖以生存的隐喻》，浙江大学出版社 2015 年版，第 134 页。

多形态、多层次、多向度阐释性、高度跨学科性以及开阔的包容性承担起这样一个化零为整的重任，它在破碎、混乱的经验世界中找到或者"创造"内在的逻辑与相关之处，整合为有机统一的文本，隐喻的这种联系和建构功能在现代诗歌尤其是现代派诗歌中被广泛应用，它给现代诗歌的形态带来了极大的自由。它常常有意打破了传统诗歌"起承转合"这样逻辑严谨的结构形式，故意用断裂、省略、空白去隐喻观念和情感，激发读者的想象力，让读者一起参与到隐喻的"创造"中来。现代诗歌中"片段拼贴"的结构最能体现这种特点，如《防空洞里的抒情诗》，单看诗歌词句，犹如一堆混乱的毫无逻辑关系的材料的堆积，实则是诗人试图用破碎的"片段"来隐喻世界的混乱、无序、幻灭感。隐喻的建构和联系功能还打破了同一个文本中文体、语言、风格的统一性，不同的文体，不同风格的语言，甚至不同功能的语言被隐喻强大的整体建构功能奇迹般整合进一个隐喻场，如穆旦的《五月》就是文体杂糅的典型代表作。传统诗歌形态与现代诗歌形态被放进了同一首诗里，两种文体形成了奇异的对照，带来了意味深长的言说韵味。《防空洞里的抒情诗》《从空虚到充实》更是将记叙、抒情、议论，闲聊的口语、典雅的抒情、中古的传说、现代新闻一锅乱炖，但是这些看起来杂乱的材料在隐喻这个大熔炉里却被整合成一道鲜香的现代佳肴。文体的杂糅打破了线性时间的局限性，推倒了不同文体之间的壁垒，在隐喻中实现了诗歌文本的整合。

隐喻的建构功能给诗歌的结构带来极大的自由性，中国新诗结构创意迭出，如戏剧性结构，对比结构，平行结构，内心独白式结构，图像式结构，多声部结构等等，其中"戏剧性"结构是非常受中国现代诗人青睐的一种构思诗歌的方式，它能在词汇、语言、意象、结构等各层面发挥隐喻功能。早在20世纪二三十年代徐志摩、戴望舒等人便在各自的名篇《再别康桥》《雨巷》等诗中通过每一节场景的替换、时间的流动演出了一幕幕"默剧"，全诗有人物、情节、开端、高潮、结局以及矛盾冲突，是典型的戏剧性结构，它非常形象地隐喻内心情感的欣喜，渴望，失落，彷徨等大起大落的戏剧性发展过程。40年代中国新诗派诗人对诗歌的戏剧性结构进行了深入的探索，他们充分利用戏剧体裁能够表现复杂广阔内容的功能特征，以及戏剧天然的隐喻特性，创作了一批超越"自我描写"，具有"客观性"和"间接性"等具有戏剧特征的现代诗歌，对当时诗坛盛行的"说教"与"感伤"倾向有较好的纠偏作用。这个构思倾向发展到极致，便是诗剧的诞生。穆旦便陆续创作了《森林之魅》《神魔之争》等诗剧。

再如诗人利用结构自身的"图像"特征来创造图像式隐喻。如戴望舒的《烦忧》通过两个小节的回环反复隐喻诗中主人公"我"辗转反侧、百转千回的内心情感。其他平行式，对照式，内心独白式等结构模式在中国新诗中运用亦比较普遍。毫不夸张地说，新诗结构没有绝对固定的模式，它会根据诗人个性、诗歌要表述的思想或要抒发的情感，以及时代风尚的不同而千变万化，它可以用墨如泼，一个词喊上几十遍，也可以惜语如金，只有一句话，甚至一个字；可以繁复如一出大戏，有性格鲜明的角色，生动的对话，起伏跌宕的情节，也可以只有一个人喃喃的内心独白；可以层层深入，也可以杂乱拼贴；可以热情似火地直白抒情，也可以冷静智性地用"客观对应物"表达深沉的思想；可以把核心意象的主要内涵作为主干，层层延伸开去，描述其枝丫中的二级内涵，三级内涵，也可以让多个平行意象快速流动，九九归一，指向同一个核心隐喻内涵。这种没有"固定模式的"结构特点正是现代隐喻、现代诗歌最大的魅力之一，也是现代诗歌超越古代诗歌的主要表现之一。

现代隐喻是动态的，流动的，内涵的流动性既源于个体的千差万别，也因为时代的瞬息万变，还因为产生机制的动态辐射过程。现代隐喻内涵深深烙上个体特征，又与宏大时代暗暗呼应。现代隐喻的本体和喻体不是映射和被映射的主动与被动关系，更不是相互替代的关系，而是具有相互映射的互动性，变幻的时代风尚和不同的诗人不断把新的元素投射进原有的内涵空间，原有的内涵对"入侵者"有抗拒和悦纳并存的矛盾态度，两者之间进行积极的互动和交流，它们互相辐射，交融互渗，最终合成一个新的融创空间，产生新的话语与信息。中国新诗自产生以来，语言、文体、意象、结构等始终处于自我更新中，不断产生具有很强革新意味的佳作，这在一定程度上得益于隐喻的互动性和自我革新的机制，这也是隐喻始终保持蓬勃生命力的奥秘之一。

现代隐喻新的词汇体系、意象体系、思维方式以及联系机制给现代人提供了观察和认知世界的新途径和新的角度，提供了新的理解和表达情感的方式。中国现代诗人们借助隐喻重新认识世界，谈论世界，表达抽象思想和具体情感，对自我与世界的关系重新进行定位，创造出与中国古典诗歌、西方现代诗歌既有关联又有质的不同的中国现代诗歌。

目　　录

第一部分　意象隐喻

第二部分　词汇隐喻

第三部分　结构隐喻

第一部分　意象隐喻

第一章　从"春"的隐喻内涵看穆旦诗歌的传统性与现代性

新批评派代表人物布鲁克斯说："我们可以用这样一句话来总结现代诗歌技巧：重新发现隐喻并且充分运用隐喻。"①作为擅长使用隐喻的诗人，穆旦借助隐喻对诗歌意象体系进行了大胆的革新：他"摒弃腐朽的语汇，擦抹因年久失修而僵化的语汇，吸收现代生活中鲜活的语汇，建构了一个独特的诗语意象符号系统"。②经过穆旦的"擦抹"，传统意象被赋予新的内涵，折射出时代与个体交相熔铸出的光芒。这类意象与传统的关系欲断还连，具有非常耐人寻味的言说空间。在穆旦诗歌"旧瓶新酒"类意象体系中，有些传统意象出现的频率特别高，如"春"，几乎贯穿穆旦整个诗歌创作史，成为核心意象之一。核心意象是诗人思维与情感的结晶，是通向诗人复杂心灵世界的蹊径，是解读诗歌可靠的钥匙。王佐良说穆旦诗歌"最好的品质却全然是非中国的"③。随着研究的深入，这个断言不断受到质疑。本章试图从隐喻的角度对穆旦诗歌不同时期的"春"进行解读，进而探索穆旦诗歌与传统和现代的关系。

---

① 克林思·布鲁克斯著、赵毅衡编选：《反讽——一种结构原则》，载《"新批评"文集》，中国社会科学出版社 1988 年版，第 334 页。

② 张同道、戴定南编：《20 世纪中国文学大师文库·诗歌卷》，海南出版社 1994 年版，第 3 页。

③ 王佐良：《一个中国诗人》，《文学杂志》第 2 卷第 2 期，1947 年 7 月。

第一节 穆旦诗歌中"春"意象的三重隐喻内涵

不同的民族，不同的文化，不同的时代对季节有不同的解读，剖析诗歌中的季节意象，可以清晰地触摸到其中的文化脉络与心灵图景。"季节意识作为比喻或类比的修辞，总是被移置对文明盛衰、时代变迁、社会处境、人生遭际的感受之中，使得文明、时代社会和人生都具有了某种'季节性'。"①季节书写浓郁的隐喻意味使它有开阔的阐释空间和创造余地，古今中外许多诗人都对季节书写青睐有加，留下了无数脍炙人口的"季节名篇"。穆旦也非常偏爱季节书写，四季中，他尤其钟爱春季。他的诗歌中以春为主题或涉及春的诗作高达 32 首，在全部诗作中占约 1/4。具体篇目如下：

1934 《一个老木匠》

1935 《哀国难》

1938 《我看》

1939 《一九三九年火炬行列在昆明》

1940 《玫瑰之歌》《在旷野上》《五月》《还原作用》《出发——三千里步行之一》《原野上走路——三千里步行之二》

1941 《控诉》《赞美》《华参先生的疲倦》《中国在哪里》

1942 《春》《春的降临》

1945 《春天和蜜蜂》《忆》《流吧，长江的水》《先导》《一个战士需要温柔的时候》

1947 《他们死去了》《荒村》《发现》

1948 《诗》

---

① 一行：《穆旦诗歌中的季节书写》，载王家新编：《新诗"精魂"的追寻——穆旦研究新探》，东方出版中心 2018 年版，第 101 页。

1957　《葬歌》《我的叔父死了》《去学习会》《"也许"和"一定"》
1976　《理想》《春》《有别》①

　　不难发现，从少年时代习作到临终前的爆发，他的笔端一直有春的意象在跳跃。对春的隐喻书写贯穿了他的一生。穆旦笔下的"春"融会了历史、传统、文化、社会、时代以及心灵等多维度经验，构造出一个深沉阔大、丰富多彩的世界。这"春"的意蕴是流动的，变化的，它与时代的风云变幻以及个体的际遇沉浮之间是同呼吸共命运的，有非常奇妙的对应关系。穆旦诗歌"春"的隐喻内涵变化轨迹大致可以归纳为：早期的春总体上安宁喜乐，有天人合一的"古典"韵味；青春期的"春"充满了浓烈的爱欲意味，是矛盾、冲突的"现代"之春；晚年的"春"则犹如一曲回味不尽的哀歌，既是智慧的哲理之春，又是幻灭的凄凉之春。

　　在《哀国难》(1935)中，17岁的穆旦先用焦灼、急促的笔调铺陈"四千年的光辉塌沉"，然后笔锋一转，用舒缓赞美的语气描述安静美丽的"春"："春在妩媚地披上她的晚装；/太阳仍是和煦地灿烂/野草柔顺地依附在我脚边，半个树枝也会伸出这古墙，/青翠地，飘过一点香气在空中荡漾……远处，青苗托住了几间泥房/影绰的人影背靠在白云边峰。"和煦的太阳，柔顺的野草，出墙的青翠树枝，白云下的人影，泥房边的青苗，无一不是原生态的传统意象，散发出安宁和谐的气息，具有浓郁的古典韵味。即将成年的高中生穆旦纯真地表达了古老文明被现代枪炮侵袭的愤怒和悲伤。《我看》(1938)是成年穆旦首篇以"春"作为主题的成熟之作。这首诗清新、深情，飘逸，舒展，充满了生命的欢欣。它竭力渲染一种"寂静的协奏"，出现在诗中的景物相互间是和谐的，默契的，有心灵的感应和情感的交流。春风对青草是温柔的，大地对流云是痴情的，青草和流云羞涩，含蓄，欲言又止，心潮起伏，春心荡漾，脉脉含情。这种"此时无声胜有声""心有灵犀一点通"的情韵正是典型的古典情感。从主体形象特

---

　　①　以上诗篇都选自《穆旦诗文集》(一)，人民文学出版社2018年版。

点来看，《我看》中的"我"并不单纯是一个旁观者，我没有被排除在自然之外，春风、青草、大地、流云都是我内心世界的写照，"我"陶醉在宁静和谐的大自然乐章中，我和自然融为一体，穆旦早期的"春"透出比较浓重的农业社会的氛围和气息。

　　如果说《我看》是诗人在山河破碎、颠沛流离之际对宁静的田园风情的向往，那么《玫瑰之歌》(1940)《在旷野上》(1940)《春》(1942)等创作于四十年代的"春"则直面内心的矛盾和冲突，充满鲜明的现代性。以名篇《春》(1942)为例，这首诗很多学者从肉欲角度去解读其现代性，它也确定无疑有浓重的情欲成分，但是单单从这一个角度来解读把诗歌原有的"丰富"和"复杂"窄化了。"春"的意象里有更广阔更深刻的内涵。这首诗用隐喻的陈述方式，将内心的惶恐、犹豫、迷茫，郁结，对抗，激烈的振荡等纤毫毕现、淋漓尽致地呈现出来。它将无生命的事物都赋予生命，采用拟人式隐喻予以"戏剧性"表现。首句声势惊人："绿色的火焰在草地上摇曳"，有声有色有动态，充满了勃勃生机，更有一种令人感到紧迫，乃至受到逼迫的声势。这火焰是最原始的欲望之火，夹杂着惊人的破坏力和创造力。"花朵伸出地面"，它对"生命之火"的召唤是积极响应的，它要挣脱土地的束缚，寻找独立和自由。花朵有自己独特的思考和感受：它既"烦恼"又"欢乐"，它不是被动的欲望的对象，它与绿色的草地一样，是生命力苏醒的"二十岁肉体"，这些肉体在熊熊的情欲之火中炙烤，在痛苦与新奇中扭曲，燃烧。然而一切都处在不定型的混沌的动荡的状态，如何打开，怎么破坏，如何创造，都是未知数，因此充塞于二十岁肉体心中的，除了激情和燃烧，还有惶恐和迷茫。在"春"这个隐喻场中出现的喻体之间的关系是紧张不定的，但又充满力量，还有无数未知可能性：花朵要反抗土地，小草要拥抱花朵，花朵对小草欲迎还拒。旧的世界，旧的秩序，旧的价值体系打破了，各种新旧事物如何定位，如何安放？新的秩序，新的价值，新的观念如何确立？年轻健壮的二十岁肉体在这个复杂混乱的世界里怎样找到一条光明之路？穆旦早在《蛇的诱惑》(1940)里就表达过类似的困惑："而我只是夏日的飞蛾，凄迷无处。哪儿有我的一条路/又平稳又幸福？是不是我就/啜泣在光天化日下，或者/飞，飞，跟在德明太太身后？/我要盼望黑夜，朝电灯光上扑。"《在旷野上》(1940) 的"春"也有这种充满力量和迷茫感的矛盾："在旷野上，在无边的肃杀里，/谁知道暖风和花草飘向何方，/残酷的春天使它们伸展又伸展"。在这里我们依稀看到了郭沫若笔下"天狗"的影子：充满力量，渴望破坏和创造，寻找新的世界和秩序。然而在混乱的现实世界里，一代"二十岁"人不知道怎么实现新的组合，不知道如何去寻找"平稳又幸福的路"。他们和青春"五四"那血脉偾张、自信自负又柔弱伤感、迷茫无助的矛盾者形象完全实现了对接。但与"五四"时期的"青年人"不同之处在于，"五四"时期有一种来自浪漫主义的盲目自信和令人惊骇的夸大，这种自信在一定程度上源于科学光芒的照耀和新的民主制度的推行，人类从科学的进步中，从新的民主制度中，看到了自我的力量，看到了新的可能性。而 20 世纪 40 年代的年轻人，在"一战"和"二战"的废墟中辗转流离，在连一张课桌都无法安放的恶劣环境里，他们早就从盲目乐观的浪漫主义中清醒过来，踏上带有更多虚无幻灭与深刻理性色彩的现代主义之路。所以这里的"春"不仅仅是情欲的书写，更是时代社会文化心理的普遍象征。"光，影，声，色，都已经赤裸，痛苦着，等待伸入新的组合"这画龙点睛的神来之笔"征示着欲望/言说主体想要融入世界又无法融入""展现出一种浓郁的精神氛围，即现代世界中人的孤独，人与世界的关系的空前紧张，以及人在历史中的无力与绝望"[①]。如果说，"郭沫若笔下的'天狗'一方面疯癫、狂叫，血肉横飞，另一方面，又呈现于解剖学、神经学的透视光线中"，郭将"20 世纪的时代精神、理性与暴力的辩证逻辑，直接内化为一种身体的剧烈痉挛感"[②]，那么穆旦笔下的"春"一方面打开，炸裂，饥渴，燃烧，毁灭，充满青春旺盛期的荷尔蒙气息，另一

[①]　李章斌：《"在言语所能照明的世界里"：穆旦诗歌的修辞与历史意识》，《文艺争鸣》2018 年第 11 期。该文后被收入王家新编：《新诗"精魂"的追寻——穆旦研究新探》，东方出版中心 2018 年版，第 29 页。

[②]　姜涛：《从"蝴蝶""天狗"说到当代诗的"笼子"》，《诗刊》2018 年 8 月号下半月刊。

方面充满理性、幻灭、惶恐、怀疑与不确定性，在对自身力量的肯定中有一种更加深刻的来自历史和现实大环境的空虚茫然绝望感。同样是毁灭和燃烧，这里不是盲目的、冲动的，而是经过深思熟虑，明知"不可为而为之"的可敬之举，是与鲁迅先生一脉相承的"中间物"精神。与现实的密切相关性让"春"的现代主义意味中充满了现实主义精神。用诗歌写作的方式融入时代，反映现实，参与现实，形成个人与现实的互动是穆旦写诗的初衷与一贯的诗学思想。"他在坚持个性立场的同时，也有对个人经验和自我意识的积极调整。在他看来，并不是在大时代中写出具体的个人经验就一定是好作品，还要看这个自我究竟是否与时代之间形成真正的'大谐和'。强调个人与时代的紧密联系，同时强调在时代的要求下不断完善和发展自我，从而投入地——而非被动地——表现诗人的时代，这是穆旦诗学思想中始终一贯的重点。"①这首诗写于 1942 年 2 月，一个月后穆旦作出了一个具有人生转折点意味的决定：在西南联大任教不久的他投笔从戎，参加了中国远征军，奔赴缅甸抗日战场。因此，《春》(1942)可看作他投笔从戎时刻心灵世界的一个投影，彼时思想情感的一个注释，以及一个渴望创造新秩序、渴望与时代融为一体的年轻人出发前的号角和宣言。

　　袁可嘉说："二十世纪经历了比上个世纪更全面的传统价值的解体……现代诗人首先遭遇的难题，便是如何在一切传统标准(伦理的，宗教的，美学的)的崩溃之中，寻求传达的媒介，因为已不再有共同的尺度；诗人为忠实于自己所思所感，势必根据个人心神智慧的体验活动，创立一独特的感觉、思维、表现的制度。于是里尔克、叶芝、艾略特等纷纷创立了自己独特的意象体系。每一个意象，每一个单字都意味着特殊的暗示、记忆、联想。"②因此，中国新诗的"新"，其中一个重要的指标就是"意象"的新，一个新的充满现代意识的意象体系的确立才是新诗立足之本和表

---

　　①　张洁宇：《穆旦诗学思想与鲁迅杂文精神》，《首都师范大学学报》2019 年第 4 期。
　　②　袁可嘉：《诗与晦涩》，《论新诗现代化》，生活·读书·新知三联书店 1988 年版，第 93-94 页。

现。穆旦的"春"就是一个"旧瓶新酒"、脱胎换骨的新意象。实际上，从胡适的"黄蝴蝶"、郭沫若的"天狗"到徐志摩的"康桥"、闻一多的"死水"，戴望舒的"雨巷"，再到穆旦的"春"，一个新的中国现代诗歌意象体系已经建立起来。

1976 年，快走到人生尽头的穆旦写下了最后一组与春天有关的诗作：《春》《有别》《理想》等，其中《春》(1976 年)最有代表性，以"春"为主题，对"春"进行思索和慨叹。此时的穆旦历尽风霜苦楚，内心苍凉荒芜，"走到幻想的尽头"。这首诗写的是"春"，给读者的感受却是凛冽的"冬"。个体的遭遇与冷酷混乱到荒诞的历史让穆旦在苦笑中苍凉一叹。春天依然是热闹的，然而在诗人的心里泛起的是浓郁的苦涩和彻骨的寒冷，他回忆起那些烦恼与欢乐并存的青春年代："春意闹：花朵、新绿和你的青春/一度聚会在我的早年"。他对在欲望中燃烧，渴求破坏和创造的"春"进行了否定：那些与理想和激情相关的梦都"碎"了，唯一的收获是"寒冷的智慧"。那霍霍燃烧的激情在暮年穆旦的眼里不过是"轻浮的欢乐"，他的心已僵化成一座"寒冷的城"。然而吊诡的是这否定似乎是不完全的，那似乎了无生气的暮年之春在诗歌的结尾却又出乎意料地透出了一丝生气和暖意："回荡着那暴乱的过去，只一刹那，/使我挹郁地珍惜这生之进攻……"生气勃勃的春具有某种侵略性和进攻性，让人情不自禁地为其所诱惑和俘获。历经沧桑的穆旦是矛盾的，他否定了激情与梦想，但是又隐隐约约地进行了否定后的否定。这里再次与鲁迅精神相遇：如果希望是虚妄的，那么绝望其实也是虚妄的。地上本没有路，走的人多了，便形成了路。所以，虚无、幻灭本身也是虚妄的?! 无独有偶，同年创作的《有别》中也表达了这种冷峭和喜悦、绝望和希望相交织的矛盾感。暮年之春是一座寒冷厚重的石头城，穆旦情不自禁对青年时代活力充沛的春投过留恋的一瞥。这一瞥犹如重重浓雾中一缕晦暗不明的光芒，犹如时代一点若有若无的回声。伟大的作品不单是个人思想情感的写照，更是社会的投影，是群体文化心理的结晶。这首诗写于 1976 年，一直对政治密切关注的穆旦隐隐嗅到了春天的气息。这缕气息虽然非常微弱，但是让千疮百孔、冷硬如铁的心里升起了一丝微茫的希望，穆旦的心最终还是不愿意"绝望"。一个月后的《有别》中"春"的底色明亮了许多，希望的影子也厚重了些许。

从古典之春到激情矛盾之春，再到虚无幻灭之春，穆旦借助"春"建构了一个宏大、复杂、丰富的现代隐喻空间。这个空间里不同时期的内涵并不是截然分开的，而是相互勾连、相互呼应，有其内在的一致性。这个一致性就是对自我主体意识的确认、对现代民族国家的想象与确认。随着个人际遇和历史风云的变幻，这个想象、确认、顿悟的内容不断发生改变。这个过程体现了隐喻最富有魅力的特点：无穷无尽的创造性与包容性。"隐喻不仅是语言的，它还从语言出发，穿透语言，联结言象意，使语义延伸至更加广阔的时空，使语言与世界在融汇中充满活力和意义。隐喻连接言象意，贯通语言、人和自然，使之成为有机整体，从而滋生出无限意蕴的功能系统"。[1]　三个阶段的"春"结合起来阅读，穆旦生平有代表性的际遇和情绪体验轮廓被清晰地勾勒出来，跌宕起伏的时代风云在诗歌里或明或暗的涌动。历史经验与现代经验在这里相遇、碰撞，旧的隐喻义与新的隐喻义在这里交缠、互渗。穆旦诗歌"绝对调强人与社会、人与人、个体生命中诸种因子的相对相成，有机综合"，尽可能地输出了"最大量的意识形态"[2]，具有非常鲜明的"现实、象征、玄学"的综合特征。

第二节　穆旦诗歌中"春"的隐喻内涵对传统的 继承和偏离

传统文学有关"春"的作品多如繁星。"中国古典传统中的季节，从来都是具体的时间，既与自然、万物和宇宙的秩序相关，又与政治、伦理和礼法的秩序相关，并在二者之间建立了类比关系"，"它构成了中国古人生

---

① 张目：《隐喻：现代主义诗歌的诗性功能》，《文艺争鸣》1997 年第 2 期。

② 袁可嘉：《新诗现代化——新传统的寻求》，载《论新诗现代化》，生活·读书·新知三联书店 1988 年版，第 6 页。

命的自我理解，规定着他们的生命气息和节奏"①。传统之"春"不单单是时间经验，而是以时间范畴的"春"作为隐喻的本体，跨域映射到社会、人生、伦理、政治等人文范畴，产生极其丰富的隐喻内涵，蕴含着古人对宇宙、社会、人生以及生命自身的理解。古人时间范畴的"春"亦喜亦悲。春是时间的起点，也是生命的起点，春风拂过，万物复苏，一切充满希望与活力，人们心情喜悦，喜春、赞春的诗句层出不穷："等闲识得东风面，万紫千红总是春"（《春日》宋·朱熹），"日出江花红胜火，春来江水绿如蓝"（《忆江南》唐·白居易）。春天美好而短暂，伤春的诗句也比比皆是："林花谢了春红，太匆匆"（《相见欢》南唐·李煜），"准拟今春乐事浓，依然枉却一东风"（《伤春》宋·杨万里）。

古典的"春"在人伦场域也有丰富的言说空间，这是时间场域隐喻义的延伸。春是生命的起点，生命何来？从万物的交媾、孕育、繁衍中来。隐喻"近取诸身"，春天的和煦明丽温暖与男女恋爱的感觉有共通之处。因此，春在许多古诗中有比较明显的"性"的意味，"怀春""思春"的诗大量存在："有女怀春，吉士诱之"（《野有死麕·诗·召南》），"春林花多媚，春鸟意多哀。春风复多情，吹我罗裳开"（《子夜四时歌·春歌晋·乐府民歌》）。这类诗中，"春"的肉体感、欲望感很强烈。随着人类文明的发展，性与爱的关联越来越密切，传统诗歌中"性"的意义渐渐被弱化，精神领域的"情"与"爱"逐渐被强化。春越来越多地被用来隐喻爱情，虽然其中仍旧包含了"性"，但是往往淡到看不出来。古代许多脍炙人口的爱情诗都借"春"抒发情怀："春心莫共花争发，一寸相思一寸灰"（《无题》唐·李商隐），"红豆生南国，春来发几枝"（《相思》唐·王维）。在隐喻内涵可以无限扩充的家族里，春不但与男女情感发生映射，还与亲情，友情，家国情，人生经历乃至人类对万事万物的博爱之情等发生广泛的映射，收获无边的"春色"。春可以指友情，如"江南无所有，聊赠一枝春"（《赠范晔》南北朝·陆凯）；可以指亲情，尤其

---

① 一行：《穆旦诗歌中的季节书写》，载王家新编：《新诗"精魂"的追寻——穆旦研究新探》，东方出版中心 2018 年版，第 101 页。

是母爱，如"报得三春晖"（《游子吟》唐·孟郊）；可指家国情，如"国破山河在，城春草木深"（《春望》唐·杜甫）；"春风又绿江南岸，明月何时照我还"（《泊船瓜洲》宋·王安石）；还可指对万事万物的博爱之情："阳春布德泽，万物生光辉"（《长歌行》汉乐府）。春天气温适宜，万象更新，万物朝气蓬勃，人体感觉舒适，精神上也容易被召唤出积极向上、意气风发的一面，故也常被形容人事业顺利，精神极度愉悦的状态，如"春风得意马蹄疾，一日看尽长安花"（《登科》后唐·孟郊）以上种种映射，我们可以列一张表，予以更清晰的展示，如表 1-1 所示：

表 1-1　　　　　　　　　　　传统诗歌中"春"的隐喻

本　义	隐　喻　义
时间的起点	万事万物的起点，生命的起点等
万物复苏，蓬勃向上	人生充满希望与活力，人生得意，事业顺利，青云直上
春天短暂	人生短暂，心情悲伤
性意识	男女性事
和煦、温暖、舒适	爱情，亲情，友情，家国情，万事万物的博爱之情

　　以上种种映射并不是严格的一一对应，有时候是一个本义可以对应多个隐喻义，如春天的和煦温暖舒适感不但在情感场域适用，在事业场域、时间场域同样适用。而男女情爱也可以对应"生机勃勃""起点""孕育生命""愉悦"等多项本义。只是在具体的情境中，在相互映射的互动过程中，有些义项的光芒会淡下去，而某一符合作者或者读者意愿的义项会凸显出来。诗歌隐喻属于"远取譬"，在看似不相关事物之间发现、创造联系，并在这个过程中凸显某些特征，抑制另一些特征，从而展现一个新的与内心情感吻合的世界。义项与义项之间没有特别清晰的界限，他们是密切相关，相互转化的。在一个概念域中，往往存在一个核心意义，其他意义在此基础上衍生出二级或三级本义。比如，春的本义里，时间经验是核心意义，时间有起点，有终点，有长短，站在起点人们充满希望和活力，站在

终点人们悲伤幻灭。春天是季节，身体对春天的温度有直接的体验，因此春天又衍生出温暖、明媚、称心如意等身体感觉和精神感觉。

回到穆旦诗歌的"春"里面来，可以非常清晰地看到穆旦的"春"里有古典文学的血脉。穆诗中的"春"首先同样是时间经验的书写，这是隐喻的核心义。《一个老木匠》《我看》都用"春"等季节词指代时光的流逝："春，夏，秋，冬……一年地，两年地，/老人的一生过去了"（《一个老木匠》）；"像季节燃起花朵又把它吹熄"（《我看》）。其次虽然《我看》前两节描写现代场景和现代经验，但是后面三节慨叹时光的流逝，哲人的消逝，在一连串"无可奈何花落去"的时光之叹中，在"让我的呼吸与自然合流"的呼告中，古典文学中天人合一的哲学观、节序如流的时间观、"哀而不伤、怨而不怒"的审美观在这里欲隐还现。而第四节里则明显有向传统文学和传统文化致敬的意味："也许远古的哲人怀着热望，/曾向你舒出咏赞的叹息，/如今却只见他生命的静流/随着季节的起伏而飘逸"。对春光、生命的咏赞自远古时代就开始了，一代代哲人留下了多少关于"春"和生命的千古名篇，时光如水，哲人已逝，但是他们留下的文学、文化遗产却在时光里永恒，成为华夏民族珍贵的精神财富。这首诗里的"春"，现代经验与古典经验纠缠交织，温柔敦厚的古人穿上了现代人的衣服，学会了现代人的语言，甚至懂得了现代情感表达交流方式，但是思想与情感的内核仍有浓重的古典元素。实际上，时光流逝、生命的蓬勃、万象更新、和煦温暖、生机勃勃，充满希望与活力等基本隐喻义贯穿穆旦整个创作史，即使在最富有激情和冲突的《春》（1942）和最凄冷绝望的《春》（1976）中，这些基本义仍然未被各种现代经验所遮蔽。正如李怡所说："中国现代新诗的喻象有一定的文化传承性，即是说较多地接受了中国古典诗歌的原型喻象"，"历史传承性事实上是强化了比喻作为语词的聚合功能，它将孤立的语词带入到历史文化的广阔空间，并在那里赋予了新的意义"。①

----

① 李怡：《中国现代新诗与古典诗歌传统》，西南师范大学出版社 1999 年版，第 38 页。

从写作技巧和审美风格来看，《哀国难》《我看》等都含有情景交融，即景生情，超然物外，物我两忘等传统诗歌写作技巧和审美韵味。《哀国难》中太阳、野草、树枝、青苗，《我看》中春风、青草、飞鸟、流云、大地等传统意象无一不蕴含着特定的情感，这正是古典文学的写作技巧：一切景语皆情语，通过"景"表达人的内心世界，写景即是写人，即是写情，人与景融为一体，不可分割。穆旦在这个阶段既狂热地喜爱浪漫主义诗人惠特曼、雪莱与叶芝等人，也深受古典文学的熏陶，他们成立的诗社——南湖诗社的指导老师是闻一多和朱自清，这两位老师都有精深的古典文学造诣。西南联大期师生关系十分融洽，"教授常去学生宿舍参加讨论、漫谈。师生接触机会较多，关系融洽，在交谈中自然也涉及专业知识、治学方法，因此颇有古代书院的风味。"①南湖诗社的成员之一赵瑞蕻曾深情地回忆："在南岳山中，我们与闻、朱两位老师是经常见面的，因为都住在'圣经学院'里，而且各自选读或旁听他们所开的几门课，如《诗经》《楚辞》和《陶渊明》等。到了蒙自，由于这个诗社我们有更多的机会得到闻、朱两位先生亲切的教导，这对我们以后做人做学问，从事诗歌创作和研究等方面都起了直接或潜移默化的作用。"②这样的环境和氛围决定了穆旦吸收的营养是全面的，穆旦联大同学刘兆吉说："穆旦的新诗，是在中国旧诗和新诗的基础上的改革创新，他的确也学习了外国诗人的一些长处，但属于洋为中用，骨子里还是具有中国特色的作品。"③这个评语用来评价穆旦所有作品或许不一定合适，但是用来评价《哀国难》《我看》等诗作，却十分中肯。

然而不拘泥于传统，在传统和外来诗歌资源基础上创造出一种具备本土经验和世界经验特质的诗歌，才是穆旦诗歌成为经典的奥妙。穆旦对春

---

① 西南联合大学北京校友会编：《国立西南联合大学校史》(修订版)，北京大学出版社 2006 年版，第 13-16 页。

② 赵瑞蕻：《南岳山中，蒙自湖畔》，载杜运燮等编：《丰富和丰富的痛苦——穆旦逝世二十周年纪念文集》，北京师范大学出版社 1997 年版，第 166 页。

③ 刘兆吉：《穆旦其人其诗》，载杜运燮等编：《丰富和丰富的痛苦——穆旦逝世二十周年纪念文集》，北京师范大学出版社 1997 年版，第 189 页。

里面的"性"意识进行了极具现代意味的改写。《我看》前两节中出现了比较明显的性意识的苏醒，到《春》(1942)里萌芽状态的性意识无可阻挡地燃烧成摇曳的火焰。古典"春"中的"性"是伦理道德范围内的，而穆旦诗歌"春"意象中的情欲恰恰是要突破封建伦理道德以及一切阻碍生命力喷发的禁锢，如花朵要背离滋养它的土地一样。穆旦诗歌中的情欲元素既有与古典文学相通之处，更多的是偏离：这股爱欲的火焰饱含着强大的破坏力和创造力，前者是基础，后者是接受了西方外来文化(尤其是现代主义思想)和时代思潮之后的质的蜕变。无论是封建纲常伦理范围内的情欲还是表示反叛与生命搏击的爱欲，其隐喻思维都是一致的，那就是从身体感觉出发，通过身体在空间里的体验来逐步认识世界，在身体感觉与世界之间寻找相似性，创造相似性[1]。莱考夫指出：实际上，我们觉得没有一种隐喻可以在完全脱离经验基础的情况下得到理解或者甚至得到充分的呈现。[2]从隐喻思维的体验性上，我们看到了中西诗歌诗思的对接之处，也从理论根源上解释了为何穆旦诗歌常常给人"肉欲"的感觉。

穆旦诗歌中"春"对传统文学的另一个突破表现为气氛、节奏、叙事姿态以及由此体现出来的不同的心灵感觉。传统"春"是从容、宁静、圆融的，即使是书写悲伤，叙述语调和表情也是迟缓、安静的，呈现"哀而不伤、怨而不怒"的审美风格。人与世界之间的关系是有序的，天人融洽共处，个体心灵在文明价值体系中"有所归依"。而在穆旦的诗歌里，"春"是焦灼的，快节奏的，人与世界的关系是紧张的，个体内心动荡不定，个体飘零在时代之外，找不到归依感。焦灼不安的氛围凸显具有现代理性意识和怀疑精神的现代人形象，展现矛盾、分裂、破碎、迷茫的现代心灵图景。穆旦用他天才的隐喻才华，在现代社会、现代心灵与"春"之间创造出相似性，将其聚焦在既出人意料又恰如其分的"客观对应物"上，让古老的"春"闪射出炫目的现代光辉。在这首最具有现代主义风格的诗歌中，我们

---

①　转引自王寅：《认知语言学》，上海外语教育出版社 2017 年版，第 455 页。
②　[美]乔治·莱考夫、[美]马克·约翰逊著，何文忠译：《我们赖以生存的隐喻》，浙江大学出版社 2015 年版，第 20 页。

也列表对比一下本义与隐喻义，借以探索本诗隐喻的奥妙(见表 1-2)。

表 1-2　　　　　　　　　　　**《春》(1942)的隐喻**

本义	隐 喻 义
时间的起点	生命的起点
万物复苏，生机勃勃	花园里充满生机"绿色的火焰""花朵伸出地面""醒了"
春天短暂	无
性意识	"满园的欲望多么美丽""他渴求着拥抱你"欲望喷发
春天和煦、温暖、舒适	不明显
无	花朵反抗土地：怀疑、反叛与原始生命力的释放
无	"你们被点燃，却无处归依"：无处归依的飘零感，迷茫感
无	光影声色俱已赤裸，痛苦地等待伸入新的组合：矛盾分裂的个体渴望完整与归依

与表 1-1 对比，不难发现，在春这个隐喻场中，穆旦对传统隐喻义有取有舍，他围绕"时间经验"这个本义，在"起点"希望"活力""情欲"等原有隐喻义基础上，又添加了"反叛""冲破禁锢""怀疑""渴望归依"等带有鲜明个人思维特点和时代特质的新隐喻义，从而创造出一个前所未有的充满玄学意味的现代之"春"。

再看第三首《春》，采用本义与隐喻义相对照的义项分析法，我们又有新发现(见表 1-3)。

表 1-3　　　　　　　　　　　**春(1976)的隐喻**

本义	隐 喻 义
时间的起点	生命的起点
万物复苏，生机勃勃	活力："春意闹：花朵、新绿和你的青春""生之进攻"
春天短暂	你走过而消失，只有淡淡的回忆
性意识	无

续表

本 义	隐 喻 义
春天和煦、温暖、舒适	无
无	狂热、简单、盲从，肤浅："宣传热带和迷信"，"激烈鼓动推翻我弱小的王国"
无	寒冷："筑起寒冷的城"
无	若有若无的淡淡留恋"一刹那""珍惜"
无	攻击性、掠夺性、欺骗性、诱惑性

在这首晚年之《春》里，诗人给"春"的隐喻义又添加了新成员：生机勃勃的"春"具有强劲的攻击力、掠夺性、诱惑性和欺骗性，热血沸腾的青春狂热、简单、肤浅、盲从，青春期激情与梦想最后幻化成"破碎的梦"和"寒冷的城"。温暖的春为何竟然衍生出"寒冷"？这还是采用了隐喻思维，通过两个不同概念域的相互映射形成的义项。青春激情似火，充满活力，恰如繁花似锦的春天，但年轻人看问题简单，容易被鼓动，被欺骗，被利用；这一点折射到春天的意象中，春天就点染上了狂暴、欺骗、攻击、诱惑等意味；最可怕的是"理想终成笑谈"，毕生的努力，不过是受到"妖女之歌"的蛊惑，眼前的春天反衬出历史的残酷，心情的悲怆。这凄凉的心情映射到春的隐喻场中，"春"乍暖还寒，包蕴了寒冷的意味。在季节的起点，历经沧桑的诗人一眼就看到了终点，那摇曳的绿色火焰转瞬即逝大片大片的荒原。穆旦用生命阐释了艾略特的"荒原意识"。"荒原意识"带来了一种低沉、凄怆、智性的诉说氛围和调子。站在人生的终点，回望个人来时路，回看人类历史，环顾时代大环境，个体与时代的紧张感被遗弃感代替，个体也终结了犹豫彷徨矛盾冲突的动荡状态，终止了融入大时代的探求，关上了对世界敞开的心扉。那颗在激情中燃烧和煎熬的心终于变成了带余温的灰烬。这首《春》写透了洞悉历史和人生奥秘后的绝望与虚无。王佐良说，穆旦七十年代的诗"当年现代派的特别'现代味'的东西也不见了——没有工业性的比喻；没有玄学式奇思，没有猝然的并列与对照，等

等。这也是穆旦成熟的表征，真正的好诗人是不肯让自己被限制在什么派之内的，而总是要在下一个阶段超越上阶段的自己。"①的确，特别"现代味"的东西在词汇、修辞、语法等外在的语言形式上是没有了，呈现出向传统"回归"趋势，但是现代派的感觉却深深地浸润在骨子里。这个阶段的现代派风格融合了个体经验、本土经验与西方经验，是对前期现代派风格的继承和发展。

第三节　穆旦诗歌中"春"的隐喻书写创新

隐喻的大量使用让穆旦的诗歌具有强劲的艺术创新力。这首先表现为隐喻意象"惊人的离奇、新鲜"与隐喻内涵"惊人的准确和丰富"②。这一点，"春"体现得格外鲜明。与传统隐喻义相比较，穆旦的"春"想落天外，它是"绿色火焰"，"美丽的欲望""泥土做成的鸟的歌""在痛苦中等待重新组合的光影声色""寒冷的石城"。这一系列具有紧张性，对抗性，以及不稳定性的喻体，与多用来指涉美好愉悦事物的春又是如何进入同一隐喻场呢？如此新奇贴切的意象是经由什么诗思途径获得的呢？这源于现代隐喻独特的思维方式。

传统隐喻重在发现本体与喻体之间的相似性，而现代隐喻重在创造两者的相似性，这两种诗思带来不一样的阅读感受，前者通俗易懂，亲切自然，如"野火烧不尽，春风吹又生"读来如风行水上，少有阅读和思维上的障碍。传统隐喻两造之间相似性较容易发现，且因长期广泛使用已成为民族集体无意识，新颖性的丧失使其成为死隐喻，死隐喻不能激起读者的新奇感，更不能引导读者进行形而上的思考。现代隐喻语言滞重、奇崛，甚至不知所云，带来很大的阅读障碍，但是若读者循着诗歌给出的线索，结

---

① 王佐良：《穆旦：由来和归宿》，载杜运燮等编：《一个民族已经起来：怀念诗人、翻译家穆旦》，江苏人民出版社 1987 年版，第 7 页。

② 袁可嘉：《新诗现代化的再分析——技术诸平面的透视》，载《论新诗现代化》，生活·读书·新知三联书店 1988 年版，第 18 页。

合时代背景，经过一番思索，就会恍然大悟，产生更大的惊喜。穆旦擅长在不相关的事物之间创造相似性。在现代隐喻中，本体与喻体之间的距离越大，理性思维参与的程度越深，诗歌的隐喻空间就越开阔，空间所包含的新信息就越丰富，因而产生的阅读感受就更加深刻、丰富，诗歌语言也因此深沉厚重，含蓄蕴藉，充满玄学的意味。这个过程就像读者和作者进入一个奇妙的加工厂，像用盐腌制食品一样把思想与情感揉进某一"客观对应物"中，创造出新的产品——新隐喻义，从而形成全新的"有肉感和思想的感性"意象。① 换言之，新的隐喻义的产生主要表现为这样一个过程：打碎死隐喻僵硬的外壳，遮蔽其陈旧乃至陈腐的内涵，再赋予其新的内涵。其中"祛魅"和"赋魅"的过程是同时发生的，是一个互动的，充满创造力的过程。新旧内涵之间是互相杂糅，没有明确边界的，僵化的死隐喻和新颖的隐喻之间有一个"融合空间"，在这个空间里，死隐喻就像一束光，虽然被遮挡了，但是仍然有部分光芒无可阻挡地射进来，与新的经验和情感产生化学反应，形成耳目一新，有巨大张力的新隐喻②。袁可嘉说："玄学、象征及现代派诗人在十分厌恶浪漫派意象比喻的空洞含糊之余，认为只有发现表面极不相关而实质有类似的事物的意象或比喻才能准确地、忠实地，且有效地表现自己；根据这个原则而产生的意象便都有惊人的离奇，新鲜和惊人的准确，丰富；一方面它从新奇中取得刺激读者的能力，使读者在突然的棒击下提高注意力的集中，也即是使他进入更有利地接受诗歌效果的状态，另一方面在他稍稍恢复平衡以后使他恍然于意象及其所代表事物的确切不移，及因情感思想强烈结合所赢得的复杂意义。"③穆旦可谓袁可嘉诗学理论最好的践行者。

穆旦诗歌意象中新的隐喻内涵不但让意象新奇、准确而且形成了一种

---

① 唐湜：《穆旦论》（1948），载《"九叶诗人"评论资料选》，华东师范大学出版社1995年版，第339页。

② 王寅在其著作《认知语言学》中提到 Fauconnier 的概念融合理论，其原理与此类似。有关介绍见王寅著《认知语言学》，上海外语教育出版社2007年版，第215页。

③ 袁可嘉：《新诗现代化的再分析——技术诸平面的透视》，载《论新诗现代化》，生活·读书·新知三联书店1988年版，第18页。

抽象与具象相结合、思辨与感性相映衬的语言风格。《春》（1942）里"二十岁的肉体"是一个充满肉感的具象，二十岁，人生的开端，就像春天是季节的开端；二十岁人身体发育已完成，对爱欲充满了探索的激情和欲望，但思想上却处于简单、稚嫩、未定型，不成熟的状态。他们对外界充满好奇，渴望确认自我价值，渴望融入时代洪流，成为时代弄潮儿。然而20世纪40年代是一个风云激荡，复杂多变的年代，年轻人难以找到确认自我价值的途径，因此思想上会产生苦闷感、压抑感，甚至想用"破坏"与"毁灭"来创造"新的组合"。所以穆旦的"春"是青年荷尔蒙与时代苦闷的结合体，是理想与现实碰撞出的火花。所以，穆旦的春既是"肉欲"的，又是"精神"的；即是个体的，又是时代的；即是民族的，又是世界性的，既是独特的，又是普遍的。穆旦用隐喻思维创造出经典之春，永恒之春。

为何穆旦可以用"具象"表达抽象的内涵？这源于隐喻具有用具体事物表达抽象概念的功能："隐喻'产生形象'，（字面上指置于眼前），换言之，它给对形象的把握提供具体的色彩，现代人将它称为形象化风格。""隐喻是以具体事物的特点描绘抽象性质"，"同一种隐喻包含相称性的逻辑因素与形象性的感性因素"①。身体经验是隐喻的基础，我国传统文学亦有类似的观点，"近取诸身"，人类最初是通过身体来了解世界的，人们"通过身体的进出、上下所牵引的空间感知，来应照季节的来去（如春天的脚步近了）或心情的哀乐起伏"②。"这让情感成为身体可以展现，同时也是可以具体感受到底空间性的力量。……起坐、俯仰、出还的姿态是内在的发动，同时也是风物外力浸进、围裹的承受与抵拒"。③ 像"兴高采烈""怒发冲冠""神采飞扬""柔肠寸断"等表达内心情绪的词语有鲜明的画面

① 保罗·利科，汪堂家译：《活的隐喻》上海译文出版社 2004 年版，第 44 页。

② 郑毓瑜：《引譬连类》，生活·读书·新知三联书店 2017 年版，前言第 12-13 页。

③ 郑毓瑜：《身体时气感与汉魏抒情诗——汉魏文学与楚辞、月令的关系》，载《文本风景：自我与空间的相互定义》，麦田出版公司 2005 年版，第 327 页。

感，读者读这些词时，其情境如历历在目，感同身受，其重要原因就是这些词语都有身体因素和身体动作。因此当我们用隐喻的方式来阐释有身体经验基础的抽象概念时，就有可能将身体和抽象的概念打通来予以说明。学者黄俊杰认为思考不在身体之外，身体也不是思考进行的工具（如通过大脑），身体与思考等同为一，密不可分。① 所以"春"的季节书写是身体经验与季节经验相互映照形成的话语，这个季节经验不单指自然季节经验还包含知识体系、季节社会文化环境等。也就是说，隐喻以身体经验为基础，打通了内在情感体验与外在客观经验，并将这两者物化为某个客观对应物，使其成为抽象与具象的结合体。穆旦的"春"，有非常明显的身体经验：《我看》（1938）中身体舒展、轻松，心灵惬意又舒适；《春》（1942）则带来生理与心理上的紧张与冲突，而《春》（1976）则有一种衰老、萎缩、凋零感。这些身体经验通过许多动作语言和具体形象表现出来。如《春》（1938）里的动作是"悄揉""低首""凝望"等幅度很小，内心情感起伏不大的动作，意象是"向晚的春风""丰润的青草""静静飞翔的鸟"等，它们安静祥和；《春》（1942）的动作充满紧张、焦灼和对抗："反抗""伸""紧闭""点燃"，意象是"摇曳的火焰""紧闭的肉体""泥土做成的鸟的歌"等，带有激情感、爆发感、堵塞感和脆弱感。《春》（1976）中的动作可分为两组，回忆情境中的动作有强烈的蛊惑性、暴力性和外扩性："聚会""宣传""鼓动""流放"，现实情境中的动作则是柔弱、无力、怅惘、内缩的："消失""回忆""稍稍唤出""筑""关""围困"等，意象也是两组对比鲜明的图景：前者是喧闹的：如"传单""暴乱"；后者是清冷，孤寂的："寒冷的城""淡淡的回忆""回声"。

因此，我们可以大胆断言穆旦诗歌的"身体意识""感性与思辨共存"的语言风格既有现代隐喻思维特质，也有传统隐喻思维基础，不完全是"舶来品"。因为"所谓概念隐喻……通常是让抽象的概念与先前已经熟悉上手

---

① 黄俊杰：《中国思想史中"身体观"研究的新视野》，《中国文哲研究集刊》第20期（2002年3月），第541-564页。

的具体的身体经验模式相联结，或者说是由一种成系统的意象图式架构来浮现一个抽象的概念义。"①隐喻是抽象概念、生活经验与言说方式综合而成的一个框架结构，是感觉—知觉—语言认知方式的呈现。抽象概念与感性现象是隐喻的应有之义。当穆旦的"春"呈现在读者眼前，强烈的思辨和鲜明的形象扑面而来。抽象思维与具体形象在穆旦的诗歌里成为密不可分的整体，一种既抽象又具象，既思辨又感性的语言产生了。"身体改变了语词的质地、色泽，使之变得结实、细密、立体而丰盈，并获得了感性的、可触摸的质感。这种化无形为有形、于感性中渗透思想的写法，构成穆旦诗歌的一个显著特色。"②

穆旦创造了一种既典雅又明晰，处于口语与书面语之间的语言风格。新诗肇始之初，胡适提倡口语化，可惜失之于粗浅直白；郭沫若强调抒情，可惜过于泛滥浮浅。这两种倾向流弊甚深，余音不绝，至 20 世纪 40 年代，诗坛口号诗与感伤诗泛滥。如何创造一种优美典雅区别于日常口语的诗歌语言？如何让诗歌语言有深度有厚度？穆旦做了有效的尝试。保罗·利科说：隐喻陈述的优点是"明晰""热烈""丰富""得体"，尤其是"典雅"③，隐喻的使用，会使日常用语偏离日常用法，形成一种陌生的氛围。穆旦诗歌语言有口语的感觉，但并不是纯粹的口语，而是既有口语的明白流畅，又有书面语的典雅幽深。日常口语带来明晰风格，大量隐喻的使用则使诗句"陌生化"，形成庄重典雅优美生动的表达效果。"光，影，声，色，都已经赤裸，痛苦着，等待伸入新的组合"，人物内心的紧张、迷茫、充满期待、蓄势待发又彷徨不安的复杂心情，非用隐喻不能表达得如此准确、丰富、明晰、厚重。

每个时代都有自己独特的话语。每个个体都不可避免要被时代与传统

---

① 郑毓瑜：《引譬连类》，生活·读书·新知三联书店 2017 年版，导论，第 12-13 页。

② 张桃洲：《论穆旦"新的抒情"与"中国性"》，《首都师范大学学报》(社会科学版)2008 年第 4 期。

③ 保罗·利科，汪堂家译：《活的隐喻》，上海译文出版社 2004 年版，第 41 页。

这两种因素所塑造和规约,前者是显在因素,后者以遗传基因的方式沉潜于人们思维的深处。不管穆旦对传统如何定位,他始终是那个汲取"古诗词山水"营养长大的孩子,传统诗歌的思维方式,意象体系,审美风格即使被诗人远离和屏蔽,也会作为背景和底色在现代诗歌的画框里渗透出来。承认这种传承性,才能更好地甄别穆旦诗歌的特色。这种辩证思维有助于穆旦诗歌研究开辟新的路径和空间。张桃洲说:"一段时间以来的穆旦研究,最致命的缺陷就是诗学观念的板结和思维方式的简化。消除这一症结的有效途径,或许仍应建基于段从学十多年前提出的'回到穆旦的丰富性和复杂性'本身,也就是要对穆旦生成过程(包括其诗学来源)的内在肌理及其具有的驳杂层次,进行透彻和更为细致的谱系建构。"①如何深入"内在肌理"与"驳杂层次"?从隐喻入手,深入文本内部进行解剖式分析,是一个客观且可靠的途径,在很大程度上可以避免某种主观想象式研究或者过度阐释。借助隐喻,我们可以分析诗歌生成过程、思维特点、内在运行机制以及喻象隐喻内涵等。比较穆旦诗歌三个阶段"春"的隐喻内涵,不难发现,虽然在不同阶段,中西诗歌传统影响轻重程度不同,且穆旦自始至终有意作出背离传统的姿态,但是穆旦的"春"确然是现代经验与传统经验、世界经验与民族经验相结合的产物,穆旦一直在探索中国新诗新的图景,开阔的视野使他一开始就辩证地寻求西方诗歌创作技巧和思维方式与中国传统诗歌的衔接、交融之处,而不是用"非此即彼"的二元对立思维模式悍然切断二者间的关联,事实上吸收中外营养成长起来的诗人客观上也无从切断这种血肉关联。当然这种融合有非常成功的作品,也有隔膜、生硬之处。但是这种大胆的不同于时代主流诗歌的尝试,使穆旦成功地将现代主义诗歌语言与形式革新推上了里程碑式的新高度。

---

① 张桃洲:《今天怎样研究穆旦》,《文艺争鸣》2018年第11期。后收入王家新编:《新诗精魂的追寻——穆旦研究新探》,东方出版中心2018年版。

第二章　神与魔：穆旦诗歌基督教
意象的隐喻性

　　宗教是对现实社会的隐喻和象征，宗教与诗歌都常用隐喻的方式表达对某种无法用描述性语言直接言说的经验的言说①，诗歌、宗教、隐喻是同根同质，三位一体的。中国新诗自诞生以来，宗教意象就不断出现在诗歌中，成为探索新诗现代化的途径之一。从 20 世纪 20 年代的郭沫若、冰心、徐志摩到三四十年代的陈梦家、艾青、穆旦，我们可以清晰地描绘出西方基督教意象在中国现代新诗中的存在历史与图景②。作为中国诗歌现代化历程中最有代表性的诗人，穆旦一直"执意走一条陌生化、异质化的语言道路"③，而宗教意象则是穆旦通往这个道路的途径和表现形式之一。王佐良断言：穆旦对中国新诗最大的贡献就是"创造了一个上帝"。④ 统观穆旦诗歌，提到神、魔、上帝等基督教意象的诗有 34 首，占比约 23%，"主""神""魔""撒旦"等宗教意象频繁出现，并蕴含极其丰富独特的隐喻内涵，这引发了学界长期的关注。目前学界对穆旦诗歌宗教现象的研究主要集中在两个方面：一是从话语层面探讨基督教对穆旦诗歌语言的影响，主要见王本朝、吴允淑、季爱

---

　　①　陈庆勋：《艾略特诗歌隐喻研究》，上海人民出版社 2008 年版，第 208 页。

　　②　有关资料可以参考许正林著：《中国现代文学与基督教》，上海大学出版社 2003 年版。该著比较详尽地爬梳了现代诗人诗歌中的宗教元素，其中包括郭沫若、徐志摩、闻一多、冰心、陈梦家、艾青等。

　　③　王家新：《生命也跳动在严酷的冬天——重读诗人穆旦》，载《文艺争鸣》，2018 年第 11 期。

　　④　王佐良：《一个中国诗人》，《文学杂志》第二卷第二期，1947 年 7 月号。

娟、凌孟华等的研究成果①。二是以诗歌作品为依据，探讨基督教思想对穆
旦精神层面的影响，见王毅、段从学、李章斌、王学海等的研究成果②。相
关成果鲜有从隐喻角度去探讨穆旦诗歌中的宗教现象，但作为现代派杰出的
代表诗人，隐喻是穆旦最突出最主要的思维方式之一，穆旦诗歌中反复出现
的宗教意象是隐喻思维之树上结出的硕果，从隐喻的角度去研究穆旦诗歌中
宗教意象可起到追根溯源、正本清源的作用。

具有浓重异域特色的宗教意象经过穆旦思维的雕琢与打磨，将呈现出
什么样的内涵？穆旦为何钟情于宗教意象？体现什么样的诗思特征？对穆
旦诗歌语言形态产生了什么样的影响？对中国新诗的发展又有什么影响？
本书将从隐喻的角度一一进行剖析。

第一节　穆旦诗歌中宗教意象的隐喻内涵

穆旦诗歌中的基督教意象主要可以分为两大阵营，前者包括主，上
帝，神等正面形象，实质都指"上帝"；后者包括魔、妖、妖女、蛇、魅等

---

① 吴允淑：《穆旦的诗歌想象与基督教话语研究》，《中国现代文学研究丛刊》，
2000 年第 3 期；凌孟华：《他创造了一个"上帝"——略论穆旦作品中的上帝》，《宜宾学
院学报》，2003 年第 2 期；季爱娟：《穆旦诗歌的"上帝"话语探析》，《学术交流》，2006
年第 1 期；王本朝：《中国现代诗歌中的上帝意象》，《文学评论》，2006 年第 6 期。

② 王毅：《围困与突围：关于穆旦诗歌的文化阐释》，《文艺研究》，1998 年第 5
期；刘保亮：《论穆旦诗歌的荒原意识和宗教情绪》，《洛阳大学学报》，2004 年第 9 期；
段从学：《从〈出发〉看穆旦诗歌的宗教意识》，《中国比较文学》，2006 年第 3 期；李章
斌：《从〈隐现〉看穆旦诗歌的宗教意识》，《名作欣赏》，2008 年第 3 期；解志熙：《一首
不寻常的长诗之短长——〈隐现〉的版本与穆旦的寄托》，见《中国文学史资料全编·现代
卷》之李怡、易彬主编的《穆旦研究资料》（下），知识产权出版社 2013 年版；李章斌：
《感时忧国与宗教情怀：再探穆旦诗歌的基督教意识》（2013 年第 6 期）；魏巍：《放逐与
怀乡、归回与丧失——论穆旦诗歌中的基督教因素》，《海南师范大学学报》（社会科学
版），2015 年第 7 期；龙晓滢：《上帝视角下的战时人生——奥登对穆旦诗歌创作主题的
影响》，《中北大学学报》（社会科学版），2017 年第 2 期；王东东：《穆旦诗歌：宗教意识
与民主意识》，《江汉学术》，2017 年第 12 期；另有王本朝专著探析穆旦诗歌与基督教的
关系：《20 世纪中国文学与基督教文化》，安徽教育出版社 2000 年版，第 299-303，328-
329 页。

反面形象，（这两大阵营成员不是泾渭分明、非正即邪的，而是相互转化，亦正亦邪）。为了研讨的方便，我们就用"神"与"魔"来指代这两大类型的宗教意象。穆旦诗歌里的"神"与"魔"有十分复杂、丰富、矛盾的隐喻内涵，有着多重意蕴和现实指向。

"神"首先是作为启蒙者、拯救者，作为一种新的价值维度出现在变动中的现代中国。《潮汐》①这首诗是穆旦神魔之旅的起点。庄严神殿里的佛像被还原成"干燥泥土"，诗人痛斥利用"干燥泥土"谋害生命的卑劣行径，痛心识不透统治者阴谋的愚昧民众。在神像轰然倒塌的废墟上，有罪的男男女女们"匍匐着竖起了异教的神"。中国现代史是新旧价值体系交替时期，当旧的价值体系崩溃之时，一代中国先知把目光投向了西方，其中包括作为西方文学基础的基督教。这是一股不可遏制的时代"潮汐"，上帝之门轰然打开，在爱、牺牲、救赎光环笼罩下的上帝浮现在华夏古老的天空中。价值失范的国人在惊奇、欣喜中拥抱上帝，穆旦也向这异教的神张开了双臂，对神进行礼赞："在幽明的天空下／我引导了多少游牧的民族，／从高原到海岸，从死到生，无数帝国的吸力，千万个庙堂／因我的降临而欢乐。"(《神魔之争》)穆旦在一定程度上认可基督教对世界的解释，对世界秩序的梳理，对"上帝"呈现出赞美与仰慕的姿态。

但他的赞美和仰慕是有所保留的，随着个人经历的丰富和思考的逐步深入，他笔下的"神"渐渐复杂、分裂、矛盾起来。诗人甚至一度对神进行了全面的否定：神是人间秩序的操控者，是人间苦难的制造者，是人世悲欢的旁观者。它高踞天堂极乐世界，冷漠无情，残酷专横。曾经万能的神，走下了神坛，它非但不能也不想拯救人类，甚至与魔一样，站在人类的对立面。摘下面具，神成了——"魔"。《诗八首》中的"神"，"玩弄"、"暗笑"恋爱中的男女："即使我哭泣，变灰，变灰又新生，姑娘. 那只是上帝玩弄他自己。""暗笑"的上帝用讥讽的眼光冷眼旁观在爱情火焰中燃烧

---

①　本章所有诗歌除有注释说明，其他均来自《穆旦诗文集》，人民文学出版社2018年版。

的众生，他操纵着爱情的规则，规定着爱情的结局。让众生爱恨愁喜、神魂颠倒的爱情竟然只是上帝的一个小把戏。人类的尊严与上帝慈爱的形象都受到前所未有的挑战。在《我向自己说》中，穆旦对上帝再次进行了质疑："我不再祈求那不可能的了，上帝，／当可能还在不可能的时候，／生命的变质，爱的缺陷，纯洁的冷却／这些我都承继下来了，我所祈求的／／因为越来越显出了你的威力，／从学校一步就跨进了你的教堂里，／是在这里过去变成了罪恶，／而我匍匐着，在命定的绵羊的地位"，作者用反讽的笔法对上帝的权威进行挑战：为什么生命会变质？为什么爱有缺陷？为什么纯洁会冷却？为什么人类只能匍匐着，做任命运宰割的绵羊？在一连串的质疑声中，"我仅存的血正毒恶地澎湃"，我要背离上帝，反叛上帝。而在《出发》中，神彻底跌落圣坛，他非但不救赎人类，反而同魔鬼撒旦一样处处与人类作对："在你的计划里有毒害的一环，／就把我们囚进现在。呵上帝！／在犬牙的甬道中让我们反复／行进，让我们相信你句句的紊乱，／是一个真理。而我们是皈依的，／你给我们丰富，和丰富的痛苦。"此诗穆旦创作于1942年的行军途中，沿途民众深重的苦难让他产生深刻联想。《出发》控诉上帝对"自由、爱和美"粗暴的扼杀，控诉上帝制造和操纵战争，上帝给人类的灾难是一种非人道的"受难"，上帝竟然是灾难和罪恶之源。

但《出发》之后，因自身经历和国情，穆旦对"神"（上帝）的定位又一次发生了巨变。在《隐现》《忆》《祈神二章》等最具有宗教意味的名篇中，跌落到神坛的上帝再次飞升到空中，成为造物主，救世主，成为信仰和灵魂归宿之地。在命运起伏中，"我"像一个茫然无助的孩子，向"主"发出了求救的呼唤："主／呵……这里是我们被曲解的生命／请你舒平，这里是我们枯竭的众心／请你柔和，／主呵，生命的源泉，让我们听见你流动的声音。"（《隐现》）在《隐现》这首长诗里，穆旦对"神"进行了最大限度的赞美，表达了最有诚意的皈依之意。"主"（神、上帝）是生命的源泉，黑暗中的一缕光芒，是绝望之后的希望，是苦难的意义，是死亡后的复活，是命运和存在最终的解释者和归宿地。

然而穆旦这种"归信"的倾向是摇摆不定的。创作于1947年2月的《他们死去了》一诗中，穆旦再次把自己所构建的"神"摧毁："呵听！呵看！坐在窗前，/鸟飞，云流，和煦的风吹拂，/梦着梦，迎接自己的诞生在每一刻/清晨，日斜，和轻轻掠过的黄昏——/这一切是属于上帝的；但可怜/他们是为无忧的上帝死去了，/他们死在那被遗忘的腐烂之中。"健忘的"上帝"冷漠地遗弃了他的子民。同样是创作于1947年的《我歌颂肉体》(1947.11)《三十诞辰有感》(1947.3)却依然对上帝表达了赞美之情："我歌颂肉体，因为光明要从黑暗站出来：你沉默而丰富的刹那，美的真实，我的上帝。"(《我歌颂肉体》)"胜利和荣耀永远属于不见的主人。"(《三十诞辰有感》)穆旦对神的感情始终是亦近亦远，亦亲亦疏，在犹疑中走向信仰，但在接近信仰的那一刻却又犹豫着停下朝圣的脚步。

20世纪40年代是穆旦诗歌神魔意象的高峰期，此后穆旦以神魔为主要意象的诗只有《感恩节——可耻的债》(1951)、《神的变形》(1976)等寥寥几首了。在这两首诗里，虽然意象还是来自宗教，但是宗教的意味已经很淡了，更多的是采用宗教题材来阐释自身的理念，《感恩节——可耻的债》有比较强烈的迎合时代意识形态的味道，这首诗里的上帝是阶级敌人，是贪婪的美国商人和腐臭的资产阶级。《神的变形》里，神魔一体，无论是神还是魔，只要是被权力侵蚀了，都免不了成为"魔"。神的神秘感，权威感，救赎力等光芒在这首诗里都黯淡下来，神成为一个锈迹斑斑、运转不灵的庞大机器。神性的光芒一消失，神被还原为世俗的权力与阴谋。晚年的穆旦最终离开了神，放弃了神。

作为神的对立面，穆旦诗歌中"魔"意象虽然着笔不多，却是刻画"神"意象不可缺少的一环。与"神"的多变相对应，"魔"的形象也是变幻不定的，穆旦对魔的感情也是忽远忽近，爱怨并存。魔第一次出现在1939年《合唱两章》中："O黄帝的子孙，疯狂！/一只魔手闭塞你们的胸膛，/万万精灵已踱出了模糊的/碑石，在守候、渴望里彷徨。"联系创作的时间，"魔手"显然是指古老中国的侵略者，有比较强的现实意义。到《神魔之争》(1941)中，魔有复杂抽象的多重内涵。它是神的一面哈哈镜，神的和谐完美映出它的混乱缺陷，神的慈爱牺牲映出它的冷酷自私，神的博爱与宽恕映出魔的偏执与狭隘。然而，这首诗耐人寻味的地方并不在神与魔的绝对对立，而是在看似善恶分明的表象之下，对神安排的秩序暗暗发出了疑问，魔质问神："你有自由、正义，和一切/我不能有的。O！我有什么！在寒冷的山地、荒漠，和草原，当东风耳语着树叶，当你/启示给你的子民，散播了最快乐的一年中最快乐的季节，/他们有什么？那些轮回的/牛、马，和虫豸。我看见/空茫，一如在被你放逐的/凶险的海上，在那无法的/眼里，被你抛弃的渣滓，/他们枉然，向海上的波涛/倾泻着疯狂。O！我有什么！"魔虽然是罪恶冷酷狂暴的，但是他激愤的呼喊却有深刻的哲理：高贵者永远高贵？卑贱者永远卑贱？天国的秩序是绝对的，永恒的，不可变更的？是谁制造了这等级和秩序？魔在"痛裂的冷笑中"控诉神为何要把自己关在天庭的和谐之外？为何永远也盼不到"一只温暖的手"来"抚慰他的创痕"？神不是宣称有宽恕和救赎吗？为什么属于魔的只有"终年的叹息"？在《神魔之争》中，"魔"作为破坏者、反抗者，向至高无上的"神"发出挑战，并号召人类起来反抗"神"的统治。这时的"神"是一个集权统治者，而"魔"则是新生力量，是革命者和反抗者，闪耀着可贵的反叛精神。在《神的变形》中，穆旦则对"魔"赋予了双重形象。"魔"依然是作为争取自由、反对暴力的"反抗者"出现，但是耐人寻味的是这个反抗者并不是恒定的正面形象，"反抗者"与"压迫者"之间是可以相互转变的，若是不能抵挡权力的侵蚀，无论是神，魔，还是人，都将成魔。正如王佐良所说："穆旦的宗教是消极的，他懂得受难，却不知至善之乐。……他最后所达到的上帝也可能不是上帝，而是魔鬼本身"。①

　　神有"神性"，也有"魔性"，他既是启蒙者，创造者，拯救者；又是独裁者，操纵者，既定秩序的维护者；既是有圣洁高贵勇于自我牺牲的博爱者，又是自大自私冷酷的灾难之源；既有宗教的光环，又有浓厚的世俗色彩。这个上帝固然爱他的子民，然而一旦他创造的"人"违背他的意志，挑

---

①　王佐良：《一个中国新诗人》，《文学杂志》第 2 卷第 2 期，1947 年 7 月。

战他的权威，他毫不留情地予以放逐乃至毁灭。穆旦诗中的"神"与"魔"是辩证统一、浑然一体、相互转化的。不难发现，穆旦是用批判的眼光审视来自西方"异教的神与魔"，这两类形象在穆旦笔下是不可分的，是绝对"存在"的两个方面，时代的风云激荡、穆旦人生经历的跌宕起伏与穆旦思维的矛盾与分裂特征在"神"与"魔"这两大类型的意象中得到充分的展现。"上帝原本并非是客观的存在，他毋宁是意识投身于外界的主观的存在以及世界的人格化"①。穆旦的这个"上帝"突破了此前文学作品中单薄单一的形象，这是一个内涵极为丰沛，带有鲜明的个人思维特征以及人类共性的上帝，这个上帝既是属于穆旦个人的上帝，也是属于人类的上帝。创造性是隐喻最大的特点，诗性隐喻最能充分发挥人的想象力、创造力和认知力，隐喻中的本体和喻体不是映射和被映射的主动与被动关系，更不是相互替代的关系，而是具有相互映射的互动性，二者的特征相互影响，相互渗透，最终合成一个新的融创空间，产生新的话语与信息。穆旦借助宗教意象投射自己对基督教文化和世界、人性、历史、战争、存在等终极问题的思考，基督教意象又规约和启示思考的维度和路径，两者相互映射，创造出"独一无二"的上帝形象。"这种努力是值得赞赏的，而这种艺术的进展——去爬灵魂的禁人上去的山峰，一件在中国几乎是新的事——值得我们注意"。②

第二节　穆旦诗歌宗教意象的隐喻特征

隐喻是一种最能体现个体思维特征与情感向度的诗思方式。只有具有丰富的联想力与创造力、具有惊人洞察力与剖析力的诗人才能在两个截然不同的事物之间发现相同点，创造相似点，从而创造出打上个人与时代烙

---

① ［西班牙］乌纳姆诺：《从至智的上帝到至爱的上帝》，选自 The Tragic of Life（《生命的悲剧感》），载刘小枫编，杨德友、董友等译：《20 世纪西方宗教哲学文选》（中卷），上海三联书店 1991 年版，第 743 页。

② 王佐良：《一个中国诗人》，《文学杂志》第 2 卷第 2 期，1947 年 7 月。

印的独特意象。从某种程度上说，每个时代和每个人都要重新发现或建构自己的价值思想体系和语言隐喻系统，以作为叩问自身和探询世界的支撑与中介；而诗人在长期的直觉感知和审美理想作用下，很自然地会将个人的兴奋和敏感结晶为所钟爱的语词与意象。这些意象在作品中反复出现，意义不断累加，就形成诗人的主题性意象，并在上下文中造成语境压力，让读者直感它的意犹未尽的深广寓意，如此，主题性意象也就上升为诗人艺术思维的核心环节之一，在很高的程度上准确地折射出诗人对自我的体验和对世界的理解。① 如何去发现和创造相同点、相似点，倾向于用哪一类或者哪几类喻体表达自己的喻旨，不同的诗人有不同的选择，这种选择一方面是天性使然，另一方面则是时代氛围影响下形成的思维方式和语言特色。比如郭沫若倾向于太阳、地球、大海这种庞伟瑰丽的巨大天体意象，这既符合"五四"那种天翻地覆的时代气氛，也符合郭沫若豪迈奔放、天马行空的个性。徐志摩爱选择风花雪月云鸟树草等浪漫、精致、甜软的意象，符合他轻灵温和细腻的个性特征与比较顺利的人生经历。而穆旦则选择了带有浓厚异域色彩的宗教意象。

穆旦为什么会选择宗教意象来进行诗性隐喻表达？穆旦诗歌宗教意象呈现出什么样的隐喻特征？这与穆旦复杂的思想体系、思维方式之间有何关联？我们从时代话语特点、个人情怀、原罪意识以及个体生命体验四个方面加以论述。

穆旦的思想体系孕育于多种资源，基督教是其中不可忽视的资源之一。基督教入华迄今有千余年历史，虽然传教一直不算顺利，传播缺乏强有力的保障，正常的交流常常被政治暴力中断和破坏，近代基督教的传播还伴随着给中国民众带来心灵巨创的军事入侵与政治屈辱，但在漫长的传播过程中，基督教义与宗教题材逐步为中国民众熟悉，对中国社会的近代化起到一定的推动作用。辛亥革命爆发后，基督教迎来了黄金传播期，政府以法律形式肯定了宗教与信仰自由，采取了等同于佛教的容纳态度，基

----

① 张岩泉：《论九叶诗派的意象艺术》，《中国文学研究》2001 年第 1 期。

督教的传播有了法律保障。孙中山等有巨大影响力的政治家倡导基督教，基督教的传播有了理论支撑，影响力空前爆棚，基督教徒数量迅猛扩张。思想日益独立的中国近现代知识分子开始理性、辩证地看待基督教，尽管他们否定"神存在""创造论""天堂地狱""末日审判"等信仰，但是他们采用二分法，将基督教的教义与教会区别开来，将教义中"情感"传统与超自然部分区别开来。陈独秀热情赞扬基督的"牺牲""博爱"和"宽恕"精神，赞美耶稣的伟大人格。这种分离说思路与观点，深深渗透到时代思想中，深深渗透其后几乎30年的文学表现中，对包括穆旦在内的中国现代文学史的作家诗人产生了深刻的影响①。更重要的是，"五四"时期是中国思想多元时期，旧的价值文化体系全面崩塌，时代呼唤新的价值尺度，文学需要新的意义和形式，基督教在时代机遇下"趁虚而入"，成为"五四"时期价值重建的思想文化资源之一。具有实用精神的中国人采用拿来主义，把基督教义中"有用"的部分拿来纳入新的价值体系中，比如牺牲、博爱、悲悯、救赎等。具有西方文化背景的基督教被中国文学辩证接受后，中国文学出现了新的精神意义和语言形式，中国现代文学传统和现代思想文化体系中出现新的元素，基督教的教义在新的文化情境中也得到新的阐释②。因此，基督教话语与基督题材在众说纷纭中站住了脚跟，成为有比较广泛普及面的语言形式，中国现代文学作家多有涉猎。如鲁迅的"原罪"意识、"忏悔"意识与"复仇"精神，周作人的"人道主义"思想，冰心"爱"的哲学，许地山的"宽恕"与"牺牲"精神等，莫不与基督教密切相关。新文化运动背景下成长起来的穆旦，生活在一个基督教文化已被有选择地吸收的文化情境中，基督教文化的教义、词汇在穆旦青年时代已进入人们的日常生活，如"洗礼""十字架""圣洁""天使""忏悔"等词汇已成为现代汉语常用的具有

---

① 以上史料借鉴于王列耀著作《基督教与中国现代文学》（暨南大学出版社1998年版），王治心《中国基督教史纲》（香港基督教文艺出版社1959年版），顾长声《传教士与近代中国》（上海人民出版社1981年版）。

② 王本朝：《20世纪中国文学与基督教文化》，安徽教育出版社2000年版，第2页。

比较固定隐喻内涵的词，上帝、撒旦等也成为文学作品中比较常见的意象，但是这些词汇和意象的西方宗教色彩已然大大冲淡，人们在使用这些词汇的时候更多的是隐喻式地使用其中某些意义，赋予其特定的内涵。穆旦创作的时候，采用宗教意象是新的文化语言体系中很自然的选择。

前述中国现代作家的笔下的宗教意象多具有"救世""立人"的民族主义和人道主义的特点。穆旦诗歌中的宗教意象对此有继承，亦有超越，总的说来，穆旦诗歌宗教意象表现为四大特征：一是基于民族主义的世俗性与功利性；二是基于文明视角的审视性与批判性；三是基于全人类视角的超越性与终极性；四是基于自我救赎的原罪意识与忏悔意识。

在第二次世界大战爆发，国家风雨飘摇，社会动荡，民众朝不保夕的大环境下，在颠沛流离、跌宕起伏的人生困境乃至人生绝境中，穆旦也融入民族大合唱，赞美祖国与人民，表达抗日、独立、民主、自由等政治与精神诉求。他具有强烈的现实主义精神，关心国家和民族的命运，将个人命运与国家、民族紧密联系起来。他又有比较强烈的带有一种浪漫情愫的理想主义色彩，并愿意为理想的实现孜孜追求，乃至不惜献身。这促使他在人生的几个重要关头作出的选择都是从国家和民族的大局出发，作出比一般人更加艰难、并带有一点英雄浪漫主义情怀的选择。比如三千里步行，投笔从戎，五十年代毅然回国等。因此穆旦诗歌宗教意象特点首先呈现出基于家国情怀的功利性和世俗性。穆旦心中的"上帝"不是一个无限的存在，只是这个上帝形象中蕴含的某些价值观契合诗人心中的社会理想，这个上帝是对西方文明的移借，用以解决世俗社会存在的问题，如精神支撑、心灵慰藉以及行事准则等等。这恰恰反映了国人对宗教一贯的态度：信仰不是源于某种超验的理念，而是因为有所求。中国形形色色、五花八门的神都是世人为了满足世俗欲望而造出来的，比如向送子娘娘求子，向财神求财，向寿星求寿，向佛祖求平安，向文曲星求功名。一旦愿望得不到满足，信仰大多会消失。这也解释了为何穆旦诗中的上帝形象是摇摆不定、善恶难辨的。这和圣经中约伯对待上帝的态度有本质的不同。上帝为了考验约伯，让这个虔诚的基督徒遭受重重灾难，约伯虽然痛苦、疑惑，但是他对上帝的信仰却从来没有动摇过。穆旦诗歌中的上帝等宗教意象更多的是一种文学意象，一种新的价值尺度，不是宗教中精神与理念的化身。"基督教主张用宽恕、顺从、忍耐、受苦来消除社会罪恶，用仁慈、博爱拯救社会、改造社会，成为现代作家普遍的文学主题追求。"①中国现代作家基督教意识始终服从于民族意识。

　　但是穆旦的思想不仅限于此，这个东方文明之子虽然饱受西方文明的熏陶，但是对西方文明并没有顶礼膜拜，而是把东西方文明放到人类文明这个大的背景下，并对之进行尽量客观的审视和批判。所以他笔下的上帝既不是一个全知全能的"神"，也不具备完善的道德，宽容、博爱、救世等特点并不突出，反而具有暴力、独裁、冷漠、专横等负面性格特征。这个上帝非但无意解救民众于水火之中，反倒是诸多灾难的操控者。穆旦提出了一个对宗教具有颠覆性的疑问：当人类的灾难来自上帝时，人类如何通过信仰上帝来实现自我救赎？穆旦的"上帝"具有明显的"非宗教"色彩，是一个人格化的上帝。上帝形象的非宗教化既源于穆旦深邃、理性的思维和开阔的视角，也是近现代历史、哲学、自然科学进步的结果。陈独秀说："因为近代历史学、自然科学都是异常进步，基督教底'创世说''三位一体说'和种种灵异，无不失了威权"。②两次世界大战的爆发和自然科学与人文科学的成就让现代社会先进的人文学者都意识到宗教的欺骗和麻痹性质，宗教在很多事情上无能为力。尼采宣布"上帝死了"。在这样的时代背景下，穆旦对上帝等宗教意象的塑造显示了鲜明的审视意识和独立批判精神。

　　穆旦的深刻、广阔的全人类视角让他的宗教意象具有普世的超越性和终极性。他的思维超越"此在"的局限，超越民族主义和家国情怀，上升到对全人类命运的思索，上升到对"存在"本身，以及对彼岸世界的探索，他对苦难、牺牲、救赎、生死、权力、善恶等根本性、终极性问题进行了深

---

① 许正林：《中国现代文学与基督教》，上海大学出版社 2003 年版，第 161 页。
② 陈独秀：《陈独秀文章选编》（上册），上海三联书店 1984 年版，第 483 页。

入的思考。他从源头上进行探索，梳理人类的历史进程与期间的奥秘："在荒莽的年代，当人类还是/一群淡淡的，从远方投来的影，/朦胧，可爱，投在我心上。"(《童年》)童年时期的人类生活在一个和平、自由、安宁的环境里，然而好景不长，人类很快就陷进"贫穷，卑贱，粗野，无穷的劳役和痛苦中"(《蛇的诱惑》)，他质疑："是谁的安排荒诞到让我们讥笑，/笑过了千年，千年中更大的不幸。"(《不幸的人们》)宗教的本质是对人类起源、人类生存、社会问题以及人类未来命运的探索，与穆旦诗思的逻辑起点和思维向度具有一定程度的同一性；隐喻具有强烈的互动性，宗教意象蕴含的"彼岸"思维方式对穆旦有"反映射"作用，当穆旦采用宗教话语的时候，他已经站在宗教隐喻这个巨大的隐喻场中，用"上帝"的眼光俯视芸芸众生，审视人类历史的过去、现在和未来。他对人性，对民族文化传统进行了冷静、客观、无情但又痛苦的解剖与反省，《神魔之争》《神的变形》等是这种意识的代表作。人类一代代更新，某些"有毒""发霉"的价值与观念却形成"不死的记忆"，如同基因一样被人类一代代传承下来。穆旦诗歌宗教意象以其高度的概括性、深刻性、敏锐性成为同类诗歌的经典之作。

虽然穆旦的宗教意象具有比较明显的"非宗教性"，但是这并不能遮蔽其宗教色彩。穆旦对人性和人类文明的反思具有强烈的原罪和忏悔意识。宗教教义中的"原罪"意识对穆旦产生了一定的影响。为何人类吃了智慧树上的果子，是一种"原罪"？要遭到"放逐"的严厉惩罚？《圣经》记载，蛇对人类承诺：你们不一定死，因为神知道，你们吃的日子眼睛就明亮了，你们便如神知道善恶。吃下禁果的人类从此自以为是；互相审判，相吞相咬；世界上最激烈的战争，就是争夺道德高地、争夺荣耀的战争。这样的战争无时无刻不发生在人与人之间。从此，黑暗笼罩，罪恶为王，死亡掌权①。圣经这段话试图从认识论的角度揭示人类社会纷争不断、战争频繁的根本原因。如果人类把自我而不是神纳入审判体系的核心，人人心中无

---

① 《圣经》创世纪3、4、5合本。

神，人人以我为神，世界便无宁日，因此这种自我判断体系是一种"罪性的认识论"①。穆旦的《神的变形》《鼠穴》《隐现》等都带有比较明显的"罪性认识论"影子。穆旦对"我""我们"以及"人类文明尤其是现代文明"进行了"深入反思"，"于是就像经历了第一次世界大战的 Ｔ·Ｓ·艾略特发出'荒原'的悲叹一样，身经第二次世界大战的中国诗人穆旦也发出了'我们像荒原一样'的悲鸣。"②宗教意象的隐喻式言说方式让中国现代知识分子的认识论揉进了西方文化的异质因素。"在穆旦诗中，民族意识和普世情怀交错出现，相互角力；中国现代作家中普遍存在的历史意识与基督教的超历史倾向在穆旦诗歌文本中激烈角逐，难解难分，诗歌本身亦出现悖论迭出之状"③。宗教意象内涵的分裂性和多义性正是这悖论的体现。

宗教本质上是心灵的一种需求。"每个人都有人格化的'神''权'的需要，以这作为心灵的依托，难以想象有多少人能在一个冷漠、无穷、神秘的宇宙中无依无靠地忍受得住心灵的寂寞"。④当来自社会、自然的外部压力或者心灵孤寂、荒芜的内在压力大到一个人无法承受的时候，宗教就产生了。宗教是虚空中伸出的一只手，是人类在绝望中自我拯救的方式。穆旦的宗教意象熔铸了他深刻的生命体验。穆旦许多诗歌如《隐现》《出发》等都融进了自身经历以及生命感悟。如果说，在 1942 年从军经历之前，穆旦只是把宗教当作一种异质文化，进行审慎的辨识和有限的接受，那么从军归来的穆旦一度从宗教中寻找生命的意义和心灵的归宿。"诗人的皮肉和精神有着那样一种饥饿，以至喊叫着要求一点人身以外的东西来支持和安

---

① 施玮：《在大观园遇见夏娃——圣经旧约的汉语处境化研读》，浸幸会出版社（国际）有限公司 2014 年版，第 183 页。

② 解志熙：《一首不寻常的长诗之短长——〈隐现〉的版本与穆旦的寄托》，载《中国文学史资料全编·现代卷》之李怡、易彬主编的《穆旦研究资料》（下），知识产权出版社 2013 年版，第 737 页。

③ 李章斌：《感时忧国与宗教情怀：再探穆旦诗歌的基督教意识》，2013 年第 6 期。

④ 许正林：《中国现代文学与基督教》，上海大学出版社 2003 年版，第 173 页。

慰。"①在震惊中外的野人山大撤退途中，死亡如影随形，站在死亡深渊的边缘，穆旦的心中涌动着生与死，短暂与永恒，有限与无限，此在与彼在的茫茫思绪：死亡或许只是生命的延续，每一个生命只是历史的滔滔长河中的一个小水滴，生命在循环中得到永生。在野人山大撤退中九死一生的穆旦"从此变了一个人"，他不再怀有雪莱式的浪漫，不再单一地从文化层面提出"控诉"。他最终着眼的，是对那种牢牢地控制着自身命运的外在强力的感知。由此而来的，是对个体命运的强烈审视——"不幸"最终成为诗人对于个体命运的终极指认；而作为"不幸"诱因的现代社会同时遭到严厉的"控诉"。② 在强烈地对人类社会、人类文明、人性全面质疑和否定的痛苦中，穆旦向上帝伸出了求援的手："我们应该忽然转身，看见你/这是时候了，这里是我们被曲解的生命/请你舒平，这里是我们枯竭的众心/请你柔和，主呵，生命的源泉，让我们听见你流动的声音。""《隐现》式写作路数并非陡然产生的，而是《出发》一类诗篇的延续，即从自我境遇出发，以自我来拷问那些逼仄、僵硬的现实，这样一来，战前关于现代文明的思考与惨烈的战争记忆也就融合到一起了……亲历了现代战争的残酷、目睹了现代文明的荒凉、洞察到人类行为的愚妄，穆旦的确满怀着深刻的痛苦和绝望的情绪，这促使他去寻找精神的寄托和神性的救赎。由此痛苦的穆旦找到了'主'或者说上帝，一个形而上的超越性存在"③。人类"要想在无意义的受难和死亡中，在苦难以至灭亡和失败中找到某种意义时，"他唯有"求教于最终的实在性：直接面对上帝"。④ 来自上帝的"拯救"力度与拯救方式是人按照自己的需求有意无意设计出来的，因此可以最大限度满足自己心灵的需求，愈合心灵的伤痕，并激发个体新的生命力。

---

① 王佐良：《一个中国诗人》，载《文学杂志》第 2 卷第 2 期，1947 年 7 月。

② 易彬：《穆旦评传》，南京大学出版社 2012 年版，第 139 页。

③ 解志熙：《一首不寻常的长诗之短长——〈隐现〉的版本与穆旦的寄托》，见《中国文学史资料全编·现代卷》之李怡、易彬主编的《穆旦研究资料》（下），知识产权出版社 2013 年版，第 737 页。

④ ［瑞士］汉斯·昆：《上帝和苦难》，载刘小枫主编，杨德友、董友等译：《20世纪西方宗教哲学文选》（中卷），上海三联书店 1991 年版，第 901 页。

穆旦的祈神姿态既是无所依附的心灵在孤零惧怕状态下向上帝发出悲怆凄凉的求救式呼喊，也是20世纪现代主义文学盛行的大背景下的一个回声。现代主义与古典主义、浪漫主义和现实主义最本质的区分就是文化精神的发展尤其是关于"人"的观念的巨大变化。古典主义、浪漫主义和现实主义对人的完满自足以及本质美好不表示怀疑，现代主义恰好是预示世界文化从近代转向现代的美学先声，它的功绩在于率先以极端逆反乃至怪诞的艺术形式来扭转人类文化的天真自恋，在唤醒人们坚执人的智慧、尊严、理性、激情的同时，提醒人们不要忘记人与生俱来的本体缺陷，在自我评估时不可过分乐观自信，宜保持应有的警觉与清醒。这种与生俱来的"本体缺陷"不能通过社会历史的发展进步得到根除。① 它与基督教的"原罪"观一脉相通。约伯无辜受难便是源于"原罪"：如果受难是主的安排，那么苦难是有意义的。人生下来是有原罪的，我的受难是主对我的罪孽的救赎。隐喻的一大功能就是提供观察和认知世界的新途径和新的角度，喻体提供了观照本体的新的思维方式和思维角度，约伯的遭遇就是现实世界的隐喻，约伯的质疑也是穆旦心中的疑问，约伯自我救赎的方式像一束光射进穆旦惶惑、沉痛的心灵，引起了穆旦一定程度的共鸣与思考。"亲身体验了战争之浩劫，亲眼见证了人类之愚行的诗人，则在痛定思痛的反思之后幡然觉悟，'发现'了超越性的存在之全与美、神性的真理之普遍与永恒，于是'忽然转身'祈求神的显现和引导"。② 然而，苦难是一把双刃剑，"苦难证明自己是对于信赖上帝和信赖本原的考验，它迫使人作出抉择——有些人被具体的苦难引到了不信，——有些人则被引到了信仰。……——对有些人来说，巨大的苦难除了在面对整个现实时对本原产生怀疑的动因——对另一些人来说则成了导致对本原信赖的动因"③。穆旦

---

① 张岩泉：《分裂的自我形象与破碎的世界图景》，《社会科学》2013年第11期。

② 解志熙：《一首不寻常的长诗之短长——〈隐现〉的版本与穆旦的寄托》，见《中国文学史资料全编·现代卷》之李怡、易彬主编的《穆旦研究资料》（上），知识产权出版社2013年版，第739页。

③ 汉斯·昆：《上帝和苦难》，载于刘小枫主编，杨德友、董友等译的《20世纪西方宗教哲学文选》（中卷），上海三联书店1991年版，第902页。

本就不是虔诚的基督徒，他虽然在绝望与痛苦中向上帝发出求救的呼号，然而在内心深处他并不相信上帝可以拯救他，拯救人类，在穆旦的意识里，所谓彼岸的救赎就像狂热追求的理想一样，都是"妖女的歌"，带有虚幻性甚至欺骗性。因此当生存的困境稍稍缓解，穆旦对上帝又恢复了之前怀疑、讥诮的话语风格，这点因生存困境产生的宗教情怀到 20 世纪 50 年代便荡然无存了。这就可以解释为何穆旦在之后接踵而来的命运重击下再也没有写出《隐现》这类带有浓郁宗教意味的诗歌了。隐喻具有重新描述现实的能力，与其说穆旦在绝境中向上帝求援，倒不如说，穆旦借助基督教的隐喻重新认识世界，对自我与世界的关系有了新的定位。这正是保罗·利科所说的"作为话语的隐喻享受着涉指语言之外的真实的力量"①，即通过隐喻的修辞过程，话语释放了虚构的力量，而此力量能够重新描述现实。不仅如此，隐喻指涉（Metaphorical Reference）所达到的更深层次的真实不是经验世界的真实，隐喻指涉的真实世界包含着"可能性"。② 保罗·利科视这种行动中的、来临中的"真实"为隐喻话语的本体论功能：每个隐匿着的实存的潜力如花朵般盛开，每个掩藏的行动的能力被实现。③

第三节　穆旦诗歌宗教隐喻中的话语特点

隐喻是一种话语方式，它基于语言又超越语言，是以语言的方式呈现出来的精神活动和心理行为④，它不但体现出某种特定的价值观和审美观，而且规范着主体感知、理解、体验、想象、谈论世界的角度和方式。当我们进入一个隐喻场，就会自觉不自觉地采用与喻体相关的思维方式、话语

---

①　Paul Ricoeur, The Rule of Metaphor, London, Routledge & Kegan Paul, 1978：6, 43.

②　褚潇白：《论作为语言事件的中国基督教跨文化现象》，载《学术月刊》，2018 年第 6 期。

③　Paul Ricoeur, The Rule of Metaphor. London, Routledge & Kegan Paul, 1978：6, 43.

④　季广茂：《隐喻视野中的诗性传统》，高等教育出版社 1998 年版，第 13 页。

方式、情感表达方式。当穆旦采用宗教意象，与上帝对话时，必然会使用适用与上帝对话的语体形式。上帝的子民与上帝对话主要有三种形式：呼告式祈祷、臣服式赞美、救赎式忏悔。在《忆》(1945)这首诗里，穆旦表现出少有的"皈依"的倾向，想把自己"黑色的生命"与主结合，将自己"献祭"给主。这样的祈祷发生在虔诚的信徒与至高无上的上帝之间，卑微的弱者与万能的王者之间，内心迷茫不定的时空短暂拥有者对永恒存在者之间。这种下对上、弱对强、卑微对尊贵、蒙昧对圣明、短暂对永恒的对话方式决定了这种对话是"单向"的，类似于个体的内心独白，言说者或用呼告的方式深情地赞美主，表达对主的信仰和忠诚；或用忏悔的方式真诚地坦白自己的"罪孽"，渴望得到救赎，并在皈依和救赎中超越世俗烦恼，得到心灵的宁静平和。祷告体具有《圣经》语言特有的既优美、整齐又恢宏、幽邃的风格，这样的句子大多外形整齐，句子结构一致，节奏感强烈，不但适合看，也非常适合"听"。如《隐现》中，常有大段整齐的句子："智者让智慧流过去，青年让热情流过去，先知者让忧患流过去，农人让田野的五谷流过去，少女让美的形象流过去……""有一时候山峰，有一时候草原，有一时候相聚……"这在以虚词见长的穆旦诗歌中，是比较少见的。这种语体非常明显是模仿《圣经·传道书》话语模式，《隐现》与《传道书》第一章到第五章的主题，意象，诗句结构都非常相似。① 这种"相似"似乎也成为穆旦确乎有皈依倾向的铁证。

　　然而这种皈依是以丢失自我为代价的，一旦个体陷入困境，"主"不能出现并解救，个体很容易陷入"信仰危机"，以"上帝绝对存在"为前提建立的一套价值体系就会全面崩溃。西方20世纪上半叶就陷入"上帝死了"的精神危机中。穆旦诗歌祈祷体和忏悔体主要出现在40年代初，尤其是野人山事件之后，精神绝望的穆旦召唤主的"隐现"，渴望皈依，希望在对主这个命运大转盘的操盘手的皈依中解脱精神的困境。但是穆旦并不是基督

---

① ［韩］吴允淑：《穆旦的诗歌想象与基督教话语》，《中国现代文学研究丛刊》2000年第3期。

徒，即使在山穷水尽之际，他的灵魂也没有真正地皈依上帝，他始终为灵魂的独立保留那么一点点底线。在他的呼告和祈祷中，总是蕴含着沉思和怀疑。他只是借助基督教的视角去思考现实社会的种种关系：人与人，人与社会，人与历史……他关心的是此岸，是今生，是现在。因此在穆旦含有宗教意味的诗歌中，出现了一种独特的"双声部"：在赞美中怀疑，在祈祷中沉思，在忏悔中质疑。他的话语场中，总是会回响一个与宗教气氛不相符的教外人的声音。在与上帝的对话中，穆旦没有匍匐在万能的主的脚下表示绝对的归顺，而是保持独立思考能力，把人格放在与上帝平等的位置上。与其说他渴望通过皈依上帝走出精神困境，不如说他借用呼告、祈祷、忏悔这种新的来自西方的语体方式表达自己的情感和思考。因此他的诗歌中纯粹的呼告与祈祷所占的比例不大，更多的是表达质疑和不同思维向度的"双声部"或"多声部"驳诘体。在穆旦的诗歌中，这种两种声音并存，表达内心困惑的情形并不少见，比如《旗》《退伍兵》《两个世界》《野兽》《城墙》《祭》等。在宗教题材中，这种"双声"现象有时是作者直接与上帝对话，直接质问上帝，如《出发》《隐现》《我向自己说》。穆旦在《出发》中对上帝既信赖又怀疑，被深深信仰的主无辜降罪的痛楚、不解、激愤与《旧约·约伯记》约伯对上帝的质疑如出一辙："给我们失望和希望，给我们死/因为那死的制造必须摧毁""个人的哀喜/被大量制造又该被蔑视/被否定，被僵化，是人生底意义；在你的计划里"。即使在被众多学者公认最有宗教意味的《隐现》中我们也听到了非常明显的怀疑和否定的声音："有一个生命这样地诱惑我们，又把我们这样地遗弃，/如果我们摇起一只手来：它是静止的，/如果因此我们变动了光和影，如果因此花朵儿开/放，或者我们震动了另外一个星球，/主呵，这只是你的意图朝着它自己的方向完成。"上帝给了我们生命，给了我们喜怒哀乐，他是毋庸置疑的造物主，我们只是被动地按照上帝的意图完成他的安排，我们不过是上帝的棋子，并没有自由与独立的空间。我们一切努力与创造在上帝的眼里只是一颗"枯死的种子"。因此当"一切发光的领我来到绝顶的黑暗，"在这最接近上帝的地方，我非但没有欣喜与沉迷，反而"崩溃""静静地哭泣"。有时

穆旦用戏剧化手法，以角色对话的方式表达对上帝的怀疑。比如《神魔之
争》中设计了神、魔之间激烈的语言的交锋，神自诩是和谐的顶点，是时
间的河流里一盏永恒的明灯，他是自由和正义的象征，他赐予人类智慧和
美德。魔自称是永远的破坏者，是战争与灾难的发起者，是"过去，现在、
未来死不悔改的天神的仇敌"，神与魔的声音就像两个对等的旋律在同一
首诗里唱响，隐喻诗人内心世界的迷惘与冲突，诗人在此岸与彼岸之间徘
徊不定。驳诘体在节奏、语气和氛围上带有紧张感，带有自我辩解，驳斥
对方的意味，而这种紧张感随着文字的推进在诗歌结束的时候达到高潮。
犹犹豫豫站在上帝门前的穆旦终于选择掉头而去，从彼岸世界游回了此
岸，并从此立足于"现在"。1948 年 9 月，穆旦写下最后一首提到有宗教意
味的《诗》①之后，他的上帝便杳无踪迹了。1976 年虽然写了一首《神的变
形》，那不过是借宗教题材隐喻"权力"巨大的腐蚀性，并无《隐现》等诗中
对上帝爱恨交织、亦近亦远的复杂心态。与其他非宗教意味的双声部诗作
相比，在宗教隐喻诗作中，我们清晰地看到穆旦对西方文化的选择、过滤
和吸收。穆旦在西南联大读书时期，广泛阅读西方浪漫派和现代派作品，
并深受二者影响，尤其艾略特，对穆旦的影响非常大。艾略特并非虔诚的
基督徒，他作为宗教实用主义者，对超自然的、神秘主义的、佛教的、原
始民族的、基督教的各种宗教观点都怀有同样的抵触情绪，即使在宗教色
彩最浓重的《圣灰星期三》和思想最成熟的《四个四重奏》中，这种抵触与怀
疑也从未消失。他不单纯从宗教角度去感知体悟周围的世界，也不单纯用
合乎宗教的语言来表达他的体验，艾略特在创作中是从社会学、人类学的
角度来对待文学创作中的宗教。② 穆旦同样如此，作为生活在将"科学"奉
为圣经的现代人，他对宗教从来就没有上升到信仰的高度，他更多的是像
当时大多数实用主义者一样，倾向于将宗教看作异质文化资源，在审慎中
部分地吸收"有用"的部分。祈祷体、忏悔体与驳诘体等文体特点是穆旦采

---

① 载《中国新诗》第四辑，1948 年 9 月。
② 陈庆勋：《艾略特诗歌隐喻研究》，上海人民出版社 2008 年版，第 224 页。

用宗教隐喻、吸收圣经语言特点，并经过时代文化和自我艺术处理后形成的结晶体。

在新诗走向现代化的百年历程中，基督教作为一种文化情境、思想资源和话语模式对新诗的发展起到不可忽视的作用。中国现代文学深受基督教影响，"20世纪初的中国社会笼罩在一片基督教浸淫的圣气灵光中，教会、教徒生活成为社会现实的一部分，现代作家绝大多数接受《圣经》影响或教会教育或入过教。汉译《圣经》作为最早的欧化汉语在语汇和文学情感上都潜在影响白话文学"①。最早的官话本《新旧约全书》"在当时的汉语里建立起一种全新的节奏和句法，引进了全新的形象和譬喻，展示了一种前所未有的诗思和审美"②。基督教参与了中国新诗的价值、艺术情感和审美建构是不争的事实。然而"处在世纪之交的中国现代作家对在特定时刻以特定角色进入他们视域的基督教文化"采取的是"半推半就、欲迎又避的矛盾态势……他们在面对基督宗教文化时的接受心态、应答方式……更加复杂和微妙……他们始终没有像拥抱希腊文化那样热情不衰地接待基督教，基督教和中国现代作家之间一直隔着一道无形的屏障"，究其原因，一方面是"一个缺乏神意国家的后裔想象不到精神的力量其实并不逊于科学理性的智慧的必然结果"，另一方面则由于当时生存环境太过于严峻冷酷，对充满忧患意识的中国现代作家而言，基督宗教精犹如一轮幻想的太阳，离民族生存需要的现实太遥远。③ 穆旦的宗教意象和思维特征正是中国现代作家对基督文化"欲迎还拒""半推半就"复杂心态的写照。穆旦诗歌宗教隐喻意象的塑造实质是穆旦在西方文化的冲击和影响下作出的自然反应。一部《圣经》究其本质是对人类社会的大隐喻，不一样的喻体会提供不一样的观察和认知世界的新途径，会产生新的审美风格，抒情方式，开拓新的审美空间。隐喻的每一次创新，都扩展了人类的语言系统，推动着语言的

---

① 许正林：《中国现代文学与基督教》，上海大学出版社2003年版，绪论。
② ［美］刘皓明：《圣书与中文新诗》，《读书》2005年第4期。
③ 马佳：《基督宗教文化和中国现代文学——十字架下的徘徊》，学林出版社1995年版，序言。

发展。穆旦以宗教意象作为喻体，将宗教题材的终极性、历史性、全局性与他审慎、辩证、敏锐、深刻的思维方式相结合，直接切入人类生存与历史本相的探索，创作出一种抽象与具象兼有、知性与激情并存，哲理与现实共有的诗歌话语方式，产生了一种外冷内热，犹如流动的岩浆般深沉智性的抒情风格与诗学特征。穆旦诗歌中独特的基督教意象丰富了中国新诗意象体系和话语形态，推动了新诗的传播与发展。

第三章　徐志摩诗歌的"水"意象隐喻内涵及成因

　　传统隐喻理论主要局限于修辞学范畴，将隐喻看作一种修辞现象①，20世纪初以来，隐喻认知内涵大为拓宽，延展出丰富的阐释视角。现代语言学认为隐喻既是一种语言现象，更是一种思维方式，是人类理解周围世界一种感知和形成概念的工具②。诗歌从创作过程来看与隐喻密不可分，路易斯认为"隐喻是诗歌的生命原则，是诗人的主要文本和荣耀"③。在某种意义上，诗就是一种比喻性的文体，比喻的技艺不仅是诗人的天赋所在，也是诗人的天职或义务。语言在诞生之初就是诗性的或具有诗性智慧的：最初的语言是一种"幻想的语言"，其原则是"诗的逻辑"，而比喻或隐喻就是诗的逻辑的派生物……比喻是语言本身所具有的原初欲望……很少有什么手法能够像比喻那样具有直接的揭示性，能将事物和人的状态、世界中隐藏的各种关联最迅捷地直呈眼前④。诗人通过惊人的洞察力发现事物间与众不同的联系，或是以超拔的想象力创造事物间匪夷所思但是细思之后又合情合理的联系，这种联系形成新颖奇特的隐喻，使两造之间产生丰富的隐喻内涵（这种隐喻内涵因人、时、情、境而异）；同时隐喻的两造

---

①　束定芳：《隐喻学研究》，上海外语教育出版社2000年版，第28页。
②　束定芳：《隐喻学研究》，上海外语教育出版社2000年版，第30页。
③　Rogers R, Metaphor, A. Psychoanalytic View. University of California Press, 1974: 6.
④　王凌云：《喻的进化：中国新诗的技艺线索》，《江汉学术》，2014年第1期。

或是在客观特性上，或是在主观经验上有内在相似性与逻辑性，让诗歌内容在隐喻架构中连贯统一，诗歌隐喻因此具有创造性、模糊性、连贯性等特点，这意味着诗歌隐喻艺术蕴涵着巨大创作空间，作为其重要载体的隐喻意象是本章讨论的重点。诗人借助这些流淌在人类思维中的原型，在精雕细琢中构筑诗歌灵魂，通过语言媒介回溯生命源头，赋予其意识价值，在同时代乃至后世激荡起人类心灵的共鸣之音①。

作为新月派领军人物之一，被茅盾誉为"中国布尔乔亚开山""末代诗人"的徐志摩除了在"音乐美、绘画美、建筑美"方面作出突出贡献、对诗歌体制进行大胆尝试与突破外②，更在诗歌意象运用上有独特成就。中西文化的共同影响使其意象既接受了典型的传统韵味，又吸收了有浓郁的欧化色彩，熔炼了古典诗词与欧洲浪漫派的隐喻内涵，在直抒胸臆中曲折达意、委婉抒情。以往对徐诗意象的研究主要集中于某类意象群，关注意象情感与诗歌追求，如潘晓青的"天空意象群"研究，肖显慧的星、云、莲、墓意象探讨，赵丹萍的自然意象研究等。还有的意象研究从比较文学的视域介入，借助济慈、雪莱、戴望舒、林徽因等诗人进行对比分析。而水意象研究相对偏少，主要包括：康荣峰通过某一类水意象或具体诗歌研究其表达效果，赵艳宏观概括徐诗水意象的艺术作用，廖玉萍对徐诗中与水有关的意象进行分类并总结其作用等。总体而言，较多研究通过对比将水意象归为女性的柔美情怀，注重艺术效果与功用分析，忽略水意象内部差别，对其分类也涉及大量植物与人事，分散了单纯水意象研究。而从意象隐喻入手、以徐诗水意象为切入点的研究成果几乎没有，因而本章以此为着力点探讨徐志摩诗歌的隐喻艺术经验。

---

① 叶舒宪编：《神话——原型批评》，陕西师范大学出版社 1987 年版，第 101-102 页。

② 方仁念编：《新月派评论资料选》，华东师范大学出版社 1993 年版，第 119 页。

第一节　中西方水意象隐喻与徐志摩诗歌
水意象使用

水是地球上的常见物质，是孕育生命的源泉，人类与水的关系密不可分。东汉王充认为："云积为雨，雨流为水。"①《汉语大词典》中"水"有22项释义②。林菁对其进行整理，作出基本义与引申义的分类③。本章所研究探讨的徐诗水意象基于基本义，即自然界固有物质"水"以及"泛指一切水域"两大类别，因此，江河湖海等都在本章讨论之列。通过对中西方水意象隐喻的研究，我们可以更好理解徐志摩水意象创作中独特的隐喻内涵。

中国古人将水视为世界本原，先秦《尚书》与宋代《太极图说》都把"水"放在五行之首④，可见对水的重视。本章结合刁生虎与聂亚宁的观点⑤，总结出传统水意象的七大隐喻内涵：道德、思想、心境、柔情、力量、运动、阻隔。

水是"道德"，是生生不息的天地之道与自然法则，是道德精神与理想人格的隐喻。夫子的"夫水者，启子比德焉。遍予而无私，似德"将水无私灌溉的道德人格化；老子的"上善若水，水善利万物而不争"将水视为至善境界，作为为人处世的道德标准。水是思想，是通达敏锐的智慧与气魄。班彪的"从谏如顺流，趣时如响赴"规劝人们以从善如流的智慧吸取中肯意

①　（汉）王充：《论衡》，岳麓出版社2006年版，第316页。
②　汉语大词典编辑委员会：《汉语大词典》，汉语大词典出版社2001年版，第852-891页。
③　林菁：《"水"及语素"水"参构语词的语义分析及修辞阐释》，福建师范大学，2014年。
④　何丽野：《水与火：中西哲学的核心隐喻和文化的基本精神》，《社会科学杂志》，2003年第6期。
⑤　分别是刁生虎的《水：中国古代的根隐喻》（《中州学刊》2006年第5期）和聂亚宁的《水的概念隐喻》（《求索》2008年第4期）。

见；林则徐的"海纳百川，有容乃大"以海的广袤比喻包容胸襟与壮士气魄。水是心境，是远离世俗喧嚣的豁达气象。王维的"行到水穷处，坐看云起时"在一番清净中静享自然禅意；王勃的"落霞与孤鹜齐飞，秋水共长天一色"在登高远眺中将落日山河尽收眼底，涌生豪情壮志。水是柔情，是女子深厚绵长的情意。《诗经》的"淇水在右，泉源在左。巧笑之瑳，佩玉之傩"形容女子的姣好容颜与绰约倩影；秦观的"柔情似水，佳期如梦，忍顾鹊桥归路"诉说缠绵悱恻的忠贞爱情。水也是力量，是刚柔并济的共融体，"天下莫柔弱于水，而攻坚强者莫之能胜，以其无以易之"。在力量层面上，水有譬政治、喻灾难的双重隐喻。一方面，水有譬喻治国的政治功能。荀子提出的"君者，舟也；庶人者，水也；水则载舟，水则覆舟"观点成为君王"民本"治国思想的重要渊源，"水能覆舟"蕴含的动荡因素也是国家人民的灾难来源。而当水蓄积力量过大而难以控制时，洪灾随之而至。由于洪水对农业生产的毁灭性破坏，中国百姓在与其斗智斗勇中生发出水的灾难隐喻，李白的"黄河西来决昆仑，咆哮万里触龙门"影射水带给国家人民的伤害与损失；"洪水横流"进一步隐喻邪道横行、纲常伦理崩坏的社会风气，是对倡导清明教化的文明古国精神文化世界的灾难性打击。水是运动，是无形流动而永恒变化的象征。一方面，这一运动难以把握又无规律可循，因而常用以谈论兵法与军事，成为因势利导、顺势而为的代名词，如孙武以水论兵的名句："夫兵形象水，水之形，避高而趋下，兵之形，避实而击虚。水因地而制流，兵因敌而制胜。故兵无常势，水无常形，能因敌变化而取胜者，谓之神。"①以"水无常形"告诫用兵者"兵无常势"，应当顺时顺势而变，使人透过水的运动观测世界的无常。另一方面，水的运动是永恒的，在不经意间流逝，生发出时间飞逝与生生不息的隐喻。李煜的"世事漫随流水，算来一梦浮生"借江水比喻自己的"荒唐"一生，纸醉金迷、荣辱浮沉在漫漫流水中倏忽不见；夫子在川上发出"逝者

---

① 骈宇骞、王建宇、牟虹、郝小刚译：《孙子兵法 孙膑兵法》，中华书局2012年版，第42-43页。

如斯夫，不舍昼夜"的感慨，寓意大道如流水般奔流不息、生机勃勃的气象。水还是阻隔，是障碍险阻与天涯之隔。在古代的交通条件下，"一衣带水"的距离往往要越过万重山脉。这在许多诗歌的描述中得以体现，杜牧的"青山隐隐水迢迢"、李涉的"江城吹角水茫茫"以"迢迢""茫茫"形容水面辽阔幽远，其阻隔距离可想而知；孟浩然的"欲济无舟楫，端居耻圣明"以"云梦泽"暗示使才华无处施展、奏谏难以上达天听的政治障碍，抒发诗人报国无门、政治上郁郁不得志的愁苦心情。

水意象在中国传统文化中以"根隐喻"的核心概念出现，"从一开始便与中国古人的生活和文化形成了一种天然的联系，并伴随着人类的进化和对自然的认知，逐渐由物质的层面升华到一种精神的境界"①。在这一背景下，水逐渐成为人们习以为常的隐喻主角，用以说明现实自然或人文之景，它是流动、绵延、深厚、轻灵、透亮的，宛如一位秀外慧中、清丽脱俗、远离尘嚣的仙子，柔弱的外表下有一颗坚韧的心，是中华民族悠久文明底蕴的典型象征。

中西方由于自然环境与文化信仰等差异使水在人类共同印象上呈现出不同的隐喻特征。方芳认为，与中国倾向于以水的自然属性抽象出的概念特征为衍生基点的方式不同，西方相对缺少哲理化意蕴，多了自然抗争之意②。也有学者认为，以水的紧密结构投射缜密科学的观点、以水的清澈透明投射能力质量一流、以水的流逝投射转瞬即逝的名利与不可靠品质等也是西方特有的隐喻映射方式③。本章综合《圣经》的经典隐喻、法国哲学家与诗人巴什拉的观点具体阐释西方水意象的隐喻内涵。

《圣经》中水有三重隐喻：生命、再生、罪与罚④。其一，水孕育与

---

① 刁生虎：《水：中国古代的根隐喻》，《中州学刊》2006 年第 5 期。

② 方芳：《"水"意象的隐喻衍生机制——兼谈中西方"水喻"文化差异性》，《安徽理工大学学报》(社会科学版) 2016 年第 2 期。

③ 黄兴运、覃修桂：《体验认知视角下"水"的概念隐喻——基于语料的英汉对比研究》，《山东外语教学》2010 年第 6 期。

④ 蒋栋元：《生命·再生·罪与罚——〈圣经〉中的"水"意象》，《外国语文》2010 年第 5 期。

维系了生命。一方面，它是上帝创造世界时滋养万物生长的催化剂，开篇《创世纪》中，上帝用七天时间创造世界，水生命起源的不同阶段反复出现，体现出这一意象的重要作用。哲学家威尔赖特在《原型性的象征》中说，"水既是纯净的媒介，又是生命的维持者。因而水既象征着纯净又象征着新生命"①。另一方面，水也延续了生命，《出埃及记》中摩西借河流得以逃生，他的名字便是"从水里拉出来的"之意②，可以说，水拯救了摩西与以色列民族，使他们能够生存繁衍。现代派诗人艾略特的《荒原》延续了这一隐喻，"要是岩石间有水多么好/死山的嘴长着蛀牙，吐不出水来"，"如果有岩石/也有水/那水是/一条泉/山石间的清潭/要是只有水的声音/不是知了/和枯草的歌唱/而是水流石上的清响/还有画眉鸟隐在松林里作歌/淅沥淅沥沥沥沥沥"，通过正反对比描绘体现水孕育生命的力量。其二，耶稣接受约翰的施洗获得新生，并用他的圣灵为众人施洗。通过圣灵的水，上帝赋予耶稣智慧，为他洗去尘间凡俗，成为人间救世主；在对人类的革新上，上帝借大洪水洗去人间丑恶，使人类迈入新文明。在王少辉看来，洪水神话不仅意味着人类的新生，更是"生产和生活方式的重大变革，是人类文明的进步的标志"③。但同时，大洪水还有第三重隐喻。《圣经·旧约》的"诺亚方舟"传说起因于上帝对人类的惩罚，通过毁灭一切的洪水创造新世界。无独有偶，古希腊神话的诸神之王宙斯也以此惩罚人类，他命海神波塞冬降下暴雨，使世界陷入汪洋④。类比之下可以发现，古人视自然灾难为神或上帝对人类罪孽的惩罚，而正是在这一"原罪"心理下，凶猛的水往往成为"罪与罚"的隐喻，在西方世界流传下来。

此外，巴什拉从哲学、文学、心理学等方面对西方水意象做了经典阐

① 叶舒宪编：《神话——原型批评》，陕西师范大学出版社1987年版，第228页。
② 郑凯文：《〈圣经〉与〈道德经〉中"水"意象的比较》，《西江文艺》2017年第18期。
③ 少辉：《圣经密码》，中央编译出版社2009年版，第180页。
④ 夏嘉琪：《浅析〈圣经〉中的水意象》，《北方文学》2017年第14期。

释，本书将其归为三大类：爱恋、死亡、狂暴。爱恋包括自恋与母性的
爱。首先，水的特性能促发人与自然的自恋情结。清澈明亮的水如同一面
光滑的镜子，人们临水照镜，对自己产生了深深的喜爱与依恋，"我们的
自傲的心灵深处的静观得以返璞归真"①。这种自恋情结带有唯美主义萌
芽，它借助水获得理想的升华与释放。进而言之，万物在水边也沾染上自
恋气质，雪莱的诗歌赋予水仙花以自恋意识，"黄色的花，永久地注视着
倒影在宁静水晶中的倦忌的双眼"，这一种倦怠而卑微的自恋更能展现水
给予万物的自恋天性。其次，河流、湖泊、大海为人类提供水源与食物，
对人类的哺育与滋养使其在文学中被赋予乳白外表，接受乳汁的母性隐
喻，这一类"癫狂的隐喻阐释一种不可忘的爱"②。例如，米什莱通过乳汁
隐喻将海岸想象成乳房形状，"大海用它坚持不懈的抚慰使海岸圆润，使
海岸具有母性的轮廓，我要说的是女人乳房可见的柔情，即令孩童感到无
比温和，受到庇护，温暖而温馨的那东西"③，这也进一步说明水的母性意
象在西方观念中根深蒂固。

　　另一类水与死亡情结相关。早期将死者安放在棺木中随水流去的葬
礼引发了西方对死亡与水的遐想，它成为孕育死亡的母亲，兼备生命与
死亡双重内涵。如荣格所说："死亡和死亡冰冷的拥抱是母亲的乳头，
正像大海那样，它把太阳吞没了，却又使太阳在它的深处再生……"④水
承载了死亡，死者在水中开启人间生命的最后一次航行，"卡翁情结"⑤
便是这一隐喻的体现，"摆渡人"也由此产生。而在古代，落后的交通技

---

　　① ［法］加斯东·巴什拉：《水与梦——论物质的想象》（顾嘉琛译），岳麓书社
2005 年版，第 24 页。
　　② ［法］加斯东·巴什拉：《水与梦——论物质的想象》（顾嘉琛译），岳麓书社
2005 年版，第 129 页。
　　③ ［法］加斯东·巴什拉：《水与梦——论物质的想象》（顾嘉琛译），岳麓书社
2005 年版，第 131-132 页。
　　④ ［法］加斯东·巴什拉：《水与梦——论物质的想象》（顾嘉琛译），岳麓书社
2005 年版，第 80-81 页。
　　⑤ 卡翁，希腊神话中在冥河上渡亡灵去冥府的神。见《水与梦——论物质的想
象》第 84 页译注。

术使水对距离的阻隔数倍于陆地，水作为生死界限出现在许多意象隐喻中，这一点与中国颇为相似。更进一步说，水在"卡翁情结"中的死亡意象经由莎士比亚发展形成了女性化自杀本原的生命倾向，以《哈姆雷特》的奥菲利娅为代表，水成为"年轻、貌美的死亡，鲜花盛开的死亡的本原"①。狂暴的水可以从人与水的抗争以及水在特定条件下的汹涌态势两个角度理解。人在游泳时与水发生痛苦而快乐的亲密接触可视为"斯温伯恩情结"的表现，斯温伯恩在表达对狂暴水的崇拜时写道："每个浪让人痛苦，每个波涛像鞭一样抽打……海浪的鞭打从肩到双膝留下了痕迹，把他抛向岸边，周身被海的鞭子抽红"②，这是在与水搏击的抗争欲望中获得的狂暴快感，反复隐喻以表现施虐与受虐者形象。从另一方面来说，海面由平静向汹涌状态的转化如同某种兽性的释放，在这种浪潮下，"大海接受了各种狂怒的隐喻，种种疯狂动物的象征"③。这一状态的大海是与原始的力相关的狂暴，人们在与海水翻动与抽搐的共鸣中获得水意象新的隐喻感悟。由此，西方水既延续了《圣经》的经典隐喻，又展现出西方世界生产生活中与水的密切关联，通过隐喻表达他们对世界的理解，呈现其文明的独特色彩。

徐志摩一生创作诗歌 196 首，本章统计的具有一定隐喻内涵的水意象诗作有 63 首，涉及水意象类型有海、江、河、湖、雾、露、雨、冰、雪等，以液态水为主。表 3-1 是徐志摩涉及水意象的诗歌及其使用情况④：

---

① ［法］加斯东·巴什拉：《水与梦——论物质的想象》（顾嘉琛译），岳麓书社2005 年版，第 91-92 页。

② ［法］加斯东·巴什拉：《水与梦——论物质的想象》（顾嘉琛译），岳麓书社2005 年版，第 186 页。

③ ［法］加斯东·巴什拉：《水与梦——论物质的想象》（顾嘉琛译），岳麓书社2005 年版，第 188 页。

④ 本书所引诗歌均出自徐志摩的《徐志摩诗全集：别离的笙箫》，中国妇女出版社 2016 年版。

表 3-1 徐志摩涉及水意象的诗歌及其使用情况

诗作及水意象使用数量	水意象使用类型	
	液态水	固态水
康桥再会罢(4)	平波大海、河、怒潮、泉源	
地中海(1)	海	
默境(1)	湖	
希望的埋葬(1)	凉露	
破庙(3)	急雨、雨点雨块、硬雨	
石虎胡同七号(1)	暴雨	
灰色的人生(2)	大海、秋雨	
常州天宁寺闻礼忏声(2)	大海、白水	
自然与人生(1)	暴雨	
去罢(1)	海涛	
留别日本(3)	扬子江的流波、水滴、水流	
白旗(3)	暴雨、大海、山水	
问谁(3)	活泼的流溪、清波、秋雾	
在那山道旁(1)	浓雾	
消息(2)	雷雨、雾霭	
不再是我的乖乖(1)	海	
这是一个懦怯的世界(1)	大海	冰雹
多谢天！我的心又一度的跳荡(3)	海、流水、青波	
无题(2)	怒涛、迷雾	
乡村里的音籁(2)	漪绒、波幻	
天国的消息(1)	伟大的波涛	
她是睡着了(1)	露珠	
一星弱火(1)	惨雾	
翡冷翠的一夜(1)	雨	
偶然(1)	黑夜的海	
西伯利亚(1)	冻雾	寒冰、坚冰、白雪

续表

诗作及水意象使用数量	水意象使用类型	
	液态水	固态水
苏苏(1)	暴雨	
在哀克刹脱教堂前(1)	秋雨	
海韵(1)	海	
呻吟语(1)	清水	
丁当——清新(1)	秋雨	
三月十二深夜大沽口外(2)	绝海、湖水	
梅雪争春(1)		飞雪
半夜深巷琵琶(1)	惨雨	
两地相思(3)	露珠、雨、清水	
再别康桥(1)	康河的柔波	
残春(1)	雨	
俘虏颂(1)	浓雾	
拜献(1)	海	
春的投生(2)	雷雨、潭水	
残破(1)	露水	
两个月亮(1)	银涛	
车上(1)	山泉	
泰山(1)	绝海的惊涛	
云游(2)	涧水、湖海	
你去(3)	深潭、浅洼、夜露	
难忘(1)	迷雾	
爱的灵感——奉适之(3)	幽涧、浪花、迷雾	
草上的露珠儿(1)	露珠	
沙士顿重游随笔(1)	雨露	
私语(3)	秋雨、秋水、秋波	
月夜听琴(1)	鲜露	

诗作及水意象使用数量	水意象使用类型	
	液态水	固态水
威尼市（1）	流水	
马赛（1）	海	
梦游埃及（1）	海	
地中海中梦埃及魂人梦（1）	波涛	
小花篮——送卫礼贤先生（1）	造化无边之海	
那一点神明的火焰（1）	浓雾	
雪花的快乐（1）		雪花
沙扬娜拉组诗（1）	黄昏的波光	
毒药（3）	人道恶浊的涧水、海、波涛	
听瓦格纳乐剧（1）	绝海里骇浪惊涛	
青年杂咏（3）	河水、海浪、黄河	
总计：63 首（96）		

由此可见，水意象在徐诗中分布较广、出现频次较高，是其意象的重要组成部分。本书从诗歌隐喻角度出发，结合具体诗做分析其水意象的隐喻内涵。

第二节　徐志摩诗歌的水意象隐喻内涵

徐诗水意象有独特的隐喻内涵，诗人对意象特点的敏锐把握使隐喻内涵呈现与水特质相关的同质性特征，通过隐喻内涵的系统建构形成了三类隐喻风格。莱考夫认为，隐喻整个系统内的连贯性是选择一个而非另一个基础来构成隐喻的部分原因，它还存在很多可能的身体和社会基础①。因

---

① ［美］莱考夫、［美］约翰逊著，何文忠译：《我们赖以生存的隐喻》，浙江大学出版社 2015 年版，第 17 页。

此，徐诗水意象的隐喻内涵和人类经验积累与水意象本身特性的联系也值得探讨。

不同状态的水有不同物理特征，在意象隐喻中也呈现出相异内涵，在连接单一隐喻构建概念的所有实例中起着至关重要的作用，因此，徐诗液态水与固态水，液态水中雾、露、雨、海等水意象内部都具有隐喻连贯性①，呈现出典型化与系统性特征。徐志摩经由个人体验与集体意识对水意象不同维度的塑造使我们能窥见概念隐喻在其中的作用。

雾是由悬浮在大气中的微小液滴构成的能降低地面能见度的气溶胶，在有雾天气中物体可见度会受限制，形成对视觉的阻碍。源于感官的经验使人将天气域的雾现象映射向情感域，通过情感的迷离表现天气的混沌。俄国诗人丘特切夫将水作为混沌象征物，传承了古希腊以及《圣经》中创世之初横贯混沌天地的水意象②，而雾形成视觉阻碍后更能表现这一种混沌。基于雾的这一特征，人们以不同方式构建其部分隐喻，完成凸显与隐藏的功能③。例如，雾的朦胧可表达诗化的神秘与美感，雾的厚重也可映射与光明相对的昏暗与低落，而徐志摩的雾意象往往是对后者的进一步发挥，将其与浑浊的愁绪、迷惘的求索相联系。《无题》的迷雾与天光相对，隐含对光的遮蔽与对前进道路的阻碍，"一弯青玉似的明月"将轻柔的光辉洒向人间，现出"云消雾散"的清透；迷雾在《难忘》中与"诅咒的凶险"呼应，是缠绕思绪的毒蛇、压榨光明的希望，使诗人在积蓄的愁苦中看不清未来方向。诗人基于"混沌"隐喻描绘了不同情境下相异的情感体验，构成其雾意象连贯丰富的隐喻系统。

露与夜间降温时空气遇到更冷的地面析出的水汽液化有关，具有晶莹剔透的特性，将露珠比作珍珠的手法在中西方文学中屡见不鲜，也同时赋

① ［美］莱考夫、［美］约翰逊著，何文忠译：《我们赖以生存的隐喻》，浙江大学出版社2015年版，第85-91页。

② 乔占元：《丘特切夫抒情诗中的混沌世界》，《烟台大学学报》（哲学社会科学版）2010年第3期。

③ ［美］莱考夫、［美］约翰逊，何文忠译：《我们赖以生存的隐喻》，浙江大学出版社2015年版，第8-10页。

予露珠相矛盾的不同隐喻内涵。一方面，喻体珍珠作为一类色彩瑰丽、气质高雅的宝石使人们对露珠有幸福美好的情感寄寓，另一方面，珍珠贵重却易失、露珠美丽而易逝也衍生出消极悲观的情绪。人们对日本歌人文屋朝康露珠和歌的不同评价诠释了这一点。刘德润认为，诗人对露珠的描写"写出了珍珠在风中滚落的激烈动态之美"，也有人觉得"没有一根线能将珍珠般的露珠串起来，只好无可奈何地眼看着它们散落在草丛中"包含万物挽歌的悲伤情调①。这一对立情感在徐志摩的露珠中有鲜明体现，他巧妙地将两种相反情感融入晨露与夜露中，形成独特的隐喻内涵。晨露圆润、晶莹，在清晨阳光照耀下闪烁希望的光辉，与诗人"爱、美、自由"的理想相联系。《她是睡着了》的露珠"颤动的，在荷盘中闪耀着晨曦"，像处女的纯真梦境与姣好青春，娇嫩而惹人怜爱，高贵而饱含生气。而夜露的清澈透亮在夜幕中被诗人赋予希望与绝望的双重特征。一方面，夜间的寒凉宁静和人体清明之气的共鸣体现了夜露"飘飘欲仙"的气质。《月夜听琴》中"草尖的鲜露，动荡了我的灵府"，夜露在音波震颤中点亮诗人的灵明，在爱与美的境界中赋予诗人洞彻心扉的澄澈。另一方面，夜晚的荒凉死寂黯淡了露珠的光辉，使其沉郁在昏昧之中。《希望的埋葬》表现了寒凉直白的悲哀，"滴滴凉露似的清泪，洒遍了清冷的新墓"，新坟之上"长眠着美丽的希望"，诗人借凉露烘托抑郁悲凉的气氛，喻示死灭的希望。由此，珍珠与眼泪成为徐志摩构建两类不同露珠意象的基本喻体，分别隐喻纯洁的爱与悲伤、破碎的情感体验。

　　"雨"在与人类的数千年联系中发展出特有的"原始意义"。容格认为这一种被赋予"原始意义"的"原始意象""凝聚着一些人类心理和人类命运的因素，渗透着我们祖先历史中大致按照同样的方式无数次重复产生的欢乐与悲伤的残留物"②。本书认为雨的"自然属性"与"社会属性"都对其原始

---

　　①　刘德润编：《小仓百人一首·日本古典和歌赏析》，外语教学与研究出版社2007年版，第115-116页。

　　②　叶舒宪编：《神话——原型批评》，陕西师范大学出版社1987年版，第100页。

意义有重要影响。一方面，高湿度、低气压、含氧量低的阴雨天气易引发器官压迫感，使人产生低落阴郁的情绪；另一方面，古代农耕社会的雨是丰收与灾祸的象征。在先民们代代积淀地对雨的情绪与生活体验中，雨逐渐成为人类经验的心理凝结物与集体无意识，在文学艺术中借创作者个体意识表现出来。徐诗中的雨有暴雨、苦雨两种状态，隐喻不同的情感体验与文化内涵。暴雨以迅疾猛烈的特征对自然景物或人类生活造成冲击破坏，隐喻无情的社会与动乱的时代。《破庙》《翡冷翠的一夜》《苏苏》等诗中的雨均以暴雨展现，它是烈情的，在破庙中飞驰怒吼，伴随霹雳与雷暴急雨朝诗人砸去，使人想起曹禺的《雷雨》，标题"雷雨"既交代了故事发生的天气环境，又隐喻在雷雨中集中爆发的戏剧冲突，揭露封建旧社会下孕育的矛盾与悲剧；它也是莫测的自然与变幻的人生，社会的残忍"捣烂鲜红无数"，埋葬纯真的爱情与充满朝气的青年。而苦雨多以秋雨、惨雨呈现，表现绵延细雨中诗人的苦情与落寞。《私语》的"在一流清冷的秋水池，一棵憔悴的秋柳里，一条怯怜的秋枝上"，是秋雨诉说的郁结情思；写于林徽因与梁思成结婚之际的《丁当——清新》则将诗人破碎的恋情借雨清脆的下落声渲染到极致："檐前的秋雨又在说什么？'还有你心里那个留着做什么？'蓦地里又听见一声清新——这回摔破的是我自己的心！"秋雨本身具有的凄凉况味与诗歌表现的爱情悲剧融为一体，造就志摩苦雨意象寒凉的审美意蕴。

　　吴福辉认为"海"的第一品格是现代质素①。"五四"以来，海作为连接中西方的通道将中国大门向世界敞开，"海风"随之吹进内陆。彭松认为现代文学的海意象是文明转型期先锋意识的表达，"它脱出了旧的物象之限，而成为新的时代精神对应和建构的对象，成为某种生命理想投射的焦点和文化精神生发的广域"，是"承载着现代意识、世界想象和生命觉悟的特殊意象"②。徐志摩笔下的海同样呈现出现代性与先锋性，成为旧社会的反叛

---

①　吴福辉：《都市漩流中的海派小说》，湖南教育出版社1995年版，第2页。

②　彭松：《中国现代文学中的海洋意识》，《贵州社会科学》2013年第1期。

与新文学的高歌，隐喻理想人格与理想世界的追求。《这是一个懦怯的世界》的海是自由理想世界的隐喻，诗人历经了对无情冰雹、锋利荆棘的反叛，在追求爱情的一往无前中达到远离丑恶的世外桃源，激荡着自然与爱情的力。徐志摩的"海"也是隐喻自然变化与社会变革的动荡因素。《海韵》的海作为隐喻意象贯穿全诗，诗人通过海随时间的连贯变化呈现动态的自然景观，表现海在运动中蓄积的力。进一步说，诗人透过海的变化暗示中国社会去旧迎新的变革，这一具有破坏力的动荡因子也吞没了许多进步青年。相比之下，突进诗人郭沫若在《立在地球边上放号》中以激进的笔力释放海的宏丽与炽热，表现诗人崇拜的颠覆性的力："无限的太平洋提起他全身的力量来要把地球推倒。/啊啊！我眼前来了滚滚的洪涛哟！/啊啊！不断的毁坏，不断的创造，不断的努力哟！"它"颠覆了天地俱足、纯宁归化的古典感受，却接续了西方浪漫主义以来拜伦、海涅、普希金等建构的那个激涌叛逆的大海"①。相较而言，徐志摩的海意象则略显古典婉约，在破坏创造中对传统又有所保留。

作为固态水的雪有液态水所没有的"雪白""轻盈"等特征，"雪白"使其成为灵魂品格的象征，在不同维度的发挥中形成冲淡自然、纯真坚毅的品质；它的"轻盈"也被赋予自由灵动浪漫的隐喻内涵。雪的存在是短暂的，这种"美的极致"的雪意象在日本"物哀"美学理念中除了人格化的一尘不染外，更因短暂的存在包含"无常"的思想，是对人生美好易逝的无奈与感伤，从这一意义上看，"水作为雪的死亡，是美与死的象征"②。川端康成《雪国》中的叶子和驹子作为纯净的人格象征最终在火的灼热中"融化"短暂的一生，"僵挺的身体在下落过程中变得柔软，但那姿势显示的是偶人般的放任和命脉断绝的自由，生与死都已终止"，但死亡在与美的化学反应中生发出的美学意味使岛村在哀恸的同时又未能真切体会到死，"感觉

---

① 彭松：《中国现代文学中的海洋意识》，《贵州社会科学》2013 年第 1 期。
② 杨璐：《〈雪国〉原型批评视野下的循环结构阐释》，《名作欣赏》2011 年第 36 期。

出的是类似叶子内在生命变形之转折点那样的东西"①。而徐志摩的《雪花的快乐》在发挥传统隐喻轻灵、优雅动态美的同时，也关注了"雪的融化"。在诗最后，雪花以消融的姿态溶入女子柔波似的心胸，结束了短暂的生命，这一设计与《雪国》相比有意隐藏"死亡"而更突显"美"的意蕴，使人几乎感受不到雪消逝的悲伤，它与徐志摩"爱、自由、美"的追求相结合，成为诗人终生孜孜以求的单纯信仰。除此之外，徐志摩在传统洁白、清寒内涵上表现出一定的地域、时代与个人特征，为雪的审美特征开辟更广阔的视角。《梅雪争春》化用宋人卢梅坡的"梅雪争春未肯降"，以反讽与尖锐批判贯穿全诗。首句便以"南方新年里有一天下大雪"拉开争斗序幕，南方大雪的地域罕见性使人不禁联想到《窦娥冤》"六月飞雪"的枉死冤案，犀利影射段祺瑞政府枪杀请愿群众的现实背景，奠定全诗沉重阴郁的情感基调。此诗中雪花一改往日的灵动美丽，被强化了"冷"的特征，扮演严酷现实与反动敌人形象，触目惊心地描绘了杀戮惨状，上演了江南鲜艳的"开春图景"，成为志摩对反动政府的强烈控诉。雪在徐诗中被赋予鲜明的地域色彩，在纯洁、清冷的外观上附加了严寒、冰冷等感官感受，呈现出"坚冰"的严酷特点，反衬出坚定的理想追求。

除了前文出现频率较高的固液态水外，徐志摩还塑造了其他水意象。如《再别康桥》的康河是启蒙的母亲河，标志遭遇西方文化洗礼后"诗人"徐志摩的诞生，它的柔波也成为孕育理想与诗化浪漫情结的隐喻象征。而湖、涧、泉、潭等水意象与前文提及的隐喻特征有相似之处，由于出现频率较低便不再一一列举。固态的冰、冰雹等水意象在徐诗中出现次数同样较少，总体具有坚硬的特征，多表达挫折、阻挠的现实隐喻，构成徐诗水意象隐喻主干的支流。

通过上述分析可以看出，徐诗水意象有丰富的隐喻内涵，它们体现了水在不同状态下表现出的物理特征差异以及人类社会在与自然的交互中形

---

① ［日］川端康成著，林少华译：《雪国》，青岛出版社 2010 年版，第 109-110页。

成的集体无意识。同时，徐志摩在水意象中糅入了个人对女性的情爱经验、对"爱、自由、美"的追求、对动荡时代风云变幻以及对人文历史厚重沧桑的感怀、对自然万物与人类社会的虔敬与热爱乃至对宇宙的哲学思考等诸多元素，在水意象约定俗成的隐喻内涵中加入了新的成分，唤醒了它们的生机活力，成为我们概念系统中赖以生存的活隐喻①。他的浪漫主义诗学原理与自由主义政治观念②使水意象折射出独立的个体意识、孜孜的爱情渴求与人性的哲理思索等现代理念的光辉。唯美、忧伤、颓废意味的水意象"化'现实之恶'为'艺术之美'的'丑中美'"③，成为融合超功利艺术追求与悲观郁结心境的矛盾体。这些由不同隐喻内涵幻化出的不同风格水意象，借诗人不羁的自由之风与横溢的才情灵思被赋予独特审美意趣，成为映照诗人情感、诗论与哲学观的一面镜子。

第三节　徐志摩诗歌水意象隐喻内涵的形成原因

莱考夫认为，人类拥有的概念系统是其与物理和人文环境相作用的产物，隐喻在这一持续互动中得以建立，基于这一过程形成的自然经验说到底都是环境与文化影响的结果④，它对诗歌意象隐喻内涵与风格的形成有关键作用，徐志摩也不例外。总体来说，它与诗人成长的吴越文化环境、传统诗词的影响以及西方文化的冲击有密切关系。

严家炎在20世纪90年代就注意到文学的地域性特征，指出区域文学对作家性格气质、审美情趣、艺术思维方式和作品的人生内容、艺术风

---

① ［美］莱考夫、［美］约翰逊著，何文忠译：《我们赖以生存的隐喻》，浙江大学出版社2015年版，第55-56页。

② 王冬冬：《重评徐志摩：民主诗学的可能与限度》，《中国现代文学研究丛刊》，2017年第5期。

③ 薛皓洁：《徐志摩诗歌"浪漫"与"唯美"共存的艺术特质》，《江苏社会科学》，2015年第4期。

④ ［美］莱考夫、［美］约翰逊著，何文忠译：：《我们赖以生存的隐喻》，浙江大学出版社2015年版，第57-58、109-111页。

格、表现手法等有复杂深刻的影响①。何西来认为，地域文化对文学创作的影响"首先是作为描写的客体而进入作品；其次是通过作为创作主体的作家；最后还有接受者由地域文化传统所形成的特殊的审美需求，审美期待"。② 徐志摩出生于浙江省海宁市硖石镇，接受了吴越文化的浸染与熏陶，养成了江南独特的性灵气质，其影响包括三个方面：

首先，柔和的水域特征与秀丽的水乡景观为水意象的主要特质创造条件。《旧浙江通志》言："浙东多山，故刚劲而邻于亢；浙西近泽，故文秀而失之靡。"③核心便是揭示不同自然环境对人文的影响。徐志摩家乡位于钱塘江以西，地处长江三角洲，地形以广阔平原为主，水流在落差小的地势下形成"静"而"缓"的流速特征，由此形成的江、湖等丰富的水乡景观是江南水性文化的重要组成部分，养育了一方人轻倩柔美的文化意趣与审美风格。《我在扬子江边买一把莲蓬》中扬子江作为贯穿全诗的物象构建起一幅典型的江南水乡图景。《乡村里的音籁》的小舟缓泛在垂柳荫间，凉风吹起水面的涟漪，诗人忆起故乡的溪流，山间的冷泉，一景一物皆流淌着江南诗化的气质。这种清丽的水乡文化深深影响了志摩笔下的水意象，使其呈现出"轻柔之美、朦胧之美、动态之美"的特征，水性环境"明事物之万化，亦与之万化"的特性赋予其诗灵动多变的美感。冯兰与石永珍评价道："他的诗不似胡适诗歌的直白意寡，不像郭诗那样肆情狂放，闻诗过于追求格律，亦非李金发诗体的糊涂，而是细雨润物见灵性，素性率真触感情。他注重感受，情思的变化，情绪的波折，似江南之小桥流水，荡荡漾漾。"④江南自然环境的水性特质深刻影响了徐志摩观念中的水，为其水意象隐喻风格的塑造提供了潜在创作背景。

---

① 严家炎：《〈20世纪中国文学与区域文化丛书〉总序》，《理论与创作》1995年第1期。

② 何西来：《关于文学的地域文化研究的思考：从"二十世纪中国文学与区域文化"想到的》，《中国现代文学研究丛刊》1999年第1期。

③ 胡朴安：《中华全国风俗志》，河北人民出版社1986年版，第76页。

④ 冯兰、石永珍：《布尔乔亚情结与江南文化底蕴的诗学构图：欧美文化与徐志摩诗歌的互文影响》，《青海师范大学学报》(哲学社会科学版)2012年第6期。

　　其次，儒雅的人文环境与开放的社会风气为水意象隐喻风格奠定基础。秀美的自然环境与富足的物质生产孕育了性情柔和、情感细腻、思维活跃的江南人，它以繁荣的物质文化资源、茂郁的社会文化资源以及氤氲的审美文化资源创造了一片有永恒魅力的文化景观，形成精致细腻的生活方式与儒雅的人文环境①。魏晋南北朝以来，江浙一带逐渐成为文化发达地区，"魏晋风度""江左风流"兴盛，文学艺术蓬勃兴起，诗人、书法家、画家相继涌现；南宋时期，繁华都市杭州吸引了一批士人阶层，为文艺创作与佳作迭出提供良好氛围。陈建华认为元末的江浙文士风雅相尚、文酒诗宴，唱和、交游之风极盛②。这种文化资源的积淀孕育醇厚的人文环境，养育"崇文重教"的传统；超于儒家实用理性之上的诗性文化气质与自由审美精神淘洗出江南"清水出芙蓉，天然去雕饰"的审美意蕴③。徐诗水意象因此富有诗性与雅致，成为性灵中女性的娴静化身④。如《两地相思》中沾上草尖的露珠被隐喻为思春少女腮边的泪，混合荡漾的爱情和与情郎分隔的愁闷，晶莹的光泽也饱含纯情与温柔的女性之美，成为诗人女性情结的寄托。

　　丰富的物质文化资源也促进人们的思想解放与个性拓张，形成开放的社会氛围，魏晋名士放荡不羁、崇尚自由的流风遗韵仍流淌在江南人的血液中。这一追求解放的反叛精神体现在封建社会"重农抑商"背景下江浙繁荣的商品经济中，商人平民有参与文学活动的机会⑤，近代的吴越地区也最早得西方风气，文学作品一度呈现多元融合、创新进取的精神。成长在这一环境中的徐志摩因而有强烈的个体意识，他自称为"一个不可教训的个人主义者"，其反叛传统与变革创新的精神也在水意象中有真实写照。

---

　　①　顾金孚：《江南水乡文化概论》，浙江工商大学出版社 2012 年版，第 1 页。
　　②　陈建华：《中国江浙地区十四至十七世纪社会意识与文学》，学林出版社 1992 年版，第 17-18 页。
　　③　顾金孚：《江南水乡文化概论》，浙江工商大学出版社 2012 年版，第 1-9 页。
　　④　项耀瑶：《浙西文化与徐志摩文学创作》，浙江师范大学，2013 年。
　　⑤　陈建华：《中国江浙地区十四至十七世纪社会意识与文学》，学林出版社，1992 年，第 13 页。

《这是一个懦怯的世界》的"我"为了爱情与现实决裂，义无反顾地挣脱道德的束缚与传统的枷锁，奔向那"白茫茫的大海"象征的恋爱、欢欣和自由，在新旧交替之际表现追求真、善、美的一往无前精神。儒雅的人文环境与开放的社会风气由此为徐志摩诗歌的水意象注入独特的美学形式，呈现清丽温柔、灵动自由的隐喻风格。

再者，忧郁的文化基因与哲思的创作风尚为水意象的哲学内涵提供支撑。骆寒超先生从吴越民族远古时期频繁的被迫迁徙入手分析该民族在恶劣自然条件下形成的"依恋故土又崇尚流浪"的集体无意识。这一种"宁静与骚动"的"现代浪子"特质在吴越民族的精神文化个性中对立统一，在现实冲撞下生成吴越诗人独有的"忧郁"气质。在他看来，这种气质在徐志摩笔下是典型的"天蓝的忧郁"，即"由宇宙人生激发出来的，导向茫然的超越感"①。在《偶然》中，诗人自比为"天空里的一片云"，抒情对象是广阔的海，云在海面转瞬即逝的投影照应了诗题"偶然"。两者的交会有苍茫宇宙中个体心灵偶然碰撞的相惜之情，有惊鸿一瞥的喜悦与感动，然而诗人却以高远、冷峻的姿态有意使相遇的火花在虚空与幻灭感中褪去，呈现出诗人流浪天地间无所依傍、无所顾虑的超脱感。无独有偶，诗人四年后发表的《云游》再度以对立姿态呈现云和水意象。卑微地面的一流涧水是"云"的尘世牵绊，当"云"在空际云游时，涧水恋上它逍遥的明艳，渴望抱住它的倩影，然而这种超脱的美无法静止在人间，因而涧水抱紧的只是"绵密的忧愁"。徐志摩在诗中寄予的宇宙观渴望超越尘世，却始终无法摆脱现实羁绊，正如那"云"在飘游中又受人世拖累，牵挂那为己消瘦、盼己归来的涧水的哀伤，未臻"无所待"之境。虽然诗人都使用了云与水意象，以云自喻的情感也有异曲同工之妙，但水意象却发生了变化：从"海"到"涧水"，从广袤到卑微，从"无回应"到"有行动"，这也是四年间诗人面对宇宙与尘世生发的忧郁气质有所变化的体现。前诗中，水意象很"大"，诗人

---

① 骆寒超：《论现代吴越诗人的文化基因及创作格局》，《中国现代文学研究丛刊》1991 年第 2 期。

却以"教导者"与"沉默者"身份赋予云和海不平等的话语权，使诗歌传达出飘逸的美感与超脱的境界；后诗中水意象虽"卑微到尘埃里"，却有向云张开怀抱、在无能盼望中日渐消瘦的"烟火气"。而面对不同的水，"云"的挣扎使诗歌更具冲突与张力，两者的差异是徐志摩这份承自吴越文化的忧郁与哲思在时代变革与人生阅历积累中有所坚持、有所颠覆的体现。

总之，吴越文化对徐诗水意象隐喻内涵的作用主要体现在上述三个方面。在此基础上，浙江包容多样的地域文化成为传统与西方文化碰撞交融的平台，为徐志摩兼备中西方文化的水意象奠定基础。

徐志摩偏爱水意象还源于其深厚的传统文化根基。徐志摩早年跟随塾师孙荫轩与查桐荪教授打下深厚的古文基础，在开智学堂期间便写出《论哥舒翰潼关之败》这般颇具气势的作文[1]，青年时期又于大师梁启超门下拜习古典学术与思想，陶冶了较高的文化修养。由此可见，传统文化与古典诗词对徐志摩人生早期的塑造以及深厚文学功底的养成都有重要作用，对其今后的文学生涯也产生深远影响。尽管他在留学数年中接触了西方文明，回国后也高举改造旧诗、旧文化的旗帜，但正如黄小珍、余亚梅所言，"于情感的根深蒂固之处，行文言谈又往往不经意地流露出传统的下意识"[2]，朱湘也认为："徐君是一个词人，古代词人细腻的想象，诗中的音节也是词中那种和婉的音节。"[3]人的价值观念是一个与其赖以生存的隐喻概念相一致的系统，在一般情况下会受到某类文化中根本核心的价值观影响[4]，因此，徐诗水意象有古典诗词的影子，而他又通过自身经历与创作理念对水意象细腻化或哲理化，使之承载更为丰满的内涵。

---

① 韩石山：《徐志摩图传》，广东教育出版社 2005 年版，第 5-6 页。

② 黄小珍、余亚梅：《诗化人生：传统文化精神品格的架构——试论徐志摩的情诗对中国传统诗歌文化的继承》，《上海大学学报》（社会科学版）2003 年第 1 期。

③ 方仁念编：《新月派评论资料选》，华东师范大学出版社 1993 年版，第 115 页。

④ ［美］莱考夫、［美］约翰逊著，何文忠译：《我们赖以生存的隐喻》，浙江大学出版社 2015 年版，第 20-21 页。

徐诗海意象与雨意象主要沿用传统诗词的隐喻模式，呈现浓厚的古典色彩。海意象具有柔和性与神秘性两个特征。前者源于传统文化对人与自然和谐的追求以及平实处事的道德原则，寄寓古人"天人合一"的哲学思考与人生体验。张九龄的"海上生明月，天涯共此时"与张若虚的"春江潮水连海平，海上明月共潮生"都描绘了一幅开阔壮丽的海上月明图，铺开平实博大的气象。徐志摩同样在《多谢天！我的心一度的跳荡》中传达了旷远的抒怀："如今，多谢这无名的博大的光辉，在艳色的青波与绿岛间萦回。"环岛青波明艳但不锋利，在海平面上散发柔和的光辉，是诗人在自然精神洗涤中流露的空灵与博大。海意象的神秘性则受到蓬莱仙岛神话及《山海经》传说的影响，披上的"仙人""海客"外衣一度成为文人桃花源理想的寄托，如白居易的"到岸请君回首望，蓬莱宫在海中央"便带有浓厚的神话想象色彩。在《这是一个懦怯的世界》中，徐志摩借"白茫茫的大海"同样营造了虚幻的世界，海上的岛"有青草，鲜花，美丽的走兽与飞鸟"，让人不禁联想到《山海经》的奇异传说与动人故事。

传统诗词的雨意象也被徐志摩还原在诗中，主要为悲凉的苦雨和愤懑的暴雨。无论是秦观"自在飞花轻似梦，无边丝雨细如愁"的凄风凉雨，还是李清照"到黄昏，点点滴滴"的秋雨，都被历代诗人偏爱。而徐志摩《在哀克刹脱教堂前》的"幽幽的叹一声长气，像是凄凉的空院里凄凉的秋雨"、《丁当——清新》的"檐前的秋雨在说什么？它说摔了她，忧郁什么"仿佛与古人相呼应，在绵绵细雨中道尽内心郁结与世态寒凉。相比之下，暴雨则是控诉黑暗现实与悲惨社会的一把利刃，以更暴烈与决绝的方式宣泄强烈的愤慨与不满。例如，陆游的"雨镞飞纵横，雷车助奔骤"将时代压迫的沉重血泪寓于滂沱大雨中，宣泄心中的抑郁与愤懑，徐志摩同样在《破庙》《苏苏》等诗中加以发挥，构成对顽强旧势力的反抗。

正如前文所述，志摩水意象虽取自传统但更有发挥，他将自己的生活经历与对世界的体验揉入创作中，使之成为富于想象力和创造力的隐喻，具有穿透整个蕴涵网络、回响悠长、余音不绝的效果。这一创新隐喻通过突显与抑制某些特征的方式赋予传统认知经验以新理解，在继承与创新中保持连贯性①。徐诗"流水""雾"与"雪"意象都有此特点。在"流水"意象上，李煜"问君能有几多愁，恰似一江春水向东流"是承载愁绪的代表，徐志摩《私语》的"情诗情节，也掉落在秋水秋波的秋晕里，一涡半转，跟着秋流去"便与其精彩和应。《云游》的涧水承载的不只是哀愁，更是潜藏在吴越文化深处的忧郁基因，是现代浪子无法释怀的尘世羁绊。在这一意义上，志摩在化用古典意象的同时更赋予其深层哲学意蕴，使隐喻内涵有了本质拔升又合乎情理。在"雾"意象塑造上，苏轼"酒罢月随人，泪湿化如雾"等诗句传递的忧郁怅惘与其人生境遇相映照，饱含无奈伤感。徐诗雾意象也往往呈现出与阴郁消极的情绪相关的昏暗与颓唐，但他将这份附丽在人生中的宏大细腻化为处于悲观状态下内心的彷徨与挣扎、思潮的混沌与跌宕，《难忘》中纠缠在心头的迷雾在诗人笔下爆发出波诡云谲、风雨如晦般的凶险，更具线条化的描摹力度。在雪意象刻画上，徐志摩在继承传统情爱表达与灵动意蕴的同时，更融入饱含热情纯真的人生追求，暗寓诗人追寻美的理想、世界的愿望。

　　李怡评价道："徐志摩自觉或不自觉地实现了与中国传统诗歌文化精神的默契，从而把现实与历史，把个人诗兴与文化传统融合在了一起，完成了中国古典诗学理想的现代'重构'。"②在这一意义上，相较闻一多这类宏观把握中西文化的诗人，徐志摩对传统的继承更为人性体贴。同时，他又不囿于传统束缚，在对古典水意象隐喻内涵的深化与情感表达的细腻化上都有较高完成度。

　　对西方文化的创造性吸纳是徐志摩偏爱水意象的第三个原因。从比较文学视野看，文学中民族性与非民族性因素间的转化是民族文学发展过程中的必然现象，是各民族文学交流、渗透和融合的基本标志。唯有将民族文学置于世界交流中才可能保留与发展其自身特性，在融合与丰富中赢得

---

　　① ［美］莱考夫、［美］约翰逊著，何文忠译：《我们赖以生存的隐喻》，浙江大学出版社 2015 年版，第 129-132 页。
　　② 李怡：《古典理想的现代重构——论徐志摩与中国传统诗歌文化》，《江海学刊》1994 年第 4 期。

世界地位①。从这个意义上说，五四以来的现代文学就是中西文化碰撞融合的产物，它站在一个崭新的时空焦点，"在纵向上面对自己的古典传统，在横向上处在自己的共时性展开和面对'他者'影响的二重性焦虑中，横向的思考与观察又反转来触动对传统的再认识和再估价"②。而徐志摩便是处在这一变革中的"时代巨人"，出于挑战旧文学与求异的需要，他在吸纳改造异域元素中形成的"欧化"风格，对促进传统诗歌革新与意象使用多元化有建设性作用。

尽管徐志摩早年接受的是传统私塾教育，但新式教育与远游求学更开阔了他的心智与视野，使其创作有鲜明的时代特征。他在美国克拉克大学与哥伦比亚大学取得硕士学位后欲追随罗素，又在英国伦敦大学与剑桥大学继续求学③。宋炳辉认为，远洋经历使徐志摩对西方文化的态度可用崇拜、狂热形容。他大量译介西方作品，新诗创作也模仿英国诗人，呈现出"对西方浪漫主义诗艺的悉心把握和独到创意""富丽浓艳的意象和辞藻"与"优美的音韵旋律"④。孔孚、吕山查认为，徐诗的特点是"六分'直'的继承，四分'横'的移植"⑤。而这份"移植"在水意象中有三类体现：西方诗人与流派的影响、《圣经》水意象隐喻内涵的引入以及"卡翁情结"与"奥菲利娅情结"的融会。

他的审美价值接受了西方名流的文艺理念与创作思想的影响。从风格上看，英国湖畔派诗人华兹华斯爱山乐水的自然观给予徐志摩水意象将灵魂赋予自然界的万物的清新脱俗，呈现出《草上的露珠儿》的优美灵动、

① 曾小逸编：《走向世界文学——中国现代作家与外国文学》，湖南人民出版社1985年版，第32-37页。
② 李晓宁：《20世纪中国文学中的"他者"——西方的文学话语》，《漳州师范学院学报》（哲学社会科学版），1997年第1期。
③ 参见黄亚妮：《徐志摩诗传》，华中科技大学出版社2013年版，第6-45页；赵遐秋：《徐志摩传》，中国人民大学出版社1999年版，第3-8页。
④ 宋炳辉：《徐志摩在接受西方文学中的错位现象辨析》，《中国比较文学》1999年第3期。
⑤ 孔孚、吕山查：《试论徐志摩诗歌的艺术表现》，《齐鲁学刊》1982年第6期。

《再别康桥》的淡雅隽秀。浪漫主义诗人拜伦、雪莱对他"爱、自由、美"的追求有深刻影响,《去罢》的"我笑受山风与海涛之贺"激荡着拜伦式的豪放纵恣和冷傲不群①;《这是一个懦怯的世界》又借鉴了《唐琼与海》寥廓的海景。以波特莱尔为代表的唯美主义者对徐志摩诗歌意象与艺术风格从浪漫向唯美的嬗变有深远影响,波德莱尔"恶中之美"的美学旨趣为徐志摩描摹中国旧社会传统礼教的丑恶开拓空间,使他以全新的方式直面灵魂与人性的拷问,创造出"中国版的唯美之歌"②。泰戈尔的诗歌理念给予徐志摩东方的情调与田园的诗思③,是他在坚守爱与美的道路上的信念支柱。他在《沙扬娜拉》组诗之二中以极具东方美感的笔调描绘了黄昏的大海,"趁航在轻涛间……在黄昏的波光里息羽优游",古典浪漫、清新悠扬。从隐喻内涵上看,浪漫派英国诗人济慈的唯美主义气质与徐志摩不谋而合,他"情趣迥异的构思""精心锤炼的文字""奇异瑰丽的形象与意境"以及"对美好的理想境界的向往和追求"④给予徐志摩莫大的启发,直接影响徐诗露珠的意象隐喻。济慈的露珠意象常将露珠与珍珠类比,隐喻纯洁与珍贵,而同样具有浪漫情怀的叶芝的露珠则展现出对纯真爱情的向往以及对复杂难测情感的琢磨。在徐志摩《她是睡着了》等诗中,清露意象明显受到两位诗人的影响,散发女性的浪漫,隐喻纯洁坚贞的爱情。

徐诗水意象借鉴了《圣经》中的"生命"与"再生",突出表现在剑桥诗歌⑤上,但他同时在创作中将西化风格融入中国社会背景,使水意象完成

---

① 王福和:《世界文学与20世纪浙江作家》,浙江大学出版社2004年版,第159页。

② 薛皓洁:《徐志摩诗歌"浪漫"与"唯美"共存的艺术特质》,《江苏社会科学》2015年第4期。

③ 王福和:《世界文学与20世纪浙江作家》,浙江大学出版社2004年版,第156页。

④ 王福和:《世界文学与20世纪浙江作家》,浙江大学出版社2004年版,第166页。

⑤ 在刘洪涛著的《从国别文学走向世界文学》(复旦大学出版社2014年版,第39页)中将徐志摩的"剑桥诗歌"分为两类,一类为在剑桥期间创作的诗歌,一类为以剑桥自然物景为题材创作的诗歌。

本土化过渡。《青年杂咏》虽延续了《圣经》隐喻，但与国情的结合更展现出青年的责任与担当。海浪隐喻希望与再生的洗礼，使青年抛弃尘秽的头巾、解脱肮脏的束缚，"露出赤条条的洁白身"，重回带着原罪的婴孩之身接受圣水施洗，而中华民族母亲河"惨如鬼哭满中原"的惨状使他决心引西方水的生命原力，摧毁旧世界的残暴。这份呼唤青年忘却悲哀、追求梦想、投身革命的呐喊，裹挟西方浪潮，充满新青年的蓬勃朝气。

　　"卡翁情结"与"奥菲利娅情结"使水、女性与死亡透过这一隐喻机制联结成有机整体，它"使死亡人性化，在最无声息的叹息中渗进了一些明快的声音"，借水的阴影淡化死亡的现实性，体现这一主题的非《海韵》莫属。大海在诗中经历由宁静到凶猛的变化，结尾处扮演了毁灭女郎、吞没沙滩与光辉的死亡形象。在"死亡"过程的呈现上，诗人将死亡瞬间巧妙隐去，对女郎嘹亮歌声与窈窕身影的探寻到"再不见女郎"的结束呈现了富有戏剧化的舞台张力。女郎、光线与大海的对比变化构成贯穿全诗的主旋律，随着夜色的加深，海浪逐渐现出凶恶"本色"，"夜"与"海"的结合完成了死亡隐喻。女郎的舞姿与风暴海浪的对抗将诗歌情绪推向高潮，这一种女性美与死亡的抗争如同奥菲利娅落水那一刻的唯美，"她的衣服四散展开，就像美人鱼一样飘在水上；她唱起了古老谣曲，好像不感觉到她的困境，又好像她本来就生长在水中一般"，她们在死亡中寂灭，也在死亡中展现美的极致。

　　西方文化对徐志摩的影响是巨大的，他在《吸烟与文化》中提道："我的眼是康桥教我睁的，我的求知欲是康桥给我拨动的，我的自我意识是康桥给我胚胎的。"①《再别康桥》的康河承载徐志摩浪漫纯真的希望与幻想，从康河流出的诗歌，从诗歌流出的水意象也沾染了这份美妙气质，成为剑桥生活孕育的果实。他在《猛虎集·序文》中也说，他的兴趣爱好在 24 岁以前还停留在相对论或者民约论之上，正是康河唤醒了他心中对诗歌的热情②，也激发了他性灵的狂热。以英国为代表的西方诗人与流派风格深深

---

　　①　徐志摩：《徐志摩全集·第 3 卷·散文集·上》，广西民族出版社 1991 年版，第 103 页。

　　②　黄亚妮：《徐志摩诗传》，华中科技大学出版社 2013 年版，第 79 页。

烙印在徐诗中，可以说，从浪漫主义、后浪漫主义到象征主义，"他对西方文学的接受基本上是沿着英国文学史的发展顺序完成的"①，而他的水意象也呈现出不同诗人的隐喻特色。《圣经》与"卡翁情结""奥菲利娅情结"作为西方经典隐喻在志摩诗中也有出彩的使用，成为徐志摩水意象西方韵味的典型代表。更可贵的是，他能在实践中融入自己的风格与对中国社会的理解，从而完成对西方文化的吸纳与改造。

中国新诗经过胡适、刘半农等人的奠基，郭沫若的"开一代新风"，冰心、冯至等人的推动，到新月派已逐步规范化。作为新月派代表，徐志摩为推动新诗发展做出了重要贡献，他独特的艺术风格与人文情怀对中国诗界、文学界产生深远影响。朱自清评价道："他没有闻氏那样精密，但也没有他那样冷静。他是跳着溅着不舍昼夜的一道生命水。……他让你觉着世上一切都是活泼的，鲜明的。"②水已然成为孕育徐志摩生命灵性的重要泉源，是他传奇一生的真实写照，水意象也成为徐志摩诗歌中不可或缺的隐喻寄托。它体现了人类在漫长的与水环境交互过程中积淀的经验与集体无意识，通过诗人情感体验的特殊性及其个性的语言发挥使概念系统焕发出新的生机与活力，展现隐喻强大的创造功能。这是在中国转型时期背景下"现代"与"诗歌"的对话，是对现代"诗质"的探寻，"一方面，是体认现代经验的性质，寻求诗歌感觉、想象方式的现代性；另一方面，也是一种把诗歌外在形式灵魂化的追求，从而使'新诗'弥合现代语言与现代意识的分裂，真正成为一种新的感受和想象世界的艺术形式"③。徐志摩诗歌便从中国旧镣铐中挣脱出来，完成了对传统诗歌的解构与重塑，其中西融合特色在水意象隐喻中得到了较好的诠释。

①　王福和：《世界文学与 20 世纪浙江作家》，浙江大学出版社 2004 年版，第 178-179 页。

②　朱自清：《中国新文学大系·诗集序言》，载《朱自清序跋书评集》，生活·读书·新知三联书店，1983 年版，第 90 页。

③　王光明：《现代汉诗的百年演变》，河北人民出版社 2003 年版，第 249 页。

第四章　徐志摩诗歌动物意象隐喻研究

现代意义上的隐喻，既是修辞与语言现象，更是思维方式与文化行为，它建构了人类的概念系统，反映其对世界的体验与想象、认知与表达，是此类事物与彼类事物通过相似性的创造发生意义联系的交互过程，也是对两类事物内涵的相互重塑或拓展。在诗歌中，隐喻往往依附于意象发挥功能，而隐喻性的意象也更具"言有尽而意无穷"的情感张力，两者共同在"意象隐喻"的范畴内孕育新意。

现代诗坛里，徐志摩以出众的才情与敏锐的洞察力，创造了众多意蕴隽永的诗歌。相比为人熟知的日、月、星、云、花，动物意象也体现了诗人直觉情绪推动下稳定的审美敏感区域①。他并非在动物学层面上摹画鸟兽虫鱼，而是将对社会生活的热忱，与对世界的隐喻思维方式寄寓其中。在其四部诗集 122 首诗歌中，有 68 首使用了动物隐喻，累计出现 128次②。笔者按其归属大致分为水、陆、空三大类，窃命名为游鱼类、走兽类、飞禽类动物③，分别统计四部诗集中的分布数量与占比情况(见表 4-1)，为研究奠定基础。

---

① 骆寒超：《论艾青诗的意象世界及其结构系统》，《文艺研究》1992 年第 1 期。

② 累计频次统计：同一首诗内重复出现的名称按 1 次计算。

③ 本文对动物的分类非严格遵照生物学标准，且类型名称也与传统定义略有区别，以求与水、陆、空范围对应，大致代表游动、飞翔与爬行三种状态。例如"游鱼类"中的"大龙虾"属于生活在水中的节肢动物；"走兽类"中的"蚱蜢""蛆"等属于节肢动物；"飞禽类"中的"蝶儿""蜻蜓"等均为昆虫。

表4-1　　　　　　　　徐志摩诗集三类动物意象分布统计

项目	游鱼类	走兽类	飞禽类	总数
《志摩的诗》	4(7.4%)	28(51.9%)	22(40.7%)	54
《翡冷翠的一夜》	3(13.6%)	8(36.4%)	11(50%)	22
《猛虎集》	2(6.25%)	14(43.75%)	16(50%)	32
《云游》	2(10%)	5(25%)	13(65%)	20
总数	11(8.6%)	55(43%)	62(48.4%)	128

第一节　徐志摩诗歌动物意象的隐喻内涵

莱考夫与约翰逊方位的空间化理论认为，身体基础往往构成空间化的隐喻经验，例如挺直和低垂的姿势分别与愉快、忧郁的心态关联①。而动物的形态以及运动状态皆易与人的情感态度间产生同构照应，引发"移情"现象。在徐志摩笔下，飞禽、游鱼、走兽三类动物意象群既有不同的外形与行动方式，但也会在某些情境中表现出相似的特征，引发人的同类情感。就总体来言，这种基于身体基础的认知，使徐志摩笔下的动物意象形成了"自在的生命情态""人性的暴戾与低贱""理想破碎的失意境遇"三种隐喻内涵。

崇尚爱、自由、美的徐志摩，同样青睐处于自由状态的动物意象：飞鸟、飞虫与游鱼体态优美灵活，令人见之愉悦；马则具有肌肉强健、行动敏捷等特点。这种自由自在的飞翔、游动与奔腾状态，容易令人产生追寻自由、畅游天地的冲动②，隐喻了诗人对追寻自在生命情态的美好愿望，主要表现出对自然的讴歌与赞美、对恋爱自主的争取以及对社会自由的不

---

① ［美］乔治·莱考夫、［美］马克·约翰逊，何文忠译：《我们赖以生存的隐喻》，浙江大学出版社2015年版，第12页。

② 刘丽华：《论〈庄子〉中动物意象的价值蕴涵》，《学术交流》2011年第12期。

懈求索的三方面追求。

第一，徐志摩钟情自然的性灵与"见素抱朴"的生活态度，使他颇具古人寄情山水的诗意风范。他曾在《鬼话》中自表为"自然崇拜者"，视自然界所有事物为至美之象征，皆蕴含不可理解之神秘与深意①。自然在他眼中如人一般，富有灵动的腰肢、澎湃的思维与瑰丽的想象，而人也只有在自然中才能保全性灵的完整与健康。因此，他笔下优美、诗意的自然飞禽，既是诗人理想人格的显现，也往往与失意、黑暗的现实相拮抗，成为他吟咏诗意生活、倾吐避世愿望的载体，展现了对自然美的赞颂。例如，《石虎胡同七号》写于徐志摩追随林徽因回国后寄居北京牌楼的时期，正是这一方小园庭，让诗人在风雨飘摇的故国得以重温剑桥的美梦。那"小雀儿""蜻蜓""蝙蝠"，或以欢快的媚唱，或以圆形舞旋的飞翔姿态，表现诗人闲适自由的心境。它们荡漾着清新脱俗的诗化情调，在国内保留了一处浮躁灵魂得以栖息的净土，让徐志摩得以沉醉于自然的温柔乡中，忘却世俗的烦恼。同样，在《乡村里的音籁》中，徐志摩用"晓风里的白头乳鹊"隐喻质朴无华的童真与美好的往昔记忆，这只年幼的鹊鸟伫立在高枝上，沐浴着晨曦柔和的风，与"山谷里的冷泉""池畔的草花"与"蓝天下的白云"一同，构成了清新纯净的自然意象群，将志摩内心对回复乡间、体贴自然的强烈愿望显露无遗。诗人对飞禽的偏爱正是他浪漫主义自然观的流露，他既有与自然万物共生的初心，现实的推手又逼着他逃离苦痛的生活，依附于鸟儿自在翱翔的灵魂，这一番绮丽、怀旧的自然梦境的编织，最终促成了他笔下这些隐喻自然欢乐的飞禽意象。

第二，这种自在的生存状态还突出表现为挑战传统婚约、争取恋爱自由的决心。徐志摩的执着与勇敢在当时可谓惊世骇俗——他先是为了追求林徽因而与孕期中的妻子张幼仪解除婚约，后又深陷与好友王庚之妻陆小曼的情感纠葛，最终与恋爱对象冲破婚姻屏障、成功结合，始终未曾停止

---

① 韩石山编：《徐志摩全集·第一卷·散文(1)》，天津人民出版社 2005 年版，第 336 页。

"于茫茫人海中访我唯一灵魂之伴侣"的爱情理想。在《恋爱到底是什么一回事》中，徐志摩借"没笼头的马"表达对自由恋爱的坚定信念。他直接化身被骑乘的动物，而这种隐喻模式造成了骑乘者的隐匿，"没笼头"因而成为徐志摩这匹马的凸显特质，这一源域属性也自然被用以自比的诗人所摄取，暗含其"野"的品性隐喻。在徐志摩早年的散文《迎上前去》里，他同样这般自喻："我是一只没笼头的野马，我从来不曾站定过。我是人在社会里活着，我却不是这社会的一个……"①彼时，这位进步青年正憧憬做"一只没笼头的野马"，挣脱传统婚姻的束缚，冲向自由真挚的恋爱。可见，在徐志摩的认知里，野马是自由的，社会规范好似马笼头，直接给马套上了枷锁。通过对徐志摩深层心理的剖析，这一表面缺失的骑乘者最终浮出水面，那些死拽着缰绳的幕后黑手，便是一个个保守的社会成员与他们一句句可畏的人言。而他所要甩脱的，正是这些阻碍自由、封建落后的骑手。这一切，已然成为诗人未竟之言背后心照不宣的隐喻环节。

而《这是一个懦怯的世界》则将诗人渴望冲破婚姻樊笼、与灵魂伴侣双宿双飞的爱情向往，寄托于一座被茫茫大海环绕的孤岛。这片无际的海洋是隔绝尘世污秽的屏障，这座孤岛是诗人心中爱情桃花源的象征。徐志摩借岛上生长的"飞鸟"与走兽的生存状态，隐喻情人间无边自由的恋爱，颇有唐璜与海黛的田园牧歌式的吟唱基调。而在《呻吟语》中，诗人又化身为"一只没挂累的梅花雀"，跳跃在黄昏的清风里，吟唱爱情的娇艳。同时，其中怡然自得的池鱼意象与这只梅花雀形成呼应，前者是空中轻盈欢悦的仙子，后者则是水里悠然自得的精灵。这首诗是徐志摩爱而不得、郁结而成的呻吟，却以清新别致的意象构成了诗题与诗句的张力。其时他正深陷与王庚争夺陆小曼的三角泥潭，小曼的摇摆不定又使他受尽求而不得的煎熬，但他却依旧写下了"梅花雀"意象以自喻。在徐志摩的认知体系中，歌唱、跳跃的鸟雀是无忧无虑的，而这种从心所欲的姿态，正是他期望达到

---

　　①　韩石山编：《徐志摩全集·第二卷·散文（2）》，天津人民出版社 2005 年版，第 144 页。

的不为世俗所累、听从内心声音的境界，他希望自己能够从这只鸟儿身上汲取对抗流言蜚语的力量，又以此宣示自己对自由爱情坚定不悔的追求。而游鱼意象正如徐复观先生所认为的，"象征无所拘碍之自得自由的状态"①。它既结合了水意象的轻快柔美，也吸取了飞鸟意象的活泼自由，更添一丝古典的悠远气息，同样是诗人所追寻的不受拘束的生命形态，是对自由的温柔幻想。而末尾三句诗则潜流着真正的痛苦与呻吟，诗人也由此对上帝发出直击灵魂的声诉："上帝！你一天不还她生命与自由！"看似将希望寄托于全能之神，实则是一次"暗杀"行动，以满腹的委屈与不平质疑了上帝救赎之路。由此，游鱼等意象的叠加先行营造了大半首诗的清丽意境，给诗题"呻吟语"的灰色基调留白，赋予诗末"反转"更多的落差与虚笔空间，构成是诗文与诗题、诗文与诗文之间的巨大张力，而诗人对上帝"生命与自由"终极质问也暗示了前诗意象的隐喻内容，诗人追求恋爱自由受阻时的愤慨与反叛也随即跃然纸上。此外，"萤火虫"这一意象也颇受徐志摩青睐。在《春的投生》等七首诗中②，"萤火""飞萤"们结合了诗人对自然与恋爱的双重向往，它们以晶亮轻盈的形态，或在黑夜里闪荡着星芒，或轻快摇曳着自然之歌，或殷勤地投生爱的火焰，成为别具一格的有志摩特色的意象。

第三，徐志摩还将这种对自在生命情态的追求升华到了整个社会层面。他希望国人能够从被君主与殖民者奴役的状态中解放出来，沐浴在自由、平等的阳光下，享受不受压迫与欺辱的生活，真正成为生活的主人、社会的主人，以拯救、改造国家为己任，为中国社会寻找一条光明的出路。在《为要寻一个明星》中，这份信念借助"拐腿的瞎马"这一意象得以隐喻。不同于上文所述的健壮有力的野马，这匹残疾的马给人留下了深刻奇特的印象。在诗中，"拐腿的瞎马"与马鞍上的骑手"我"组成一个小团体，

---

①　徐复观：《中国人性论史(先秦篇)》，上海三联书店 2001 年版，第 350 页。

②　徐志摩四部诗集中涉及萤火虫意象的诗歌包括《翡冷翠的一夜》《再休怪我的脸沉》《西伯利亚道中忆西湖秋雪庵芦色作歌》《春的投生》《在不知名的道旁》《车上》《给——》七首诗。

以影射两者互动交织的联结。马的残躯是对"我"落魄处境的暗示。"拐腿"与"瞎"对传统的坐骑形象构成本质性的颠覆，分别解构了马日行千里的速度与所向披靡的力量。这匹马好似清末民初的中国，在列强凌辱与军阀混战的内忧外患间遍体鳞伤、狼狈不堪，而"我"作为与其一心同体的主人，一路的艰难也可想而知。在这一意义上，"我骑着一匹拐腿的瞎马"，还"向着黑夜里加鞭"，"为要寻一颗明星"的场景，如同堂吉诃德策着皮包骨的罗西南多大战风车巨人一般滑稽。另一方面，诗人的坚毅决心与昂扬意志也在这悲剧性冲突中得到彰显。尽管自身贫弱、周遭险恶，"我"却毅然鞭策"拐腿的瞎马""冲入这黑绵绵的昏夜"与"黑茫茫的荒野"，落得疲累至死、曝尸荒野，却最终换来天上"水晶似的光明"。这个"我"可以视为诗人的化身，也可以看作每个有救世理想与社会责任的有志之士，他们与中国这匹"拐腿的瞎马"一同跌跌撞撞地开启了求索救世明星的历程，别有"虽九死其犹未悔"的凄美悲壮。

徐志摩对自在生存情态的理解显然是丰富饱满的，从讴歌赞美自然，在世外桃源中回归完整健康的人性，到介入现实挑战封建礼教、争取恋爱自由，再上升至对国民自主、社会自由的勾勒，无一不体现出诗人对自然、生命个体与整体的思索，最终通过飞鸟、游鱼、野马等意象体现出来。

与徐志摩所讴歌的优美自在的生存状态相对的，是现实图景下残酷的屠杀与无休止的战乱，它如定时炸弹般将诗人拽出理想的幻梦，拖入阴暗死灭的真实生存处境。在这种神经紧绷的压迫状态下，徐志摩创造了一批"斯芬克斯"动物，以隐喻人性失落状态下的暴戾或低贱，疏泄内心对暴力与丑恶的鄙夷怨愤之情。

聂珍钊先生认为，"人是一种斯芬克斯因子的存在，由人性因子和兽性因子组成"。在文学伦理学意义上，从猿到人的进化是人类的第一次生物性选择，而人类的理性与分辨善恶的能力才是其与动物本质相区别的开始，即人类的第二次伦理性选择。人类这一独特的生命体，如同希腊神话里人头兽身的斯芬克斯形象，兼具"自然选择"进化出的理性精神与残存的动物原始欲望①。无论是文学作品中弑父娶母的俄狄浦斯，还是现实世界里的征伐杀戮，人性与兽性的博弈始终存在于人类社会的发展进程中，对道德伦理评判产生影响。徐诗中的猛兽、毒蛇、猛禽、豚犬等动物意象，便是对斯芬克斯人类的隐喻。一方面，凶猛的虎、狼、狮，剧毒的蛇、蝎、蜈蚣，皆是原始社会的巨大威胁，积淀着人类为生存而担忧恐惧的集体无意识；鸱鸮与乌鸦属于猛禽，性情凶悍、外形丑陋，叫声凄厉，且喜食腐肉，往往引发人们恐慌、不安的情绪，常被视为不祥的恶鸟，隐喻优美人性的对立面。而在人们的认知里，社会发展中的那些血腥暴行又与这些凶猛的禽兽相似，会对人类生活造成巨大的威胁与伤害，诗人基于这种联系建立了两域间的隐喻关系，表现兽性因子的膨胀。另一方面，猪、狗、蛆等被驯养或极度退化的动物，则成为人类认知里"低等"生命的代名词，使人联想到被奴役的受压迫者，或是身处困境、放弃尊严的卑微者，暗示人性因子的失落。徐志摩借助人性与兽性因子的此消彼长表达了对丑恶、低贱人性的声讨。

《毒药》一诗是徐志摩"斯芬克斯"意象的代表之作，全诗运用了"夜鸮""蛇""蝎子""蜈蚣""狗""虎狼"等意象，宣泄了诗人在直奉战争期间"不可名状的压迫"②，满怀愤慨、悲切之音。徐志摩曾在《自剖》里袒露这首"诅咒诗"的写作状态：连绵的军阀混战使中国遍地皆是"遭奸污的女性，屠残的骨肉，供牺牲的生命财产"，"在怨毒、猜忌、残杀的空气中，我的神经每每感受一种不可名状的压迫。……仿佛这个时代的沉闷盖在我的头顶……"③在诗的开篇，诗人化身为坟堆的"夜鸮"，在杀尽了一切和谐的人间里，如冤鬼一般纠缠着那些沾满血腥的仇家，以怨毒的口吻质问着他们黑暗的灵魂。他将烦闷、苦痛借"夜鸮"的哀鸣倾泻而出，恶毒地诅咒这

---

①　聂珍钊：《文学伦理学批评伦理选择与斯芬克斯因子》，《外国文学研究》2011年第 6 期。

②　韩石山编：《徐志摩全集·第二卷·散文(2)》，天津人民出版社 2005 年版，第 409 页。

③　韩石山、伍渔编：《徐志摩评说八十年》，文化艺术出版社 2008 年版，第 5-6页。

污浊混沌的世界。这只"夜鸮"好似鲁迅笔下的"无常"，虽是"鬼格"，却颇有人情公义之心，衬托之下，那些刽子手反倒在人间干着非人非鬼的勾当，其中的讽刺鄙夷之情油然而生。

在《艺术与人生》里，徐志摩对中国"是一个由体质上的弱者、理智上的残废、道德上的懦夫以及精神上的乞丐组成的堂皇国家"[1]的形容，与本诗不谋而合。仁义礼智信成为人间炼狱里的尸体，被恶浊的洄水侵蚀得残缺不全，正义与理性遭到人欲与兽性的强暴。诗中被批判的斯芬克斯意象可以分为三类，分别侧写人性的三种悲哀："回头来咬他主人的腿"的"看家的狗"，代表着人的奴性与背叛，将"看门狗"仗势欺人、反咬一口的卑劣品性映射到人类这一目标域中；"在热闹的市街里"的"虎狼"，则与抢占民女的"强盗"并置，代表着人的凶残与淫欲，犹如在黑暗森林里拦住但丁去路的三头猛兽，隐喻人类深奥灵魂里的罪恶；而"两头蛇的舌，蝎子的尾尖，蜈蚣的触须"则较为特殊，是诗人用以攻击暴行的言语，代表着与前两类人抗争的真理守护者，与志摩在诗歌开头借以诅咒的"夜鸮"，有异曲同工之妙，然而这种"以暴制暴"的守护亦何尝不是深谙人性之恶，暗含仁爱、道义失守的悲哀呢。

同样，诗人在其他诗歌中的隐喻也不外乎《毒药》描绘的前两类"斯芬克斯"特质：人性的失落与兽性的主宰。前者集中于《我等候你》《残破》等诗中。这两首诗分别将诗人婚前婚后的卑微地位刻画得淋漓尽致：热恋中的他，甘愿做小曼眼里"一只地穴里的鼠，一条虫"，只为博得她的欢笑与许诺；而婚后的他，又被生计踩在脚下，如同"封锁在壁椽间的群鼠"，身处绝望之境苟延残喘，活成了残破世界里软弱的残破意识。它们与"看家的狗"异曲而同工，为情为利、自愿或不自愿，都在环境的威逼利诱下走上了被奴役的道路，失掉了人之为人的尊严。另一方面，《无题》《人变兽》《罪与罚(二)》等诗则体现着张牙舞爪的兽性：《无题》中"悚骨的狼嚎，狐

---

[1]　韩石山编：《徐志摩全集·第一卷·散文(1)》，天津人民出版社 2005 年版，第 199 页。

鸣，鹰啸"、蔓草间缠绕的"蝮蛇""丛莽中伏兽的利爪，蜿蜒的虫豸"，《人变兽》里为着"分不匀死人身上的脂膏"争执不休的"乌鸦"，都展现了《毒药》里"虎狼"的凶狠一面，隐喻着饱食无辜者血泪的暴力军阀与昏庸政府；而《罪与罚(二)》里"假温柔的野兽"，则描绘了一对贪恋婚外情的男女，在通奸的欢爱中甘心堕入地狱，使"狼"之淫欲成为其兽性的主体。

有些人则在现实的威逼下放弃了人的自尊，苟活在阴冷黏潮的甬道里，再不见天光；也有些人打开了生命的潘多拉之盒，沦为纵欲嗜血的野兽。诸如此类的"斯芬克斯"意象被志摩在《又一次试验》中以"哪个安琪身上不带蛆"的隐喻一言以蔽之，那带"蛆"的安琪，一如张爱玲笔下爬满了虱子的华美的袍，尽是斯芬克斯式的人面兽心。无论哪一种选择，都未能真正理解"认识你自己"的箴言，都是人类困于斯芬克斯之谜的悲剧，流露出徐诗字里行间无可把握的悲哀。

尽管徐志摩一度满怀追寻生命自由的纯真理想，也曾在社会的暴虐中奋起反抗，探求改造人性阴暗面的途径，但现实的惨烈依旧超出了他的想象与承受范围。他的感情与信仰相继遭遇挫败，并且在生活的围堵下，这种令他难以把控的事态愈演愈烈，最终径直撞向了没有出路的死胡同。许多原本轻快、灵动的动物意象，也随之在徐诗中呈现出灰暗、悲凉的生存状态，隐喻诗人理想破碎的失意境遇，它们在不同情境与时期中，表现出程度递进的三种内涵。

其一，隐喻美好往昔的失落。对于曾拥有过惬意求学生活、怀揣高远志向的徐志摩而言，国内生活的诸多不如意既加剧了他对美丽过往的迷恋，同时又粉碎了他的幻梦，将他拉回了难堪的现状。在《问谁》中，那原本寄予诗人"鱼乐"情怀的游鱼，此刻却好似脱离了诗人的主观意志，成了遥不可及的镜花水月般的虚幻。前一段中，"活泼的流溪"与"清波里优游"的"青鳍与红鳍"，正是诗人竭力守护的希望与温暖情愫。讽刺的是，青红最终褪成灰白的色彩，这些美好的意象转瞬即逝，成为诗人在凄风新坟边追忆的片段。这是这份对"清波"与"游鱼"割舍不断的依恋，才有了诗人在后一段里，重蹈飞蛾扑火的覆辙。第二段又是一组游鱼相关的隐喻，"无尽流的时光"似不舍昼夜的溪水，而诗人如同"守夜的渔翁""紧揽着我生命的绳网"，战战兢兢地守着流年、抻着数罟，心底对爱、自由、美最深切的希冀，都倾注在那鱼跃水花的画面里，期待能在时光的流水里捕捉到"彩鳞掀涌"。然而不仅破渔网再没有用处，连"彩鳞"也随着时间一去不返，击碎了诗人最后一丝憧憬。"彩鳞"的不复，正是诗人的希望与理想的不复，它在一个又一个猛烈浪头的击打下，最终沉没于时光的流水。徐志摩借此，叹息了生活终究以痛吻"我"，而"我"只能报之以泪的不甘与无奈，而那游鱼，则成为失落的美好往昔的隐喻。

其二，隐喻人生信仰的失落。在徐志摩诗歌中，有两只特别的"鸟"跳出了诗人在狭小天地里对自然与生活的吟咏，振翅高飞在其整个人生的视域下，它们审视了志摩的理想从成熟到崩溃的历程，将其最终无可奈何的毁灭展现在世人眼前。其中一只是杜鹃，这只终宵歌唱的"多情的鹃鸟"（《杜鹃》），在流云星光的夏夜编织自己甜美的梦境，如同青年时代意气风发的诗人，沉浸于"浓得化不开"的死生契阔与布尔乔亚的单纯信仰，守候着"馨香的婴儿"的诞生。不幸"婴儿"相继被扼死在襁褓里，生活的猛浪又一度掀翻诗人理想的木船，那"杜鹃"便将满心的爱与苦化作声声泣血"缠绵的新歌"，"染红露盈盈的草尖，晨光"。在《猛虎集·序文》里，徐志摩承认自己已是"满头的血水"，宛如另一个世界的痴鸟，"把他柔软的心窝紧抵着蔷薇的花刺，口里不住地唱着星月的光辉与人类的希望，非到他的心血滴出来把白花染成大红他不住口"①。这啼血的杜鹃正是他乐尽之悲、情思惆怅的真实写照。

另一只鸟是黄鹂。"黄鹂"代表着徐志摩的人生理想，飞上枝头到消失于天际的过程，隐喻了诗人理想诞生与最终消亡的结局。徐志摩借此表达了对自身信仰的双重态度，他既崇拜"黄鹂"来去自如、不受拘束的生活方式，赞美它春光、火焰、热情般的风采，同时也哀婉"黄鹂"的消逝，流露

---

① 蒋复璁、梁实秋编：《徐志摩全集·第二卷》，中央编译出版社2014年版，第159页。

了他内心深处的失意与惆怅。在第一段中，诗人分别以"艳异"的颜色与"浓密"代指黄鹂与树荫，通过由实转虚的写法突出黄鹂的明丽与夺目光彩，它如同前期欢唱的杜鹃，是诗人心中的"春光""火焰""热情"，是一颗跳动不息的赤子之心。这只艳丽的黄鹂紧接着在第二段里"飞了，不见了，没了"，它"冲破浓密，化一朵彩云"，消逝在天际，与第一段的情感形成张力。"黄鹂"在众人的惊异中华丽登场，又在对人间毫无留恋的姿态下展翅谢幕。在诗人通感、动静与虚实结合等手法的雕塑下，这只卓然自傲、自由不羁的尤物栩栩诞生。可以说，"黄鹂"寄托了徐志摩对自身理想的经验与审视，他一方面在"黄鹂"身上投射了自由主义的追求，正如他曾对学生们吐露的自己的心声："让我们有一天，大家变做鹞鹰，一齐到伟大的天空，去度我们自由轻快的生涯吧，这空气的牢笼是不够我们翱翔的。"①"黄鹂"就像他想变做的鹞鹰，最终化为彩云，飞向天际。另一方面，在沉重的工作与家庭的拖累下，徐志摩也认清了自己不可能变成鹞鹰或黄鹂的现实，反而只能在"空气的牢笼"里苟延残喘，"黄鹂"的高飞好似他早年理想的远逝，只是如雪泥鸿爪的黄粱一梦罢了，它明丽的外表下，是诗人内心深处的隐痛与落魄。然而，这首诗的传奇便在于，徐志摩生命陨落的戏剧性，为他的"黄鹂"更添了谶语般的神秘意蕴，在其隐喻内涵的背后，仿佛暗藏了超越诗歌本身的死亡的静谧预言。若联系这一背景，"黄鹂"甚至可以成为徐志摩整个人生的隐喻想象：他"降生"在高高的枝头，十年文坛生涯光彩夺目、挥斥方遒，最终于 1931 年 11 月，在尘世的惊扰中展翅冲向天际，倏忽而逝，正如胡适在悼文中所言，"现在重读了，好像他在那里描写他自己的死，和我们对他的死的悲哀"②。这种出人意料的离去方式，就像那只化作彩云的黄鹂，向伟大的天空献出了自己的生命。

其三，隐喻生命希望的失落。往昔的不复、信仰的覆灭加速了徐志摩

---

①　方铭编：《现代诗歌精品》，安徽文艺出版社 1996 年版，第 195 页。

②　韩石山、伍渔编：《徐志摩评说八十年》，文化艺术出版社 2008 年版，第 24 页。

向绝望的深渊滑去，这种悲哀心境孕育了他悲观主义的厌世情绪，促使他重新审视生与死的关系，希冀从死亡的命运中获得淡薄寒凉的生存态度。这种厚死薄生的倾向在乌鸦、鸱鸮与大雁等飞禽意象中都有典型的体现。一方面，诗人剥去了"乌鸦"与"鸱鸮"凶残、丑恶的一面，其背后蕴含的生命消亡的死灭与绝望立刻成为主导两者的隐喻内涵，直指冰冷的现实与消极的人生态度。《问谁》中的"鸱鸮"与"黑夜""凄风""新坟""旷野"等物景共同构成了阴冷萧瑟的意象群，在死亡的背景基调里毫无生气可言；《去吧》里的"暮天的群鸦"，是诗人初恋消亡后悲凉荒虚的现实，它们远去的身影，犹如载着初恋情人渐行渐远的火车，将所有的希望与幻想也一并带走；诗人甚至在追悼诗《哈代》中将老哈代比作古怪的夜鸮，后者将乐观当作"死尸脸上抹着粉，搽着胭脂"的思想，真正透析了工业社会的悲剧皮囊，因而他具有如"夜鸮"一般接近、依恋死亡的气质，宁愿从未出生或尽早死去。

　　另一方面，志摩抓取了大雁的行动特征，将其凝练为诗中隐喻人生虚幻、死亡永恒的意象。孤雁千里迢迢，南来北往，往往暗示四季的交替与时间的流逝，在寒冷的气候背景下更显孤羁，令人在感叹节序如流、时光飞逝的同时，又产生苍凉壮阔感。志摩的雁意象集中于诗集《云游》，颇具形而上的神秘色彩，既有后期枯寂潦倒的心境，又有在感慨"孤岛"的人生状态中生发出的轮回的思想——既然现实的希望不复存在，倒不如在死亡的宁静中寻求安慰，获得永恒的时间。可以说，徐志摩赋予"夜鸮"的绝望意涵，在"雁"的身上通过厚死薄生的观念转换，反而变成了一种希冀，一种追寻死亡的永恒生命形态。例如，在《爱的灵感》中，雁群成了永恒时间的量度，使恋爱女子渺小的生命恍若顷刻间逝去。"新月望到圆，圆望到残，寒雁排成了字，又分散，鲜艳长上我手栽的树，又叫一阵风给刮做灰"，月的阴晴圆缺、雁的聚合离散、花的绽放凋零，分别成为月度、季度、年度的时间隐喻。大雁纷飞留下急促向前的轨迹，展现出时间与死亡的强大力量，它是光阴碾压生命的"客观关联物"，击溃了脆弱的个体，显现出宗教般的神秘与威严。同样，《在病中》那"暮天里不成字的寒雁"，也表现了诗人对病态生命毫无眷恋的冷漠，反而渴望脱离病躯，获得清风般的自由。

从隐喻自在的生命情态到人性的暴戾与低贱，再到理想破碎的失意境遇，徐志摩通过动物意象构建了一个庞大而丰富的隐喻系统。其中的不同内涵在对立中有交错，在差异中有统一，它们将诗人在不同情境、不同时期的认知与定位整合起来，串联起一幅人生境遇图，保持着内在的一致性。这个一致性是"对自我主体意识的确认、对现代民族国家的想象与确认。随着个人际遇和历史风云的变幻，这个想象、确认、顿悟的内容不断发生改变"。它体现了隐喻无穷的包容性与创造性，为我们勾勒出徐志摩跌宕起伏的人生经历与情感轮廓，在言象意的结合中释放出无限延展、纵横融贯的丰富意蕴。

第二节　徐志摩诗歌动物意象的隐喻特征

"从某种程度上说，每个时代和每个人都要重新发现或建构自己的价值思想体系和语言隐喻系统，以作为叩问自身和探询世界的支撑与中介；而诗人在长期的直觉感知和审美理想作用下，很自然地会将个人的兴奋和敏感结晶为所钟爱的语词与意象。……形成诗人的主题性意象……在很高的程度上准确地折射出诗人对自我的体验和对世界的理解。"[1]徐志摩诗歌中的动物作为其直觉情绪与审美理想相刺激而创造的主题意象，明显打上了个人与时代背景的烙印，呈现出"基于单纯信仰的自由性灵""基于人道主义的批判意识""基于虚无主义的孤独哀歌"三种隐喻特征。

在梁实秋的笔下，徐志摩如一团生气勃勃的旺焰，燃烧着浪漫而不颓废的生活态度，具有得天独厚的少年气息：他"本身充实，有丰富的情感，有活泼的头脑，有敏锐的机智，有广泛的兴趣，有洋溢的生气"，因而能"容光焕发，脚步矫健……能引起别人的一团高兴"，他时常在聚会时"像

---

① 张岩泉：《论九叶诗派的意象艺术》，《中国文学研究》2001 年第 1 期。

一阵旋风卷来，横扫四座，又像是一把火炬把每个人的心都点燃，他有说，有笑，有表情，有动作……弄得大家都欢喜不置"①。这份活泼泼的处事态度也是他人生信条的真实写照，正如他自己所言，他绝无心于名利，所希求的只是"草青人远，一流冷涧"②。他一生的历史即是追求"单纯信仰"的历史③，它包含了志摩一切理想的出发点：对生命的"爱"、对社会与人格"自由"的伸张、对自然与艺术"美"的把握。他对这一信仰的追求并非停留在理想主义的幻想上，而是将这种对自由、解放、生命、性感、光明、情爱的追求视为最高的现实。这份追求是上升、飞翔、前进、爆发、回转、突破的生命之线，是徐志摩式的人生主题与姿态④，在其自由性灵的催化下，成为"真""活""新"的诗歌情韵与才趣⑤。

徐志摩的单纯信仰与自由性灵源于两方面的背景铺垫。纵向上，江南文人延续了"魏晋风度""江左风流"以来交游唱和、恣意洒脱的反叛气质，自宋代以降逐渐形成了自由繁荣的商品经济与社会环境，这种风流不羁的性情与多元开放的氛围在相互作用中积淀了浓厚的流风余韵，成为徐志摩血肉里挥之不去的烙印；横向上，英美留学背景与多年海外生活经历，使他看清了中西社会的巨大差异，在歆羡西方平等自由生存状态的同时，他的人生信仰也不自觉地向资本主义靠拢，从崇尚民主的西欧文化中汲取理想养分。因此，在回国之后，他表现出了以西式的自由主义思想，拯救、改造被封建、割据霸凌的中国社会的极大热情。在 20 世纪中国社会传统价值体系瓦解的背景下，他致力于重新定位国人的生存状态与地位，并进一步重建中国社会的价值感。在个体生存方面，他站在人文主义的立场上，

---

① 梁实秋：《论徐志摩》，远东图书公司 1976 年版，第 28-30 页。

② 中国社会科学院近代史研究所中华民国史组编：《胡适来往书信选（上）》，中华书局 1979 年版，第 417 页。

③ 韩石山、伍渔编：《徐志摩评说八十年》，文化艺术出版社 2008 年版，第 20 页。

④ ［韩］许世旭：《论徐志摩的性灵自由》，《中国现代文学研究丛刊》1998 年第 4 期。

⑤ 郭绍虞：《中国文学批评史（下）》，商务印书馆 2017 年版，第 633 页。

倡导国人挣脱被奴役、压抑的生存处境，为实现个性自由与解放而奋起一搏。在《列宁忌日——谈革命》一文中，他便鲜明地阐述了这份理想："我是一个不可教训的个人主义者。……我信德谟克拉西的意义只是普遍的个人主义；在各个人自觉的意识与自觉的努力中涵有真纯德谟克拉西的精神：我要求每一朵花实现它可能的色香，我也要求各个人实现他可能的色香。"①在这种思想的指引下，他不仅以笔为戈地呼吁民众的自我觉醒，还实践了自由主义、个人主义的主张，从开民国离婚风气之先，到打破婚姻枷锁追求自由结合，徐志摩都在身体力行地投身于解放人性的战斗中，也是"洋为中用"地延续着中国传统青睐自由性灵的生命。

　　而在建构社会价值方面，徐志摩接受了英国资产阶级的政治理念的影响，推崇自由而不激烈、保守而不顽固的"中庸精神"②，希望能够充分调动各阶层民众的责任意识，使政治与社会事务融入日常生活的讨论中，从而实现社会的公开自由化。他将这种社会自由意识的重建理想，很大程度上寄托于文学艺术的振聋发聩的作用，可以说，这份重构政治与社会价值的自由意识，孕育了徐志摩文学与艺术上的自由主义思想③。在为《晨报副刊·诗镌》执笔的《诗刊弁言》中，徐志摩就表明了自己与社会自由相关联的艺术态度："我们信诗是表现人类创造力的工具，与音乐与美术是同等同性质的；我们信我们这民族这时期的精神解放或精神革命没有一部像样的诗式的表现是不完全的……我们的责任是替它们搏造适当的躯壳，这就是诗文与各种美术的新格式与新音节的发现……最后我们信我们的新文艺，正如我们的民族本体，是有一个伟大美丽的将来的。"④

　　徐志摩凭借着"迎上前去"的精神与高张自由意志的热血，如一只没笼

---

　　①　韩石山编：《徐志摩全集·第二卷·散文(2)》，天津人民出版社 2005 年版，第 358 页。

　　②　陆耀东：《徐志摩评传》，陕西人民出版社 1986 年版，第 25-26 页。

　　③　[法]维克多·雨果：《雨果论文学》，上海译文出版社 2011 年版，第 90-91页。

　　④　韩石山编：《徐志摩全集·第二卷·散文(2)》，天津人民出版社 2005 年版，第 416 页。

头的"马"(《恋爱到底是什么一回事》)，或像高尔基笔下那道"黑色的闪电"，学着"海鸥"在"猛兽"海波里穿梭的女郎(《海韵》)，高傲地飞翔着，那副视俗流如敝屣的高蹈气质尽显其中。而他的动物隐喻也很大程度上表现出对自由人性与自由社会价值的导向与推崇。一方面，他塑造了一系列残暴与卑劣的动物意象，那些奸淫强暴了正义的"虎狼"，那些在奴役状态下失了自由意志的"狗"、在欺凌压迫中蜷缩在角落的"鼠"与"蛆"，既展现了诗人对都市社会与上层人士愚昧虚伪的谴责，也否定了为苟且偷生而出卖自尊与自由权利的无知行为。另一方面，徐志摩通过刻画自然中自在生存的动物，彰显了对优美、健康、朴素、纯真人性的赞美与向往。他以充满自由意识、明亮色彩的新意象，表达了自己独特的性灵气质，为现代诗坛带去蓬勃的朝气与活力。那些飞禽游鱼正是他"长着翅膀飞"的性灵的真实写照，那扑闪的翅膀、弹跳的身姿、跃动的彩鳞，以"动态的速率感和空灵的雕塑感"①织起一张薄如蝉翼的网，在细腻情感的撩拨下轻轻颤动着鲜露的光辉。无论是晓风里高唱自然童年的"白头乳鹊"(《乡村里的音籁》)，蔓草丛间恋慕光明与焰彩的"花蛾"(《朝雾里的小草花》)，还是俏丽佳人"锦鲤"似的欢跳，散落一身鲤鳞的霞绮(《鲤跳》)，抑或是被黑暗的一箭光射伤的"飞蛾"(《怨得》)，负载着寒风哀怨的"归鸟"(《在病中》)，皆有其属于自身的轻快与明丽。即便在那些最黑暗、最惨淡的时期，徐志摩骨子里的自由天性，也不自觉地对抗着那些沉重、灰暗、绝望的心绪，为其动物意象增添一丝永恒的亮色。这份明亮的色彩是属于徐志摩的自由表达方式，是他"忠实于自己的所感所思"，依据自身的"心神智慧的体验活动"，创立的一种"独特的感觉、思维表现的制度"②。这种充满对自由人性、光明生活的美好希冀，超越了国家界限，对普泛的人性的探索，对自由自在的生命状态和生活方式的追求。

　　虽然徐志摩的诗歌意象如今越来越多地被挖掘出怀疑、颓废等现实主

---

①　张足先：《论徐志摩诗歌轻灵飘逸的艺术风格》，《江汉论坛》1994年第6期。

②　袁可嘉：《论新诗现代化》，生活·读书·新知三联书店1988年版，第93-94页。

义、现代主义元素，但其人生抑或诗的落脚点，无疑是归于性灵自由的，他的单纯信仰也始终隐现在他的生命里。他的自由性灵是东西气质调和的产物，也是五四启蒙改革孕育的花朵。正是这些在不同状态下，都带有跳跃、飞翔与前进动感的动物，展现了徐志摩无论顺逆境，都追求不息的生命姿态①，彰显了强烈的自我意识与个人主义精神。

同时，徐诗的动物意象还表现出基于人道主义的批判意识。军阀割据、频发的战乱与屠杀，使当时的中国社会陷入经济萎靡、民生凋敝的境地。留洋归国的徐志摩在深感国内外景况天壤之别的同时，也怀着对社会变革的期待与美好愿景，对黎庶涂炭、暴行肆虐的惨状进行了猛烈批判，以求唤醒国人麻木的灵魂。他的动物意象便蕴含着抨击血腥残杀、卖主求荣等非人道行径的隐喻内涵。通过创造以猛兽、毒虫为代表的斯芬克斯等意象，诗人既以诗性的隐喻委婉地描摹了血淋淋的现实，又站在"自由、平等、博爱"的道德制高点上斥责了施暴者低劣的动物性行为，不失为一种怒气的宣泄与文人的口诛笔伐。徐志摩的这种对社会政治的积极关注，是一种基于人道主义的现代作家的自觉：一方面，西方的民主观促使他们发现人本身的价值，勇于揭露社会中的压迫与暴行，与不公的现象进行义理的抗争；另一方面，传统文化的士大夫精神积淀了一代代知识分子任重道远、忧国忧民的集体无意识心理，激励着当时的进步青年在民族与历史的使命感中，主动担负起"开民智"的先发之责。因此，徐志摩的人道主义批判不仅是被义愤所激，更是"一种西方文明与传统文化、个人觉醒与社会批判、宗教意念与历史使命相互融汇的特定产物"②。

在这种共同作用中，资产阶级式的人道理念对徐志摩的影响无疑是占显性与主导地位的。这种西式的人道主义与两希文明的宗教观有着紧密的

①　［韩］许世旭：《论徐志摩的性灵自由》，《中国现代文学研究丛刊》1998 年第 4 期。

②　刘勇：《为人类社会而背负的十字架——从郁达夫、巴金等人的创作看中国现代文学的忏悔意识》，《文艺理论与批评》1998 年第 2 期。

联系。周作人认为，现代文学上的人道主义思想，几乎源于基督教精神①。深受欧洲文化熏陶的徐志摩，潜意识里也保留着一套上帝与原罪的思想体系。这种基督教的原罪说与其个人主义的信仰不谋而合，也使得他在短暂的一生中，始终秉持着一种以"温和的爱"改良黑暗社会的保守政治态度。因此，不同于许多作家从宏观的社会层面思考问题症结，面对黑暗、动荡的社会现实，徐志摩更多地将着眼点放在对无辜受难的生命的怜悯、对施暴群体的诅咒与愤恨以及人性的堕落与原罪上。在《圣经》对原罪的记述中，女人受到蛇的引诱，与男人偷食了禁果，获得了如神的善恶观，因而被耶和华驱逐出伊甸园；在地面生育繁衍的人又为所欲为、纷争不断，世界的败坏与人类的强暴最终触怒了神，耶和华便叫洪水泛滥，以洗净地面的罪恶②。

这种人道主义的批判与原罪心理激发了徐志摩的唯美主义审丑观，他逐渐尝试暴露人性与社会的丑恶面、揭示生存处境的荒谬，在诗歌里创造了一座座病态泥淖里奇峭诡谲的险峰，一如在《命运的逻辑》里刻画的都市女性，"神道见了她低头，魔鬼见了她哆嗦"。现代文明不乏这类为欲望变卖灵魂的"浮士德"们，《毒药》与《生活》两首"暗惨到可怕"的诗歌几乎集合了徐诗所有对野兽的丑恶想象，将其"审丑"的原罪意识推向极致：伊甸园是神之花园，然而如今一眼望去，遍地皆是"假温柔的野兽"（《罪与罚（二）》），"弄堂里的人声比狗叫更显得松脆"（《西窗》），人间一幅物欲横流、畸形荒谬的原罪图景，再掩盖不了"人变兽的耻"（《人变兽》）。诗人以恶毒的语言与野兽隐喻揭示了社会与生活凶险残酷的样态，在荒诞中挖掘人性，在丑恶中锻炼诗美，他"将生与死的熬炼化作恶美，将本能感受到的恶与丑的意象，直达读者的感观，抒写畸形社会中受到的精神创伤"③。

在"以丑为美"的艺术试验之外，徐志摩更将"美丑对照"原则大胆纳入

① 周作人：《圣书与中国文学》，商务印书馆1924年版，第11页。
② 《〈圣经〉合本·创世纪》第3章，第6章。
③ 李苗：《论徐志摩后期诗歌创作的现代主义倾向》，华中师范大学，2005年。

自己的诗歌体系，创造出别具一格的幻灭之美。动物意象往往在这一类诗歌中充当"丑"的角色，作为对立面突进至"美"的范畴，甚至直接促成后者无可挽回的悲剧性毁灭。例如《又一次试验》中的"带蛆的安琪"，那极度退化的无头幼虫蠕动着，像吞噬尸体一般蛀空了安琪的躯壳。形象鲜活的"蛆"霎时以令人作呕的惊人效率，将上帝创造的神圣天使消解殆尽，"眼看圣洁的变肮脏"，即便是至高无上的美也难与最低劣的丑恶"拮抗"半分。"秋虫"将伤秋的肃杀与严寒带到了人间，抹杀了青草、白露的旧日光景，"变猪，变蛆，变蛤蟆，变狗"的丑，使"过天太阳羞得遮了脸，月亮残缺了再不肯圆"，消亡了美的意义（《秋虫》）。另一典型代表是《残破》一诗，"她"于"我"的遥不可及，如同"冷艳的白莲"与"壁橼间的群鼠"，一方"斜靠着晓风，万种的玲珑"，另一方却只剩"残破的呼吸"，"追求着黑暗与虚无"。两个意象构成了一组鲜明的美丑对照，将诗人挣扎的内心与不堪的处境暴露无遗。焦灼惶惑间，恋人似乎距离自己愈发遥远，那清纯的"白莲"也在困兽的懦弱无助中，日益模糊、残破。遭遇"群鼠"的"白莲"，如同《俘虏颂》中浸透了鲜血的"美丽"意象，"眉眼糊成了玫瑰，口鼻裂成了山水，脑袋顶着朵大牡丹"，创伤隐喻的荒谬与"恶之花"的反讽效果，尽显伊甸园的丑恶逻辑与荒谬病象。

　　遍观世间诸多病态与罪恶的行径，徐志摩在悲愤诅咒之余，也希求以一己文墨唤醒国人的良知，正如他在《海滩上种花》一文写到的："要形容我们现在受罪的时期，我们得发明一个比丑更丑比脏更脏比下流更下流比苟且更苟且比怯懦更怯懦的一批生字去！"[1]他四处呼吁人们通过反求诸己、自省灵魂的方式，正视人性的罪恶、洗涤灵魂的污秽，其动物隐喻的出发点也在于此。在北京师范大学的讲演稿《落叶》中，他高声疾呼："让我们来大声地宣布我们的网子是坏了的，破了的，烂了的；让我们痛快的宣告我们民族的破产，道德，政治，社会，宗教，文艺，一切都是破产了的。

---

　　① 韩石山编：《徐志摩全集·第三卷·散文（3）》，天津人民出版社 2005 年版，第 112 页。

我们的心窝变成了蠹虫的家，我们的灵魂里住着一个可怕的大谎！那天平上沉着的一头……是撒旦的魔力，不是上帝的神灵。……让我们一致地来承认，在太阳普遍的光亮底下承认，我们各个人的罪恶，各个人的不洁净，各个人的苟且与懦怯与卑鄙！我们是与最肮脏的一样的肮脏，与最丑陋的一般的丑陋，我们自身就是我们命运的原因。……我们要把祈祷的火焰把那鬼烧净了去，我们要把忏悔的眼泪把那鬼冲洗了去，我们要有勇敢来承担罪恶……"①这般慷慨激昂的煽动与自我陶醉在《白旗》一诗中也有体现，诗人将"白旗"视作青天白日照耀下的每个人的灵魂，他要国人"在眼泪的沸腾里，在嚎恸的酣彻里，在忏悔的沉寂里"，认清原生的罪孽，臣服于"上帝永久的威严"。

可以说，这份洗涤原罪的激烈号召是志摩作为公知的责任感使然。但笔者认为，徐志摩的批判力与原罪意识主要还是生长在单纯的人道主义理想的土壤上，与鲁迅等一批思想斗士相比，尚未深入到底层民众的精神苦难与社会秩序混乱的根源等方面进行追问，这也使得他塑造的动物隐喻大多停留在"文化原罪"的批判上，缺乏了鲁迅式动物意象反传统的叛逆思维与孤傲决绝的斗争精神②。

在自由信仰、人道批判之外，虚无、怀疑、孤独的隐喻特征也渗透在其动物意象中。袁可嘉认为，现代派文学形成的根源在于人类在四种基本关系③上的"全面扭曲与严重异化"，导致了一种"尖锐矛盾和畸形脱节，以及由此产生的精神创伤和变态心理、悲观绝望的情绪和虚无主义的思想"④。这种异化的现代人的孤独感与失落感在徐志摩失意的人生阶段体现得尤为明显。他受过失恋的痛苦，又挣扎在婚姻的泥潭里，被经济收入缚住了自由，同时，社会的黑暗又摧毁了他的单纯信仰……生活的每一次酷刑都在他心里

---

① 韩石山编：《徐志摩全集·第一卷·散文（1）》，天津人民出版社 2005 年版，第 456-457 页。

② 靳新来：《人与兽的纠葛——鲁迅笔下的动物意象》，复旦大学博士学位论文，2004 年。

③ 人类四种基本关系：人与社会、人与自然、人与人、人与自我。

④ 袁可嘉：《欧美现代派文学概论》，上海文艺出版社 1993 年版，第 9 页。

烙下了难以愈合的创口，他逐渐由原先的精神贵族一步步沦为流浪汉、局外人的地位，对生命也产生了虚无主义的绝望态度："我心里常常害怕，害怕下回东风带来的不是我们盼望中的春天，不是鲜花青草蝴蝶飞鸟，我怕他带来一个比冬天更枯槁更凄惨更寂寞的死天——因为丑陋的脸子不配穿漂亮的衣服，我们这样丑陋变态的人心与社会凭什么权利可以问青天要阳光，问地面要青草，问飞鸟要音乐，问花朵要颜色？你问我明天天会不会放亮？我回答说我不知道，竟许不!"①他自比一条蛇，永远摆脱不了背上坚硬沉重的躯壳，内心想飞的孩子、渴望自由的野人，都被困于其中，永不见天日②。志摩的这种将人"非人化""动物化"的心态，如同格里高尔变形为甲虫一样，展现了他们在生活压迫下的"物化"处境与失落人性。

实际上，这份敏感的忧郁气质早已若隐若现在诗人前期的诗歌中。爱情的失意、政治理想的碰壁，都加速了诗人怀疑与否定人生的思想。在《灰色的人生》中，那古怪的"大鸟"发出的孤独悲鸣，将全诗的冷色调渲染得冰凉、粗暴，对衰老、病痛、贫苦、残毁等生命形态的铺陈，将灰色人生的合唱推向高潮。这古怪的大鸟与诗人在《哈代》中描写的"夜鸮"雕像十分相似，"深沉的悲哀与苦楚深深地盘伏在人生的底里"，流露出"生的质是苦而不是乐，是悲哀而不是幸福，是拘束而不是自由"的生活态度③。另有收录于《志摩的诗》的《常州天宁寺闻礼忏声》，同样是志摩悲观宿命论指引下的感伤典型。诗中初夏"鹧鸪"穿彻云霄的第一声，开启了生命征程的首发站，但鸟雀野兽的轻盈可爱抑或阴暗险恶，却都稀释甚至消解在悲凉的幕背底色下。"呼吁声、残杀与淫暴的狂欢声，厌世与自杀的高歌声，在生命的舞台上合奏着"，而使这些悲剧得以被救赎的，正是天宁寺的礼忏声，是生命的寂灭与涅槃。在这里，死不再是生的对立，天地尽头的大

---

① 韩石山编：《徐志摩全集·第三卷·散文(3)》，天津人民出版社 2005 年版，第 112 页。

② 韩石山编：《徐志摩全集·第三卷·散文(3)》，天津人民出版社 2005 年版，第 108-109 页。

③ 王福和编：《世界文学与 20 世纪浙江作家》，浙江大学出版社 2004 年版，第 174 页。

和谐与鹧鸪"从天边直响入云中，从云中又回响到天边"的第一声产生了交感共鸣，生命从此走向从初始到末尾的轮回，获得了不灭的永生。

而徐志摩后期的诗歌，正如茅盾、陆耀东等评论家所认为的，则是径直滑入怀疑、颓唐的泥潭去了，"弥漫在诗中的是深深的绝望的忧愁，是带颓废色彩的哀歌，是对死的颂扬，是对生命毁灭后灵魂得到解脱境界的向往"①。这一时期，诗人原先汹涌喷发的热情已然褪去，奔突恣肆的呐喊批驳也"渐渐在凝定，在摆脱夸张的辞藻，走进一种克腊西克的节制"②。他逐渐看透了如戏的人生本质，在生命的大舞台上，每个人都不得不扮演着跳梁小丑的角色，直至死亡夜幕的落下。在对生命意义的思索中，徐志摩走上了"感美感恋最纯粹"的刹那美③，与拥抱极致、接纳死亡的诗歌道路。他将这份入骨的忧郁敏感与生命体验融入寒雁的意象创造，探寻其背后凄美的时间、生命与死亡意蕴(《在病中》《雁儿们》《爱的灵感》)，在强烈情感的虚化中，渐臻冲淡自然的悠远诗境。

徐志摩这般心灰意冷的情感基调不只是幽怨或哀伤的倾诉，有时更通过与早年单纯理想的对比，以深层自嘲与否定的方式展现，正如他在《阔的海》中自述的狼狈姿态："阔的海空的天我不需要，/我也不想放一只巨大的纸鹞/上天去捉弄四面八方的风。"天空、大海、纸鹞，这些曾支撑过他飞翔、遨游的愿望的事物，已然被他抛弃，他所乞求的，只是"一条缝，一点光，一分钟"④，不禁令人唏嘘，《生活》里那条原本被诗人诅咒的毒蛇甬道，如今倒成为能给予他一点缝隙和光亮的苟延残喘之地。在《黄鹂》中，那只隐喻美好理想的黄鹂更是披着浪漫外衣的悲观意象，表面营造了热情明艳的情感假象，实则暗含诗人单纯信仰的幻灭。从某种程度而言，徐志摩的怀疑颓废在此诗中以较隐晦的形态最大化呈现：他将"黄鹂"这一

---

① 陆耀东：《徐志摩评传》，陕西人民出版社 1986 年版，第 156 页。

② 李健吾：《李健吾批评文集》，珠海出版社 1998 年版，第 25 页。

③ 韩石山编：《徐志摩全集·第一卷·散文(1)》，天津人民出版社 2005 年版，第 221-222 页。

④ 蒋复璁、梁实秋编：《徐志摩全集·第二卷》，中央编译出版社 2014 年版，第 168 页。

美好事物毁灭给人看的同时，紧跟以"春光""火焰""热情""彩云"等意象消解了由悲剧诱发的恐惧与怜悯之情。他不再追究理想失落的根源，不再奋力冲破满地的荆棘，而渐渐在困厄中沦落为平庸、琐屑的生存状态，在黄鹂逝去的背影中接受了无法逃脱的现实，从而完成对死亡、毁灭的平静叙事，与厚死薄生的虚无心境的表达。因此，徐志摩在诗歌里表现出的精神危机，也是情感、信仰与社会等多重危机相互作用的结果，在此怀疑忧郁的虚无主义的作用下，徐志摩改变了明朗直白的意象塑造方式，而努力挖掘潜意识里朦胧晦涩的深层记忆，借动物意象诉说这种郁结的复杂心绪与曲折迷离的情愫，使其隐喻呈现出孤独、感伤等特征。

　　不同于追求荒诞丑恶的李金发，或是钟情雄奇瑰丽意象的郭沫若，徐志摩的诗里，既有单纯信仰的明丽与性灵的自由、慷慨激昂的人道主义批判与审丑书写，也有虚无主义的孤独绝望的流露，它们如同一条条支流，各自独立但又和谐地汇聚、统一于干流的整体。这些强弱交替的切分音，在他的笔下共同编织了一曲和谐的复调交响乐，斑驳了诗歌意象的隐喻特征。正如保罗·利科所说的那样，"作为话语的隐喻享受着涉指语言之外的真实的力量"①，隐喻借助修辞与虚构的力量重新描绘了现实世界，在这种潜藏的真实中，大千世界的可能性与人的行动潜能被展现出来。也正是在对动物隐喻的创作中，徐志摩进一步认清了自我与世界的关系，在诗歌多声部的旋律中，寻求现实与理想夹缝中的生活方向，由此完成了"徐志摩特色"的建构。

第三节　徐志摩诗歌动物隐喻对中外诗艺的融贯突围

　　从比较文学的视野来看，文学的民族性与非民族性因素的转化，是抛弃狭隘的民族主义的"去他者"的过程，也是各民族文学渗透、交融的标志②。

---

　　①　Paul Ricoeur. The Rule of Metaphor. London：Routledge & Kegan Paul, 1978：6, 43.

　　②　曾小逸编：《走向世界文学——中国现代作家与外国文学》，湖南人民出版社1985年版，第32页。

在这一意义上，五四以来的现代文学，便鲜明体现了20世纪的中国进驻世界文学格局时的"八面来风"状态，这对当时进步的文学青年提出了全新挑战。他们必须站在新的时空焦点上总览世界文学的各种因素，在纵向上审视本民族的古典传统，在横向上观照本民族与他民族的交会冲撞，反过来再在纵横焦虑的再评估中寻找个人文学行动的基点。而徐志摩便是时代洪流冲出的一位多方元素融合的典范，他对中外诗艺既有广博深厚的汲取，又有基于相似性的跨文化整合①，使不同时空的文学思想与风格，在他的诗歌里完美融贯，构成新一轮意象隐喻的革新与突围。这种对中外诗艺的贯通表现在"寄情自然的生命诗学""中西结合的痴心鸟""现代诗美的探索"三方面。

被誉为"自然之子"的徐志摩，在与自然的亲和中内化了单纯、和谐的品性②，对泰戈尔、庄子、华兹华斯的自然审美观有着独特的接受与发挥。徐志摩对这些合乎其气质的中外诗艺的共性有敏锐的抓取，并在此基础上重构出极具个性的生命诗学，创造了寄情自然的动物意象。

徐志摩与泰戈尔往来颇多，他将这位热情温厚的老者誉为"喜马拉雅积雪的奇峰"③，从他身上不断汲取人格与诗思的泉源。在泰戈尔看来，神存在于一切自然物中，每个个体都蕴藏着山水、树木、鸟兽等博大的生命，能够在万物的同一里获得自在的无穷欢乐，因此，热爱自然、尊重生命始终是其诗歌中的一个重要主题④。这种泛神论与万物有灵的观念也影响了徐志摩对动物的塑造，他突破了仅仅将动物当作人类附属品的思想局限，而尝试将其置于自然生态中观照，因此，徐诗中的许多动物都超越了说教层面的符号存在，化身为与草木共生的翩翩精灵，在轻盈飘逸的律动

---

① 李勇，孙思邈：《徐志摩诗学思想的中国底蕴——兼论中西文论跨文化融合的基本方式》，《苏州大学学报》（哲学社会科学版）2017年第6期。

② 李怡：《古典理想的现代重构——论徐志摩与中国传统诗歌文化》，《江海学刊》1994年第4期。

③ 梁锡华：《徐志摩新传》，联经出版事业公司1982年版，第96页。

④ 戴前伦：《生命律动的整体呈现与梵爱思想的主题观照：泰戈尔梵爱和谐思想对我国早期新诗主题生态的影响》，《当代文坛》2012年第4期。

中向人类世界敞显不息的生命本源。《乡村里的音籁》中被人类圈养的鸡犬，却显露出与自然相生相息的美感，晓风里的白头乳鹊也融入了山谷、冷泉、草花的天然背景中，现出优美灵动的生存形态来。《爱的灵感》中的动物描绘更体现徐志摩对泰戈尔泛神、泛爱思想的继承，自然的力量推进着万物的生长运动，诗人的女子在与自然的交感共鸣中，在与爬虫、飞鸟等动物的点滴相处中，最终体贴到了永恒的生命律动，在生命尽头拥抱了自然的无尽欢乐。

　　另一方面，庄子的自然观也深深扎根于徐志摩的文学思想。与泰戈尔有所区别，庄子追求的是一种顺应自然、超越人为的"不滞"状态，这种"自然"更多地从其本义中脱离出来，衍生为无所违的生存状态与精神状态。徐志摩将庄子的"逍遥"思想与自身对自由精神的追求结合起来，在压抑的时代背景下表现出强烈的冲破束缚的愿望。例如，庄子对"鲦鱼出游从容"的"鱼之乐"的歆羡，化作了徐志摩笔下饱含"鱼乐情怀"的游鱼意象，在清水里无拘无束、悠然自得。同时，庄子"化鲲为鹏"的思想也更增添了徐志摩遨游天地间几乎无所待的想象。在他的动物意象中，飞禽意象占据了很大的比重，无论是海岛上的飞鸟、翩翩起舞的蜂蝶，还是冲破天际的黄鹂，都蕴含着徐志摩自身想要接近天空、远离地面的期盼。他在《想飞》里想象着，人们原来都会飞，但多数人被世俗压坏了翅膀，过了童年便失掉了飞的能力。而他却要与退化的世人辩争，他要"飞出这圈子，飞出这圈子！到云端里去，到云端里去！……飞上天空去浮着，看地球这弹丸在太空里滚着，从陆地看到海，从海再看回陆地。凌空去看一个明白——这才是做人的趣味，做人的权威，做人的交代"，因为飞即是"超脱一切，笼盖一切，扫荡一切，吞吐一切"，在翅膀与飞翔中，诗与哲学孕育而生①。这番飞翔的自白表明，志摩向往的是"人鸟"的状态，能如大鹏一样扶摇而上，展翅于天地间，其中随处可见的是庄子"背负青天而莫之

①　徐志摩：《徐志摩散文经典》（陈子善选编），上海社会科学院出版社2003年版，第121-122页。

夭阏"的逍遥，其诗歌中自由翱翔的飞鸟也正是诗人渴望超脱一切、渐臻"无待"心境的体现。

然而，徐志摩对自然与动物的寄情并非完全是积极欢乐的，其中也包含着在动荡时局下对血腥世界无奈的隐退与规避。他如同中国历朝历代那些达则居于庙堂、穷则退隐山林的士人们，也像被暴力革命震碎了昂扬斗志的华兹华斯，在社会变迁与经济困窘等多重打击之下，最终也选择将自然作为破碎灵魂的皈依，遁入纵情山水的消极之中。在华兹华斯笔下，飞禽意象褪去了热情的火焰，沉淀为一种"真空化的理想"①与理性的宁静，在《致云雀》《致蝴蝶》等诗中表现出对内心情愫的咀嚼与对自然慰藉的渴望。这位湖畔诗人清新但偏于消极的自然情感同样影响着徐志摩对动物意象的塑造。他大部分追忆童年、留恋山水田园的诗歌都透着灵魂深处无可挽回的悲哀，尤其在爱情失意与革命失败后，他的这种华兹华斯式的缥缈与忧郁在晓风里的白头乳鹊、猛旋的伤鸟等情境追忆中愈加鲜明。这种贵公子哥似的柔软敏感便是这般消极浪漫主义诗意的"后遗症"。

由此，在徐志摩的诗歌意象中，泰戈尔"梵我同一"的泛神思想与庄子物我同化的生命境界构成了微妙的碰撞与交集，他的鸟兽虫鱼既有纯真质朴的自然本态，也融入了诗人对庸俗人生的突围精神。同时，华兹华斯与传统落魄文人借自然山水以远离喧嚣尘世、疗养精神创伤的隐匿心态，也影响了徐志摩对待失意生活的态度。通过这一兼容重构，自然万物的流动和谐开始与人类社会产生共振，个体命运也由此与动物形态深度关联，逐渐向物我相交、同体大悲的诗境过渡。

生性浪漫的徐志摩自然对西方的浪漫主义思潮情有独钟，可以说，他一生主要的诗歌创作都留有浪漫主义的影子。但同时，中国古典的诗词底蕴与文论传统也深深扎根于他的诗歌中，使他在移植西方意象的过程中自觉或不自觉地化用古典意象，并以"独抒性灵，不拘格套"的"情与境会"的

---

① 高新华、刘春芳：《华兹华斯诗歌中"鸟"意象的指向性》，《东北师大学报》（哲学社会科学版），2011年第3期。

诗文状态①，将明清"性灵说"与浪漫派的"自然生长论"②完美地兼收并蓄在诗境中。例如，徐志摩的《黄鹂》便融合了古典诗词中"黄鹂"与雪莱笔下的"云雀"两种意象。不得不说，这一结合着实精妙绝伦。首先，这两种鸟同属雀形目的鸣禽，生理形态上的较大共性，使人们对两者就有着相似的印象与情感，见其鲜艳的色彩与华美的外表便心生愉悦与希望，这就为两个意象的整合提供了扎实的基础。其次，黄鹂与云雀意象在诗歌隐喻中的共性也被徐志摩所汲取。中国传统诗歌中，黄鹂多隐喻盎然的生机，例如杜甫的一句"自在娇莺恰恰啼"便表达对春天的喜爱与赞美。而雪莱笔下的浪漫云雀则是光明、自由、欢乐的象征，它悦耳动人的歌声与展翅高飞的姿态，承载了诗人对正义与美的理想的向往。在此基础上，徐志摩成功改造了云雀光明、美好的象征内涵，借黄鹂一并吟咏了纯真而脆弱的志向与性灵，使其成为艳丽明亮的云雀的最佳变形，隐喻诗人美好理想的诞生与失落。雪莱的云雀"like a cloud of fire"（像一片烈火的青云），而志摩的黄鹂则"像是春光，火焰，像是热情"，也最终"化一朵彩云"，达到情景交融、物我难分的境地。

　　浪漫派诗人中，除了爱山乐水的华兹华斯与热情激昂的雪莱外，狂放不羁的拜伦与奇异瑰丽的济慈也都带给徐志摩创作上的丰富启迪，而后者的烙印在其动物意象中尤为深刻。徐志摩被称为"新月下的夜莺"③，足见济慈对他的深远影响。这位早亡的英国诗人曾借一首经典的《夜莺颂》，将他的凄惨人生与对生、死、美的悲叹展现得淋漓尽致。在诗中，济慈的死亡意识在夜莺欢快的歌声与自我思索的混沌中，构成不可调和的冲突与张力，诗人也由此在想象世界中体验到极致美的迷狂与理想幻灭的哀伤④。

---

①　钱伯城：《袁宏道文集笺校》，上海古籍出版社 2008 年版，第 187 页。

②　罗成琰：《西方浪漫主义文学思潮与中国现代文学》，《外国文学评论》1994 年第 3 期。

③　王福和编：《世界文学与 20 世纪浙江作家》，浙江大学出版社 2004 年版，第 165 页。

④　奚晏平：《济慈及其〈夜莺颂〉的美学魅力》，《外国文学评论》1993 年第 2 期。

徐志摩也曾以《济慈的夜莺歌》一文表达他对这首诗的理解："他这诗里有两相对的(动机)；一个是这现世界，与这面目可憎的实际的生活：这是他巴不得逃避，巴不得忘却的；一个是超现实的世界，音乐声中不朽的生命，这是他想望的，他要实现的，他愿意解脱了不完全暂时的生，为要化入这完全的永久的生。……听着夜莺不断的唱声也可以完全忘却这现世界的种种烦恼。"①可以说，济慈的这只"夜莺"已然与多情浪漫的徐志摩产生了奇妙的灵魂共振，后者在现实中也深陷于幻梦与现实的挣扎，并借诗歌探讨死亡与永生的命题。但徐志摩并未照搬济慈的隐喻意涵，而是在移植夜莺富丽狂欢的生命形态的基础上，将原本宏大的"厚死薄生"主旨缩小为"情死"的小天地，以表达自我对爱情的追寻与忠贞。例如《客中》里的那只"过时的夜莺"，徐志摩在此挪用了济慈的意象，并借夜莺之口向情人倾诉了"将死但不悔痴情"的心声，"这莺，这一树花，这半轮月"，在诗人编织的绚烂梦境里，却上演着"伤悲，凋谢，残缺"的一幕幕情殇。

事实上，徐志摩笔下"夜莺"很大程度上还有对传统意义上的"杜鹃"的接受。"望帝啼鹃"的神话原型在中国诗歌的意象系统里影响深远。古传战国时期的蜀王杜宇禅位于臣，但后者治理无方，使人民陷于忧患之境，而杜宇因心系百姓疾苦郁郁而终，死后化作杜鹃彻夜悲鸣，啼出的鲜血也染红了杜鹃花。"杜鹃啼血"的这一典故也因此不断被后世诗词引用，用以隐喻极度哀痛的情感。在《杜鹃》一诗中，徐志摩将济慈的夜莺幻化为啼血的杜鹃，创造出中国式的"夜莺"。在第一段中，志摩完全借鉴了《夜莺颂》第一、第二诗节的场景，将那杜鹃歌唱的时间与地点同样置于夏季与绿荫深处；将济慈对夜莺飞蛾扑火似的痴情赋予杜鹃的品性中，让她"飞蛾似围绕亮月的明灯"；将原诗对酒神国度的丰收幻想，与杜鹃别名"布谷"所蕴含的播种意涵相结合，使杜鹃欢唱出"割麦插禾"的富足农歌，描绘了志摩理想的"夜莺"形象。而诗的第二段则进入了对爱情与生命信仰的歌唱。此

① 韩石山编：《徐志摩全集·第一卷·散文(1)》，天津人民出版社2005年版，第489页。

时的杜鹃满心泣诉着爱的失落与幻灭，在哀怨的悲鸣中啼出斑斑鲜血。至此，徐志摩通过"夜莺式的杜鹃"完成了济慈悲剧、望帝悲剧与自身命运悲剧的统一。如第五章所述，徐志摩曾在《猛虎集·序文》自比为"天教歌唱"的"不到呕血不住口"的杜鹃，而事实上早在《济慈的夜莺歌》中，他便以类似的笔调评价过济慈的夜莺："除非你亲耳听过，你不容易相信树林里有一类发痴的鸟，天晚了才开口唱，在黑暗里倾吐她的妙乐，愈唱愈有劲，往往直唱到天亮，连真的心血都跟着歌声从她的血管里呕出……"[1]。因此，"杜鹃"不仅是中西诗思的结晶，它与"黄鹂"一样，更是志摩的个人机遇、人生感悟与前两者交融后再创造的产物，是包蕴着多重原型的神来之笔。

浪漫主义诗歌给予了徐志摩"纯美的想象力和甜蜜的梦境，使他向明亮的真、善、美的人生境界展开热烈的追求"[2]，但他并非不越浪漫风格的雷池一步，而是始终流连于不同的思想家与作家之间，并尝试向现代诗艺突进。哈代的悲观阴郁、布莱克的象征抒情、波德莱尔的恶中之美等诗学观，都在徐志摩的诗歌中熔炼出多元的现代审美意蕴。隐喻是一种话语方式，它基于语言又超越语言，是以语言的方式呈现出来的精神活动和心理行为[3]，因此，这种具有现代性特征的隐喻不仅影响着徐志摩的文学审美，也不自觉地改造了他对世界的认知与体验方式。

作为一名悲剧大师，哈代在晚年转向诗歌的创作中，保留了小说的宿命论与悲观色彩，将工业社会人类的生存困境与自然意志的莫测神秘搬上了历史舞台，其诗歌意象往往透着冷峻、阴暗的底色，流露出诗人对人类命运无可把握的悲哀。因而，徐志摩爱以"古怪的夜鸦"形容这位"不爱活"的老头，也曾在《汤麦司哈代的诗》一文中评价道："读哈代的诗，不仅感

---

[1]　韩石山编：《徐志摩全集·第一卷·散文（1）》，天津人民出版社2005年版，第478页。

[2]　王福和编：《世界文学与20世纪浙江作家》，浙江大学出版社2004年版，第177页。

[3]　季广茂：《隐喻视野中的诗性传统》，高等教育出版社1998年版，第13页。

觉到 That which mattered most could not be 的悲哀，并且仿佛看得见时间的大喙，凶狠地张着，人生里难得有刹那的断片的欢娱与安慰与光明，他总是不容情的吞了下去，只留下黑影似的记忆，在寂寞的风雨夜，在寂寞的睡梦里，刑苦你的心灵，嘲笑你的希望。"①徐志摩也曾翻译过哈代的《对月》，诗中将人生比作早该幕闭的一台戏的观念②，对徐志摩影响颇深，它构成了徐志摩对爱与理想求而不得的忧郁基础，后者往往在生活失意时诉诸哈代的厌世与决绝，怀着"人生趣剧"的想法，悲叹希望的破灭与冷酷的生存常态。他将这份悲哀付与"暮天的群鸦"，饱尝虚无的人生境遇，又在生活可怕的行动背景下，活成了一只"壁橡间的鼠"，处处显露着自我意志的不堪一击。尽管徐志摩这些诗歌意象更多反映的是哈代的消极厌世，但他毕竟在更深层面上理解了哈代悲剧精神的内核，他以为这位老先生并非"武断的悲观论者"，即便"在他最烦闷最黑暗的时刻他也不放弃他为他的思想寻找一条出路的决心——为人类寻求一条出路的决心。他的写实，他的所谓悲观，正是他在思想上的忠实和勇敢"③，这份将悲剧精神贯彻至死的执拗，到底有几分生命的惊人力量。

象征主义诗美对徐志摩的影响大概可以追溯到前浪漫主义领军人物布莱克的作品。1931 年，徐志摩译介了布莱克的《猛虎》一诗，而后又将此诗题作为自己第三部诗集的名称。事实上，布莱克从《天真之歌》到《经验之歌》的转向，正体现了诗人早年对事物美好纯真幻想的破灭，代之以革命爆发后对暴烈骇人的现实的揭露与批驳，他的《猛虎》也以凶狠、威猛的特质，颠覆了前期《羔羊》的善良、温顺，借上帝所造之物形象的转变，影射时局的动荡与人性的失落。"联系布莱克这一人生观的变化去考察徐志摩的《猛虎集》，就不难体味出诗人在该诗集中所关心的正是社会人生所表现

---

① 韩石山编：《徐志摩全集·第一卷·散文(1)》，天津人民出版社 2005 年版，第 417-418 页。

② 蒋复璁、梁实秋编：《徐志摩全集·第二卷》，中央编译出版社 2014 年版，第 214-215 页。

③ 韩石山编：《徐志摩全集·第三卷·散文(3)》，天津人民出版社 2005 年版，第 206 页。

出的'虎'的实质。"①徐志摩这部诗集的整体意象，偏于悲观消极，而背后的始作俑者，大概便是他借以为题的"猛虎"，残酷社会、悲惨人生的隐喻。在布莱克的基础上，象征派先驱波德莱尔则更进一步地将徐志摩领入了象征主义的殿堂，使他开始以象征性的意象，书写细腻微妙的情绪体验，而波德莱尔以恶为美的唯美倾向，则赋予徐志摩"恶魔般的想象力和可怖的人生洞察力，使他把笔锋转向罪恶的都市、人伦的暴露上"②，以"恶之花"式的意象揭露社会的丑恶与人性的阴暗面：波德莱尔在《吸血鬼》里将压榨劳工的剥削者，比作依附于腐尸的"蛆虫"，视其为资本社会的吸血鬼，徐志摩则在《又一次试验》里以"蛆"隐喻人类的原罪，解构了高等生物安琪似的高贵，在《秋虫》里诅咒混乱无道的世界变作低等的"蛆"；波德莱尔在《巴黎的忧郁》里速写资本社会的悲惨群像，揭露工业都市赤裸的罪恶，徐志摩则在《生活》里哀怨"毒蛇似的蜿蜒"的甬道中，不见天光的自我生存状态；波德莱尔在《死尸》里描绘着如潮水起落的"蛆群"、偷食烂肉的"野狗"③，以极恶的笔调绘制巴黎社会溃烂肆虐的写真图，而徐志摩则在《毒药》里以同样恶毒的口吻，将"东方巴黎"看家狗与虎狼横行的百丑悉数托出④……借助波德莱尔的艺术视角，徐志摩看清了东西方世界丑恶的共性，他在《艺术与人生》中将当时的社会喻为"一潭死水，带着污泥的脏黑，成群结队的虫蝇在它上方嗡嗡嘤嘤，在四周拥挤嘈杂，只有陈腐和僵死才是它的口味"⑤。也正是基于对惨烈现实的这一认知，徐志摩较为成功地将波德莱尔的"唯恶"艺术化为己用，创造出那一个个奇毒的动物意象。

---

①　王福和编：《世界文学与20世纪浙江作家》，浙江大学出版社2004年版，第153页。

②　王福和编：《世界文学与20世纪浙江作家》，浙江大学出版社2004年版，第177页。

③　蒋复璁、梁实秋编：《徐志摩全集·第二卷》，中央编译出版社2014年版，第218-220页。

④　薛皓洁：《徐志摩诗歌"浪漫"与"唯美"共存的艺术特质》，《江苏社会科学》2015年第4期。

⑤　韩石山编：《徐志摩全集·第一卷·散文(1)》，天津人民出版社2005年版，第199页。

　　因此，从历时的角度看，徐志摩对西方文学的接受从 18 世纪的浪漫主义文学逐步过渡到 19 世纪的后浪漫主义与批判现实主义文学，最终在生命后期向现代派、象征派的诗学靠拢①，在波德莱尔身上绽放出奇异的恶之花。也正是这种与时俱进的文学理念，为徐志摩的动物意象注入了缤纷多彩的灵魂，使其保有经久不衰的生命力。

　　莱考夫与约翰逊认为，隐喻只有在基于经验基础的情况下才能被充分地理解与呈现②，而这种人类共同的身体基础与感官体验也是徐志摩得以融贯不同时代、不同地域隐喻的前提。不同于许多现代派诗人，徐志摩在隐喻的加工与创造中有意平衡了中外隐喻之间的差异与共性，而非完全抛弃被视为僵死的传统隐喻，这体现了徐志摩动物隐喻乃至整体意象隐喻的一个基本特点：具有传统与现代相结合的延续性。同时，他在继承传统的同时又不拘泥于传统，通过整合传统与外来的诗艺资源，他创造出了兼备本土经验和世界经验特质的动物意象，给予我们熟悉又新鲜的丰富体验。

第四节　徐志摩动物隐喻的"他者"视域与"非人类中心主义"转向

　　在中国传统中，文学主体的书写延续了"风骚"一脉的教化与载道思路，即便是鸟兽虫鱼也多被剥夺了主体性，成为一种符号化的思想观念象征。例如，"食肉动物一般被塑造为负面形象，承载着成人们的道德批判，而食草动物，尤其是与人类生活密切相关的动物，则而被塑造为正面形象……我们在动物中间不自觉地划分出两大阵营：以狼为代表的恶的阵营和以羊为代表的善的阵营……"③这种动物伦理化的倾向不仅源于生物学知

---

① 王福和编：《世界文学与 20 世纪浙江作家》，浙江大学出版社 2004 年版，第 178-179 页。

② ［美］乔治·莱考夫、［美］马克·约翰逊著，何文忠译：《我们赖以生存的隐喻》，浙江大学出版社 2015 年版，第 18 页。

③ 唐英：《从动物小说的兴起看我国儿童文学的发展》，《西南民族大学学报》（人文社科版）2003 年第 8 期。

识的匮乏，更是某种程度上地对生命个体的虐待①。在西方社会，这种自大的人类中心主义思想同样源远流长。它经过文明社会的发端、中世纪《圣经》的助推，在文艺复兴时期便形成了较成熟的体系，"存在之链"的观点将人类定义为介于动物与天使之间的物种，从而奠定了人类于动物的统治地位②，而启蒙运动与其后不断兴盛的理性主义思潮更巩固了人对动物的绝对优越感③。德里达认为，整个人类历史的核心便是人类物种的自传或自我书写，而人类中心地位地不断增强，也加剧了人类与动物之间的"深渊"界限④。

因而，徐志摩对动物的认知也难免受到人类中心主义的约束，这种传统的人文主义倾向使得其诗歌中的动物意象很大程度上成为人类社会的附属品，主要体现在两方面：其一，以动物隐喻非理性存在，构成人性与兽性的二元对立。以"斯芬克斯"意象为例，无论是猛兽毒蛇隐喻的野蛮残暴，还是豚犬蛆虫暗指的卑劣奴性，都是通过将兽性或非理性特质从人性中分离出来加以批判的，实质上是呼吁人性或理性的返归。这一隐喻倾向隐藏着"宇宙的精华，万物的灵长"的文艺复兴式的赞叹，延续了"存在之链"的人高于动物的等级态度，同时，也鲜明体现着笛卡尔式的以理性掌控感官肉欲对人的本质评价。毫无疑问，"当人性与理性之间画上等号，就意味着凡是不理性的都会被贬斥为'动物性'的一面，或者说，凡是动物性的都被视为非理性，因而必须被抛弃"⑤，这种对人性的崇高的哄抬是徐志摩演绎"斯芬克斯"意象的思维逻辑。其二，人类中心主义的陷阱还在于

①　唐克龙：《中国现当代文学动物叙事研究》，南开大学出版社 2010 年版，第 78-80 页。

②　郑佰青、张中载：《为动物立传——〈阿弗小传〉的生态伦理解读》，《外国文学》2015 年第 2 期。

③　谢超：《英国浪漫主义诗歌中人与动物的关系》，《江苏大学学报》（社会科学版）2018 年第 3 期。

④　Derrida Jacques, Wills David. The Animal That Therefore I Am (More to Follow). Critical Inquiry, 2002(2).

⑤　丁林棚：《论〈羚羊与秧鸡〉中人性与动物性的共生思想》，《当代外国文学》2014 年第 2 期。

以人的视角为中心描绘动物，后者以"他者"的边缘身份被赋予人的特质，这在动物隐喻中尤为典型：大部分诗歌都是"借用动物意象以及动物意象中长期以来被人类社会赋予的内在特质，来思考人类社会的困境和可能的出路"①。这一思维模式几乎是所有文学创作者的无自觉的桎梏，徐志摩也不例外。他多数的动物意象皆是用以抒情言志，或赋予飞舞的蝴蝶、萤火以爱情的欢欣，或借"拐腿的瞎马""过时的夜莺"表露内心不悔的信仰。在此意义上，不同种属的动物并没有本质的区别，"蛤蟆"和"猪"一样都是低劣的代名词，它们被消解为一个个可加工的源域属性，在被改造为附着人类情志的诗歌意象的同时，其本身所属的"世界"已然在人类的视域中失落。

然而，在人类中心的主流思潮外，一些前卫的生态伦理意识也散落在传统的动物隐喻中，与其形成价值取向的冲撞。例如，早在先秦，庄子便以"物代人"取代了"人代物"的笔法，超越性地让物自己言说，构成了人类主体对动物的悬置与让渡，也揭示了人类在天地万物间的渺小与智性的局限②；西方浪漫主义时期的作家在不同程度上表现出了对动物的同情与企盼生态和谐的意识；哈代也在剥削动物意识的围城中艰难地突围出一条回复自然本性的道路……另一方面，自20世纪初起，由于工业发展与生态环境的矛盾催化，一种超越人与动物界限的新的生态伦理观应运而生，在后现代社会的呼声更是水涨船高，对人类中心主义的传统观念构成颠覆性挑战。这种非人类中心主义的生态观以"后人文主义"的倾向，解构了人在动物，乃至自然界中的主导地位，尝试赋予动物这一人类社会的"他者"以平等的话语权。这一思潮也深刻体现在文学领域，一定程度上表现为新鲜的动物意象创作：它们"不仅不再是人类社会各种问题的折射，反而以各自独特的方式促使诗人反思人类存在的本身，成为独立于人类、与人类社会

---

① 何宁：《论当代英国动物诗歌》，《外国文学研究》2017年第12期。
② 王俊杰：《庄子的动物隐喻及其与深生态伦理的关联》，《中州学刊》2015年第8期。

平行的一种存在"①。

成长在 19 世纪末 20 世纪初的徐志摩，潜移默化中也受到了反叛"人本"的边缘传统与方兴未艾的自然中心主义思路的影响，其诗中的动物在人类意识与"他者"形象的存在方式外，也呈现出一定程度的"生态主义"倾向，暗示徐志摩自觉或非自觉的"非人类中心主义"转向。在《乡村里的音籁》《石虎胡同七号》等诗中，徐志摩挣脱了对动物固有的成见与情感映射，尝试以自然的笔触敞开生态的和谐与本真美，将竹篱边的"犬吠鸡鸣"、守候着熟睡孩子的"黄狗"、残兰前的"小蛙"，悉数工笔描摹在诗间，虽不可避免地"著志摩之色彩"，但生生不息的力量却被定格在如画的诗境里——动物与人都受着自然的雨露馈赠，都同样诗意地栖居在大地上。这种泰戈尔式的"万物有灵论"与"泛自然神论"在《爱的灵感》这首长诗中尤为明显。诗人超越了人与动物的鸿沟，将"泛爱"思想广延到整个自然界："我"爱那"鸦影侵入斜日的光圈"，在"寒雁"的聚合离散间认识了"爬虫，飞鸟"等一切的生存，直到生命的尽头化作自然的生命消散于天地……这些在徐志摩的时代显得尤为可贵——他并未完全受制于战争背景下的殖民话语，以人对人、文明对自然的压榨对动物进行"劫掠式利用"，将其彻底"作为野兽、自然、他者、肉体、客体、异类、奴隶建构起来"②，而是在一定程度上以"生命本体论"的理念塑造了自然、纯真的动物意象，彰显了"人与一切非人类存在生命价值层面上的平等与同样高贵，是对人类中心主义佞妄的批判"③，也暗示了徐志摩的动物观在"他者"视域束缚下的生态主义转向。

近代新文学运动背景下的新诗革命，是转型时期的国人在接受现代意识洗礼过程中的自我争辩与对话，也是对现代诗质的自觉探寻。作为新月派领军人物的徐志摩，其意象更具个人与时代特质。智利诗人巴勃罗·聂鲁达曾言："一个诗人，如果他不是现实主义者就会毁灭。可是，一个诗

---

① 何宁：《论当代英国动物诗歌》，《外国文学研究》2017 年第 12 期。
② 申富英：《论〈尤利西斯〉中的动物形象》，《外国文学》2019 年第 3 期。
③ 石在中：《泰戈尔诗歌中的生态智慧》，《外国文学研究》2011 年第 3 期。

人如果仅仅是个现实主义者也会毁灭。"①这句话似乎预言着徐志摩诗歌生命的走向。不同于同时代的许多现实主义诗人，徐志摩站在了理想主义的基点上审视破碎的中国社会，因此，他的动物意象便成为表现其自由性灵、爱与美追求的载体，其批判、忧郁与绝望也是基于单纯信仰的想象，融入了诗人对人生际遇、社会变革与人类命运的困惑思索。这种价值取向使徐志摩的大多数动物意象处于现实与理想的冲突与撕裂中，涌动着多股复杂矛盾的情思潜流。同时，动物意象除了受到中西古今诗艺的影响外，相比其他意象体系，更深刻地反映了具有"徐志摩特色"的人道主义视野与自然主义价值观，将传统的人类中心主义与现代的自然中心主义思维统一在动物隐喻中，构成了对人类视域与动物世界新的认知与书写。一言以蔽之，徐志摩新颖的动物意象隐喻，为中国新诗开启了一扇可以回顾传统又望见未来的窗户，现代新诗自我创造与突围的历程也通过它在我们眼前显现。

---

①　汪剑钊：《二十世纪中国的现代主义诗歌》，文化艺术出版社 2006 年版，第137 页。

第五章　戴望舒诗歌的"夜"意象隐喻内涵及特征

第一节　戴望舒"夜"意象的使用情况

　　时间，是人自身存在的维度之一，康德曾在《纯粹理性批判》中指出："人的意识首先表现为时间意识"①。时间体验影响着生命的存在方式，时间的书写是诗歌中的常见主题，诗歌为时间体验提供载体，时间体验也拓宽了诗歌的表意空间。

　　古人们对于时间的体验大多来源于对自然变幻、天体运行的观察，"在前形而上学时代，人们就已经直观到了气象运转、四季更替，这些现象促使他们把时间看作一种基本上不断循环的有机节奏"②。在这种循环思维模式里，时间的流逝逐渐与人类生命的兴衰联系在一起。纵观中国古典诗歌中展露出的时间意识，诗人们多以时间感悟反观自身，以暮年的心态发出了"月有阴晴圆缺，人有悲欢离合""年年岁岁花相似、岁岁年年人不同"这类感叹，在时间的循环往复中，对个体的存在转瞬即逝感到悲凉。季节，尤其是春秋，几乎是中国时间意象里不可或缺的因素。刘勰《文心雕龙》说："春秋代序，阴阳惨舒，物色之动，心亦摇焉"，在中国传统的时

---

① 李泽厚：《批判哲学的批判：康德述评》，人民出版社1979年版，第171页。
② 曹东勃：《时间意识的现代性嬗变》，《社会科学辑刊》2008年第3期。

间意识中，春的逝去使人生发出珍惜青春感悟，体验秋则使人萌生对寒冬的恐惧心理，四季中时间流逝正象征着人类生命力的兴衰。

随着西方意识对中国传统哲学、文学的浸染，新诗人们逐渐接受了崭新的现代时间观念。"'进化论'在新旧时间观的转换中起了决定性的作用。它不仅是摧毁传统文化时间观的利器，也是新时间观形成的内在依据"①，现代派诗人们把现代性时间观念内化于诗歌当中，所创造出来的时间意象也有别于中国古典诗歌的表现传统。

从梁启超的"慕然忽想今夕何夕地何地，乃是新旧二世纪之界线，东西两半球之中央。……独饮独语苦无赖，曼声浩歌歌我二十世纪太平洋"②的振臂高呼起，创世纪时间的激情也随之扬起，"暮年惜时"的传统开始转变，诗人们望向新世纪，接纳了西方"过去-当下-未来"的进化的线性时间观念，"世纪""日""月""生命"等意象直接出现在新诗当中。如周作人所写的："这过去的我的三个月的生命，哪里去了？/没有了，永远地走过去了！"③，诗人们对"过去的时间"感到悲叹，但却是从当下时间出发，站在自我生命的角度来考虑时间的流逝。新诗人们是先产生了时间焦虑，再将对时间的主观感受投射到物象上，进行了隐喻化的时间意象书写。就像王光明先生在《现代汉诗的百年演变》中提到新诗的语言转为隐喻性的诗意语言："它的突出特征不再是主体融入物象世界，而是把主观意念与感受投射到事物上面，与事物建立主客分明的关系并强调和突出了主体的意志与信念"④，新诗中对时间意象的抒写即其向隐喻性转变的具体表现。

作为现代派的领袖，戴望舒对现代时间的体验也站在了前列。尽管我们依然能在戴望舒的诗歌里看见传统的"暮年惜时"的感悟，比如《老之将至》中害怕自己随着"迟寂的时间"变老。但"时间"已经作为一个单独的词语出现在诗中，并且"是将重重地载着无量的怅惜的"，诗人把自己"怅惜"

---

① 唐晓渡：《时间神话的终结》，《文艺争鸣》，1995 年第 2 期。
② 梁启超：《二十世纪太平洋歌》，载张正吾，陈铭主编：《近代诗文鉴赏词典》，光明日报出版社，1991 年版，第 466 页。
③ 止庵：《过去的生命》，载《苦雨斋识小》，东文出版社 2002 年版，第 13 页。
④ 王光明：《现代汉语的百年演变》，河北人民出版社 2003 年版，第 97 页。

的情感被投射在客观的、人格化的"时间"意象之上了。戴望舒很擅长把自我的情感放入意象之中，时而直露地表达，时而隐秘地宣泄。同样地，在戴望舒诗行中，一些关于对"记忆"（过去）、"当下"的沉湎也体现出这样的技法，比如"在这幽夜沉寂又微凉/人静了，这正是时光""用我二十四岁的整个的心"，都是将抑郁的情绪投射到客观的"时光""二十四岁"中。戴望舒千变万化的现代性时间体验常常被遥远地投射进意象当中，这一个又一个跳跃却连贯的时间意象筑成了戴诗朦胧多义的风格。

通过表 3-1 戴望舒诗歌中时间意象的使用情况统计①，可以发现戴诗中大多数时间体悟总是通过与"夜"有关的意象来表达。这类意象既包括残月、梦、灯等在夜晚出现的事物，也包括直接的可感知的"黑夜"时间意象。为了表述方便，本章将以"夜"意象来指代这一大类意象群。

表 5-1　　　　　　　戴望舒诗歌中时间意象的使用情况统计

出处及年代	诗作及使用数量	时间意象类型	
		夜	其他
《新上海》（1926）	夜坐（3）	夜坐、中秋月夜	秋水
《我底记忆》（1929）	夕阳下（6）	幽夜、晚烟、晚云	落叶、白日
	寒风中闻雀声（3）	梦境	枯枝、死叶
	生涯（5）	梦儿、深宵	白昼、清晨、一天
	流浪人的夜歌（3）	残月、幽夜	
	断章（2）		春草、春天
	凝泪出门（3）	暮雨、未晓天、街灯	
	可知（6）	月、灯	旧时、今日、来朝
	静夜（3）	静夜、幽夜	时光

---

①　梁仁编：《戴望舒诗全编》，浙江文艺出版社 1989 年版。本章引用诗歌大部分来自此版本。

出处及年代	诗作及使用数量	时间意象类型	
		夜	其他
	山行(4)	落月	朝霞、晓天
	残花的泪(7)	明月、今宵	残花、春花、明朝、旧日
	不要这样(3)		死叶、昔日
	忧郁(1)		朝夕
	残叶之歌(3)		残叶
	闻曼陀铃(4)	梦水间	春夜、旧时、昔日
	夜是(2)	夜	
	秋(4)		秋天、死叶
《新文艺》(1930)	流水(2)	黄昏	
《北斗》(1931)	昨晚(3)	昨晚	时钟
	印象(1)		残阳
	烦忧(2)		秋
	我的素描(2)		初春、二十四岁
	单恋者(2)	夜行人	
	老之将至(4)	日暮	垂枯的枝条、时间
	秋天的梦(4)	梦	昔日、秋天、摇落的树叶
《望舒草》(1933)	前夜(3)	前夜	时间
	三顶礼(2)	夜合花	
	款步二(2)		枫林、残秋的风
	过时(3)		秋草、秋风、好往日
	秋蝇(11)		木叶、秋蝇、下午
	夜行者(6)	夜行者、夜、黑夜	
	少年行(1)		烂熟的果子
	旅思(1)		芦花

续表

出处及年代	诗作及使用数量	时间意象类型	
		夜	其他
《望舒诗稿》(1937)	灯(7)	灯、灯光	
	寻梦者(6)	梦、暗夜	
	乐园鸟(2)		昼夜、春夏秋冬
	霜花(4)		春夏秋冬、九、十月、秋叶、秋风
《灾难的岁月》(1948)	灯(5)	灯	春阳、枯枝
	秋夜思(2)	秋夜	秋衣、木叶
	赠克木(3)		空与时、春秋代序、春夏秋冬
	夜蛾(5)	夜蛾、夜台	未死的叶
	致萤火(4)	萤火	
	我用残损的手掌(3)		春、春天
	过旧居(6)	灯下	清晨、过去、年岁、岁月、年代
	示长女(7)	晚上、暮霭、灯下	春天、冬天、白天、岁月
	萧红墓畔口占(2)	长夜漫漫	六小时
	偶成(1)		春天
总计：47首(165)		70	95

　　由表可知，在戴望舒近一百首诗歌中，运用到时间意象的诗歌共有 47 首。横向对比可以看出，这些诗作运用到时间意象共 165 次，"夜"意象使用了 70 次，占比 42%。其中，直接带"夜"字的意象如"幽夜"等出现了 27 次。具有代表性的隐喻夜的意象，如"月亮"类意象、"灯"意象共出现了 29 次。纵向来看，戴望舒在创作初期就钟情于"夜"意象，1926—1937 年所创作的诗歌中有 22 首使用了"夜"意象。在诗人晚期诗作中，夜意象依然频繁出现，以夜为题的就有两首诗歌。

第二节　戴望舒诗歌"夜"意象的隐喻内涵

中国古典文学中写"夜"的诗歌浩瀚如烟，昼夜、日月的交替是古人们最直观的时间体验，因此与"夜"有关的，有时间意味的意象都可以纳入本书论述范畴，都属于"夜"的意象。学者刘传新曾指出月亮意象"传达了初民的生命观，回答了与人的存在息息相关的诞生与死亡的重大问题，是一种包含着无数次的人生体验、凝聚了初民的智慧、情感与意志的原始意象"①。传统诗歌中的"夜"意象包含了人们的时间经验，"夜"唤起了古人们对宇宙时间与个体时间的思索。"夜"与人们的经验思索之间的联结正是依托隐喻的经验基础而形成的，诗人们以身体经验、文化经验、社会经验为基础，把夜与自己的人生体验、社会政治结合起来中，夜不再是单纯的时间词，它被赋予了丰富的隐喻内涵。人们可以通过诗歌中"夜"的隐喻来理解、体悟诗人的思想情感。

作为时间的"夜"，是一天的终点，也是人们辛勤工作后可以休息放松的时刻。传统文人们喜好在夜间出行，欣赏幽美的夜景、夜饮作乐，如"子兴视夜，明星有烂"（《郑风·女曰鸡鸣》），"厌厌夜饮，不醉无归"（《小雅·湛露》）。夜的宁静也与生命的"虚静"状态有着共通之处。老庄认为人的内心要致虚守静，才能对万物进行认识和思考。人们在宁静的夜晚也有了时间来关注自己的心灵，关注自身生命的存在。因此，古典的"夜"引发了古人对大千世界的深刻思考。最早是关于时间流逝的哲思。对昼夜循环往复、星月周而复始的观察，引起了人们对时间永恒性的思索，如"夜光何德，死则又育？"（屈原《楚辞》），"夜"永恒时间的隐喻内涵映射到人们对自身生命的体认和感悟上，个体的时间显得短暂而渺小，时间的流逝性越发凸显。古人们便生发出了星月能够死而再育，人却不能死而复

---

① 刘传新：《高悬于中国诗坛上空的月亮——中国诗歌的原型研究之二》，《东岳论丛》1992年第2期。

生的感叹："秋月仍圆夜，江村独老身"（杜甫《十七夜对月》），"江畔何人初见月，江月何年初照人"（张若虚《春江花月夜》）。

隐喻具有无穷的创造性，"隐喻连接言象意，贯通语言、人和自然，使之成为有机整体，从而滋生出无限意蕴的功能系统"①，"夜"意象的隐喻内涵不断拓展，与人们的亲情、友情、爱情以及家国情怀发生了映射，由时间之思延伸为人事之思。"夜"可以隐喻游子的思乡之情，如"露从今夜白，月是故乡明"；可以隐喻人们对离人的相思之情，如"孤灯不明思欲绝，卷帷望月空长叹"；可以隐喻着漫漫长夜的寂寞，如"只恐夜深花睡去，更烧高烛照红妆"；还可以隐喻怀古的悲凉之情，如"牛绪西江夜，青天无片云。登舟望秋月，空忆谢将军"。这一系列隐喻义都是从"夜"启发人思考的核心意义衍生而来。戴望舒诗歌中的"夜"主要具有四重意蕴：一是沉思、忧愁的"夜"，还保留着古典的韵味；二是饱含绝望与抑郁之情的吞噬之"夜"；三是沉静温柔的"夜"，是诗人心灵的庇护所；四则是暗含男女情欲意味的"夜"。

西方诗歌中的"夜"首先与中国传统的黑夜观有着共同之处，即"夜"是启发思考的时刻。比如在象征主义诗歌中，阿波里奈尔的《蜜拉波桥》以夜的周而复始感叹个体时间的流逝，"旧月逝矣人长在"，从而抒发了对逝去爱人的思念。魏尔伦《白色的月》中的"月"照着幽林，诗人由此月景也想起了自己在睡梦中的爱人。其次，"夜"在西方诗歌中还能够庇护灵魂，具有神性。黑夜是浪漫诗派的核心主题，"由于英国和德国的浪漫主义运动的影响，'黑夜'成为苦痛的灵魂的存在之时和寄托之地"②，诺瓦利斯的《夜颂》将死亡与黑夜联系在一起，但诗人是想要为爱殉情的，死亡对他而言是希望，夜则是神圣的，是他灵魂的最后的救赎。最后，在西方诗歌中"夜"还有恐怖的一面，它在政治语境下象征着社会的黑暗和个体的绝望，比如洛尔迦的《骑士歌》以"赤红色的月亮"描写了可怖的夜晚，在"夜"意

---

①　张目：《隐喻：现代主义诗歌的诗性功能》，《文艺争鸣》1997 年第 2 期。

②　沃尔夫冈·顾彬，赵洁译：《黑夜意识和女性的（自我）毁灭——评现代中国的黑暗理论》，《清华大学学报》（哲学社会科学版）2005 年第 4 期。

象当中映射了骑士对前途的绝望以及对死亡的恐惧。

中国新诗中的"夜"接受了西方诗学与末世时代的影响，隐喻体系中增加了绝望、死亡等内涵。20世纪20年代中期的中国，社会动荡，旧的价值体系崩塌，各种理论尖锐交锋，关于中国社会前途的探讨在知识界十分激烈。许多知识青年怀揣一腔热血，立志改变中国现状，却往往在现实中碰得头破血流，理想化的追求最后陷入"动摇"和"幻灭"。这种有一定代表性的心路历程在文学创作中表现为凄迷、颓废的情绪和文风。在这一时期，白天与黑夜被赋予了普遍的隐喻内涵，白天隐喻着光明，是一个充满希望的美好未来，黑夜隐喻着黑暗，是当时内外交困、民生凋敝的现实。月亮意象在这一时期的诗歌中则与单纯指向黑暗的"黑夜"意象区别开来，丰富了新诗中"夜"意象群的隐喻意涵。徐志摩认为新月暗示着"怀抱未来的圆满"①，新月派诗人们在时间中产生了对历史兴亡的深刻感怀、对当下斗争的激昂之情以及对美好未来的殷切期许，爱国情怀相当直白、浓烈。初期象征主义诗派的诗人们则关注"新月"隐喻的时间流逝性，李金发从新月、钟声等时间意象中感悟到了时间是不可重来的，在哀伤之后时间"永逃向无限"。李金发所存在的"这一刻"是构成他生命整体的无数碎片之一，李金发诗歌中新月、黑夜意象的隐喻内涵回到时间经验中，是对"刹那"这一瞬时的现代性感悟与思考。

在象征主义诗学的影响以及李金发等前人的探索奠基之下，戴望舒对"夜"也情有独钟。诗人很顺利地接纳了现代性的黑夜意识，正如孙玉石所说："他们的诗与西方象征派诗的自我表现、注重内心挖掘、歌唱朽腐与颓废、倾向内心的感伤的情调息息相通了"②。黑夜的寂静给了诗人感受生命和自我存在的机会，戴望舒在创作过程中，逐渐开始与法国象征主义诗人们一同探索起"黑夜"带来的死亡情绪。但戴望舒有着深厚扎实的传统文化基础，他更偏向在古典诗歌中寻求情感的共鸣，以古典意象融合现代生

---

① 徐志摩：《新月的态度》，《新月》1928年第1期。
② 孙玉石：《中国现代主义诗潮史论》，北京大学出版社1999年版，第43页。

活的情绪。

在戴望舒的诗歌中，我们可以很清晰地看到"夜"的意象是从古典诗歌中脱胎而来的。首先表现为对个体时间流逝的书写，在《残花的泪》中诗人以昼夜轮回交替对比残花的萎谢，实际上是以残花自喻，发出了个体生命短暂的感叹："今宵我流着香泪，明朝会萎谢尘土"（《残花的泪》）。其次，戴望舒的"夜"意象也由时间之思跨域映射到他的孤独寂寞的人生经历之中，那时的诗人经历了五四落潮后理想信念的幻灭，对施绛年的爱也得不到回应。"昏昏的灯""沉沉的未晓天"（《凝泪出门》）、"落月的沉哀"（《山行》）、"幽黑的烦忧"（《忧郁》）等与"夜"相连的意象都承载着一股忧郁凄凉之感。其中，《凝泪出门》里诗人在未晓天里生出了凄凉的情绪，心上人儿（理想）还在沉睡，他凝着泪花，伤心地独自出门。夜的幽黑和寂静具有启思的力量，《可知》一诗中就展现出了诗人在夜里对"欢爱"的思念，"月暗灯昏"的时刻特别容易让他想起心中的爱人和理想，倘若继续求不得他的"欢爱"，幽夜和悲怨将一同袭来。可见，"夜"意象在戴望舒诗歌中仍然继承了古典诗歌中令人感怀、沉思的基本隐喻内涵，并从他人生经历中获得忧愁的隐喻义。

随着戴望舒对西方诗艺的熟悉掌握，西方文学所流行的末世情绪、死亡情绪也入侵到诗人的"夜"意象当中了。戴望舒笔下的"夜"从轻微的忧愁发展为忧郁，甚至是抑郁。诗人经历的苦难越多，他的"夜"意象就更加悲观绝望，还有着更加浓厚的死亡气息。戴望舒在"夜"中已经萌生了自我毁灭的想法。当"幽夜"归来，他还不愿意离开，一个人彷徨着，心中是"消隐了忧愁，消隐了欢快"，无论是忧愁的还是欢乐的情绪都消失得一干二净，此刻诗人仿佛连自我的存在也感受不到了。而同样是自比为流浪者的描写，《流浪人的夜歌》里的悲伤情绪较《凝泪出门》的"伤心愁苦"更加浓重，诗人直接地把"黑夜"与"死亡"联系在一起，他写残月，写怪枭，写饥狼，写荒坟……这种种丑恶全都掩藏在了幽夜当中，恐怖统治着他的世界，诗人的精神寻找不到寄托之地，最终落下泪来："我是漂泊的孤身，我要与残月同沉"。"望舒"就是月，那么与"残月"同沉的诗人，他的求死之心已经昭然。

这样压抑的"夜"进而演变成了一个"吞噬者"的形象，在诗人心中，黑夜吞噬掉了自己的恋情与梦想，吞噬掉了他的情绪、记忆和生命。最早，在《单恋者》里诗人已经感觉到黑夜对自己的吞噬，他本应该是苦恋着什么，也许是"迷茫烟水中的国土""静默中凋零的花""记不得的陌路丽人"，但在黑夜的街头行走得久了，诗人逐渐忘记了他恋着的东西，他写道："我不知道是恋着谁……我常是暗黑的街头的踯躅者，我走遍了嚣嚷的酒场，我不想回去，好象在寻找什么"，诗人的"恋""梦"在黑沉沉的夜里被逐渐地吞噬，他却依然固执地走在夜里，似乎只有这样才能够宣泄出他内心酸胀的情感，诗人最后自我描述道："真的，我是一个寂寞的夜行人，而且又是一个可怜的单恋者"。他称自己为"夜行者"，仿佛与黑夜融为了一体，"夜是吞噬者"的隐喻在诗人的内心逐渐固定下来。戴望舒还以夜行者为题，在诗里他说自己是"夜最熟悉的朋友"，他深陷在夜里，有着夜一般怪异的脾气，迈着夜一样安静的步子。此时诗人虽然没有彻底被"夜"吞噬，但也濒临绝望，"从黑茫茫的雾，到黑茫茫的雾"，他看不到任何寻梦的期望。暗夜吞噬着梦，诗人不再相信梦是能开出娇妍的花的，也许当他双眼模糊、头发斑白，已然衰老之时，梦才会在"一个暗夜"里盛开。在《灯》里，戴望舒更是毫不犹豫地称呼黑夜为"饕餮者的施主"，饕餮贪婪好吃，可怖的黑夜给了怪兽尽情吞噬万物的机会，令诗人发颤。戴望舒后期的诗作里也有着"夜是吞噬者"的隐喻。比如在《夜蛾》里诗人看见飞蛾绕着烛火循环，却回避了"飞蛾扑火"的传统隐喻，"不想起/已死的虫，未死的叶"，这些夜蛾留在了幽暗的黑夜里，成为诗人的灵魂外化，飞蛾"用彩色的大绒翅"覆盖着诗人的影子，绒翅下的黑暗吞噬了诗人的灵魂，使他不再执着于梦，化作凤离开了这寂寂的夜台。而萤火，作为黑夜里的"一缕细细的光线"，在诗人看来也在将他的哀伤一点点蚕食："够担得起记忆，够把沉哀来吞咽"（《致萤火》）。"吞噬"的含义之一是吞吃、吞咽，即一口一口地把东西吃掉，被吃掉的东西失去了完整性，在人们通常的认知中是不再存在的。在这个意义上，戴望舒建立了"夜"与"吞噬"的相似性。五四落潮以后，在内忧外患、风雨飘摇的时代环境下，处在艰难贫困、前途渺茫的人生逆境下，戴望舒与同时代的知识青年们一样矛盾着，他们既热血澎湃地想要建立新的秩序，又因为不知道该如何实现而感到无措迷茫。而夜晚来临之际黑暗将慢慢笼罩住世间，诗人被迫安静下来，对时间的消逝十分敏感，从而生出了无可作为的焦虑和痛苦。所以，戴望舒笔下的"夜"充满了来自时代的迷茫、焦虑和绝望感，包含了诗人对自己的存在价值的质疑、否定。所谓"吞噬"，是现实环境对青年人志气的消磨，是黑暗社会对现代心灵的裹挟，在这里，吞噬之夜是整个时代下知识青年们的心理缩影。

矛盾但并不奇怪的是，"夜"在戴望舒心中还有着沉静温柔的一面，他也常用"夜"意象隐喻他美好的人生体验，是指爱情甜蜜的"恋之色的夜合花"（《三顶礼》），也是指温馨家庭在"灯下的谈笑"（《示长女》）。用"夜"来隐喻美好的爱情回忆，最先是出现在《生涯》里。"娟好轻盈的百合花"无情地抛却了诗人。因而冗长的白昼给他的是寂寥和孤苦，唯有在夜里、在他的"甜甜的梦儿"中，诗人能够感受到爱人的温柔与安慰："我希望长睡沉沉，长在那梦里温存"。成长于传统家庭教育下的戴望舒，性格是内向且柔弱的，他还常常自卑于自己"麻子"的外表，心理承受能力不太强。所以当他面对爱情失意的时候，很难接受现实，甚至要以死相逼。但是新时代下的女性们拒绝得总是很坚决。戴望舒无力改变他的爱情，只能当一个"懦夫"，逃进他的梦里寻找温存。"夜"成为诗人心灵的庇护所。所以当夜是与爱人一同度过的时候，夜的沉寂和微凉也变成了好事，让低泣的爱人静下来，让自己的内心平和下来，诗人便觉得"人静了，这正是好时光"（《静夜》）。同样地，好时光的"夜"在《夜是》里也是"清爽而温暖"的，夜里"飘过的风带着青春和爱底香味"，诗人靠在心爱人的膝上，为这种温柔落下了眼泪。夜，于戴望舒既是一种休憩和慰藉，也是一种逃避。戴望舒是一个"大处茫然，小处敏感"的时代青年。时局的动荡，个人经历的曲折，身体的缺陷让天性敏感的他常常郁郁寡欢，是一个典型的零余人，这样的人，唯有在夜色的抚摸和拥抱下，才能正视自己的内心需求。在夜的保护下，他舔舐着白天的伤口，"忘却"白天的诸多烦恼，只用心去编织幻梦，在梦的温柔和快乐里增加活下去的勇气和信心。所以，戴望舒诗歌里的夜既是消极的，也是积极的。

"夜"除了是诗人心灵的庇护所，还具有了一定的情欲意味。他以身体经验映射"夜"，夜的寂寞孤独唤起了他对肉欲的渴望。在《到我这里来》这首诗中，他对逝去的爱人发出了迫切的呼唤，他幻想中的爱人是"全裸着""披散了发丝"的模样，他渴望拥抱这样的爱人，让她在自己的臂间"找到舒适的卧榻"。戴望舒强调爱人的裸体，使得这个傍晚充满了肉欲的气息。戴望舒笔下的"灯"也有着情色的暗示，在《灯》一诗中他把黑夜里的"灯"看作是亲切的知己，"承恩的灯"是诗人爱情的同谋；"青色的灯"给夜罩上了憧憬之雾；"桃色的灯"则成为色情之屏，这样多变的"灯"向诗人说着"蜜语"，让暗黑的夜也充满了情趣。在《不寐》中的夜晚，诗人的脑中也闪过了爱娇的影子，这些短暂而急促的瞬间是"桃色"的，他回忆着过去的夜晚，更察觉到了自己内心的情欲："掌心抵着炎热的前额/腕上有急促的温息；是那一宵的觉醒啊？"诗人性意识的苏醒是他对抗生活焦虑的方式。在诗人旅法的日子里，他经济困顿，在学习之余不得不去译稿挣钱，心中唯一的支撑就是自己的恋人，但是施绛年在他出国后很快就移情别恋了。贫穷和失恋两座大山压在戴望舒的身上，让他的生活痛苦、压抑，所以，诗人看到床上的"白色的帐子"，觉得那是禁锢他的"墙"。而情欲原本也是禁锢中国人的封建牢笼，对情欲毫不避讳的回想，是戴望舒对这堵墙的突破，是对限制、压迫他生命的一切事物的不满和反抗。然而要改变自己的人生境遇并非易事，诗人在现实中接连碰壁，甚至找不到喘息之地，只能在情欲的"夜"里纾解压力。夜与情欲的相互映射，最终创造出新的隐喻内涵，夜一方面充满了躁动饥渴的暧昧气息，另一方面折射出诗人对黑暗现实的反抗。尽管这种反抗略显无力，但它代表了戴望舒对美好的未来还抱有期望，在抗日战争爆发之后诗人便投入到了真实的革命中去，他的反抗越发有力，越发坚定。因此，20 世纪 30 年代初的情欲之夜是他将为创造新时代、新未来奋起斗争的一个积极信号。

从古典的沉思之夜到抑郁的吞噬之夜，从庇护心灵的温柔之夜到暗含情欲的暧昧之夜，戴望舒的"夜"容纳了多种复杂甚至对立的情感，这源于隐喻无穷的创造性和内涵的多义性。"诗歌隐喻属于'远取譬'，在看似不相关事物之间发现、创造联系，并在这个过程中凸显某些特征，抑制另一些特征，从而展现一个新的与内心情感吻合的世界"，戴望舒依照自己的情感不断开拓夜的隐喻空间，创造出独属于他的夜之世界。他把自己关于人生、社会、时间、存在种种问题的经验与思考投射到了"夜"的隐喻场里，不断开拓"夜"的隐喻空间，时代的动荡不安、诗人坎坷的人生经历以及忧郁矛盾的性格特征在夜的四重意蕴中得到了全面的反映，新旧隐喻义碰撞出的火花让"夜"在戴望舒这里焕然一新。

第三节　戴望舒"夜"意象隐喻特征探析

诗人常常以特殊语言方式——隐喻，将自我情感置入客观世界之中，不断强化陌生事物之间的相似点，使得诗歌语言成为超验、独特的存在。而一个诗人的隐喻语言，是既扎根于时代文化土壤之中，又跳跃在想象力的翅膀之上的。正如莱考夫指出的："隐喻对一个人产生的意义一部分由文化决定，一部分与我过去的经历相关联"①，戴望舒的青年时代是新旧文化互相冲击的时代，是新文学运动轰轰烈烈的时代，更是政治斗争激烈起伏的时代。诗人笔下的"夜"意象及其隐喻内涵，也正形成于这一激荡的时代之下，形成于诗人对多元文化资源的吸收整合之下，从而展现出了传统性与现代性的交融。基于诗人对人生的独特感悟以及个人的情思才思，他的"夜"意象也有着个人的独特烙印。本文将从个人、传统、时代等三个方面，对戴望舒的"夜"意象隐喻内涵所表现出传统性、现代性、独创性三类特征进行论述。

---

① Lakoff George, Johnson Mark. Metaphors We Live By. Chicago：The University of Chicago Press，2003.

在戴望舒的诗中，"夜"总是有着浓厚的古典韵味，能够营造出一个古典清丽的意境。在早期的《夕阳下》中，诗人的"夜"包含着溪水、瘦长的影子、老树、蝙蝠、晚烟等意象，与马致远的小令《天净沙·秋思》："枯藤老树昏鸦，/小桥流水人家，/古道西风瘦马。/夕阳西下，/断肠人在天涯"有着隔时代的呼应。同样是深秋的黄昏里，老树上有着归巢的动物，溪水涓涓地流着，几户人家已经冒出了炊烟，只不过徘徊在这副图景中的人换成了戴望舒这个现代游子。同样地，《流浪人的夜歌》中诗人写道："残月是已死美人，在山头哭泣嘤嘤"，也与李贺《梦天》中的"老兔寒蟾泣天色"的意境十分相合。后期的作品里，诗人虽然很少再直接搬用古诗意境，但依然会使用典故与传统诗句，比如《秋夜思》里诗人首先发问"谁家动刀尺？"，便让人立即联想到了杜甫"寒衣处处催刀尺"的秋兴乡愁，之后又接连运用了"鲛人""阳春白雪""弦柱思华年"等典故与传统诗句，刻画出一个古典的"秋夜"。化用典故是一种历史文化的隐喻，如李怡所指出的："历史传承性事实上是强化了比喻作为语词的聚合功能，它将孤立的语词带入历史文化的广阔空间，并在那里赋予了新的意义"[1]。戴望舒对典故的化用，是对古典语词隐喻内涵的一种延续，用典意象与"夜"意象的结合体现出了"夜"的传统性。

其次，时间意象也普遍隐喻着戴望舒的东方式的爱情体验。戴望舒有着"羞涩、锐敏，近于女性的灵魂"[2]，他在爱情里是敏感、卑微的，害怕被拒绝所以不敢直白地表达自己的爱意。所以，诗人喜欢朦胧的诗性隐喻，他把对爱情的体验和思考投射到"夜"等时间意象中，隐秘地记录着自己在爱情里的心绪变化。对爱人的苦恋让诗人写下《夜是》，他爱而不得，只能靠幻想自己靠在她膝头上来寻求慰藉，因此漫长的夜对诗人而言是"清爽而温暖"的，他什么也不敢谈论，生怕风把这一切带走。在《三顶礼》

① 李怡：《中国现代新诗与古典诗歌传统》，西南师范大学出版社 1999 年版，第38 页。

② 刘涛：《为艺术形式申辩——穆时英的两篇文学评论小议》，《中国现代文学研究丛刊》2009 年第 2 期。

中，他沉醉在"夜合花"的美好里，却也感受到恋人言语中的冷漠，在《款步（二）》里，诗人把这种冷漠与"残秋的风"联系起来，它们带给诗人相似的孤寂和痛苦。但诗人在苦涩的爱情中再怎么烦忧也不敢说出爱人的名字，只忍受着寂寞。可见，戴望舒笔下的"夜"，隐喻的是一种欲说还休的东方式爱情，它苦涩而沉默，热烈而内敛。这其中还若隐若现着古典文学中"发乎情，止于礼"的爱情观念、含蓄蕴藉的艺术追求，这正是戴望舒对古典文学的吸收和借鉴，诗人创造性地把自己向传统回归的爱情思考投射到"夜"的隐喻场中，让"夜"具有了古典性、传统性。

戴望舒认为："典故若能带来新诗情那么它是可行的"，在他笔下的"夜"虽然有着传统古典的意境，但表现出来的是戴望舒自己的情绪，是极具生命力的现代性情绪。

"夜"意象的隐喻内涵中所包含的新诗情——"世纪末情绪"，正是现代性特征的表现之一。诗人旅法留学的经历，给他提供了接触西方诗学的机会，这期间他翻译了许多象征主义诗人的诗歌，从而直接接触到了当时西方社会所流行的悲观主义哲学思潮和极度悲观的世纪末情绪。诗人的"忧愁"与这种世纪末情绪一经碰撞便产生了共鸣，"其早期作品体现出一种消极、悲观的态度，充满了哀怨的情调，人生如梦、活着就是痛苦的虚无思想在他的诗中得到了集中而形象的表现"①。诗人将新的具有现代性的"世纪末情绪"注入"夜"的传统隐喻空间中，形成了独具一格、活力充沛的新隐喻，从而写出了"我要与残月同沉"的夜歌。《忧郁》《闻曼陀铃》等诗歌深受魏尔伦的影响，《闻曼陀铃》的法文名字更与魏尔伦的《Mandoline》完全相同。"春夜"里的"曼陀铃亡魂"充满了现代意味，"夜"和死亡相互映射，形成了消极绝望的隐喻内涵。"世纪末"孤独寂寞的情绪终身影响着戴望舒的精神，他认为"夜"吞噬了万物，将自己的灵魂称之为"夜行者"，与夜并肩而行。

"夜行者"这一意象也具有现代性的特征。戴望舒是一个对琐碎的日常

---

① 吕周聚：《论中国现代主义文学的世纪末情结》，《齐鲁学刊》2001 年第 4 期。

事物有着敏锐感受的诗人，他很擅长选择一些表面上看似不相干的事物作为意象，在它们之中创造出相似性，从而形成具有一贯性的碎片意象。碎片化的意象正是戴望舒诗歌世界的重要支撑，但在《单恋者》《夜行者》等诗歌中，这些夜幕中的日常事物都隐身不见了。"黑夜"将这些"碎片"也一并吞噬了。为了重建自己的精神世界，戴望舒便下意识地创造出了"夜行者"的形象，这是一个波德莱尔式"搜寻者"的抒情主体。在诗歌中，"夜行者"将要再度寻找、拼贴这些碎片，"这个富有活跃的想象力的孤独者，有一个比纯粹的漫游者的目的更高些的目的，有一个与一时的短暂的愉快不同的更普遍的目的。他寻找我们可以称为现代性的那种东西"①。值得注意的是，戴望舒心中的"搜寻者"是与"夜"融为一体的，"夜行者"寻找的正是诗人被"夜"吞噬掉的现代灵魂，但它不单单只是诗人个体的化身，而代表了一部分五四知识青年的形象。"夜行者"隐喻的是现代人的虚无、孤寂的情绪体验，首先表现为对家国未来的彷徨，社会现代化的进程受到阻碍，知识分子们无路可走，感到了挫败和空虚。其次，在个体的生存困境中，知识分子们看不到人生的希望，逃入自己的内心世界之中，产生了孤独与寂寞的情绪。但，"夜行者"并不等同于"孤独者"的形象，它不是纯粹的漫游者，尽管"夜行者"已经忘记自己要寻找什么，但他仍然坚定地说："我不想回去"，"夜行者"体现了知识青年对未来世界的憧憬，体现了他们寻找社会、个人出路的决心。因此，"夜行者"这一现代性的抒情主体也给"夜"意象带来了浓厚的现代气息。

综上所述，戴诗时间意象的隐喻内涵兼具传统性与现代性。这两者能够在戴望舒的创作中逐渐达成共存融合的状态，显然离不开诗人自我个性的施力。他的创作并非只是将古典诗歌和象征诗派中的夜"移植合栽"，而是打破了传统隐喻僵死的外壳，把现代人的情感和思想揉进夜中，创造出充满活力的新隐喻义。在这个过程中，旧隐喻义并没有被完全遮蔽，而是

---

① Charles Baudelaire. He Painter of Modern Life and Other Essays. Phaidon Press Limited，2008：31.

继续与新隐喻义互动、碰撞，"僵化的死隐喻和新颖的隐喻之间有一个'融合空间'，在这个空间里，死隐喻就像一束光，虽然被遮挡了，但是仍然有部分光芒无可阻挡地射进来，与新的经验和情感产生化学反应，形成耳目一新、有巨大张力的新隐喻"①，在这个原则下，"夜"的隐喻内涵跳跃新奇，但联系诗人的生平际遇之后，又能让人马上理解其背后复杂的诗情诗思，顿时感悟到其隐喻内涵的准确、亲切。

正如前面所提及的，戴望舒希望在古典中寻找新的诗情。他偏好晚唐诗词，尝试在晚唐朦胧的诗情意境中寻找与现代诗情的共通之处。董乃斌曾指出戴望舒的《雨巷》《独自的时候》在情感和意境上都与李商隐的诗歌十分相像②。李商隐也有很多咏"夜"的诗句，如"君问归期未有期，巴山夜雨涨秋池"(《夜雨寄北》)、"含泪坐春宵，闻君欲度辽"(《清夜怨》)等，他的"夜"杂糅了孤独、幽怨、相思种种情绪。在戴望舒的《静夜》中，诗人将爱人比作垂泪的蔷薇，而李商隐在《房中曲》中悼念亡妻，也写下天将晓时"蔷薇泣幽素"的景象，可见两人在爱情中的苦痛感受是相通的。古人和今人的爱情体验在戴望舒的诗歌中互相影响，"这样的诗的情感蕴涵，传达方式和审美效果，区别于传统的'白话'诗，也区别于五四之后流行的直白描述的现实主义、袒露呼喊的浪漫主义新诗的抒情模式，正是 20 世纪30 年代现代派诗人在晚唐诗词中所要寻找的东西"③。同时，戴望舒的"夜"哀伤但不过度，对古典诗歌做出了超越。他在《静夜》的最后将哀伤抑制住了，认为安静的夜晚也是美好的时光，这是他对人生"瞬时"的微妙把握，与西方诗歌中"夜拥有救赎能力"的隐喻也有关联，在夜晚的刹那间他感受到了爱人的安慰，心态变得平和。戴诗"夜"意象中忧愁情绪和庇护心灵这两个看似矛盾的隐喻内涵，是对晚唐诗词的借鉴，也是对西方诗学的

---

① 见拙作：《从"春"的隐喻内涵看穆旦诗歌的传统性与现代性》，《清华大学学报》(哲学社会科学版)2020 年第 2 期。

② 董乃斌：《李商隐和现代诗人戴望舒》，《天中学刊》2002 年第 1 期。

③ 孙玉石：《新诗：现代与传统的对话——兼释 20 世纪 30 年代的"晚唐诗热"》，载《现代中国》(第 1 辑)，湖北教育出版社 2001 年版，第 85 页。

呼应。

戴望舒以隐喻的方式在时间意象"夜"里糅入了现代性情绪，也对来自西方的末世情绪、荒原意识进行了中国本土化的处理。在戴望舒后期创作中，他写下了一系列有关于寻梦的诗歌。诗人受到绝望的末世情绪与荒原意识的影响，对自己的"梦"重新审视，进行了生与死的思索。在这一审视和思索的过程中，儒学经世致用的积极思想与道家生死如一的思想悄然融入，将残酷、激烈的西方情绪柔和下来，互补大化。

具体来看，在《寻梦者》中，诗人心中的"梦"是无比珍贵和美丽的，那是"金色的贝""桃色的珠"，并且可以"开出妍妍的花来"。但是，他也明白这是一个困难且漫长的过程："攀九年的冰山""航九年的瀚海"，被反复强调的"九年"正说明了戴望舒的内心，他认为自己"寻梦"成功的可能性微乎其微。《寻梦者》这首诗写于 1932 年，戴望舒即将到法国留学。那时的他已经与施绛年订下婚约，但是施绛年要求他有一份固定的收入才能结婚，诗人这才选择去法国读出一个大学的文凭。在临行前，诗人写下《寻梦者》，这"梦"自然是爱情的梦，同时也是他对光明未来的期待。但在法国求学对戴望舒来说是一件压力极大的事情，他没有富裕的物质条件，只能一边读书一边写稿赚钱。并且，也许是爱情的直觉，让戴望舒隐隐意识到施绛年的哄骗，他所期待美好的未来似乎永远不会到来。所以，戴望舒认为寻梦需要无数个"九年"的努力，在他已经衰老的时候，梦才会在幽暗可怖的夜里开出了妍妍的花。诗人这时的情感是复杂的，美好理想遥不可及给他带来了绝望、迷茫的情绪，他预见了自己的失败，黑夜终将"吞噬"他的梦。但是，戴望舒并没有强调这份悲剧性，也没有倒向宗教以寻求帮助，而是不断重复着"梦"的珍贵、迷人，不断重复着追梦者所应付出的努力。这是戴望舒对儒家"经世"传统的继承，中国大部分知识分子们都吸收了这种经世的精神，并且以针砭时弊、拯救国家作为自己的责任。尽管身处在黑暗的时代环境里郁郁不得志，知识分子们仍然不会轻易放弃自己的理想，"以天下为己任"的传统促使着他们努力改变现实。在《灯》中，诗人也希望去"织最绮丽的梦网"，但他所触碰的地方："火凝作冰焰，花幻为枯枝"，梦又幻灭了。不过黑夜中还有一盏灯努力地亮着，所以，哪怕诗人在灯中看见了死亡的幻象：在"帝王的陵寝"里有蜡烛在寂然地缓慢地燃烧着，他还是希望灯"守着"自己，"灯"是诗人追梦路上的友人，只要"灯"不熄灭，诗人的努力就不会停止。

戴望舒的寻梦是"追求—灭亡—追求"的循环模式。这也受到了道家生死观的影响，道家认为所有的生命都会消亡，但是"归根曰静，静曰复命"，静中有动，旧的生命消亡的同时也会有新的生命诞生。戴望舒在《夜蛾》《致萤火》中都提到了这种生死往复的循环模式，并且超越了生死的界限。他在《夜蛾》中以飞蛾自喻，试图在生死往复的循环中得到超脱："不想起/已死的虫，未死的叶"，要化成凤飞过关山、云树，这样的夜蛾正隐喻着诗人对终生追求理想的渴望。在《致萤火》中诗人的生死往复观念有了更明确的描写，他呼唤夜里的萤火来照耀他，进而写道："我躺在这里，让一颗芽/穿过我的躯体，我的心，/长成树，开花"，人的肉体会腐朽，但也会滋养出新的生命。这颗穿过诗人心脏的芽承载着诗人的灵魂，他可以闻见太阳的香味，看见云雀的高飞。"云雀"也是《庄子》中的典型意象，云雀虽小，但"亦飞之至也"，也象征着对自由的追求。"中国知识分子在郁郁不得志时往往采取庄子的人生哲学，追求一种'乘物以游心'的精神自由"[1]，戴望舒对老庄的吸收，让他有着"生死往复""死而不亡"的生死观念，这种观念让诗人在末世情绪的影响下依然抱有对未来的希望。在这一点上，戴望舒的"夜"意象群明显与法国诗人们以"夜"隐喻着单一的绝望不同，戴望舒的"夜"意象在悲凉情感中，还保留着传统文人们"经世致用""生死如一"的孤勇和自得。

任何一个诗人在创作时都难免会受到时代和传统两个因素的影响，现代新诗正是在时代与传统的规约下发展的："在纵向上面对自己的古典传统，在横向上处在自己的共时性展开和面对'他者'影响的二重性焦虑中，

---

① 晓林：《超脱的诗意与执着的人生——老庄思想在戴望舒诗中的溶受及其意义》，《求是学刊》1992 年第 3 期。

横向的思考与观察又反转来触动对传统的再认识和再估价"①。戴望舒的诗歌创作也是如此，但他能够融合中西诗学的长处，赋予"夜"意象复杂甚至相斥的多种隐喻内涵，根本性原因在于他对诗性隐喻创造性特征的理解和运用。无穷无尽的创造性以及随之而来的突然性、新颖性等是诗性隐喻的核心特征②，创造性表现在本体和喻体之间的相互影响、相互映射能够创造出新的相似性，产生新的隐喻。这样一来，隐喻就有了更广阔的创作空间："隐喻不仅是语言的，它还从语言出发，穿透语言，联结言象意，使语义延伸至更加广阔的时空，使语言与世界在融汇中充满活力和意义"③。戴望舒在"夜"的隐喻场中，以现代社会和现代心灵作为喻体，为传统的"夜"注入了现代性诗情。还以儒道文化对西方传统的"死亡、绝望"隐喻义进行改造，融入了积极入世与生死超脱的生命价值观念，从而创造出兼具时代与个人风格的经典之"夜"。

在近百年的新诗发展过程中，诗人们对待中国古典文学的态度从"五四"时期极端化的摒弃逐步转为接纳，戴望舒开始创作之时，"过去的诗风"还在诗坛中飘荡，但诗人选择探索自己独特的诗歌道路。崭新的"夜"意象便是他有意识地融汇古典与西方诗学的实践之一。中国古典诗歌讲究的含蓄和西方象征派诗注重的暗示艺术传统，在戴望舒的诗歌意象中找到了相通之处，而隐喻便是通往含蓄和暗示的坦荡的大道④。传统意象"夜"在戴望舒诗歌中与现代经验、情绪相互映射，成为充满现代性的新意象，是戴望舒对新诗意象艺术最重要的贡献之一。诗人在创作实践上对隐喻语言的运用，也是对适合新诗的现代诗歌语言的大胆探索，形成了"属于传统，却又那样新奇"⑤诗歌语言特征。诗人把追求统一的文学理念、文化理

---

① 李晓宁《20 世纪中国文学中的"他者"——西方的文学话语》，《漳州师范学院学报》(哲学社会科学版)1996 年第 1 期。

② 胡壮麟：《认知隐喻学》，北京大学出版社 2004 年版，第 107 页。

③ 张目：《隐喻：现代主义诗歌的诗性功能》，《文艺争鸣》1997 年第 2 期。

④ 梁仁编：《戴望舒诗全编》，浙江文艺出版社 1989 年版，第 50 页。

⑤ 卞之琳：《〈戴望舒诗集〉序》，《诗刊》1980 年第 5 期。

念投射到自己的诗作中，借用隐喻创造现实的力量引领现代派诗人向传统回归，为后来人提供了借鉴，推动了新诗现代化、民族化的发展进程。

作为一个深受中西文化影响的诗人，戴望舒一直努力尝试运用诗歌隐喻语言来探寻、创造中西诗艺的契合点。他用隐喻思维创造出的"夜"意象，饱含着他对宇宙、社会、人生的思考，既流露出时间断裂所带来的孤寂抑郁之情，又成为他心灵的庇护之地，最后还隐隐显出他内心压抑的情欲。所以，"夜"是诗人理想信念与苦闷现实的碰撞。同时，"夜"被赋予的多义隐喻内涵也是戴望舒探索新诗现代化的重要表现，他一方面接受了西方诗学的技艺，另一方面也认可并借鉴传统诗歌，这是以自己的个体情感、语言为媒介搭建出新诗与"现代"对话的道路："一方面，是体认现代经验的性质，寻求诗歌感觉、想象方式的现代性；另一方面，也是一种把诗歌外在形式灵魂化的追求，从而使'新诗'弥合现代语言与现代意识的分裂，真正成为一种新的感受和想象世界的艺术形式"①。

戴望舒的"夜"意象是特殊的，也是普遍的，他以隐喻的语言为"夜"构筑了现代性的灵魂，从而引起了同时代甚至是后世人们内心的共鸣。戴望舒诗歌中独特、经典的"夜"意象，丰富了中国新诗的时间意象体系，推动了新诗的现代化发展。

---

① 王光明：《现代汉诗的百年演变》，河北人民出版社 2003 年版，第 249 页。

第六章　艾青诗歌的"太阳"意象隐喻内涵

作为诗歌语言的能指对象，意象中的"象"为本体，"意"为喻体，通过"象"的描绘来表达"意"，其指向是作者的情感和意绪。诗歌的创作离不开意象，意象在隐喻的机制下创造着新的现实与情感。在中国新诗历史上留下浓墨重彩的一笔。被誉为"一个历史期待已久的诗人"①的艾青，在诗歌意象隐喻艺术的探索上也走出了自己的独特道路。艾青前期诗歌创作主要集中在 20 世纪三四十年代，后期则是作为归来诗人的代表，在 20 世纪 70 年代出现了一个小高潮。作为一个里程碑式的诗人，艾青诗歌研究成果很多，但较少从意象隐喻的角度进行考察，本文试图以艾青诗歌中核心意象之一——太阳为研究对象，从隐喻的角度来探究其中的隐喻内涵。

第一节　中西方太阳意象隐喻内涵与艾青诗歌中
太阳意象使用概况

作为地球最重要的生命源泉之一，中西方学者对太阳的研究自古有之。东汉王充认为："日之行也，行天星度。"②在《当代汉语词典》中太阳的基本意为："银河系的恒星之一，是一炽热的气体球。"本章所探讨的艾诗的太阳意象基于基本意，同时包括太阳以及由太阳本身物理和化学性质

---

① 钱理群、温儒敏、吴福辉：《中国现代文学三十年》，北京大学出版社 1998 年版，第 427 页。

② ［汉］王充：《论衡》，岳麓出版社 2006 年版，第 63 页。

所产生的太阳光、黎明、黄昏等意象。通过对中西方太阳意象隐喻内涵的研究，我们可以更好理解艾青为新诗发展所付出的努力以及取得的成就。

太阳与人类的生活息息相关。辉煌的日出，苍茫的日落很早就引起原始人类神奇、迷惘、赞叹、感伤等心灵颤动，凝聚成"黎明-黄昏"的生命意识和文化情结。① 缪斯曾说过："一切自然现象基础上产生的神话，全部都是太阳神话，或是与朝霞、晚霞相关的神话。"②在中国对太阳的探究便可追溯到神话时代，这个时候，太阳与人类的关联形式是一种崇拜与被崇拜的关系。太阳作为温暖光明的使者，作为黑夜与白昼交替的象征物，以其对于人类生存的重要意义很早就被原始人类所密切关注，从而成为"最能牵动史前先民感知和注意力的物像形式。"③在我国甘肃仰韶文化彩陶里有丰富的太阳纹，甚至连著名的西安半坡洱鱼人面彩陶纹都被认为暗寓着太阳崇拜，那圆圆的人面或被说为太阳人，或被认为"闪光的太阳。"④而作为华夏民族祖先之一的炎帝其本身就是太阳神，《白虎通义》中曾提道："炎帝，太阳也。"最强大的"炎"焰即太阳火。⑤ 将最有权力的帝王比作太阳上的神灵，这在很大的程度上便体现了先民的崇拜心理。

后来，随着文化进一步演变，太阳发光发热、东升西落等自然属性和现象也逐渐演变出多种隐喻义。如东升西落的太阳隐喻着时间的流逝，煌煌大日则象征着帝王的权势，朝阳表达生命诞生的喜悦之情，落日隐喻穷途末路之感。这些丰富的情感共同铸成了中国传统文化中太阳意象的丰富隐喻内涵，具体表现为以下几点：

第一是时间意识。"日出而作，日落而息。"古人在生活上遵从的时间规律根据的便是太阳的升落，古人往往借助太阳抒发对时光流逝的感慨：

---

① 宋红梅：《论中国古典诗歌中的太阳意象》，《山东理工大学学报》(社会科学版)2003 年第 6 期。

② 傅道彬：《中国文学的文化批评》，黑龙江人民出版社 2000 年版，第 198 页。

③ 户晓辉：《中国人审美心理的发生学研究》，中国社会科学出版社 2003 年版，第 61 页。

④ 萧兵：《楚辞文化》，中国社会科学出版社 1987 年版，第 93 页。

⑤ 宋红梅：《太阳原型意象的历史嬗变》，山东师范大学，2005 年。

"黄河走东溟，白日落西海。逝川与流光，飘忽不相待。"（李白《古风五十九首》其十一）"惊风飘白日，光景驰西流。盛年不再来，百年忽我遒。"（曹植《野田黄雀行》）。第二是君王象征。作为历来就有着极高地位的神祇，太阳所具有的独特地位很容易使天下的普罗大众将其当作至高无上的存在，变成现实中君主的化身。据说在殷墟卜辞中便发现"日出"之祭，而中外郊庙祭祀中以颂神之歌更是屡见不鲜。①"夫日者，众阴之长，辉光所烛，万里同晷，人君之表也。"（《汉书·李寻传》）"众阴之长"的太阳一出行，其散布的光辉使得万里同昼，而这便如同君王一般，辉泽大地。"且出扶桑路，遥升若木枝。东陆苍龙驾，南郊赤羽驰。云间五色满，霞际九光披。倾心比葵藿，朝夕奉光曦。"（李峤《咏日》）太阳从扶桑间升起，五色云霞撑满天际，光明普照人间。古代的诗人将这景象看成君王的象征，自比葵藿朝夕侍奉君王，以表忠心。第三是情感属性。太阳一日之内自黎明的清日到黄昏的落日之间反复轮回，也引发了古人的思考。朝阳代表着初生，落日代表着死亡，这两种极端的现象在短暂的一天中出现在同一个物体上，古人便自然而然地寄托了诸多复杂矛盾的情感在其中。人们既用太阳表达喜悦闲适豁达之情，又借太阳抒发痛苦哀伤怅惘的心境。"白日放歌须纵酒，青春做伴好还乡。"（杜甫《闻官军收河南河北》）表达的是诗人心中对收复故土的喜悦之情。"山气日夕佳，飞鸟相与还。"（陶渊明《饮酒·其五》）抒发的则是诗人田园隐居生活的恬淡、舒适之情。"夕阳无限好，只是近黄昏"（李商隐《乐游原》）落日后夕阳的余晖纵使再美好，也已到了生命的尽头，时已不待，无尽惆怅。"日暮酒醒人已远，满天风雨下西楼。"（许浑《谢亭送别》）则是以落日来表达对友人离别之后的哀思与不舍。"人言落日是天涯，望极天涯不见家。"（李觏《乡思》）诗人以落日来抒发自己在异乡不得归的思乡之情。"秋草独寻人去后，寒林空见日斜时。汉文有道恩犹薄，湘水无情吊岂知?"（刘长卿《过贾谊宅》）则表达了当时封建文人不得志的失意之悲。

---

① 宋红梅：《太阳原型意象的历史嬗变》，山东师范大学，2005年。

　　与中国传统文化对太阳的情感寄托不同的是，西方文化更多的是从理性的角度对太阳的意蕴进行探索和规范。在西方特定的宗教文化与独特的哲理思维的熏陶下，西方的太阳隐喻内涵体现出了不同文化下审美意趣和价值理念上的差异性，主要体现为以下几点：

　　第一是至高无上的神的象征，上帝的化身。与中国文化相似的是，西方的太阳意象也有着独特的神化地位，在基督教中，常出现上帝的光辉指引。因而散发着光辉的太阳常常被神化成上帝的化身。神秘主义宗教学家杰克伯·鲍姆宣言道："天父上帝从他内心产生了爱；而太阳便象征着他的心。它是外在的世界，是上帝永恒的爱心的征象，它给所有存在物和生物以力量。"①基督教《圣经》上关于太阳崇拜的遗迹随处可见，譬如《旧约全书》"赞美诗"中讲到大卫寻找上帝的形象时，说："上帝的荣耀是太阳"，"太阳如同新郎出洞房，又如勇士欢然奔路"。第二是日神精神的象征。日神精神是尼采在《悲剧的诞生》中对古希腊人民精神的一种总结。这种精神一方面是生命本身对美好外观和美好幻觉的向往，它不追求事物的本质性、残酷性和短暂性，而是停留于表面的美好，去营造一种美好与永恒，让人把心灵暂时安放其中。它是一种梦的状态，强调外观，是美丽的、非真实的、梦幻的、平和宁静的状态。② 另一方面它强调理性，力求建立秩序、维持稳定，强调"适度的克制，免受强烈刺激，体现了造型之神的大智大慧的静穆。"③最知名的日神是阿波罗，"他是所有造型力量的神，代表规范、数量、界限和使一切野蛮或未开化的东西就范的力量。"④他丰富的神职和代表规范、界限的理性力量使太阳蒙上了一层理性精神的面纱。第三隐喻善恶。莎士比亚在他的《十四行诗》中将太阳的阴晴变化视

　　① 何新：《诸神的起源——中国远古太阳神崇拜》，光明日报出版社 1996 年版，第 42 页。
　　② 卢军、贤会芳：《酒神精神与日神精神交织下的爱情书写——穆旦〈诗八首〉探析》，《湖南工业大学学报》(社会科学版) 2018 年第 1 期。
　　③ 载尼采，周国平编译：《悲剧的诞生：尼采美学文选》，北岳文艺出版社 2004年版。
　　④ 荣格，冯川、苏克译：《心理学与文学》，三联书店 1987 年版，第 5 页。

为人的善恶。当太阳的光辉洒下时，便如人的善意一般给人送去温暖。太阳虽带给万物光明与温暖，但并不总是阳光灿烂。"clouds and eclipses stain both moon and sun"（三十五）乌云与瑕疵玷污了太阳，就像恶行或过失损害了一个人的完美。太阳的晴阴分别象征了人的善恶。① 第四隐喻真理。尼采曾就太阳与真理的关系发出提问："难道日出不是最先令人惊奇的事吗？难道日出不是全部思想、全部哲学的最初起点吗？难道这不是对人最早的启示，从而成为所有思想、所有宗教的最初起点吗"②在尼采看来，太阳作为所有思想、哲学以及宗教的起点，它在知识的探索过程中起着启蒙的作用，它不断指引着西方人不断对自身的文明进行考究与发掘。而进行知识与科学探索的人就如在黑暗中行进的人，需要太阳与光的指引才能最终见到完全的真正意义的光明——真理。③

太阳是艾青最为青睐的意象之一，本章以《艾青精选集》④中的133首诗歌为统计对象，其中具有一定隐喻内涵的太阳意象诗作多达54首，具体如表6-1：

表6-1　　　　　　　　　　**太阳意象诗作**

诗作及光意象使用数量	光意象使用类型
1.《伞》(1)	太阳
2.《光的赞歌》(2)	光、太阳
3.《一个拿撒勒人的死》(3)	落日、黎明、巨光
4.《太阳》(1)	太阳
5.《马赛》(2)	午时的太阳

---

① 李娟、程宝乐、徐昀：《莎士比亚〈十四行诗〉中太阳意象的神话原型分析》，《时代文学（下半月）》2008年第5期。

② 何新：《诸神的起源——中国远古太阳神崇拜》，光明日报出版社1996年版，第45-46页。

③ 宋红梅：《太阳原型意象的历史嬗变》，山东师范大学，2005年。

④ 艾青：《艾青诗选》，燕山出版社2015年版。该书精选了艾青20世纪30年代至70年代的诗歌代表作。

续表

诗作及光意象使用数量	光意象使用类型
6.《巴黎》(1)	阳光
7.《盆景》(1)	阳光
8.《北方》(1)	太阳
9.《墙》(1)	阳光
10.《当黎明穿上了白衣》(1)	黎明
11.《阳光在远处》(1)	阳光
12.《叫喊》(2)	太阳、光
13.《监房的夜》(2)	白日
14.《下雪的早晨》(1)	太阳
15.《启明星》(3)	太阳、晨光
16.《卖艺者》(4)	早晨、黄昏、烈日
17.《写在彩色纸条上的诗》(1)	太阳
18.《黎明》(2)	白日、黎明
19.《向太阳》(5)	黎明、太阳、美丽的日出、太阳光、白光
20.《黄昏》(2)	白光、黄昏
21.《我爱这土地》(1)	黎明
22.《冬日的林子》(2)	冬日、阳光
23.《吹号者》(7)	黎明、曙光、晨曦、太阳、阳光、闪闪的光芒
24.《他死在第二次》(3)	金光、太阳、光辉
25.《高原》(2)	太阳、月亮
26.《秋晨》(1)	太阳刚升起来的早晨
27.《旷野》(2)	阳光、白光
28.《解冻》(2)	金黄的光芒、阳光
29.《没有弥撒》(1)	太阳
30.《太阳》(1)	光

续表

诗作及光意象使用数量	光意象使用类型
31.《月光》(1)	白光
32.《红色磨坊》(1)	光
33.《雪莲》(1)	光彩
34.《古松》(1)	阳光
35.《秋天的早晨》(2)	银光；太阳
36.《太阳的话》	亮光
37.《给太阳》	光辉、太阳
38.《黎明的通知》(3)	白日、光辉
39《河边诗草(五首)——歌》(1)	阳光
40.《河边诗草(五首)——新苗》(1)	太阳
41.《河边诗草(五首)——羊群》(1)	黄昏，阳光
42.《河边诗草(五首)——旗》(1)	阳光
43.《野火》(2)	光焰、火光
44.《风的歌》(1)	阳光
45.《献给乡村的诗》(2)	太阳
46.《迎》(4)	早晨、亮光、太阳
47.《互相被发现—题"常林钻石"》(2)	光辉、阳光
48.《播谷鸟集(七)—耙地》(1)	太阳
49..《播谷鸟集(七)—喜鹊》(1)	太阳
50.《大西洋》(1)	金光
51.《三株小杉树》(1)	阳光
52.《怜悯的歌》(2)	太阳初升的早晨，太阳
53.《珠贝》(1)	太阳
54.《火把》(1)	光
总计：54首(133)	

在这 133 首诗歌中，太阳意象的占比高达 40.6%，分布也十分广泛，显然是艾青诗作的核心意象之一。唐弢说："我以为世界上歌颂太阳的次数之多，没有一个诗人超过艾青的了。"[1]在艾青诗歌中形成了一个以太阳为中心而扩展开的太阳意象谱系或族群。[2] 这个独特的太阳意象群展示出丰富的内涵与外延，因而本文从太阳意象隐喻内涵入手，结合艾青诗作，对其隐喻内涵进行探究。

第二节　艾青诗歌的太阳意象隐喻内涵

莱考夫认为："抽象概念有一个字面核心，但通过隐喻字面核心得到扩展，因而我们通常使用的是与字面核心不一致的隐喻。"[3]纵观艾青 20 世纪三四十年代的太阳诗作，我们可以把它分为几个阶段：第一个阶段是 20 世纪 30 年代，这一时期艾青太阳意象的隐喻内涵蕴含着对西方文明复杂的情感，他的诗歌就像"印象派画家那么重视感觉和感受"[4]；第二个阶段是 30 年代末到新中国成立前，这一阶段所要表达的是具有典型性和普遍性的爱国主义情感，他将个人的命运和情感与时代、人民结合起来，对为理想和国家人民利益勇于牺牲的人民，尤其是底层人民表示了最大的敬意与赞美；第三个阶段是在 20 世纪 70 年代后期，这时从"牛棚"中归来的艾青代表着一代人的回归与救赎，对人的尊严、天性与自由进行呼吁和赞美的"人本"倾向在这一阶段的诗歌中体现得最为明显。

20 世纪 30 年代初，从欧洲留学归来的艾青因为从事革命文艺入狱，

①　唐弢：《中国现代作家作品欣赏丛书·新版序言》，广西教育出版社 1990 年版。

②　王泽龙：《走向融合与开放：艾青诗歌意象艺术的探索》，《华中师范大学学报》(人文社会科学版) 2007 年第 1 期。

③　[美]莱考夫、[美]约翰逊著，何文忠译：《我们赖以生存的隐喻》，浙江大学出版社 2015 年版。

④　钱理群、温儒敏、吴福辉：《中国现代文学三十年》，上海文艺出版社 1987 年版，第 431 页。

狱中寂寞孤独的诗人打开了自己过往经历的"宝盒",创作了许多"回忆外国的诗和属于幻想的诗"。① 细分而来,这段时间艾青的太阳诗歌主题主要表现为两个主题,一个是对西方文明的重新审视与思考;另一个则是在现实困境下对生命的宗教式思考,而贯穿在这其中的是现代知识分子的家国情怀。具体表现为:

第一,对西方文明的审视与思考。在现代文学中,"西方文明影响"始终是一个绕不开的话题,艾青同样无法例外,通过对西方工业时代下的都市"太阳"的描写,艾青重新定义了笔下的西方文明。1932 年,来自中国一个小乡村的艾青初到巴黎,以巴黎为代表的西方都市带给他的首先是惊喜与震撼,从未见过的"公共汽车,电车,地道车充当响亮的字母",宽广的"柏油街,轨道,行人路是明快的句子",飞驰的"轮子+轮子+轮子是跳动的读点",轰鸣的"汽笛+汽笛+汽笛是惊叹号",这一切事物构成了艾青眼中"凑合拢来的无限长的美文"(《巴黎》),这座代表西方文明的都市"在阳光里/永远的映照出/辉煌的画幅……"西方高度发达的物质生活带给他的是春日暖阳般的喜悦与温暖。但第一印象带来的巨大冲击和震撼过去之后,透过表面的繁华,艾青敏锐地看到了高度发达的都市文明对人性的挤压,看到了高密度、高速和高强度的"物流",给都市带来的混乱和喧嚣。② 在他眼中,以巴黎为代表的西方都市是"歇斯底里的美丽的妓女"(《巴黎》)是"为资本所奸淫了的女子"。(《马赛》)在这里聚集了"整个地球上的——白痴,赌徒,淫棍,/酒徒,大腹贾,/野心家,拳击师/空想者,投机者们……"而这高速齐整的工业运作与混乱无序的社会状态交织在一起所产生的资本运营,从精神上开始腐蚀每一个个体,精神的压抑与紧张就如同这"午时的太阳/是中了酒毒的眼"。(《马赛》)人被这高速化的生活节奏分割成一个个支离破碎的碎片,冷酷的都市生活让艾青警醒。他开始控诉与反抗,他把太阳比喻为"中了酒毒的眼","放射着混沌的愤怒/

① 艾青:《艾青全集·第3卷》,花山文艺出版社1994年版,第584页。
② 汪亚明:《论艾青的都市诗及文化成因》,《文艺理论与批评》2002年第5期。

和混沌的悲哀"，抨击这太重物欲的都市生活，但又"悲哀"于无力改变与身不由己的沉沦。令人沉沦的物欲与都市独特的冷漠精神交织在一起，撕裂了艾青那原有的、淳朴地带着浓郁中国乡村色彩的价值观与审美观。物欲诱惑与情感上的浓烈抗拒，灵与肉的矛盾冲突最终让艾青对西方文明由初期的仰视变为客观的平视：既有对现代工业文明的向往与赞美，又有基于人文关怀的审视与批判。他对巴黎以及其所代表的都市所产生的情感是细腻而复杂的。远在万里之外的艾青一方面对故乡魂牵梦萦，另一方面却被塞纳河畔的光影声色撞击得惊颤不已："我、故乡、都市巴黎，在一个相互比照的空间，三者构成了一个情感的拉力场，进行着激烈的博弈。"①在游子思绪中，"生我的村庄""这片土地/于我是何等舒适！"但都市带给诗人的除了压抑，还存有"新奇的欣喜"的诱惑，让人心旌摇荡。艾青对故土的思念，不仅是因为城市所带来的紧迫情绪与压力，同时还夹杂着对都市所带来新奇诱惑力不从心的抗拒。这两种独特感受交织而产生的复杂情感是矛盾的，纠结的，但也是欣喜的，好奇的。而这复杂情绪代表着在农业和工业文明双重夹击下新生人群独特的思维与情感，代表着一个时代的独特心理特征，同时也代表着艾青对西方文明既向往又抗拒的复杂心情。而这复杂细腻情绪的产生则最终归结于工业文明与农业文明的冲突与拉锯。艾青具有乡土文明特有的道德情感，他非常认可农业文明的淳朴和纯粹，他对工业文明下都市人物欲生活的批判，相当程度上是基于传统伦理和道德的批判。这种朴素纯粹的道德感正是农业文明与工业文明产生冲突的原因之一，它是一个农业社会的赤子在高度现代化的文明之前的自然反应。

　　第二，现实困境下对个体生命的宗教式思考。艾青对个体不幸命运进行了宗教式思考。他在病中写下了《一个拿撒勒人的死》，艾青将耶稣比作一轮"白日"，借太阳的起落变化隐喻耶稣的命运。耶稣传播信仰教化世人，却不幸被门徒背叛送上绞刑台，当他被施以绞刑后，太阳成为一轮

---

　　①　周翔华、张海明：《"巴黎"的时空流转——论艾青诗歌中的巴黎意象》，《云南大学学报》(社会科学版)2013年第3期。

"落日"静默地"照着崎岖的山坡"，"整个的苍穹下/聚集着恐怖的云霞/白日呵，将要去了!"耶稣在临终前"以爱的教言遗赠给"他的门徒，告诉他们"不要悲哀，不要懊丧!"因为他所遭受的苦难将成就"所有一切属于生命的幸福"。艾青借耶稣教化世人所蒙受的苦难来阐述困境中生命的存在价值。他将祖国与自身所面临的现实困境看作同耶稣一般所需要承受的苦难，并认为这种苦痛的价值是不言而喻的，因为所有的苦难都将造就"所有一切属于生命的幸福"。虽然给世人带来光与幸福的耶稣反被受惠于他的世人送上断头台，但耶稣认为唯有如此，才能实现教化世人、泽被苍生的伟大目标，因此他的死亡是厚重的，充满神圣的使命感。追求伟大的梦想总会有人牺牲，这样的牺牲是荣誉的勋章，"其实就是一种献身人格，也是一种信仰力量"①。这充满宗教殉道精神的牺牲成就的是一份伟大的事业——群体的命运因为个体的牺牲得到改变，而个体生命也将随着太阳的新生得到重生——沉落的太阳在第二天也会重新升起，个体最终的存在意义与价值得到彰显。艾青20世纪30年代的"太阳"光辉主要映照出耶稣的悲悯情怀与"道成肉身"的殉道精神。

第三，20世纪40年代艾青用"太阳"向为民族国家利益勇于献身的普通"战士"表达了深深的热爱与赞美，对底层劳动人民表达了深切的同情，对光明和自由表达了热烈的向往。艾青见证了在战争下民族所蒙受的重重灾难，民族灾难与个人境遇相互印证，这使艾青对民族这个"集体"的痛苦与困厄能够感同身受，引发他对个体、群体、先驱、牺牲、普通民众、英雄等诸多关系的深层思索。个体的命运是无法脱离民族独立发展的，民族在外来的压迫下艰难生存，个体的生命也遭受着苦难。民族赋予个体的标签与印记决定着每一个人的命运是与民族紧密联系的，因而个体的精神往往是与民族的情感内核所相通的。在面对被寒冷封锁的中国，被铁蹄所践踏的大地，艾青所发出的泣血苦吟之声正是代表着民族的共同心声②。"中

---

① 许正林：《中国现代文学与基督教》，华中师范大学，2001年。
② 王泽龙：《走向融合与开放：艾青诗歌意象艺术的探索》，《华中师范大学学报》(人文社会科学版)2007年第1期。

国/我的在没有灯光的晚上/所写的无力的诗句/能给你些许的温暖么?"他想以自己的诗句给予民族希望与力量,给予温暖与希冀。在《吹号者》中,艾青塑造了一个为光明英勇献身的吹号者形象。苦难赋予了吹号者忧郁、哀伤的气质,但吹号者的精神世界是饱满丰厚、昂扬向上的,他每天都最早醒来迎接新生的太阳的到来,"我们的世界为了迎接她已在东方张挂了万丈的曙光……现在他开始了,/站在蓝得透明的天穹的下面,/他开始以原野给他的清新的呼吸/吹送到号角里面去……"号角手在一场战斗中不幸牺牲。年轻的号角手为了心中的理想燃尽了自己的生命,写下了一首生命的史诗。艾青想传达给世人这样的价值观:在为大多数人献出个体生命的行为中,个体生命虽然消散了,但这些消散的生命与太阳同在,与太阳一样永生。这种价值观与 20 世纪 30 年代的宗教殉道精神有一脉相通之处,但更多体现为照射出中国知识分子忧国忧民,"虽九死而犹未悔"的家国情怀。艾青还对底层劳动人民表达了深切的同情,热切地呼吁光明世界的到来。在大堰河哺乳下成长的艾青,他的精神血脉与底层的劳苦大众是紧密相连的,目睹过西方先进工业文明的艾青,他深深感受到国家的落后、文化的落后所带来的刺激,精神血脉相连下的刺激让他对祖国与人民所遭受的苦难感同身受。面对祖国大地上数千万人流离失所,食不果腹的情景,艾青心痛不已,他迫切地想要改变这混乱无序的状态。他一方面鼓舞着人民起来反抗这无序黑暗的社会。呼吁着人民要成为"从古以来没有比这更大的旋风",要卷起那"黑色的沙土","旋舞起那无比的愤怒","旋舞着疯狂"。艾青曾说过:"我渴望有人点燃起愤怒的大火,烧亮当时的中国"①。另一方面艾青则呼唤着太阳的到来,"从远古的墓茔/从黑暗的年代/从人类死亡之流的那边/震惊沉睡的山脉/若火轮飞旋于沙丘之上/太阳向我滚来……"(《太阳》)艾青的太阳,是一个满载着恩泽,挟裹着雷霆的火的使者②,"把我们从绝望的睡眠里刺醒","刺醒我们的田野、河流和

---

① 祁培:《论艾青的诗风转换》,华中师范大学,2012 年。

② 王泽龙:《走向融合与开放:艾青诗歌意象艺术的探索》,《华中师范大学学报》(人文社会科学版)2007 年第 1 期。

山峦"(《向太阳》)当人们看到太阳,"像久已为饥渴哭泣得疲乏了的婴孩,/看见母亲为他解开裹住乳房的衣襟"(《黎明》)。一种生命再生的体验与民族期盼光明的感受交融在太阳意象的情结中①。他将太阳看成一个充满生命终极关怀与无限希望的喻象世界,太阳是万物更新的源泉,是新世界新秩序建立的载体,在太阳下"我们是天使/健康而纯洁/"(《向太阳》)。"它以难遮掩的光芒/使生命呼吸",大地上那"陈腐的灵魂/搁弃在河畔/我乃有对于人类再生之确信"(《太阳》)。太阳成了艾青笔下那光明璀璨的未来,一切的困难在太阳的照耀下都将消逝,太阳在这片黑暗沉沦的大地上播种光明,化生万物。

20 世纪 70 年代,在诗坛消失了二十多年的艾青回归。在这一阶段,艾青的"太阳"是对真理的隐喻。他把太阳看作真理的化身,通过对太阳的赞美与追寻构建了心中的新时代。20 世纪五六十年代给艾青留下的记忆是痛苦,是黑暗的,伪科学与真迷信的横行使民族蒙难,国家遭劫,文明受辱,整个社会遭遇了大倒退。过去二十年间知识的探求与更新蒙上了一层厚重的黑色迷雾。因而艾青在重返诗坛后,首先发出的便是对真理的渴望。"斗争还没有结束/要把眼睛擦得更亮/要用科学代替迷信/冲出一切精神牢房/不容许再受蒙蔽了/不应该再被欺骗了/我们要的是真理/我们要的是太阳!"他把"真理"隐喻为普照大地,光芒万丈的太阳,他真诚赞美太阳的谦卑与美,"这是多么奇妙的物/没有重量而色如黄金色/它可望而不可即/漫游世界而无体形/具有睿智而谦卑,它与美相依为。"他赞颂这光"滋长了万物",养育了世界。这太阳,不但能送来光明和温暖,而且能让一切魑魅魍魉遁于无形。为了守护这来之不易的真理,我们每个人都必须"为了维护真理"而"投入战斗","思想是我们的旗帜,语言是我们的子弹",我们要敢于发声,维护真理,追求真理。(《在浪尖上》)

艾青对真理的肯定宣告着"神"的时代已经过去,"人"的时代的来临。

① 王泽龙:《走向融合与开放:艾青诗歌意象艺术的探索》,《华中师范大学学报》(人文社会科学版)2007 年第 1 期。

尽管我们每一个人都是"人世银河中的一粒微尘"，但"每一粒微尘都有自己的能量/无数的微尘汇集成一片光明/每一个人既是独立的/而又互相照耀/在互相照耀中不停地运转/和地球一同在太空中运转。"（《光的赞歌》）他充分肯定了人的主体能动性，人甚至成了光明的缔造者，① 他号召人们要摆脱权威与迷信对人心灵的束缚，要释放自己的心灵，我们每个人尽管是"人世银河中的一粒微尘"，但却是这个美丽世界的构造者，这个充满无限可能的新世代的缔造者。在这里艾青向我们传达了在这个新的时代里，我们要尊重人，要重视人，要正视人的需求，因为我们每个人都应该"在自己的时代/应该象节日的焰火/带着欢呼射向高空/然后迸发出璀璨的光"。这是一个人文时代，是一个思想自由，民主进步的解放时代，我们每个人都是这个时代的一分子，更是这个时代的主人，我们解放自我，追寻知识，创造新时代，曾经被阉割的个体渐渐康复，并生长出无穷尽的力量。

隐喻最核心的功能是创造性，创造性源于创造者的感性体验。不同时间段的艾青有着不同的人生经历与感受，时代的变迁在对他进行改变的同时，也赋予了他丰富的情感与认知，这使得他的太阳诗歌始终充满着丰盈的内涵，在这其中有对西方文明的反思：也有对个体生命的思考，有对在中华大地上蒙受灾难的人民的同情，更有对光明的执着追求和对美好未来的希望，他始终相信太阳会"从远古的墓茔/从黑暗的年代/从人类死亡之流的那边"向我们飞来，他在现实的沉思下给我们勾画了一个浪漫而瑰丽的"太阳"蓝图。

第三节　艾青诗歌太阳意象的隐喻特征

"诗人在长期的直觉感知和审美理想作用下，很自然地会将个人的兴

---

① 赵林生：《〈归来的歌〉：现代意识与传统思维的融合》，《名作欣赏》2013 年第 9 期。

奋和敏感结晶为所钟爱的语词与意象。……准确地折射出诗人对自我的体验和对世界的理解。"①艾青诗歌中的"太阳"作为他探寻世界与叩问自身而产生的主题意象，在被赋予了诗人对自身，对世界的认知与情感后，相应地呈现出特定的隐喻特征。

艾青的诗歌创作远可以追寻到他青年时在巴黎的求学生涯，但在法国艾青学习的主业并非是诗歌或者文学写作，而是绘画。艾青的绘画天赋是十分突出的，即使后来以诗闻名于世，他对绘画仍然保持着强烈的关注和终生的爱好。因而他创作的诗歌不可避免地带上一定的绘画色彩，20世纪20年代末，在巴黎街头盛行的绘画流派是强调"色和光的瞬间变化，以细致而斑驳的色彩描摹自然"②的印象派，在法国三年的绘画经历，让艾青直接接触到了现代艺术的精神与艺术特色的同时，也受到了诸多绘画流派的影响，在这其中"以法国巴黎为发祥地的印象派艺术对其影响尤为鲜明"③。在印象派的影响下，艾青的诗歌用词同样十分注重色彩的变化与流动，诗歌整体呈现出冷暖两个色系相互交替的特征。"一条渐渐模糊的/灰黄而曲折的道路/在广大的灰白里呈露出的/到处是一片土黄，暗褐/与焦茶的混合"(《旷野》)，"土黄""灰黄""暗褐""焦茶"等色彩词充分体现了艾青作为一个画家对色彩的敏感度和用词的专业性。在旷野中的公路是灰黄的，天是灰白的，作为暖色调的黄色本应给人以热烈、兴奋、温和的感官，但在灰白色的交替与影响下却让人的脑海中呈现出一副灰蒙蒙的图景，冷暖色调交织营造出一种既辽阔、空远又迷蒙、颓败的感觉。"紫兰的林子与林子之间/由青灰的山坡到青灰的山坡/绿的草原，/绿的草原，草原上流动着/新鲜的乳液似的烟。"(《当黎明穿上了白衣》)在这首诗中，诗人很敏锐地捕捉到了在黎明初生之时大自然色彩千变万化的一幕。放眼

①　张岩泉：《论九叶诗派的意象艺术》，《中国文学研究》2001年第1期。
②　尹成君：《色彩表现与艾青诗歌的审美特征》，《天津大学学报》(社会科学版)2015年第2期。
③　尹成君：《色彩表现与艾青诗歌的审美特征》，《天津大学学报》(社会科学版)2015年第2期。

望去，我们跟随着诗人的视野看到了那"紫兰的林子"，"清灰的山坡"和"绿的草原"这一幅生机勃勃的画卷，但艾青他在构造这一幅图的色彩时，既用暖色系的颜色去暗示生机与活力，又在"紫"与"绿"这两种颜色之间夹杂了"青"与"灰"，让画卷的颜色显得既不过分明朗，又符合现实太阳还未升起的情境，刚萌生的黎明在这四种色调的流动中既显清纯又不失一丝妩媚。除此之外，艾青还有许多诗歌同样体现了冷暖色调互相交替的特征，在这其中以"黄灰"与"黑白"的对比尤为经典：

> 他的衣服像黑泥一样乌暗／他的皮肤像黄土一样灰黄。
>
> ——《老人》
>
> 希望铁黑的天宇之间／会裂出一丝白线。
>
> ——《黎明》
>
> 黄昏的林子是黑色而柔和的／林子里的池沼是闪着白光的
>
> ——《黄昏》

"黄"与"灰"，"黑"与"白"两组色块的描写让诗歌的色彩构造既不失构图的力度又具备想象的张力，简单的两组颜色便让人沉浸在艾青的意象世界之中。通过诗歌中冷暖色调的对比，艾青"给我们刻画了一个明与暗、冷与暖相对峙的诗情世界。在这种色彩对比、明暗对比鲜明的世界中，艾青将色彩与形象、主题，色彩与节奏、旋律紧密结合，以复沓的形式生成一种复调的世界"①。可以说，艾青在冷暖两个色调中熔铸了他所要表达的诗篇情感，"希望铁黑的天宇之间／会裂出一丝白线"，铁黑的天宇笼罩中华大地，战争的炮火侵染了文明，但诗人却未曾失去希望，他坚信曙光会到来，他对黎明，"有比对自己的恋人／更不敢拂逆和迫切的期待啊"哪怕只有一线的光明，他都会"带着呼唤带着歌唱／投奔到你温煦的怀里"(《黎

---

① 尹成君：《色彩表现与艾青诗歌的审美特征》，《天津大学学报》(社会科学版) 2015 年第 2 期。

明》)。透过这冷暖交织的色块，我们可以很清楚地感晰到诗人那为国担忧，为民众祈福，渴求一个光明新世界早早到来的赤子情怀。

再如《阳光在远处》：

> 阳光在沙漠的远处/船在暗云遮着的河上驰去/暗的风/暗的沙土/暗的/旅客的心啊/阳光嬉笑地/射在沙漠的远处

在这一首诗中，我们可以看到艾青用色彩的冷暖、明暗对比来表达他对阳光的迷恋与追寻。阳光是金色的，本应给人以温暖与明亮，但可惜暗云蔽日，昏暗的尘土与风沙漫天飞扬，还有旅客忧愁密布的心，这一切都让太阳的光芒暗淡无力。但诗人又知道，在那"暗云"笼罩过后的光是明亮的，只要走出沙漠，驱散那密布的"暗云"，我们终会得见那灿烂的光芒。

通读艾青的诗歌，我们可以发现艾青诗歌中书写的太阳和传统诗词对太阳的描述是有着共通之处的。传统的太阳诗歌的创作主要集中在"追求光明与精神求索"这一主题上，秦始皇在东游时曾刻石写道："逮于海隅，遂登之罘，昭临朝阳"(《史记》)，其东游的目的便是为了迎接日出与光明，登临四极，这一行为"犹如殷墟卜辞'日出'之祭和楚人祭祀'东皇太一和东君'一般，表现出深刻的'太阳文化'意识"①。这种"太阳文化"意识是古人在对太阳给人类带来光明，给大地送来生命后而产生的一种"崇拜"与"感恩"的文化情结，其本质是在生产力不发达的情况下，古人对宏伟的自然界产生的心理崇拜。《诗经》中曾写道，"日居月诸，胡迭而微"(《诗经·柏舟》)太阳与月亮交替更生，在黑暗过后为大地带来光明；"其雨其雨，杲杲出日"(《诗经·伯兮》)描绘的是雨中太阳金光闪烁，明耀四方的画卷；"安白日照春空，绿杨结烟桑袅风"；(《阳春歌》)"日照新妆水底明，风飘香袂空中举"(《采莲曲》)讲述的则是诗人"对明亮光辉事物的强

---

① 宋红梅：《论中国古典诗歌中的太阳意象》，《山东理工大学学报》(社会科学版)2003年第6期。

烈憧憬和追求。"①围绕这一传统主题，艾青以太阳象征光明、生命、温暖这一典型的隐喻创作了大量的诗歌，如：《黎明》《向太阳》《太阳》《黎明的通知》等诗作。在他的笔下，太阳那难掩的光芒，把我们从"绝望的沉睡"中唤醒，她将光明带给世界，给予生命以呼吸，河流与枝叶在太阳的照耀下，狂歌向前，她在星光的指引下，从波涛的海面上奔涌而来，黑暗就此消散。艾青的"太阳"隐喻有比较明显的传统意味。

　　除此之外，艾青所描绘的太阳隐喻也融入了许多现代的因素，表现出对传统的突破。首先，"诗人受象征主义先驱波德莱尔的影响，往往以忧郁的笔调行文。"②他往往会通过对一系列黑暗意象的设置来表达太阳未及之处的痛楚与哀伤："从远古的墓茔/从黑暗的年代/从人类死亡之流的那边/震惊沉睡的山脉/若火轮飞旋于沙丘之上/太阳向我滚来"（《太阳》））"看着这国土的/没有边际的凄惨的生命……/没有哪一天/我不是用呆钝的耳朵/听着这国土的/没有止息的痛苦的呻吟"（《向太阳》）我们可以看到在这一类诗歌中，艾青用了一系列"灰蒙蒙"的词语来描述太阳未到的场景，如"暗云"，"暗的风"，"远古的荧幕"，"黑暗的年代"，"没有边际的凄惨的生命"等，他将生命的苦难、社会的黑暗凝聚在这些意象上，通过这些意象来表达内心的悲痛、哀悯以及忧郁与孤寂。这种忧郁而又悲沉的抒情基调源于诗人对民众苦难与家国不幸遭遇的深切关注与感同身受。战乱与荒灾的爆发，四川"死地"的诞生，人们易子而食的悲剧深深地击中了艾青敏感的内心，家国苦难堆积成他心中难以化去的阴影。再加上早年波德莱尔"忧郁"诗风的影响，艾青创造出了这一系列令自己也不禁"恸哭"的诗歌。区别于波德莱尔对资本主义社会的痛诉与绝望，艾青在忧郁之下又具有浓厚的家国情怀，他知道在"暗云"，"远古的墓茔"背后是那飞滚而来的太阳；在"人类死亡之流的那边"是滚烫的生命火种，沉睡的太阳会在"沙

---

　　①　张炳蔚：《论李白诗中的太阳意象》，《西北大学学报》(哲学社会科学版)2001年第1期。

　　②　龚平：《艾青诗歌"土地""太阳"意象研究》，《佳木斯大学社会科学学报》2020年第8期。

丘"上如"火轮"一般燃烧枯萎腐朽的灵魂，给予大地以重塑的曙光。他的忧郁"包含着悲哀、包含着愤怒、也包含着希望；他的忧郁是充满了生活实感的严肃痛苦，是一颗坚强有力的心灵的震动，是和战斗的愤怒掺和在一起的更深沉的情绪力的升华。"①这种升华的情绪力使得他的诗歌更具庄严与崇高，我们在阅读《吹号者》《野火》时，往往能体会到他心中那股蓬勃而出向上奋发的力量和精神。"在这些黑夜里燃烧起来/在这些高高的山巅上/伸出你的光焰的手/去抚扪夜的宽阔的胸脯/去抚扪深蓝的冰凉的胸脯""更高些！更高些！/让你的欢乐的形体/从地面升向高空"（《野火》）艾青诗歌中的"太阳"有时是控诉、贬斥的对象。有对资本主义文明的否定，如《巴黎》和《马赛》为代表的都市诗歌描绘了资本主义压迫下，太阳产生畸形变异的场景："午时的太阳/是中了酒毒的眼"（《巴黎》），这时的太阳不再光明也不再明亮，在工业的污染和资本的腐蚀下，每一个被太阳所照射的个体都是"悲哀"且"冷漠"的，每一个人都被割裂成破碎的个体；有对当权者醉生梦死，不顾民众死活的怒斥："阳光在沙漠的远处/船在暗云遮着的河上驰去/暗的风/暗的沙土/暗的/旅客的心啊/——阳光嬉笑地/射在沙漠的远处"（《阳光在远处》）同时艾青所书写的太阳隐喻也汲取了现代自由主义的观点，他呼唤我们去追寻自由的生命。"每一个人都是一个生命/人世银河星云中的一粒微尘/每一粒微尘都有自己的能量/无数的微尘汇集成一片光明/每一个人既是独立的/而又互相照耀"（《光的赞歌》）他如徐志摩一般一生的历史即是追求"单纯信仰"的历史②，太阳包含了艾青一切理想的出发点：生命自在，民族振兴，光明未来。他对这一信仰的追求并未停留在幻想上，而是付出了真切行动，高举时代的火炬，发出自由的心声。因此艾青诗歌的太阳隐喻不管是情感还是内涵都呈现出多种向度，不同的内涵或是情感之间甚至是矛盾、冲突的。这充分体现了艾青诗歌隐喻的灵活性、包容性、开阔性以及超越性。

---

① 范柏群、朱栋霖：《1898—1949 中外文学比较史》（下卷），江苏教育出版社 1993 年版。

② 韩石山、伍渔编：《徐志摩评说八十年》，文化艺术出版社 2008 年版。

从诗歌风格看,艾青诗歌中的太阳隐喻同郭沫若一般都"富于浪漫精神的想象"①,因而哪怕这些诗篇是孕育于重重苦难,我们亦能从中体会到艾青那带有强烈个人色彩的诗性品格与浪漫精神。诗歌中的浪漫主义往往表现为诗人表达上的情绪化与主观化。如《向太阳》一诗在结尾时艾青用"火焰之手","陈腐的灵魂"这一组带有浓烈主观情绪又富有浪漫色彩的意象为我们构了一个喻象化的世界,他知道在"火焰之手"撕开与灼伤后的"陈腐灵魂"后,我们会迎来一个明朗光明的世界;他还直抒胸臆,想在"光明的际会"中死去,迎接新生的到来:"我的心胸/被火焰之手撕开/陈腐的灵魂/搁弃的河畔……/我甚至想在这光明的际会中死去"(《向太阳》)

艾青的诗歌中的太阳隐喻之所以能构成如此明显的浪漫诗艺,是因为"艾青的诗歌意象一方面深深扎根在现实的生活中,另一方面他的诗歌意象又常常为赤子之心的火热情感诗意化、生命化,获得一种浪漫主义的主观化、情绪化的诗性品格"②。为何艾青诗歌意象能够深深扎根于现实生活?因为他对底层百姓的苦难有深厚的发自内心的怜悯和同情,这不是知识分子来自道义上的情感取向,而是血浓于水的共情,在乳母家的成长经历和与亲身父亲的隔膜让艾青对底层人有一种真切动人的"认同"感,他的情感之门是向底层民众打开的,底层人的喜怒哀乐在他这里是能够产生共振的:"中国的乡村/虽然到处都一样贫穷、污秽、灰暗/但到处都一样的使我留恋"。艾青亲眼看见了,也亲身经历了苦难对人民的折磨,1939年他来到了桂林乡间躲避战乱,原本宁静的桂林乡村在被战火波及后显得满目疮痍。这一时期的战争毁掉了无数的家庭,侵略者们带着枪支与炮火闯进了平静的乡间,这些"无耻的暴徒""持着枪杆","凭着强悍"肆意地掠夺了农民在土地上辛苦劳作的成果。除了人祸,还有天灾,瘟疫肆虐,旱灾横行,百姓民不聊生,流离失所。面对此情此景,艾青愤怒地痛斥:"大地已经死了","没有草,也没有树叶",更不用说那"金黄的颗粒"了,几

---

① 沈光明:《论郭沫若、艾青诗中的太阳意象》,《郭沫若学刊》1995年第2期。

② 王泽龙:《走向融合与开放:艾青诗歌意象艺术的探索》,《华中师范大学学报》(人文社会科学版)2007年第1期。

千万的"地之子"陷入饥荒带来的绝望中。这一幕幕人世悲剧化为艾青心中挥之不去的情感郁积。每一个个体在战乱中遭受的苦难累加起来就是民族的灾难啊,艾青对祖国和民族的命运陷入真切、焦灼的担忧中。他知道"中国的苦痛与灾难"就像那漫长的雪夜一般厚重又漫长,雪落在中国的土地上,"寒冷在封锁着中国"。(《雪落在中国的土地上》)但在面对这般苦难时,艾青的诗意又并非完全着眼于同情与怜悯,他表达了强烈的反抗。侵略者入侵过后的土地是一片残垣,无情的炮火已经摧毁了这个中国女人的家,"轰毁了她的孩子,她的亲人",在她生命的最后还要对她进行"羞辱的戏弄"。在女人进行"为了尊严的倔强的反抗"后,侵略者将她处死,"剥下了她的皮,剥下了无助的中国女人的皮"。诗人一面记录着侵略者这一幕幕残忍的暴行,一面发出血与火的怒吼:"你更须记住日本军队//曾占领过这片土地/给中国人民以亘古未有的劫掠,焚烧,奸淫与杀戮!"悲恸与愤怒的同时,艾青也坚信再漫长的灾难也会有消散的一天,那"腐朽的日子"会慢慢沉入到河底,我们也应拂去那"往日的忧郁",让希望在我们"久久负伤的心里"苏醒,那个"曾经死了的大地"也会在明朗的阳光下复活,在大地,在我们心中留存着的应该是战斗者的血液。(《复活的土地》)

艾青浪漫化的诗艺品格同时又表现为他在太阳意象构造上的"形象化"和"主观化"上,他运用了大量具有主观色彩的新奇意象来照亮他的诗歌世界。如,在《吹号者》中,号角手每天在山坡上都能看到那"时间的新嫁娘",每一日,这"新嫁娘"都会"乘上有金色轮子的车辆"从"天的那边到来",而"新嫁娘","金色轮子的车辆"这两个光彩夺目的美丽意象极具浪漫主义色彩;他在描写苦难的时候,将苦难形容成将他"卷起又吞没"的浪涛:"——躺在时间的河流上/苦难的浪涛/曾经几次把我吞没而又卷起"(《雪落在中国的土地上》)这个场景想象奇崛,声势惊人,意境开阔,情感表达既非常形象,又耐人咀嚼;在经历磨难与挫折,终于得见黎明的曙光时,他用了"火焰的外衣","解开裹住乳房的衣襟"这一组具有浓烈情绪的意象来表达他对光明的向往与追求。"而当我看见了你/披着火焰的外衣/从天边来到阴暗的窗口时啊/我像久已为饥渴哭泣得疲乏了的婴孩/看见母亲为他解开裹住乳房的衣襟/泪眼进出微笑"(《黎明》)。王泽龙对艾青这一饱含浪漫色彩的意象曾如是评价："他的浪漫主义意象与写实性的意象描绘相交织，使他的意象既贴近现实，又不黏滞呆板，让意象获得灵性；既表现现实，又让情感穿越现实，诗人主体既观照生活，又巧妙地融入生活，使诗境得到扩展与提升，诗歌意象在写实与浪漫的两极世界中交相映现，极大地丰富了诗歌内涵，扩展了诗的境界。"①艾青诗歌中的太阳意象在写实主义的基础上进行了浪漫化的加工，诗歌中的太阳隐喻展现出一个又一个瑰丽宏伟的世界，这使他的诗歌充满一种厚重的激情，让读者清晰地听到他那颗赤子之心怦怦跳动的声音。这激情洋溢的诗歌非常有感染力和号召力，鼓舞着人们在泥沼中奋力。"现在"虽然被黑暗围裹，光明的"未来"一定可期！艾青的诗歌是困难年代的呼吸阀和强心针，在一定程度上，甚至有"精神支柱"的作用。

艾青的一生是歌吟与追寻太阳的一生。他之所以能创造出如此之多脍炙人口的"太阳"诗篇，一是与他个人的性情与天赋有关，内心深处对人民的忧虑，对国家前途的关心都凝聚化为他创作与前行的动力。二是环境的变迁给了他不少灵思与妙想，从中国普通的乡村到巴黎这个国际化大都市的转变，在给他的人生带来了新的机遇的同时，也让他接受了新的思想。此外，他人生所经历的苦难与挫折都化作他诗歌中肥沃的土壤，孕育出这颗新诗史上璀璨的明珠。他把这些不同的诗歌营养全部化入"太阳"意象之中，形成了丰富的隐喻内涵。"太阳"这一独特的意象本身更是成为孕育艾青生命灵性的重要泉源，它体现了人类与太阳交互的漫长历史中积淀的经验与集体无意识，通过诗人个性化的意象隐喻和其独特的经验感受使得太阳这一古老的意象焕发出新的生机与活力，展现出隐喻强大的创造功能。同时，艾青他将自己的诗歌扎根于人民中，但又不失诗人所特有的审美趣味。艺术性与现实性的结合，隐喻与直抒胸臆的双重情感表达构建了他诗

① 王泽龙：《走向融合与开放：艾青诗歌意象艺术的探索》，《华中师范大学学报》(人文社会科学版)2007 年第 1 期。

歌的独特韵味。艾青的诗歌摆脱了传统诗歌的束缚与局限，完成了对传统诗歌的解构与重塑，这些在其太阳意象隐喻艺术中均得到了较好诠释。

　　中国新诗在胡适、郭沫若、徐志摩、戴望舒等人的探索下获得长足发展，而艾青作为新诗发展的另一个重要里程碑式的节点，也为推动新诗的发展与传播接受做出了重要贡献。

第二部分 词汇隐喻

第七章　穆旦诗歌词汇的隐喻性

语言是人与世界之间唯一的媒介，是所谓的"世界的图景""存在的家"。人只能按照语言指定的方式认识世界，而词汇是语言的符号，词汇的选择与更换意味着人们头脑中世界图景的改变，这个世界图景像一张网覆盖了世界的方方面面，凝结了人的经验与对世界的认识，这个语言的世界图景其实就是人所能感知的整个世界。任何汉语文学文本都是由一个个的汉字和汉语词汇组成的。作者之所以选择词汇不同的隐喻内涵是由作者的知识体系、价值观以及观照世界的方式决定的。穆旦诗歌被誉为中国现代诗歌的杰出代表，最能体现中国诗歌隐喻的现代性转化成就，本文拟从诗歌词汇隐喻的角度来管窥其现代性特征。

第一节　新生词汇隐喻

与古典诗歌、20 世纪 20 年代象征派、30 年代现代派相比，穆旦诗歌的词汇隐喻体现了鲜明时代特色和个人特点，充满现代生活气息，陈旧的词汇几乎全面清除，代之以表现现代人生活、思想、心灵的词汇。

穆旦诗歌词汇的第一个特点可以概括为"喜新厌旧"：大量采用"非传统诗意的新生词汇创造诗意"。李怡在《论穆旦诗与中国新诗的现代特征》中指出"穆旦的诗歌全面清除了那些古香古色的诗歌语汇，换之以充满现代生活气息的现代语言……普普通通的口耳相传的日常用语，正是这些日常用语为我们编织起了一处处崭新的现代生活场景，迅捷而有效地捕捉了生存变迁的真切感受"。① 穆旦诗歌中大量新生词汇对应着新生事物，充满了现代气息，完全清除了词汇中的古典意味。王光明指出："穆旦真正新的地方在于他脱掉了幻想、回忆和梦境的衣裳。"②穆旦的诗歌词汇大量采用俗字俗语、生活中的口语，或是通常不用在文学领域而是常见于科技、医学、心理、生物、社科等领域的专业用词等。

如"报纸""新闻""梳妆室""电影""香水""炉火""车站""墨镜""轻羊毛衫""收音机"等都是现代人日常生活中常见的事物；"信仰""同志""道德""组织""历史""道德法规"等则是社科领域的词汇；"心脏""神经""血肉""微菌""细菌"等是医学词汇；"化石""山川""火山口"等是地理词汇；"飞机""大炮""勃朗宁""毛瑟""三号手提式""左轮""野外演习"等多见于军事领域；"天文台""望远镜"等则是天文学词汇。这些来自不同领域的词汇生动、真实地展现了现代人多姿多彩的生活图景，实现了古典词汇系统与现代词汇系统的更换。

洪堡特早在 19 世纪就认为语言中包含着"世界观"。他说："词不是事物本身的模印，而是事物在心灵中造成的图像的反映。任何客观的知觉都不可避免地混杂有主观成分，所以撇开语言不谈，我们也可以把每个有个性的人看作世界观的一个独特的出发点。……在同一语言中，这种特性和语音特性一样，必然受到广泛的类推原则的制约；而由于在同一民族中，影响着语言的是同一类型的主观性，可见，每一语言都包含着一种独特的世界观。"③一个词语并不单是语言的符号，词汇先验的具有诗学观、美学观、世界观和价值观，采用什么样的词汇系统就体现了什么样的世界观、价值观、诗学观和美学观。因此，穆旦诗歌中新的词汇系统的形成和使用意义非凡。

首先，穆旦诗歌中的现代词汇表明国人经过几十年的艰难求索，已逐

---

① 李怡：《论穆旦诗与中国新诗的现代特征》，《文学评论》1997 年第 5 期。
② 王光明：《现代汉诗的百年演变》，河北人民出版社 2003 年版，第 318 页。
③ 威廉·洪堡特：《论人类语言结构的差异及其对人类精神发展的影响》，商务印书馆 1997 年版，第 70 页。

步接受了西方科学的概念系统、知识体系和以理性为基础建构起来的价值体系。中国人初步实现了思想文化观念上从"旧的腐朽的封建体系向着新的现代化体系的一次集体大逃亡"，① 在传统诗歌中，出现最多的要么是自然景物，如风花雪月等，要么是浓郁农业风情的事物或景观，如"把酒话桑麻""带月荷锄归"，"大儿锄豆溪东，中儿正织鸡笼，最喜小儿无赖，溪头卧剥莲蓬"，自然科学词汇极少出现在诗歌中。这一方面是诗学观念的原因，但是更重要的原因则是源于中国社会的发展程度。没有经过现代化洗礼的中国直到 19 世纪末 20 世纪初呈现给世界的语言图景仍然是农耕社会、封建伦理。20 世纪初中国文化开始了吸收、传播西方先进知识和价值观的艰难历程。穆旦诗中出现的大量的天文、地理、医学、工业、生物、社科等各个领域的词汇证明：中国人也逐步创建起一个以科学和逻辑为骨架，以概念和语汇建构起来的科学和理性的世界，中国人已成长为现代人。

其次，这些非诗意词汇的入诗体现了穆旦的诗学观念：他认为传统诗歌的形象过于陈旧，材料与材料中的思想都是现成的，读者不需费心思索，"很光滑的就蹓过去了"②这样的形象是无法反映现实生活的。要想反映现实，必须"现找一种形象来表达，这样表达出的思想，比较新鲜而刺人。"因为读者"必得对这里一些乱七八糟的字的组合加以认真的思索"，③否则不会懂它。穆旦有意识采用"非诗意"词汇，一方面是觉得传统诗歌的陈旧形象无法反映现实生活，另一方面，更重要的是希望用新鲜而刺人的形象阻止读者顺畅的阅读，通过"陌生化"迫使读者停下来思索，这样的形象表达了什么样的思想。

如《还原作用》中"污泥里的猪"就是一个十分"新鲜而刺人"的词汇。"猪"是口语，在古典诗歌中极少入诗，"污泥里的猪"就更为罕见了：这是一个丑怪的形象，也是一个十分新奇的形象。它不像古典诗歌中的"春"

---

① 　张卫中：《汉语与汉语文学》，文化艺术出版社 2006 年版，第 7 页。
② 　穆旦：《穆旦诗文集》第二卷，人民文学出版社 2008 年版，第 219 页。
③ 　穆旦：《穆旦诗文集》第二卷，人民文学出版社 2008 年版，第 219 页。

"秋""月"或者形象可爱的动物意象，让读者立即产生含义固定的诗意联想。读者在好奇中必会停下来进行思索。当读者带着问题读完全诗，这才恍然大悟：原来这是形容有些年轻人一方面对现实生活有梦想，另一方面却耽于行动，梦想在"胸里燃烧了"，人"却不能起床"。所以，这样的人即使想"变形"，想由普通人变成栋梁之材，但是"无边的迟缓"决定了这样的梦想只是"枉然"，日新月异的时代给予他的只能是"一大片荒原"。

穆旦的诗学观念体现了迥异于传统诗学，也有异于 20 世纪 30 年代现代派的思维方式和美学风格。古典诗歌重意轻言，离形得似，追求言外之意、象外之旨、景外之景、味外之味、韵外之致。赞赏的是"言有尽而意无穷"的朦胧、含蓄美。穆旦反对的恰恰就是古典诗歌的朦胧和模糊，他认为这样的词汇及其体现的美学风格不能与现代社会相匹配，要描写现代生活、现代情绪必须使用现代词汇以及精密、明晰的现代风格。穆旦主张将抽象的思想凝聚在客观对应物之上，精细的描摹与凝重的思想形成强劲的冲击力。

非传统诗意词汇的入诗还表明穆旦诗歌中隐喻与象征系统已发生变化。古典诗歌经过几千年的沉淀，很多词汇有了相对固定的隐喻和象征意义，穆旦在启用新的词汇的同时，也弃绝了这些隐喻和象征系统，同时开启了一个全新的隐喻和象征体系。比如，穆旦的诗中绝无古典诗人伤春悲秋、凄婉迷茫之气。王佐良曾说过，穆旦最无旧诗词气息，穆旦采用新词汇创造了新的隐喻系统和象征系统，创造了许多令人耳目一新的隐喻义和象征义。如用"旗"喻先导；以"圆"喻平庸的生活，以"圆的残缺"喻对平庸的突破；以"妖女"喻理想，以"妖女歌唱"喻理想的召唤，以"妖女索要自由、安宁、财富"喻为理想孜孜奉献。

现代语言学认为人对世界的认识是受语言左右的，世界本身并无客观性可言，人在这个世界上看到什么，听到什么，体验到什么都要受到语言的诱导，采用的语言系统不同，那么看到听到体验到的东西就不同。所以现代词汇系统改变了诗人对生活与世界的认识，改变了人对自身的认识，淘汰了旧的象喻体系，建立了新的象喻体系。

第二节 身体词汇隐喻

无论是与20世纪二三十年代新月派、现代派诗人比较，还是与同时期的七月派诗人、九叶派其他诗人比较，很容易发现穆旦诗歌中出现有大量"身体"词汇。如："手""脚""脸""身躯""颈项""胸膛""肉""心房""胸怀""乳房""嘴""白骨""血液""骨肉""身上""耳""眼睛""子宫""面孔"等。有诗的题目就叫作《手》，而另一首则干脆叫作《我歌颂肉体》。在中国新诗史上，穆旦是第一个如此密切关注"肉身"并赋予肉身现代隐喻内涵的人。

古诗中很少出现身体词汇，身体词汇有的被认为是禁忌，不可入诗；有的被认为是俗语，不宜入诗。古人忌讳谈论自己的身体，认为"身体发肤受之父母"，就是谈，也多限于头发、脸、手、胳膊等可以外露的部位。比较常见的是没有肉体感和生命力的白发：如李白"白发三千丈，缘愁似个长。""不知明镜里，何处添秋霜。""白头搔更短，浑欲不胜簪。"但像"胸""乳房""身体""颈项"等就很少出现在作为正统文体的诗歌中。即使出现，也是在艳词中出现的多，且带有狎邪意味，缺少对女性的尊重，更毋庸说借此探讨生命与世界的关系。

身体词汇的大量出现表达的是诗人作为一个现代人的诉求，他肯定个体价值，关注作为个体的人的生存状态，张扬人的生命力，从感官的角度去写人的喜怒哀乐，从人的身体与周围世界的关系角度探索、体验、认知世界。如《我歌颂肉体》中，作者对肉体进行了高度的赞美："我歌颂肉体，因为它是大树的根。/摇吧，缤纷的枝叶，这里是你稳固的根基。""是在这块岩石上，成立我们和世界的距离，/是在这块岩石上，自然寄托了它一点东西，/风雨和太阳，时间和空间，都由于它的大胆的/网罗而投在我们怀里。"人，首先是作为生物体的人活着，人通过视觉、听觉、触觉感受外界的变化，承受外界的压力。通过肉体与外界的关系展示内心的紧张或和谐。所以，在《赞美》中出现的"脸"是"厚重、多纹的"，"眼睛"是"干枯的"，"身躯"是"粗糙的"；《中国哪里去》中出现的是"枯瘪的乳房"，《五月》《冥想》中则有"爆进人肉去的左轮""腐烂的手"这样触目惊心的意象。这里的肉体是"受难的肉体"，是苦难的直接承受者。外界对个体的挤压直接从肉体上得到体现。

而在《发现》《诗八首》等赞美、思索爱情的诗篇中，肉体酣畅淋漓、欣喜若狂、毫无顾忌地享受人间至乐："你拥抱我才突然凝结为肉体；／流着春天的浆液或擦过冬天的冰霜，／这新奇而紧密的时间和空间；""当你以全身的笑声摇醒我的睡眠，／使我奇异的充满又迅速关闭；""你把我轻轻打开，一如春天／一瓣又一瓣的打开花朵，你把我打开像幽暗的甬道／直达死的面前：在虚伪的日子下面／揭开那被一切纠缠着的生命之根；""你的年龄的小小野兽，／它和春草一样的呼吸，／它带来你的颜色、芳香、丰满，／它要你疯狂在温暖的黑暗里。"诗人用出神入化的笔法纤毫毕现的描写肉体点滴细腻的感觉，浓墨重彩的渲染生命欢乐的感受。这里的肉体是欢乐的伊甸园，爱情的欢欣因为有了肉体的承载所以可看、可听、可触、可感。这份快乐是实实在在的，是形而下的，我与世界的矛盾通过肉体的快乐得到和解。诗人也用肉体表达灵魂的纠结以及矛盾复杂、痛苦分裂的情绪。

在《我》和《诗八首》中，都出现了一个很独特的身体词汇："子宫"。这个词在中国古诗中几乎没有出现过，在穆旦之前也少有现代中国诗人采用这个词汇。子宫是孕育生命的温床，是生命的起点，是个体感觉最温暖、最安全的地方。当"我"待在子宫里，我是完整的，安全的，宁静的。但是作者在子宫前加的形容词是"黑暗"，在《诗八首》中用的形容词是"死"。无论是黑暗还是死，都意味着生命的终结，旧的消亡了，新的生命还没有启程。也就是说，作者对子宫的态度是非常矛盾的：一方面渴望保持完整，待在安全的子宫里，避免分裂的痛苦，避免矛盾与冲突；另一方面待在黑暗的子宫里并不是生命的真实形态，生命意味着暴露在光明下。龟缩在子宫里意味着另一种死亡。"子宫"承载着一种悖论思维，既是孕育生命的温床，又意味着生命的虚无；既是生命的起点，又是生命的终点；

既意味着生命的完整，又暗含着生命必然走向分裂的趋势；既渴盼光明，又眷恋黑暗；既呼唤生命的成熟，又恐惧分裂的阵痛；既渴求个体的独立，又害怕孤独的飘零……生与死，完整与割裂，光明与黑暗，剧变与永恒，宁静与痛苦……这一对对矛盾对立面形成了极强的张力，使"子宫"这个词满载着甚至是超载着丰沛的内涵与诗意。

　　与此类似的还有"二十岁的紧闭的肉体"。二十岁的肉体生机勃勃、活力四射，这股蓬勃的朝气就像青草一样在身体的每一个毛孔中疯长，这股原始的力量就像藏在身体里的一只小兽，蠢蠢欲动，随时会蹿出来，对着谁咬上一口。年轻的心灵因为这股力量自豪、张扬，但是也感到不能自控的隐约的忧虑甚至恐惧。因此"二十岁的肉体"既想"紧闭"，拒斥外界，又想"伸入新的组合"，拥抱世界。生命的形态在二十岁走向成熟，承载这种形态的心灵却是既欣喜若狂、意气风发，又惊慌失措、犹豫彷徨，生命在摩擦与碰撞的痛苦中淬炼出成熟的结晶。再如"枯瘪的乳房"既是生命的源泉，又因为滋养生命失去了生机；"干枯的眼睛"既包含着因苦苦等待的希望迟迟不能实现，期待的心理不断受挫而滋长的绝望情绪的心理，又暗藏着即使绝望了，也不放弃最初的希望等。悖论思维使这些词蕴蓄着强大的张力。仔细地触摸这些词，我们分明看到一颗痛苦的心在苦苦思索生命、存在、生存等终极命题，它不断肯定，又不断否定，再肯定，然后又否定，在循环往复的矛盾中，他折磨自己，也折磨别人，折磨的过程则物化为不朽的艺术精品——诗歌。

　　穆旦还用身体词汇表达对人的感性生命力的关注。远古时期的初民身体像"野兽"一样强健有力，那时，身体与思想，肉体与灵魂是融为一体的。但是随着文明的发展，人类的身体却逐渐萎缩、衰老、腐朽。古老的传统文明用所谓仁义道德来禁锢我们的身体，"发乎情，止乎礼义"，甚至使我们回避和惧怕自己的身体。其次是现代文明也将身体贬为文明和理性的奴隶。"那压制着它的是它的敌人思想"，穆旦痛恨的就是理性和思想成为压制感性和身体的敌人，他说"什么是思想她不过是穿破的衣裳越穿越薄弱/越褪色越不能保护它所要保护的"，"自由而活泼的，是那肉体"，

"我歌颂肉体：因为它是大树的根。""一切的事物使我困扰，/一切事物使我们相信而又不能相信，就要得到/而又不能得到，开始抛弃而又抛弃不开，/但肉体是我们已经得到的，这里。/这里是黑暗的憩息"，(《我歌颂肉体》)最可信最真实的是我们的肉体，当一切背叛我们之时，肉体仍然是最后的归依。如何对抗这种未老先衰的现象呢？穆旦认为，那就是像"野兽"一样，让原始的血液在我们的身体里流淌，撕破所谓仁义道德的虚伪矫饰的面纱，找回最初单纯、感性、真诚的生活，这样我们的身体才能被拯救，灵魂才能回到身体的家园。

这种用身体词汇来隐喻独特情思的写作手法很早就为许多著名学者关注。王佐良在《一个中国诗人》中这样评价穆旦："他总给人那么一点肉体的感觉，这感觉，所以存在是因为他不仅用头脑思想，他还'用身体思想'"，"他的五官锐利如刀"，"就是关于爱情，他的最好的地方是在那些官能的形象里"，并列举穆旦代表作《诗八首》的第一首加以分析道"我不知道别人怎样看这首诗，对于我，这个将肉体与形而上的玄思混合的作品是现代中国最好的情诗之一。"[1]袁可嘉也指出他"用身体思想"的特征，他对《诗八首》的评价是"肉感中有思辨，抽象中有具体。在穆旦那些最佳诗行里，形象和思想密不可分，比喻是大跨度的，富于暗示性，语言则锋利有力，这种现代化的程度确是新诗中少见的。"[2]

"用身体思想"是现代派诗歌的一个重要特征。早在 17 世纪英国玄学派诗人邓恩那里，就擅长将抽象的玄学思想与具体的感性形象结合起来，他们的诗有大胆的想象，新颖的比喻和肉感的形象，并且又富于机智和玄思。玄学诗人最大的特征就是像感觉玫瑰花的香味那样感觉思想，即是追求思想的知觉化和形象化，也即是用身体思想。艾略特、奥登等诗人也是在这个意义上来强调知性，即诗歌不是表达纯粹的抽象观念，而是要寻找

---

　　① 　王佐良：《穆旦由来与归宿》，载《一个民族已经起来》，江苏人民出版社 1987 年版，第 1 页。
　　② 　袁可嘉：《诗人的位置》，载《一个民族已经起来》，江苏人民出版社 1987 年版，第 15 页。

观念的"客观对应物"，使观念物质化，使形象思想化。身体词汇与身体意象的出现使穆旦摒弃中国传统的感性抒情方式，与西方知性诗学达成默契，由此而确立的就是"用身体思想"的新的抒情策略。

穆旦还通过身体词汇将"我"的身体感觉赋予它者，将无生命的变成有生命的，将人的内心世界、身体感受与外在世界打通，使人与世界融为一体，用身体去认识和解释世界。如《古墙》中那堵承受着历史重负的静止的墙，就被诗人想象成一个生命体，并将自己的身体体验付诸这个想象的身体。这堵墙有残老的腰身，蜿蜒的手臂，严肃的面孔和苍老的胸膛。它的身体的每一个部位都承受压力，但是这巨大的痛楚没有击垮古墙，它用身体进行"顽强的抵抗"，"苍老的腰身痛楚地倾斜，它的颈项用力伸直，缭望着夕阳"，古墙坚韧的精神力量在丰满的形象中一点一点地展现，"当一切伏身于残暴的淫威，矗立在原野的是坚韧的古墙"，诗歌结束，古墙再不是一堵残破的墙，而是苦难中坚忍顽强的中华民族的象征物。诗人没有一句观念的说明，他的思想却如玫瑰花的香味一样散发出来。

第三节　传统词汇隐喻内涵的翻新

穆旦诗歌语言中的词汇好比"私人酿酒"，有自己独特的配方：词汇符号可以是新的，也可以是旧的，但是内涵被诗人赋予了独特情思，打上了诗人个体"话语"的烙印。《语言哲学》指出："人们在交际过程中使用的任何语句实际上都有语表意义和语里意义。语表意义指的是话语的表面意义，语里意义指的是话语的实际意义。"①语表意义一般指词汇的本义或是在日积月累中形成于集体无意识的公认的含义。语里意义则是人们真正要表达的含义。塞尔把说话者话语的意义和句子的字面意义一致的言语行为叫作直接言语行为；不一致则叫作间接言语行为。间接言语行为包括虚构、隐喻、讽刺、双关、反语、夸张等。而诗歌语言最常见的间接言语行

---

① 王健平：《语言哲学》，中共中央党校出版社2003年版，第253页。

为就是隐喻。穆旦诗歌语言区别于他人最鲜明的特征之一就是语言隐喻系统中独特的富有个人色彩的语里意义。

如"春"这个词，传统诗文中有的是歌颂春天的勃勃生机。如"春眠不觉晓，处处闻啼鸟。夜来风雨声，花落知多少"；"蒌蒿满地芦牙短，春江水暖鸭先知"；"春色满园关不住，一枝红杏出墙来"；有的是伤春，惜春，对美好时光的流逝表示惋惜、惆怅、无奈："自是寻春去校迟，不须惆怅怨芳时。狂风落尽深红色，绿叶成荫子满枝"；"去年今日此门中，人面桃花相映红。人面不知何处去，桃花依旧笑春风"；"无可奈何花落去，似曾相识燕归来"。还有的是抒写春闺怨妇的幽怨之情："忽见陌头杨柳色，悔叫夫婿觅封侯"。"春"是一个经常出现在穆旦笔下的符号。但是内涵已经发生了很大变化。弗雷格的含义——指称理论指出，"在语言尤其是诗歌语言的使用中，大量存在同一个符号或表达式具有不同含义的情况，这种情况是造成语言表达式(诗句)出现歧义的一个重要原因，它也容易使人们在使用语言表达含义、思想时由于表达式的表面相同而将不同的含义、思想混淆起来。同时，由于含义和观念的区别，不同的人或同一个人在不同的时期、不同的情况下由于种种因素的影响对含义产生了不同的理解。"[1]"事物是不断发展变化的，语词不过是事物的一个名称。事物变了，即使名称不发生变化，名称的意义也会随着事物的变化而变化。但是如果一个语词的含义和指称是在原来意义的基础上发生的，那么人们一般都会沿袭过去使用习惯了的语词，而很少再去另外造出一个新的语词表达新的意义。如果无视因事物的发展变化而带来的语词意义的变化，坚持用变化以前的含义和指称来分析和理解词语，或者用语词意义发生变化以前的含义来解释新的指称对象，那么人的认识和理解就会走入误区"。[2] 穆旦笔下的春天是符号与指称不变，含义则被赋予了现代诗情诗绪，获得了崭新意义，从隐喻的角度看，即喻体不变，但是隐喻内涵已经全面更新。穆

---

[1] 王健平：《语言哲学》，中共中央党校出版社 2003 年版，第 77 页。

[2] 王健平：《语言哲学》，中共中央党校出版社 2003 年版，第 81 页。

旦笔下的春天是骚动不安的，充满了既痛苦又幸福的欲望：比如那首著名的《春》："绿色的火焰在草地上摇曳，/他渴求着拥抱你，花朵。/反抗着土地，花朵伸出来/，当暖风吹来烦恼，或者快乐。/如果你是醒了，推开窗子，/看满园的欲望是多么美丽。""绿色的火焰在草地上摇曳"既写出了烂漫的春光，也有声有色的描绘出年轻的身体里蓬勃生长喷薄而出的欲望。如果说在《春》里面，24岁的穆旦还被这种欲望折磨得悲喜交加，苦乐并存，矛盾纠结，甚至有点茫然不知所措，那么五年后，在《发现》中，29岁的穆旦则对欲望完全进行了肯定和礼赞。作者陶醉在灵肉相融的巨大欢乐中，充分地享受着人世间极致的欢乐："当你以全身的笑声摇醒我的睡眠，/使我奇异的充满又迅速关闭"，"你把我轻轻打开，一如春天，/一瓣又一瓣的打开花朵"。作者用奇特的想象赋予春天"肉欲"的内涵。有人说，穆旦是用身体写作，他的诗有时会引起身体上不安的感觉。这个"春"打上了诗人穆旦的独特理念和体验。"春"被穆旦用他特殊的思维浸泡得完全丢失了古典美女的苗条清纯，膨胀为一个高挑丰满、婀娜多姿、充满诱惑和挑逗性的现代女子。读着这样的"春"，你会不自觉地想到张爱玲笔下的王娇蕊，有一种不安的喜爱，欲罢不能，欲走还留，你感到：你被诱惑了！你内心古老、传统的平衡被打破了，你猛然间窥见了现代社会的喧哗、分裂、矛盾、骚动和混乱！因为穆旦的"春"唤醒了肉体沉睡的功能和麻木的感觉，唤起了人们内心隐秘的欲望，并且肯定欲望的存在是合理的。而这，正是古典与现代最本质的区别之一：古代社会是崇天拜地，伦理至上，甚至为了所谓的"天理""道"，可以"灭人欲"。而现代社会恰恰反其道而行之，强调人的价值，人的尊严，崇尚个性的解放和人性的飞扬。40年代的中国虽然烽烟四起，枯骨遍地，但是一批最先进的中国人却在哲学、文学、艺术上与世界潮流接轨。人的价值得到全面肯定，人的欲望如性欲非但不是罪恶的，反而是推动社会前进的力量。因此，作者愿意对肌肤献出"心跳的虔诚"。

现代诗歌语言形态的现代性转化，不单指语言表述上采用现代语法，更重要的是主体性表述。面对丰厚的诗歌传统时，现代语言采取了一种以我为主的重新调配和赋予所指的策略推进现代化过程。现代主义新诗的现代化进程与之心有灵犀，他们同样用这种观念来重新构筑传统汉语词汇的意义赋予，在个人经验的支撑下成就一种新鲜而活泼的意义磁场。它在强调诗人的主体意识上更为彻底和坚决。也就是说，虽然现代主义新诗的词汇进入诗歌的磁场之后，被诗人赋予了个性化的独特的内涵，最终走向了象征和隐喻。传统汉语诗歌的隐喻是固定的，僵化的，一目了然的，是一种集体约定的"含义"，即所谓"文化原型隐喻"，而不是含义的"观念"。弗雷格指出，"应把符号的含义和符号含义的观念区别开来"，"同一个含义即使在同一个人那里也并非总是与同一个观念结合在一起。观念是主观的；一个人的观念不是另一个人的观念。因此，与同一种意义联系在一起的观念自然就有各种各样的区别"①。弗雷格的意思是指称是客观的，含义是集体的、共有的，而且也是客观的，而观念则是个人的，主观的。传统诗歌语言词汇的隐喻尽管随着历史的演进会有所变化，但从隐喻的类型看，应该属于文化原型隐喻。诗人的个人话语往往淹没在群体观念中，语词的意义是属于集体共有的"含义"，在现代主义新诗中，诗人则可以充分发挥想象，对传统语词"祛魅"，剥离牢牢附着在它们身上的含义，那种已化入传统中国人骨髓深处的含义，让它们回到最初的词典上的最基本的含义，再赋予它们具有强烈个人色彩的意义，从而自成话语系统，实现自我阐释。因此现代汉语诗歌的隐喻是灵活的，流动的，具有现场性、临时性的。在同一个诗人的笔下，同一个符号在不同的诗中不同的时期可能具有不同的含义。在不同诗人的笔下，其含义更是千差万别，深深打上了诗人个人经验的烙印，形成其独特的话语。穆旦诗歌词汇凭借其隐喻义的时代性、独特性和个人性完成了诗歌语言的现代性转化。

---

① 王健平：《语言哲学》，中共中央党校出版社2003年版，第70页。

第八章 闻一多诗歌颜色词"红"与
"黑"的隐喻性

　　作为新月诗派的代表性诗人，关于闻一多诗歌研究成果主要集中在以下几个方面：一是通过闻一多的诗歌作品研究其诗学理论；二是闻一多诗歌诗体及诗歌风格的研究；三是研究闻一多的个人情感与时代精神形成的原因及过程；四是将闻一多与其他诗人进行比较，如郭沫若、徐志摩、戴望舒等；五是与外国诗人进行比较，如济慈等，但关于闻一多诗歌颜色词的比较却比较少。有关闻一多诗歌色彩的研究成果主要包括：吴诠元在 20 世纪 80 年代曾借用绘画艺术的"互补色原理""光色科学原理"讨论闻一多新诗的"色彩"，但理论性意义有待进一步探讨；吕进、李冰封在《由"红"到"黑"：对闻一多诗歌意象的一种阐释》一文中，着重探讨闻一多诗歌意象的选择、转变及内涵，重点分析了"红色"与"黑色"两个意象群的意义，以"红色"追求理想真理，以"黑色"加深文本的现代意义，由"红"到"黑"显示了闻一多对"美与真"的审美追求和诗人对人类问题的理性思考等。本章在前人研究基础上，通过重点分析"红""黑"两种颜色的隐喻内涵，通过阐释颜色词隐喻内涵与中国古典诗歌、西方现代诗歌的关系，总结出诗人在作品中所体现的家国情怀与时代精神，及其在新诗传播接受中的重要作用，为今后闻一多诗歌研究提供一种新的审美方式，同时亦有助于创建新的词汇系统，体现现代诗歌的"现代性"素质。

　　"隐喻"不仅仅是一种特殊的语言现象，究其本质是一种认知现象，

"是人类理解周围世界的一种感知(perceptual)和形成概念(conceptualize)的工具"①。"隐喻"具有语言学功能，它是语言在历史长河中不断发展和变化的重要触媒和原因。古希腊哲学家亚里士多德也曾在《诗学》和《修辞学》中讨论过隐喻，他有句经常被"隐喻赞赏派"引用的名言"……the greatest thing by far is to be a master of metaphor(最了不起的事情就是成为一名隐喻大师)"②，诗人在使用"隐喻"的过程中，其实是诗人语言策略的一种表现，诗人巧妙的在词汇层面上将词汇原本的意义错位，在词汇原本意义升华的过程中，诗人情感在诗歌中亦得以升华。在汉语词汇系统中，颜色词作为表达颜色概念的语言词汇，在诗歌中扮演着重要的作用。颜色对人的生理或是心理具有不同寻常的作用，人们通过视觉感知不同的色彩，会产生一系列的生理、心理和类似物理的效应，形成丰富的联想、深刻的寓意和象征。在常人看来，色彩好似带给我们更多的是视觉上的享受，但闻一多在诗歌作品径直以色彩为表现对象，蘸着色彩的浆液大胆想象，尽情挥洒内心独白，并赋予它们新的意义。

新月派诗人闻一多在中国新诗史上起到了重要的推动作用，是中国新诗的探索者、实践者和建设者。在新诗发展的"瓶颈期"时，他另辟蹊径，从自己的实际创作经验出发，不仅注重新诗的音节、声韵、节奏、双声、叠韵等，同时也提出了"音乐美""绘画美""建筑美"的新格律诗标准，其理论主张对后来新诗的发展及其传播接受具有现实性的指导意义。颜色词的频繁使用即是"绘画美"理论实践的结果。闻一多诗歌颜色词的使用主要受到传统文化的"哺育"和西方文化的"滋润"，即接受了中国古典诗歌和西方现代诗歌象征主义的影响，其诗歌颜色词的隐喻具有丰富的内涵。本书从闻一多诗歌颜色词的隐喻使用出发，并结合中国古典诗歌及西方现代诗歌理论对其诗歌创作的影响，探究闻一多诗歌颜色词的隐喻内涵。

第一节　颜色词的界定与闻一多诗歌中颜色词使用情况

颜色词是指描述颜色的词汇。由于颜色有饱和度、明暗度和色调的属

① 束定芳：《隐喻学研究》，上海外语教育出版社2000年版，第30页。
② 束定芳：《隐喻学研究》，上海外语教育出版社2000年版，第3页。

性，它们主要由光的波长、光的纯度、光的强度和物体表面的反射系数来决定，因此人们在描述这一色觉时所用到的词语，称为词语组建系统中的颜色词。它包含基本颜色词和复合颜色词两类，所谓基本颜色词主要是指由一个语素构成的单音节词汇，而复合词则有多个音节构成。本书主要讨论闻一多诗歌中所用到的基本颜色词。虽然不同语言系统具有特定民族特性的颜色词，但通过对比研究发现，基本颜色词有其共性。人类学家Berlin 和语言学家 Kay 通过对 98 种语言中的基本颜色词总结概括，对相关著作、文献资料整理研究发现，人类基本颜色词主要有：白、黑、红、绿、黄、蓝、棕、紫、粉红、橙和灰 11 个，该顺序主要是按照其在不同语言系统中的出现顺序而排序的。Berlin 和 Kay 在后期研究中，经过不断努力、完善和修正，形成颜色词的普遍性理论主张，该理论主张在颜色词研究领域逐渐发展为主流理论范式。根据 Berlin 和 Kay 的理论主张，基本颜色词的普遍发生顺序如图 8-1 所示：

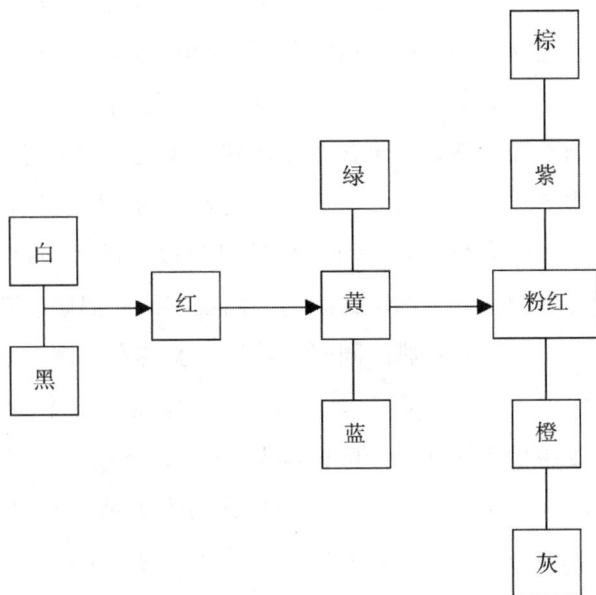

图 8-1　基本颜色词发生顺序示意图

　　根据图 8-1 所示，可以清楚观察到在基本颜色词使用频率方面，"白""黑""红"三者的频率最高，这就是普遍的三种基本颜色词，而五种颜色词则加"绿"和"黄"两种颜色，人们根据颜色词的物理属性，将颜色词分为冷色和暖色。但本文重点探讨颜色词的人文性。

　　颜色词在描述颜色的过程中，包含着描述者（或使用者）一系列的心理活动过程，在描述（或使用）过程中，描述者（或使用者）也会因为当时的心境、气质、环境等不同因素使颜色词更丰富饱满，因而文学作品中，颜色词除了自然属性，还有社会和人文属性。在汉语词汇系统中，作为表达颜色概念的词汇，颜色词历来为诗人们所重视。颜色对人的生理或是心理具有不同寻常的作用，人们通过视觉感知不同的色彩，会产生一系列的生理、心理，甚至物理的效应，形成丰富的联想、深刻的寓意和象征。比如"白"在汉语文化语言系统中，更多的用作表示不好的事情，如"丧事"，但现在也引用西方文化内涵，象征清纯高洁；"黑"象征神秘肃穆；"红"象征热情奔放；"绿"象征自然和平；"黄"象征端庄典雅等。为什么颜色词会与人们的特定情感建立这种联系，这主要源于隐喻的经验基础。隐喻作为一种认识世界、感知世界的思维方式，它不可能在没有经验的基础上理解、认识事物，而这种经验基础它包含社会基础、文化基础和身体基础等。人的视觉机制包含感觉和知觉两种，当光波进入人的视野范围内，人们便可感知色彩信息，人们会自觉将这种色彩信息与以往的经验进行信息整合，从而建构起对色彩的知觉。如说到红色人们很容易与温暖、热情等词相联系，这是因为火焰在发光发热的同时，可供人类御寒取暖、加工食物甚至可以驱赶野兽保护人类的生存安全；而绿色则常常象征生命的勃勃生机，尤其到了春天万物复苏的季节，草长莺飞，嫩绿的树芽、小草等呈现一片绿意，给人以向上的生命力。因此，颜色在与人类情感发生建构关系时，它已不仅仅是一种物理现象，而是被注入了丰富的人文内涵使其具有深刻的人文性，成为一种带有人文性的审美符号，人们可以运用颜色词来感知事物和抒发情感体验。如南宋诗人蒋捷在《一剪梅·舟过吴江》中写道"流光容易把人抛，红了樱桃，绿了芭蕉"，一"红"一"绿"将春光渐逝、青春不在、盛世难逢的情感表达得淋漓尽致。不仅传统文人偏爱颜色词,新月诗人闻一多在其作品中,亦是多次使用颜色词。

在统计闻一多诗歌颜色词使用情况过程中,笔者发现闻一多在诗歌创作中,所使用的大部分颜色词正是基本颜色词。为了统计方便,本书将闻一多诗歌中部分复合颜色词归为基本颜色词的大类中,主要根据《闻一多精选作品》①中 106 首诗歌分析统计,表 8-1 即为闻一多诗歌中颜色词的使用情况:

表 8-1　　　　　　　　闻一多诗歌中颜色词的使用情况

序号	作品	颜色词(举例)	颜色词使用情况					
			红	黑	黄	白	绿	其他色
1	红烛序诗	红烛、这样红的烛	2		1			
2	李白之死	黑树梢、黑云、被烘黄		3	1			
3	剑匣	白蛇、蛋白、春草绿了				5	2	
4	忆菊	黄心、白菊、绛色的鸡爪菊、粉红色、金底黄、玉底白……	4		4	4	3	虾青、紫(8)
5	西岸	黑夜		2				
6	雨夜	曙天白的可怕				1		
7	黄昏	满面通红、黑暗	1	1	2			
8	印象	绿茸茸、驿红、白杨、黄土堆	1		1	1	2	
9	美与爱	鹅黄、月色白得可怕			1	1		
10	诗人	白云				1		
11	回顾	红惨绿娇、黑暗	1	1			1	
12	幻中之邂逅	黑暗、黄昏、白云		2	1	1		
13	志愿	绿杨					1	
14	贡臣	花儿红了几度	1					
15	青春	绿嫩的树皮、翡翠的芽儿					2	宝蓝(1)

---

① 胡喻芩编:《闻一多作品精选》,长江文艺出版社 2003 年版。

续表

序号	作品	颜色词(举例)	颜色词使用情况					
---	---	---	红	黑	黄	白	绿	其他色
16	春之首章	淡蓝、银购						2
17	春之末章	娇绿小红桥、竹青石栏、白的衫子	2			1	3	粉、蓝(2)
18	爱之神题画	黛眉、红得像樱桃	1	1				
19	黄鸟	黑缎、密黄、赤铜	1	1	1			
20	初夏一夜底印象	黑瘦的拳头		1				紫宁、金蛇、灰色(3)
21	红河之魂(有序)	红瓣、红荷	2					
22	孤雁	蓝色的谜语、罪恶的黑烟		2				溶银(1)
23	火柴	樱桃艳嘴的小歌童	1					
24	我是一个流囚	黄昏、朱扉、黄酒、黑暗、鲜红的生命、黑道	2	2	1			金甲紫面(2)
25	寄怀实秋	红烛、黑暗	1	1				
26	晴朝	老绿阴、黑影、翻金弄绿、皎皎的白日		2		1		淡青的烟云、栗色(3)
27	记忆	黑泪		1				
28	秋色	朱砂色的燕子、棕黄色的大橡叶、绿茵、红着干燥的脸儿、乌鸦似的黑鸽子……	4	2	2	2	3	紫、琥珀、玛瑙(3)
29	秋深了	白框窗子、香黄色的破头帕			1	1		
30	小溪							铅灰色
31	稚松	红纱灯笼、金色圆眼、海绿色	1		1		1	
32	色彩	白纸、绿、红、黄、粉红、灰、白、黑	2	1	1	1	1	蓝(1)
33	红豆(四十二首)	红豆似的相思、红旗、粉颊、绿意、红蜡烛	14	1			1	银、血青(2)

续表

序号	作品	颜色词(举例)	颜色词使用情况					
			红	黑	黄	白	绿	其他色
34	死水	绿成翡翠、绿酒、珍珠似的白沫				1	2	
35	口供	白石的坚贞、鹅黄			1	1		
36	大鼓师	白鸽、黄叶			1	1		
37	你看	黄丝似的光芒、红襟、白齿、釉釉的绿意	1		1	1	1	银旗(1)
38	末日	芭蕉的绿舌头					1	
39	黄昏	黑牛		2				
40	夜歌	猩红衫子	1					
41	荒村	白莲、湖水这样绿、花儿谁叫红的……	2	1		2	2	
42	罪过	白杏儿、红樱桃	2			2		
43	天安门	黑漆漆……		2				
44	洗衣歌	白罪恶的黑汗衣		2		2		
45	伤心	肥了绿的、瘦了红的	2				1	
46	所见又一章	绿叶变成了死白的颜色、绯红的衫子	1			1	2	
47	园内(序曲)	紫白的校旗、金黄釉的琉璃瓦	5	4	2	4		紫、蔚蓝(11)
48	故乡	白波、绿波、白云				2	1	
49	朝日	黑幕		1				
50	奇迹	火齐的红、桃花潭水的黑	1	1	1	1		
51	秦始皇帝	黑狼		4				
52	泪雨	黑云密布		1				
53	收回	黑洞		1				
共计53首 各颜色词合计(229)			57	41	24	38	30	41

173

通过表 8-1 的统计结果显示，在闻一多诗 106 首诗歌中，运用到主要基本颜色词的篇章有 53 首，在这 53 首诗歌中，使用颜色词达 227 处，其中使用"红色"的次数最多，即有 57 处，为了使读者更加直观感受闻一多诗歌中基本颜色词的使用频率，请看表 8-2：

表 8-2　　　　　　　　　　　　使用颜色词统计

序号	主要颜色词	出现次数	出现频率
颜色词合计：229			
1	红	57	24.89%
2	黑	41	17.90%
3	黄	24	10.48%
4	白	38	16.60%
5	绿	30	13.10%
6	其他色	41	17.90%

通过表 8-2 的结果，我们发现闻一多在诗歌创作方面，所使用的颜色词主要集中在"红""白""黑"三色中。但通过诗人的大量作品，结合诗人所处的时代背景和文学思潮等相关因素的影响，其中"红""黑"两种颜色最值得关注和探讨。在各类艺术形式中，闻一多涉及最早的应该是绘画。他的《色彩》也被后人津津乐道：

　　　　　生命是张没价值的白纸，
　　　　　自从绿给了我发展，
　　　　　红给了我情热，
　　　　　……
　　　　　从此以后，
　　　　　我便溺爱于我的生命，
　　　　　因为我爱他的色彩。

　　诗人通过大胆的幻象，使各类颜色词在诗歌语言中重获新生，犹如给生命以力量。在清华求学期间，因对绘画十分热爱，对色彩极其敏感，闻一多试图将绘画语言引入到诗歌语言中，对新诗的外在形式进行了"包装""改造"将绘画艺术与文学技艺巧妙结合，尤其是诗歌作品中对色彩词的使用，更是频繁，特别是"红""黑"两色，在诗歌语言运用中较为集中稳定，在他的诗歌中也具有深刻的隐喻内涵。因此，本书重点分析"红""黑"两种颜色词的隐喻内涵。

第二节　闻一多诗歌颜色词隐喻内涵

　　段玉裁在《说文·系部》中将"红"解释为"粉红"，是指一种丝织品的颜色，而"红色"是指"赤"，因此"红"的语义原型是从"赤"分离出来的，直到唐以后，红色才成为基本颜色词。"红"是可见光谱中长波末端的颜色，其波长约为620~760纳米，在基本颜色词中其波长最长，也最为醒目，刺激人的中枢神经从而产生兴奋的情绪。在我国传统文化中，"红"具有多重象征意义，如"飞红万点愁如海"中的"红"是凄楚的相思；"晓看红湿处，花重锦官城"的"红"是春天的喜悦和生命的飞扬；"千里莺啼绿映红"的"红"是心旷神怡、怡然自得；"接天莲叶无穷碧，映日荷花别样红"的"红"是旺盛的生命力、是蓬勃向上的力量；"日出江花红胜火，春来江水绿如蓝，能不忆江南？"的"红"是旭旭日光，是生机勃勃；"春色满园关不住，一枝红杏出墙来"的"红"是自由和探索，是对权威和秩序的挑战等。

　　在闻一多诗歌作品中，大量诗歌中出现了"红"这一色彩词，如《红烛》《红豆》《红河之魂》等，在诗人笔墨中颜色词被赋予人文性的意义。"红"在闻一多诗歌作品中的隐喻内涵主要表现为一是生命和人间真情的热爱与珍视；二是对祖国深深的热爱和眷恋之情与飞蛾扑火般的奉献精神。

　　"红"是太阳的颜色，是心脏的颜色，是血液的颜色，因此"红"首先隐喻生命的旺盛与激情，对人间诸多情感的珍爱，对生活的珍惜，从而彰显出作为"人"的存在的五彩绚烂的价值，整体情感基调奔放、热情，通过颜色词的隐喻投射，表达了诗人对七彩生命的热爱之情。用"红"色隐喻爱情，寄托相思之意是诗人常用的内涵。尤其是在《红豆》中，"红"与古典诗歌的情缘更是"言语诗表"。《红豆》共 42 首，诗篇大量使用"红"这一颜色词，运用"红豆"这一意象，表达了新婚不久远渡重洋后对新婚妻子的思念之情。红豆为常绿乔木，我国民间将称其为"相思豆"，在中国古典诗歌里，其常寓意为男女之间的相思之情。诗人在《红豆》第一首就写道：

> 红豆似的相思啊！
> 一粒粒的
> 坠进生命底磁坛里了……
> 听他跳激底音声，
> 这般凄楚！
> 这般清切！

读罢不由地会想到王维的《相思》中的"红豆生南国，春来发几枝。愿君多采撷，此物最相思"，"红"顺承了古典诗歌的意象之美，以"红豆"之"红"隐喻内心，思念新婚后的娇妻，而"红豆"是彼此情愫的载体，诗人将这种情愫量化，"一粒粒"小小"红豆"在"坠进生命底磁坛里"时却激起"跳激底"的声音，这是心跳的声音，是情意相通的声音，如此"凄楚""清切"，诗人将思念之凄楚焦躁情绪用"红豆"这一意象传递给读者，意境凄婉含蓄而又美丽。在第三首中又写道：

> 意识在时间底路上旅行：
> 每逢插起一杆红旗之处，
> 那便是——
> 相思设下的关卡，
> 挡住行人，
> 勒索路捐的

诗人笔下"红"的隐喻内涵增添了诗人当时的心境与气质，"红旗"虽然作为一种信号指示，但这里却不是欣喜与喜悦，而是每逢一处过后的相思情结。闻一多对传统隐喻内涵既有继承，更多的是超越，既有属于个体的儿女情长，伉俪情深，更有群体的生命力的礼赞。

其次，"红"隐喻一代青年对祖国的拳拳赤诚之心。"五四"运动处在历史变革时期，一切形式的发声好似都是敏感的，而新诗创作是"五四"时期青年学生发声的"锐利武器"，"五四"运动亦推动了中国近代新诗的发展。抒情诗在当时十分盛行，它在反映时代的社会面貌时，不直接描写客观现实的真实情况，而是着重抒发人物的思想情感。《红烛》正是在这种社会背景下发表出刊。《红烛》开篇以李商隐《无题》中的"蜡炬成灰泪始干"这一诗句作为题引，奠定了全诗的隐喻意象——红烛：

> 红烛啊！
> 这样红的烛！
> 诗人啊！
> 吐出你的心来比比，
> 可是一般颜色？
> ……
> 一误再误；
> 矛盾！冲突！

诗人开篇大声发问，问诗人们是否有勇气袒露自己的真心，与诗中"红烛"相比，传统意义上的"红烛"是美好幸福的象征，但这里"红烛"的"红"是心脏的颜色，是血液的颜色，是诗人赤诚的爱国之心，其隐喻内涵得以升华。诗人在第二节又继续寻找"红烛"的身躯、"红烛"的灵魂来自何方？为何要这般的熊熊燃烧而毁灭自我的身躯？"矛盾！冲突！"表明诗人已然迷茫，乱了思绪，迷失了方向，在自我内心的矛盾冲突中，诗人在诗文第三节坚定了自己内心的信仰。"不误，不误"表明诗人已经寻找到前进的方向，"既制了，便烧着，烧破世人底梦，烧沸世人底血"，诗人以"红烛"自喻，希望用那微弱之光，"捣破"禁锢人们灵魂的"监狱"，以"飞蛾扑火"般的姿态在"夹缝"中怒吼，唤醒民众沉睡已久的梦，全民发声，投身于社会变革的浪潮之中。

"红烛啊！你流一滴泪，灰一份心。灰心流泪你的果，创造光明你的因"，红烛一方面在燃烧自我而流泪，另一方面却又灰心不已，看似矛盾的表面，却也反映了"五四"时期的社会现实。觉醒了的青年一方面坚持斗争，另一方面又对社会现实不满，无处安放的内心在浪潮过后的社会中苦闷又压抑。但诗人却并不颓败，而是寄希望于光明的同时，又发挥主观能动性去创造光明，勇往直前，永不退缩，所以诗人才在诗的最后一节发出响亮的呐喊"莫问收获，但问耕耘"！

"红烛"反映的是"五四"时期青年思想风貌，亦是"五四"时期的时代精神，它不是呼喊战斗的号角，亦非战鼓的雷音，它用自己特有的方式向这个时代发出自己的声音，向半殖民地半封建社会贴出自己的"挑战书"，明知头顶有浓浓黑云，明知前方路途险阻，但依旧大步向前，觉醒的爱国青年在斗争的道路上前进、跌倒、再奋斗、又趴下，在荆棘崎岖的道路上，即使"残风来侵蚀你的光芒"亦不放弃自己的理想，将自己强烈的爱国之情和奉献精神卷入到时代的漩涡中，在艰辛的救国途中，他们团结一致，坚定目标，扭转乾坤！诗人这种以"美和爱"为中心的"红色"隐喻意象群，正是诗人主张用"艺术改造社会"的具体体现。

"黑"在《说文解字》中释义为"火所熏色也"，即指因火烧过后留下的颜色。在五行说中黑色代表神秘肃穆，古人亦用"黑"表示性格刚毅，富有正义感，如北宋清官"包拯"为政廉洁、铁面无私、伸张正义，当然"黑"在汉民族文化中也有贬义的含义，如心肠狠毒之义。同时"黑"也是夜晚的代表，夜色降临，天色漆黑，万物静谧，深夜寂静时分人们更容易陷入沉思，如李清照在《声声慢》中写道："守着窗儿，独自怎生得黑？"夜晚的寂静更显愁绪万千，内心孤寂涌上心头；"黑"又是一种十分强大的颜色，它可以吸收太阳的七种颜色，给人一种压迫感、一种攻势，如"黑云压城城欲摧，甲光向日金鳞开"中的"黑云"营造出一种紧张压抑的环境气氛，描写出了攻城敌军的进军气势；"俄顷风定云墨色，秋天漠漠向昏黑"的"黑"又是暗淡悲楚的。"黑"的隐喻义在传统文化中已基本稳定。而闻一多诗歌中"黑"的隐喻义却更加饱满，"黑"已经不单纯是指传统意义上的隐喻义，更多的是诗人情感的输出口，"黑"在诗人作品中诗歌中隐喻内涵主要表现为：一是诗人通过颜色词暗喻黑暗的社会现状，抒写"家国之愁"；二是诗人在与社会黑暗现状斗争而产生的孤独意识，不仅仅是为个人而忧，更是为国、为社会而忧，浓浓的家国情怀体现在他诗歌的字里行间，时代的印记也深深地镶嵌在他的诗歌中。

闻一多于 1920 年在《清华周刊》上发表了他的第一首新诗《西岸》，这首诗像是一把钥匙为大家打开了新诗的大门，诗人在诗中给我们讲述了一个虚构的故事。"一道河，一道大河"将这世界分隔为东岸与西岸，"宽无边，深无底"轻声告诉我们这是一条无法逾越的鸿沟，由东岸这边望去，河面"满天糊着无涯的苦雾，压着满河无期的死睡"，"河岸下酣睡着"，可"河岸上反起了不断波澜"贪婪与虚荣弥漫着，"我"想看看西岸的"美景"，却被"无涯的苦雾"遮住了我的双眼。"黑夜哄着聋瞎的人马/前潮刷走/后潮又挟回/没有真，没有美，没有善/更哪里去寻找光明来！"黑夜"是东岸社会的现实，是颓败而腐朽，是民不聊生，是苦闷酸涩。面对这样的情形，"我"并没有无动于衷，"我"不甘心这样的现状，无论岸上风波如何波涛汹涌，也不管岸下是否有洪水猛兽，义无反顾地去冲破东岸的"樊笼"。这河既已将这世界隔成两岸，有这东岸，"岂有没有西岸的道理"？趁着这"无期的死睡"，拨开这"无涯的雾幕"，我想看看西岸光明的样子。在精疲力竭后，终于看见有"丝丝的金光洒在河身上"，这美丽的小岛成了"我"追寻光明的动力。

茫茫黑夜与无涯的黑雾是当时中国现实社会的真实写照，"黑"色恰好说明了诗人内心的沉重，对社会现状的担忧，对民众生活的担忧。东岸的黑暗与西岸美丽的倒影好似形成了对比，这美丽的倒影正是中国人民所需要的，这是我们革命的信念，是我们前进的动力，更是我们决心改造东岸的精神力量！但前进的道路上依然有陈旧的桎梏，有腐朽思想的压制。人们一面渴望光明，一面又抱残守缺，因而当"我"冲破樊笼时想要大声宣布时，却发现没有人与我并肩作战，"不笑他发狂，便骂他造谣"。可是"我"并没有放弃，总有人会相信"我"，不也有人低声在问"为什么"吗？"黑"虽然有着强烈的压迫感，却激起了"我"无穷的斗志，浓稠的"黑"岂不正是体现了诗人浓浓的家国情怀？在《天安门》一诗中，那"黑漆漆"的冤魂控诉着社会的黑暗，诉说着心底的无奈。在《李白之死》中月夜下的"黑树梢头"渐渐地被一丝薄光"烘黄"，当月亮慢慢升起，"黑树梢"终于被照亮，皎皎的月光不仅照亮了"黑树梢"，也照亮了这漆漆的黑夜。"我"想奔赴这美丽的圆月，却撞破了额头喊破了嗓子，追寻美与光明的道路如此困难，"又圆又大的热泪滚向膨胀的胸前"，可这热泪却像"水银一般地沉重"，"又像是刚同黑云碰碎了的明月"，即便在这条道路上磕磕绊绊、疯疯癫癫，但追寻光明与美的决心依然没有改变。格格不入的"我"是这个世界的叛逆者，"我"心怀天下，心怀民众，我要与这"黑暗""黑云"斗争，直到光明的到来！

"黑"与闻一多内心的孤独感有何关联呢？主要有两个原因：一是个人的人生经历，二是处在社会的大变革时期，中国社会黑暗腐朽，但又对西方物质文明感到困惑，两种文明的碰撞使诗人产生了文化意义上的孤独感。闻氏家族是书香世家，闻一多家里也有自己的私塾，自小热爱读书，每天在自己的书屋里埋头苦读，考入清华后更是对文学充满了浓厚的兴趣。但是学校体制的僵化以及学校中出现的腐败现象使他痛苦不已，虽然积极参加或组织各类社团，但知音难寻，只能让自己沉浸在书海之中，尤其是到后来留学期间，独自一人游走在异国街头，内心的孤独油然而生。在《记忆》的第一节中诗人这样写道：

> 记忆渍起苦恼的黑泪，
>
> 在生活底纸上写满蝇头细字；
>
> 生活底纸可以撕成碎片，

记忆底笔迹永无磨灭之时。

"黑泪"写尽了诗人内心的孤寂与伤感，对于亲人、朋友、祖国的思念只能凭借自己的记忆去回忆，在这无尽的回忆中寻找一丝慰藉。

　　由于自小接受传统文化教育，对于西方物质文明的虚荣、奢华、浮躁等并不全面认同，尤其是在留美时期备受歧视，内心对于西方物质文明存在一定程度的排斥。"五四"运动时期，东西方文明不断碰撞，文艺界各种呼声此起彼伏，这种不同文化之间的差异性使其内心的孤独感更加无处安放，彷徨、焦躁终于在借助"李白"之名而发泄出来。在《孤雁》中诗人将自己比作"失群的孤雁"，因为有许多大雁已经踏上飞往太平洋彼岸的征程，可诗人清楚知道那里是什么：

啊！那里是苍鹰的领土——
那鸷悍的霸王啊！
他的锐利的指爪，
已撕破了自然的面目，
建筑起财力的窝巢。
那里只有钢筋铁骨的机械，
喝醉了弱者的鲜血，
吐出那罪恶的黑烟，
涂污了我太空，闭息了日月，
叫你飞来不知方向，
息去又没地藏身啊！

诗的第五节清楚地写明了西方物质文明的虚伪，通过"喝弱者的鲜血"，榨取弱者的剩余价值来积累他们扩张的资本，而那"吐出的黑烟"又破坏了洁净的天空，也破坏了人与自然的和谐关系，作者从农业文明的视角叙说着工业文明的故事，但偏爱中国传统文化的"大雁"却难以接受工业文明的社会，因此在工业文明的土地上，他不知自己的藏身之处，犹如一只"孤雁"在上空盘旋而久久不能落地。在求学过程中备受欺辱却只能独自承受，没有朋友、没有陪伴，文化的差异，文明的交融让诗人感到异常孤单。

第三节　闻一多诗歌颜色词隐喻内涵与东西方诗歌传统的关系

20世纪初西方现代隐喻学派的研究发展，对中国现代诗歌发展产生了重要影响。闻一多先生在美留学期间接受了西方象征主义的影响，这期间也是闻一多先生"自由体新诗"和"新格律诗"形成的关键时期，也是闻一多创作的巅峰时期。同时，也是在这个阶段，闻一多对西方基督教文化和自由体新诗产生疑虑，重温中国古典诗文，将西方象征主义、中国古典主义相结合，创造性地提出"新格律诗"诗学理论并付诸实践，在中国现代诗歌历史上产生了重要的影响。

闻一多先生对于"红"与"黑"的钟爱，原因之一是他对中国古典诗歌的热爱，自小接受传统文化的熏陶，具有深厚的传统文化的修养，其诗人创作中流淌着传统文化的血液，虽然他是古典诗歌的变革者，但他亦是古典诗歌的传承者。颜色词"红"在中国古典诗歌中大量存在，有"日出江花红胜火，春来江水绿如蓝"（白居易《忆江南》）、"千里莺啼绿映红，水村山郭酒旗风"（杜牧《江南春》）、"晓看红湿处，花重锦官城"（杜甫《春夜喜雨》）、"落红不是无情物，化作春泥更护花"（龚自珍《己亥杂诗·其五》）。闻一多深受影响，如《红河之魂》显然受杨万里《晓出净慈寺送林子方》中的"接天莲叶无穷碧，映日荷花别样红"的影响，"莲花"是圣洁的象征，诗人继承了"莲花"的意象之美，却又发展了"莲花"的隐喻内涵。诗人通过发现"红荷"美的形体继而发现了美的灵魂，"红荷"代表着闻一多对美好事物的追寻，将"红荷"的形与神完美地结合在了一起，借自然景物"红荷"之美投射出人类精神之美。诗文开篇用热情洋溢的文字写出了"红荷"的高洁，"太华玉井底神裔啊/不必在污泥里久恋了/这玉胆底里的寒浆有些冽骨吗？/那原是没有堕世的山泉哪"，"红荷"脚底踩着淤泥，被凛冽刺骨的"寒浆"灌溉，出生环境险恶，宁愿被"堕世的山泉"摧毁，也不愿与恶势力同流合污，她像一位高洁的仙子，只可远观而不可亵玩也。开篇短短的四行诗，表达了诗人对"红荷"的赞美之情，诗人借"红荷"寄托他高洁的情思，表达他对美好幸福生活的向往。但理想世界的道路布满荆棘，但诗人依旧充满信心，因此诗人在结尾向我们描绘了一幅太平盛世的美好图景，"要将崎岖的动底烟波/织成灿烂的静底绣锦/然后/高蹈的鸬鹚啊/热情的鸳鸯啊/水国烟乡底顾客们啊/只欢迎你们来/逍遥着，偃卧着/因为你们知道了/你们的义务"，"鸬鹚"与"鸳鸯"隐喻为未来建设新时代的接班人，表达了"五四"时期觉醒青年"向上""圆满"的时代精神。

　　颜色词"黑"在古诗文中亦被大量运用，有"黑发不知勤学早，白发方悔读书迟"（颜真卿《劝学》）、"满面灰尘烟火色，两鬓苍苍十指黑"（白居易《卖炭翁》）、"黑花满眼丝满头，早衰因病病因愁"（白居易《自问》）等，颜色词"黑"在古典诗歌中更多的是对自然风景的客观描述，通过景物衬托或寓情于景来传达内心的精神世界。而闻一多却直接将颜色词"黑"作为自己情绪流露的载体，"黑树梢""黑云""黑泪""黑漆漆"等暗示着社会的黑暗腐朽，可诗人内心的家国情怀与时代责任感亦是通过它们流露出来的。诗人在《秦始皇帝》中的创造性地使用"黑狼"这一意象，它隐喻的是人类的欲望，这是对传统文化相对稳定的喻义的继承和发展。虽然讲述历史但又打破时间线，任灵感与想象在诗中驰骋，以丰富的想象讲述着"黑狼"的野心，"我吞噬了六国来喂这黑狼/黑狼喂肥了，反来吞噬了我"表明了狼的狡诈、凶残与贪婪。"黑狼"在这里是意与情的结合，亦是色与情的融合。"黑狼"这一意象创造性地使用在于"诗人将全力与欲望作为驱使主人公的动力，不受节制的权力使皇帝无畏于仇恨者的谋杀，而永难满足的欲望却将一代勇武的皇帝尽情愚弄后无情地吞噬"。① 诗人对"红"与"黑"的偏爱，

───────────

　　① 肖学周：《为新诗赋形：闻一多诗歌语言研究》，北京大学出版社 2014 年版，第 223 页。

正是对中国古典诗歌的借鉴、继承和发展，在古典诗歌的孕育下蜕变成长。

"五四"运动时期，中国社会各层面都开始了革新求变，在早期的新诗求变运动中，更多的人将新诗的"新"解释为语言形式的变革，即将文言文改为白话文。但闻一多早在《评本学年〈周刊〉里的新诗》一文中就指出了诗的真正价值在于内在的元素而非外在的元素，内在的元素是指幻象和情感，外在的元素是指"声与色"，即音节和绘藻。外在美的形式其实易于改变，但真正有困难的是内在价值的创作。当许多人将旧体诗扔进"笼子"时，闻一多却反思古典诗歌的意境，他在《先拉飞主义》一文中引用苏轼评王维的"味摩诘之诗，诗中有画；观摩诘之画，画中有诗"，高度赞扬了古典诗歌中诗化语言的意境美。比如《忆菊》全诗分为十节，第一至第五节为再现语言，第七至第十节为抒情语言，其中的六、七小节与陶渊明的《饮酒·其五》有紧密联系，如：

> 你不像这里热欲的蔷薇，
> 那微贱的紫罗兰更比不上你。
> 你是有历史，有风俗的花。
> 啊！四千年华胄底名花呀！
> 你有高超的历史，你有逸雅的风俗！
> ……
> 金底黄，玉底白，春酿底绿，秋山底紫……
> 然后又统统吹散，吹得落英缤纷，
> 弥漫了高天，铺遍了大地！

诗人移情于物，以物寓情，借助古典诗歌内在元素的意象静谧之美，以新诗的外在形式之美，在九月九日传统的重阳节里，借以赞美菊花而赞美祖国，表达了诗人对祖国深深的眷恋之情。《忆菊》的第二节中写道："镶着金边的绛色的鸡爪菊；粉红色有碎瓣的绣球菊，慵懒懒的江西腊哟",诗人使用传统颜色词"绛色",又兼用复合颜色词"粉红色",用细腻的观察方式,以拟人的手法,写出了菊花在暖暖的阳光下逸雅而又慵懒的姿态,诗人以"金色"勾边,以"绛色""粉红色"填充匀色,"绛色""粉红色"等颜色词写出了菊花的华贵与高雅,以丰富多彩的颜色将菊花繁琐的结构呈现给读者,真可谓调色高手!诗人一方面将菊花的具象发挥得淋漓尽致,另一方面运用现代绘画艺术将菊花的抽象意象诠释完美,这种具象与意象的高度统一,使"菊花"这一意象得以升华,诗人情感也更加饱满,在异国街头一瞥,浓浓的思乡之情溢于言表,古典诗歌的意境之美借以新诗形式之美也完美得以诠释。另外,颜色词隐喻内涵在使用者运用过程中,本身具有不确定性、模糊性,给诗歌意境的营造增添了一丝朦胧美,给读者亦留下了美好的想象空间,从而追求完美的诗歌意境!

诗人在作品中多次使用"红"这一颜色词,不拘泥于一种隐喻内涵,不同作品因为不同的心境有了新的含义,借古典诗歌意象做"嫁衣",用颜色词描述客观现实,追求写实而不刻意显露情愫,这种"摄影似的"客观写实风格与中国古典诗歌意境含蓄之美的完美结合,体现闻一多在新诗创作方面不仅重视新诗的形式之美,更注重营造新诗的意境之美。

面对20世纪各国文明之间的相互交流与碰撞,中国新诗方向该何去何从,成为众多诗人思考的话题。闻一多一方面取中国古典诗歌之精华,另一方面汲取西方现代诗歌中的营养成分,使中国新诗在面对十字路口时没有出现偏差,在逆境中反而发芽成长。闻一多虽留美求学时间不长,但在学习西方现代诗歌创作技巧方面出现了惊人的成绩,深受西方唯美主义、象征主义以及意象派的影响,如济慈、拜伦、雪莱、波莱德尔等。闻一多尤爱济慈的诗歌,他不仅喜欢阅读济慈的诗,更会背诵济慈的诗歌,将其视若珍宝。闻一多汲取外国诗歌的营养成分主要在于其表现手法,善于使用众多意象来抒发情感,但是在借鉴表现手法的同时,闻一多也学习到了其写作手法。济慈是英国浪漫主义诗人,在诗歌创作方面善用颜色词,如在《秋颂》第三节中写道"当波状的云把将逝的一天映照/以胭红抹上残梗散碎的田野""……红胸的知更鸟就群起呼哨……"其中"胭红"一词写出了秋日的夕阳西下时分云彩的颜色，鲜艳而有明快，胭红的云彩斜洒在田野里，似是给田野穿上了缤纷的彩衣，"红胸"的知更鸟喳喳的叫声给这缤纷的田野增加了灵动，动与静的结合给读者呈现出一幅可感可触可听的秋景图，闻一多也写了首《秋色》，并直言"我要借义山济慈底诗"来喝秋日的颜色。《秋色》中任何一种颜色的运用都是为诗人的情感着色，颜色词的隐喻内涵使诗人的情感流露的更加彻底、更加炽热。在这首诗中，诗人运用颜色词可谓是丰赡而浓艳，"紫的像葡萄"一样的河水在微风下激起了金色的波浪，"朱砂色的燕子"在枫叶下跳舞，在秋风的吹动下"棕黄色的大橡叶"铺落在"绿茵"的草地上，这里有"白鸽子，花鸽子/红眼的银灰色的鸽子/乌鸦似的黑鸽子"在广场上静静地打盹，周边又有"披着桔红的黄的黑的毛绒衫"的小孩在追闹玩耍，"琥珀的云，玛瑙的云"在阳光的照射下熠熠生辉，旭日下的琉璃瓦也变成了黄的、绿的，使这"帝京"更加的金碧辉煌。这里的色彩不仅给秋日穿上了时装，更为诗人的情感涂上了颜色，对秋日风景的热爱更是要"从葡萄、橘子、高粱……里/把你榨出来，喝着你的色彩""听着你的色彩""嗅着你的色彩"。闻一多以画家的审美提取自然的颜色，通过他的画笔描绘出一幅明艳热闹的秋景图，对西方象征主义和意象派的创作方式的大胆尝试和运用，使得这幅秋景图更加亮丽和轻快。中国古典诗歌与西方现代诗歌二者完美的结合使得闻一多诗歌颜色词的隐喻内涵更加饱满和丰富。

作为新诗运动的参与者与发展者，闻一多在新诗建设中产生的影响是深远的。他以二元论的观点辩证地看待新诗的发展，既通过继承与发展古典诗歌的韵律、意境来丰富新诗的内容和语言，又汲取西方现代诗诗歌象征主义、意象派的营养来改变新诗的形式，使得新诗在内容与形式上都有了重大的发展，是以向古典"回归"的方式发展其现代质素。闻一多在其诗歌中大量使用颜色词，通过颜色词的隐喻内涵使得诗歌意象突破传统的文化内涵而更具时代特性，无论是"红烛""红豆""红荷"还是"黑狼"等都具有明显的时代意义。使用颜色词的隐喻一方面在诗歌创作方面成为一种诗歌语言策略，颜色词的隐喻在诗歌运用中，摆脱了语言直白的描述功能，由于隐喻的不确定性和模糊性以及颜色词的隐喻又和创作者的兴趣爱好有很大的关联，因此颜色词的隐喻义使得诗歌意义更具神秘感、朦胧性和多样性；另一方面使用颜色词的隐喻内涵可以丰富现代汉语词汇的句法和结构特点，化静为动，增强诗歌的动态美，给读者留下更开阔的想象空间。在闻一多诗歌作品中，颜色词隐喻义的使用打破了人类常规的认知方式，既发展了我们的想象空间，又对我们的理解能力提出了更高的挑战，使得诗歌呈现出"陌生化"的特性。

第九章　戴望舒诗歌"青"色词隐喻内涵

　　现代语言学隐喻理论认为隐喻是一种认知现象，是人类理解周围世界的一种感知（perceptual）和形成概念（conceptualize）的工具，语言中的隐喻产生于隐喻性思维过程，反映了人类大脑认识世界的方式，是人类认知活动的结果与工具，是一种与语境密切相关的话语现象。①

　　诗歌与隐喻同根同源，密不可分。隐喻是诗的基础，"没有隐喻，就没有诗"②。从诗歌创造过程来看，隐喻在不同的事物、思想、情感之间发现、创造联系，并在这个建立联系的过程中认识世界、激发情感、创造新意义、开拓新的审美空间。隐喻天然具有模糊性、矛盾性、不可穷性、多样性、系统性、连贯性等现代诗歌的特质③。作为一种语境中的话语现象，不同时代、不同国度、不同风格、不同主题的诗歌从理论到实践都出现过对隐喻高度重视的流派。中国晚唐诗，美国意象派，法国象征派等都是擅长使用隐喻的流派。其中西方现代派诗歌是最为推崇隐喻的流派之一，新批评派代表人物布鲁克斯说："我们可以用这样一句话来总结现代诗歌技巧：重新发现隐喻并且充分运用隐喻。"④路易斯（C. Lewis）说，隐喻是诗

---

① 束定芳：《隐喻学研究》，上海外语教育出版社 2000 年版，第 29-35 页。

② 特伦斯·霍克斯：《论隐喻》，昆仑出版社 1992 年版，第 8 页。

③ 束定芳：《隐喻学研究》，上海外语教育出版社 2000 年版，第 70-89 页。

④ 克林思·布鲁克斯著：《反讽——一种结构原则》，载赵毅衡编：《"新批评"文集》，中国社会科学出版社 1988 年版，第 334 页。

歌的生命原则,是诗人的主要文本和荣耀。① 巴克拉德(G. Bachelard)说,诗人的大脑完全是一套隐喻的句法。② 西方现代派对隐喻的推崇对 20 世纪初成长中的中国诗歌产生了很大影响,如 20 年代的象征派,30 年代的现代派,都反对"直说"和"狂喊",主张诗歌多用暗示的手法。现代派代表诗人戴望舒提倡新的诗歌抒情原则:"将生活中常见事物本来的意义模糊化,赋予这些事物以一种超生活本意之上的喻指意义。"③戴望舒不仅在理论上倡导,更在诗歌创作上身体力行,创作出大量含蓄多义的诗歌。作为一个研究热点,戴望舒诗歌研究成果极其丰厚,但是从隐喻角度去探讨其艺术成就的却很少。本书欲从颜色词隐喻内涵的角度切入,探讨戴诗现代主义诗歌艺术经验。

第一节　戴望舒诗歌颜色词的使用

所谓颜色词,就是由物体发射、反射或透过的光波通过视觉所产生的印象。④ 自然界中色彩丰富,千变万化,汉语中颜色词则呈现出基数大,构词方式灵活多样等特点,而按照不同的分类标准得出的分类结果大相径庭。以《现代汉语词典》中的颜色词为例,叶军拟构建的现代汉语颜色词属性库归属于现代汉语词汇总库的一个子库,其中他针对现代汉语颜色词中的部分静态成员,把《现代汉语词典》中的颜色词分为具体颜色词(包括基本颜色词和普通颜色词)和抽象颜色词两个大类,通过统计分析来管窥汉

---

① Rogers R. Metaphor, A Psychonalytic View. University of California Press, 1973: 6.

② Rogers R. Metaphor, A Psychonalytic View. University of California Press, 1973: 6.

③ 孙玉石主编:《戴望舒名作欣赏》,中国和平出版社 1993 年版,第 8 页。

④ 中国社会科学院语言研究所词典编辑室:《现代汉语词典》,商务印书馆 2005 年版,第 1568 页。

语符号系统对客观世界的表记功能①。叶军的研究所依据的《现代汉语词典》具有规范性、科学性、实用性和权威性的特点，加上其研究采用科学的统计分析方法，因此本文较为赞同其分类。为更全面、准确对颜色词进行分类，本文在其分类基础上增加含彩词，将颜色词大致分为基本颜色词、普通颜色词、抽象颜色词、含彩词等四类。基本颜色词一般是指红、黄、蓝、白、黑、绿、紫、灰八种；普通颜色词是指那些除基本颜色词以外的其他颜色词，大多数情况下是基本颜色词派生出来的复合词；抽象颜色词是通过抽象的感知，激发人们对色彩的感觉，引起相应的听、触、味觉及心理感受。含彩词中的色彩语义由基本颜色词的颜色意义构成或者参与，一般不直接表示颜色概念，但对于形成一个绚丽多彩的世界具有重要作用。颜色词不单纯表示颜色，而是往往与人类特定的意识、观念及情感相关联。如红色表示热烈奔放，绿色表示生机勃勃，蓝色表示宁静深思。颜色词与特定情思之间是如何建立起对应的关系呢？这源于隐喻的经验基础。"没有一种隐喻可以在完全脱离经验基础的情况下得到理解甚至得到充分的呈现。"②经验基础包含身体基础、社会基础、文化基础等。人的视觉机制包含感觉和知觉两种，当光波进入人的视野后，人能够感觉到色彩信息，然后人会自觉地将色彩信息与过去的经验、所处的背景进行整合，构建对于色彩的知觉。比如燃烧的火焰会发热，人体感觉温暖，人们可以用火烹饪食物，驱赶野兽，因此红色常常与温暖，热烈等情感联系起来。春天万物复苏，小草、树叶等植物都呈现为绿色，因此绿色常被认为富有生机与活力。当一个颜色具备了表情达意的功能时，它便不再是一个单纯的物理学概念，而是被注入了丰富的文化内涵，成为带有人文标记的审美符号，人们可以通过颜色词去表达或理解某种情感，体验，经历，甚至思

---

① 叶军：《关于建设现代汉语颜色词属性库的构想》，《语言文字应用》2000 年第 1 期。

② ［美］乔治·莱考夫、［美］马克·约翰逊著，何文忠译：《我们赖以生存的隐喻》，浙江大学出版社 2015 年版，第 18 页。

想。"隐喻的本质就是通过另一种事物来理解和体验当前的事物。"①古今中外诗人用五彩缤纷的颜色词表达丰富的文化内涵:"千里莺啼绿映红"(唐杜牧《江南春》),一"绿"一"红"活现春光的明媚与游人的神清气爽,心旷神怡;"春去也,飞红万点愁如海"(宋秦观《千秋岁·水边沙外》)那万点飞动的"红",是柔肠寸断的相思者啼出的点点血泪;"那河畔的金柳,是夕阳中的新娘/波光里的艳影,在我的心头荡漾"(徐志摩《再别康桥》),若是没有"金""艳",诗人那心醉神迷,万分留恋,依依不舍等种种复杂难言之情不会如此跃然纸上;"人群中这些面庞的闪现;湿漉的黑树干上的花瓣。"(赵毅衡译庞德《地铁车站》)这首意象派扛鼎之作若是没有"黑"树干作为背景,便无法凸显花瓣的鲜艳明丽,无法形成猝然的对照,而此诗众说纷纭的内涵正是在这对照中形成的。颜色词的存在让诗歌明丽多姿,诗味隽永。仔细研究诗人作品中的颜色词,我们会发现一个有趣的现象:不同的诗人,对某种或者某类颜色有自己的偏好,比如戴望舒偏好青色,艾青偏好紫色,李金发偏好灰白色。戴望舒现可收集的九十三首诗作中有明确颜色词的诗作高达 58 首,约占总数的 62%,可见颜色词是戴望舒诗歌赖以表达情思的重要写作策略之一,而在这些颜色词中,青色系列出现的频率最高,它在戴望舒诗歌中具有极其丰富复杂的隐喻内涵,破解其中奥秘是破解戴望舒诗歌艺术密码的途径之一。

关于戴望舒诗歌颜色词的使用情况分析中,本文并不精确地按照语言学的分类进行阐述,而是基本上采用普通颜色词和含彩词的颜色内涵对诗歌中的颜色词进行抽离,从而进行归纳、总结,使戴望舒诗歌中颜色词一一呈现。之所以不采用语言学的精准分类是因为,一方面本文所做的研究是关于隐喻内涵的分析,关于颜色词的分类若过于精准有可能一部分颜色词无法包括入内,从而会影响隐喻的内涵理解和隐喻内涵变迁的分析。另一方面,文学的语言是诗人摸索寻找与自身感情最契合对应的语言来传情

---

① ［美］乔治·莱考夫、［美］马克·约翰逊著,何文忠译:《我们赖以生存的隐喻》,浙江大学出版社 2015 年版,第 3 页。

达意，表达所思所感的产物，一般有暗示性而又含蓄经济，在选择词语的时候诗人更注重于它的表达效果，而不是是否合乎语言学规范，因此语言学的分类并不总是适用于诗作的分析。

表9-1是戴望舒诗歌中的颜色词使用和所在诗篇：

表9-1   **戴望舒诗歌的颜色词使用**

诗作（颜色词使用数量）	颜 色 词	颜色词使用情况					
		青、绿	白	金	桃色、红	紫	黑	其他色
1 生涯（1）	白昼		1					
2 可知（2）	碧草、青苔	2						
3 十四行（6）	青色的海带草、青色的灵魂、金色的空气、紫色的太阳、黑色的衰老瘦猫、淡红的酒沫	2		1	1	1	1	
4 夕阳下（3）	残阳流金、远山啼紫、白日长终		1	1		1		
5 忧郁/Spleen（2）	娇红（蔷薇色）、幽黑的烦忧				1		1	
6 回了心儿吧（2）	惨白的脸、哭红的眼睛		1		1			
7 断指（3）	惨白的、赤色的、赤色的		1		2			
8 路上的小语（4）	青色的花、青色的橄榄的味、天青色的爱情、红宝石般的嘴唇	3			1			
9 林下的小语（1）	绛色的沉哀				1			
10 独自的时候（4）	白云、白云、白云、润白的裸体		4					
11 对天的怀乡病（2）	青的天、青的天	2						
12 灯（3）	青色的灯、桃色的灯、暗黑	1			1		1	
13 印象（1）	青色的珍珠	1						

诗作(颜色词使用数量)	颜 色 词	青、绿	白	金	桃色、红	紫	黑	其他色
14 不寐(2)	桃色的队伍、白色的帐子		1		1			
15 野宴(3)	青叶、白云、木叶绿的薄荷	2	1					
16 村姑(1)	青苔	1						
17 二月(2)	青溪、绿荫	2						
18 微辞(2)	粉(蝶)、黄(蜂)				1			1
19 秋蝇(7)	红木叶、黄木叶、土灰木叶、昏黑(眼睛)、红木叶、黄木叶、土灰木叶				2		1	4
20 寻梦者(8)	青色的大海、青色的大海、金色的贝、金色的贝、金色的贝、桃色的珠、桃色的珠、桃色的珠	2		3	3			
21 夜行者(3)	黑色毡帽、黑茫茫的雾、黑茫茫的雾						3	
22 单恋者(1)	暗黑街头						1	
23 三顶礼(1)	红翅的蜜蜂				1			
24 乐园鸟(1)	青空	1						
25 游子谣(2)	青色蔷薇、青色蔷薇	2						
26 少年行(1)	灰暗的篱笆							1
27 我的素描(1)	青空	1						
28 我的恋人(6)	桃色的脸、桃色的嘴唇、天青色的心、黑色的大眼睛、黑色的大眼睛、天青的颜色	2			2		2	
29 到我这里来(1)	蔷薇有金色的花瓣			1				

续表

诗作(颜色词使用数量)	颜　色　词	颜色词使用情况						
		青、绿	白	金	桃色、红	紫	黑	其他色
30 古神祠前(4)	苍翠的槐树叶、红蓼花、白云、青天	2	1		1			
31 见勿忘我花(1)	小小的青色的花	1						
32 眼(3)	玉的珠贝、青铜的海藻、暗青色的水	2			1			
33 灯(2)	孩子的彩衣、黑色的大眼睛						1	1
34 等待(二)(4)	白刃、黄土、白虬、青草	1	2					1
35 致萤火(2)	青色苔藓、青空	2						
36 白蝴蝶(3)	白蝴蝶、空白、空白		3					
37 示长女(6)	珠色贝壳、苍翠山岚、金笋、彩翎、彩蝶、彩蝶	1		1	1			3
38 狱中题壁(2)	白骨、暗黑		1				1	
39 古意答客问(2)	青空、青芜	2						
40 萧红墓畔口占(1)	红山茶				1			
41 在天晴了的时候(3)	小白菊、暗绿的溪水、新绿的小草	2	1					
42 流水(5)	暗黑、暗黑、赤色的太阳、绿色草地、黄昏	1			1		2	1
43 御街行(2)	红雨、绿意	1			1			
44 夜坐(1)	银灯							1
45 流浪人的夜歌(1)	黑暗						1	
46 我底记忆(1)	粉盒				1			
47 夜是(2)	青春、青春	2						
48 祭日(1)	青春	1						
49 八重子(1)	青春	1						

续表

诗作(颜色词使用数量)	颜 色 词	颜色词使用情况						
		青、绿	白	金	桃色、红	紫	黑	其他色
50 前夜(1)	粉香				1			
51 昨晚(1)	粉盒				1			
52 款步(一)(1)	苍翠的松柏	1						
53 款步(二)(1)	鲜红(嘴唇)				1			
54 夜蛾(1)	彩色的大绒翅							1
55 寂寞(2)	青春的彩衣	1						1
56 我思想(1)	彩翼							1
57 狼和羔羊(寓言诗)(3)	黑白不分、红帽子		1		1		1	
58 断章(1)	白帆		1					
总计：58 首(135)		青、绿(包含天青，碧，苍翠、玉)45；桃色、红(包含珠色，绛色，赤色，粉色)29；白 20；金 7；紫 2；黑16；其他(包含银色，黄色，土灰，彩色)16						

颜色词的色彩概念有时候并不那么清晰，在古汉语中，青与苍、碧组成一个色彩系列，彼此之间虽有分别却能混用。本文将青色、绿色、天青色、碧色、玉色等归为同一色系(青色系)，那么戴望舒在诗歌中使用的颜色词可以大致分为青色、桃色、白色、金色、紫色、黑色和极少数的黄色、粉色、土灰色几类。戴望舒带有明确颜色词的五十八首诗歌中颜色词共出现 135 次，其中青色系的词语出现 45 次，占颜色词出现率的 33.3%，出现的概率最高。可以看出，戴望舒有浓重的尚"青"情结。在他的诗歌中，青色分布极其广泛和凸显：从具象的海带草、天空、大海、眼睛、花

朵、灯、树叶、珍珠、蔷薇、苔藓、橄榄等到抽象的灵魂、爱情、心灵等无不流泛着或浓或淡的青色。无所不在的"青"，织出一个清新朦胧凄迷伤感的复杂世界。

第二节　戴望舒诗歌青色词的隐喻内涵

不同的色彩，能够唤起人们不同的情绪反应和生理感受，进而被用来表达不同的感情。相同的颜色在不同的心境和情绪下运用也可以产生不同的表达效果。在众多色彩中，戴望舒尤其喜欢使用"青色"系列，表达不同的情感和思想。

首先我们来看看青色词的物理属性。在自然界中，颜色以光波的形式进入人的视野，进而在视网膜形成信号刺激大脑，从而产生色觉信息。作为自然色的一种，青色的波长界限模糊，从物理学角度而言，青色的色相在绿和蓝之间，其波长居于绿和蓝之间，不易辨别。物理学上的可见光的波长范围是 400 纳米到 700 纳米，波长越小越不容易被感知，蓝色波长为 450 纳米，绿色波长为 500 纳米，青色的波长并没有被清晰的探测出来，青色波长只能确定在 470 纳米~500 纳米，加上波长范围向小值接近，所以青色的界限并不明朗，以青色为底色的事物也就显得迷离而朦胧，在人的视网膜中形成的色彩信息偏淡，在人脑中结合色彩经验和视觉效果形成的知觉信息也就不够浓烈，呈现出素淡的色调。青色波长虽然偏短，但是视觉效果却最为澄澈，首先青色的明度和纯度较高，青颜色的明暗范围更接近明，形成青色的主波长更单一，因此青色自身的色彩就比较澄澈；其次，根据人的温度经验，火焰、太阳是暖色的，而天空、大海、树叶是冷色的，青色系的颜色一般被认为是冷色系的，冷色的色调更能给人以澄澈的感受。①

---

① 注：迷离是因为波长范围和界限不明朗，澄澈是从另一个角度，即明暗和饱和度特点来讲，二者并不矛盾。

虽然同样是青色，但是其中的内涵却不是一成不变的，仔细分析青色内涵的流变，可以从中深入戴望舒复杂的情感世界，感知他情感波动的脉络。

在传统诗文中，青便有丰富的含义。古人将天地万物分化为金木水火土五行，观五行而得白青黑赤黄五色，五行与五色相对应，具体来说，青色对应木，木表示植物，植物郁郁葱葱，蓬勃生长，青色象征着生命和生长。古汉语中，这样的用法比比皆是：如"青取之于蓝而胜于蓝""留得青山在，不怕没柴烧""朝如青丝暮成雪""两岸青山相对出""青青河边草，一岁一枯荣"。"青"还有吉祥如意，和谐美好的意味，如"青鸟殷勤为探看""他年我若为青帝""青眼有加""青梅竹马""青龙金匮"等。"素女青娥"之"青"有素雅清淡之意，"青灯古佛"之"青"含着淡淡的孤独，"青裙布袜""青鞋缟袜"之"青"暗喻清贫，清冷，而"青云之志""好风凭借力，送我上青云"的"青"则有飞黄腾达之意。上述"青"的用法大多是表示赞许和肯定，少数是中性的。"青"还有丑陋凶恶脏污之意："青面獠牙""青蝇点壁"。"青"不但意义多变，其指代的颜色亦是多变的，"青山绿水""青青河边草"的"青"指绿色，碧绿茂盛之意，"朝如青丝暮成雪"的"青"是黑色，指年轻人的头发乌黑发亮，年华正好，"青眼有加"的"青"指眼珠是黑色的，意指赏识一个人，正眼看这个人。"青云之志"中的"青"指白色，喻光明的前途，"欲上青天揽明月"里的"青"则是蓝色，喻天空晴朗明媚。一个青包含了绿，黑，蓝，白四个颜色。"青"，可以是和谐明媚美好昂扬奋进的，也可以是清冷清贫丑陋恐怖的。"青"，一个多种颜色的集合体，一个内涵丰富多变的词汇，一个开阔的隐喻空间。在传统诗文和口语中，青色与它所对应的内涵之间有比较明显、比较固定的关联。如青山，青天，青眼，青梅，青云，青面等，首先都是对具体物象外观的客观表述，其次它们所对应的内涵意义明晰，大多源于普遍的视觉体验，比如绿色观之神清气爽，生机勃勃；蓝色令人心境开阔，心情宁静。在具体的话语中，这种内涵是固定的，单一的，普泛的。因此传统"青"的隐喻是常规隐喻，随着各种内涵的长期使用和广泛接受，"青"那熠熠生辉的创造性特点逐渐被湮没，甚至成为死隐喻。

在戴望舒的诗歌中，"青"的隐喻得到重生，"青"深深地烙上了戴望舒个人气质和时代色彩，重重映射出此前未有的斑斓色彩。青在戴诗中主要蕴含三重意蕴：一是悲喜交织、苦乐相融、患得患失的爱情体验；二是对永恒精神家园的向往与追求但求之不得的怅惘与苍凉；三是对祖国和民族光明前途的乐观肯定与由衷赞美。出现在戴望舒诗中的系列"青"色意象让"青"突破客观物象的束缚，自如隐喻各种抽象事物，深深烙上戴望舒个人情感和时代风貌特性，呈现古典与现代情感艺术交汇特征。

爱情的颜色是多彩的，描写爱情的颜色词最常见的是红色，以示爱情的兴轰热烈，"红豆生南国，春来发几枝"（唐·王维《相思》），"人面不知何处去，桃花依旧笑春风"（唐·崔护《题都城南庄》），"我的爱人是一朵红红的玫瑰"（英·罗伯特·彭斯《红红的玫瑰》），"泪眼问花花不语，乱红飞过秋千去"（欧阳修《蝶恋花·庭院深深深几许》）。也有诗人用绿色写刻骨的相思之情："忽见陌头杨柳色，悔教夫婿觅封侯"（唐·王昌龄《闺怨》），"一川烟草，满城风絮，梅子黄时雨"（宋贺铸《青玉案》），"看朱成碧思纷纷，憔悴支离为忆君"（唐·武则天《如意娘》），还有的爱情是惊心动魄的灰色："春心莫共花争发，一寸相思一寸灰"（唐·李商隐《无题（六）》）戴望舒独辟蹊径，给爱情涂上一抹独特的青色。在他的爱情世界里，"青"是主打色调，一花一草是青色的，恋人的眼睛，心灵也是清新迷离的"青色"。

"青"在戴诗中第一次出现是发表于1926年的诗作《可知》①中，"我将含怨沉沉睡，睡在那碧草青苔，啊，我的欢爱！"这首诗写的是失恋者对往日欢乐万分眷恋，痛苦得难以自拔，但心中还残存着一丝微茫希望的心境。在这个话语环境中出现的"碧草青苔"交织着两种截然不同的情愫：一是用青色的暗与冷隐喻失恋者心境的孤单抑郁与凄凉感伤，二是在"幽暗""悲苦"整体情境的衬托下，凸显"碧草青苔"的生机活力，展现轻微的欢

---

① 最初发表于1926年4月7日的《璎珞》旬刊第3期。

愉，与纤细的哀伤形成对比，给失恋者隐隐的安慰。崭露头角的"青"向读者呈现了一个柔弱敏感情感丰富，但对生活依然充满希望的少年形象，显现了戴诗特有的忧郁感伤但又不失之清丽婉约的晚唐格调，同时还有一种绝望中交织着希望，自怨自艾中苦苦求索的内省、沉思等现代情感特征。这里的"青"是自然界客观存在的绿色，是具体物象，作者从绿色的"冷"色调与"活力"中找到了情绪"冷"与"热"的契合处，形成对复杂情绪的隐喻。

在《路上的小语》这首既像喃喃自语又像深情呼唤的情诗中，随处可见的青色让爱情是如此明丽、淡雅、清新、纯洁，还微带一丝青涩："——给我吧，姑娘，那朵簪在你发上的/小小的青色的花，/它是会使我想起你底温柔来的。……给我吧，姑娘，你底像花一样燃着的，/像红宝石一样地晶耀着的嘴唇，/它会给我蜜底味，酒底味。……//——给我吧，姑娘，那在你衫子下的，/你的火一样的，十八岁的心，/那里是盛着天青色的爱情的。……"美丽的姑娘发上簪着小小的青色花，嘴唇里散发着青色橄榄味，十八岁的心里盛满了天青色的爱情。这里的青色如梦似幻，像透明的绿，氤氲的蓝，光洁的白。它是温柔的，甜蜜的，能让你想起最甜的蜜和最醇的酒，饮一口就醉了。然而如此美好的"青"却又是捉摸不定、若有若无的，好像到处都可以找到，却又什么都抓不住，它让诗人满溢着爱意的心充满了诗意的忧伤。透过这山风一样清新袭人的"青"，我们看到了初坠爱河中的诗人无法克制爱慕之情，跃跃欲试，但又羞怯畏缩，忐忑不安的复杂心态。在《我的恋人》中，诗人陷入热恋中，燃烧的爱火在他的心里起了奇特的化学反应：他清冷的世界意外出现了鲜亮的桃色，美丽姑娘的脸和嘴唇是温暖甜蜜的桃色，更奇特的是姑娘的眼睛居然变了颜色，变成诗人最钟爱的天青的颜色，姑娘的心也幻化出诗人最心仪的天青色："她的眼睛是变换了颜色，天青的颜色，她的心的颜色"。此时的天青色散发着圣洁的光芒，有着天青色眼睛和心灵的恋人是纯洁无瑕、至圣至美的。诗人愿意用全部的身心去呵护这水晶般剔透的爱情。天青色成为理想爱情的象征。然而，热恋很快就走向失恋，天青色熠熠闪烁的光芒很快黯淡下去，笼罩上一层浓重的忧郁、幻灭、痛苦、凄切的阴影。《十四行》中，微雨落在恋人的鬓边，"像小珠散落在青色的海带草间"有强烈的无力感和疏离感，"或是死鱼浮在碧海的波浪上"则充满阴冷的绝望感，"诱着又带着我青色的魂灵／到爱和死底梦的王国中睡眠"，我难以排遣内心剧烈的痛苦和凄凉，想在睡眠中寻找麻痹和逃避。清冷沉重的意象，神秘凄切的色调，强烈渲染诗人痛苦忧伤的情绪。这里的青色基本上可以对应黑色，黑发在古汉语中与青丝固定对应，全篇的色彩基调也与黑色相对应，显示诗人失去爱情的绝望和痛苦，流露出浓重的感伤情绪。但在诗歌中青色又不能简单的用黑色来替换，一方面这是因为黑色在中国的文化传统中往往象征着痛苦和死亡，过于压抑和沉重，无法与诗歌结尾处"痛苦会过去，情感会珍藏，将痛苦伤感扬起来变成悠远的记忆"的情绪相对接，另一方面黑色的决绝和斩钉截铁与诗中主体形象那种忧郁脆弱优柔性格不协调。青色的模棱两可最适合表现绝望中隐隐升起希望，感伤中隐约有快乐的回音，凄冷中似乎还有一点温暖的矛盾、综合的情感。

戴望舒对青色隐喻内涵极富创造性的开拓还表现在怀乡主题中。青色本身是自然的底色，山川草木大多以青色的形态呈现在人的视野之内。在面对城市的不接纳和现实的黑暗时，他化身夜行者和失去家园的乐园鸟，向往着人与自然的相合，希望融入自然的怀抱，在自然中寻求抚慰，获取肯定感和归属感。因此这个主题的青色系列词汇隐喻着故乡的纯净明丽和包容接纳，寄托了漂泊的灵魂对永恒精神家园的渴望和向往。《游子谣》中的"青"浓浓浸染了诗人在追寻家园的过程中孤单清冷和现实重压下的迷茫无助，这样的孤单凄凉感让《忧郁》《静夜》中娇红的蔷薇都幻化成青色，悲凉、虚无、幻灭油然而生。诗人感受到时代和生活的重压，作为"方向不明，小处敏感，大处茫然"①的青年知识分子，"他们生命的欲望正在苏醒和要求勃发，但是又那么容易受到各种阻挠和压抑，不得不缠绕在灰色的日常生活中"②，寂寥的诗人渴望回到故乡的怀抱，寻求永恒的精神家园。

---

① 卞之琳：《雕虫纪历·序》，人民文学出版社 1979 年版。

② 龙泉明：《中国新诗流变论》，人民文学出版社 1999 年版，第 292 页。

《对天的怀乡病》《我的素描》中诗人审视自己的内心："我呢，我渴望着回返，到那个天，到那个如此青的天……我啊，我是一个怀乡病者，对于天的，对于那如此青的天的"，诗人面对天空，感受到的是天空的辽阔和宽容，澄静与安宁，他心中是充满着希望和向往的，这里的青色是母亲的慈爱的笑容和手掌的温暖，给诗人受伤的心灵带来莫大的慰藉。诗人深情地呼唤能开出娇妍花朵的梦，"梦会开出花来的/梦会开出娇妍的花来的"，诗人化身不知疲倦的乐园鸟，不分春夏秋冬，不管昼夜，不停歇地飞翔在这又像幸福的云游，又像永恒苦役的旅程中，只有青空是乐园鸟永远和唯一的陪伴："华羽的园鸟，在茫茫的青空中，也觉得你的路途寂寞吗？"（《乐园鸟》）家园被毁的乐园鸟极其疲倦和寂寞，唯有那温存宁静、包容着一切的湛蓝青空，或许能给它些许安慰。在诗人的絮语中，流淌的是对于美好理想的向往，对于失去乐园后的惆怅、忧郁以及在现实生活中的苦闷、迷茫、彷徨和不知所措。无论是《对天的怀乡病》《乐园鸟》《寻梦者》，还是《古神祠前》《古意答客问》，"青"都带有无尽的包容性，让诗人在现实的苦闷中得到抚慰，"青"既隐喻现实生活的无奈和彷徨，内心深处的迷茫、寂寞与凄凉，也隐喻对永恒精神家园的渴望和对美好理想的追求，诗人在"青"这个颜色上寄予无尽的情思，深深烙上现代知识分子思维的印记。

　　抗战爆发后，诗人在民族危亡面前抛弃忧郁感伤的气质，焦灼地渴望民族解放，以文艺武器与侵略者作斗争。诗人走出了小我世界，走向广阔的大世界，融入了时代的洪流。诗人对光明终将到来，民族最终胜利充满希望。诗人彷徨不安的内心世界终于明朗坚定，纤细感伤的絮语变成了深沉嘹亮的吟唱，忧郁朦胧的"青"被鲜亮明丽的"绿"代替：如《流水》中流水穿过暗黑的树林，泻过绿色的草地，凸显出生命的颜色和希望的力量："……你，被践踏的草和被弃的花，/一同去，跟着我们的流一同去。……//泻过草地，泻过绿色的草地，/没有踌躇或是休止，/把握住你的意志……"这首诗赞美了集体力量，肯定了英勇的反抗，赞颂对理想的不懈追求，对革命终将取得胜利有坚定的信心。在民族生死存亡之际，戴望舒抛弃掉个人的悲戚哀怨，用诗歌语言为民族歌唱，描绘未来，用绿色隐喻在压迫下仍追求信念，乐观向上，满怀希望，充满勃发的生命力的中华民族。这里的绿，是青色的变体。

通过上述分析可以看出，戴望舒笔下的青色是一个非常奇妙的颜色，它既明净又朦胧，既清新又暗沉，既安静又忧郁，既生气勃勃又迷茫绝望，它是"情"与"思"的结合体，是对个体与社会存在状态的俯瞰与反思。青色隐喻内涵的变化纤毫毕现地勾勒出诗人情感变化的脉络：最初充满希望，虽然仍旧无法摆脱晚唐纤细的哀伤，但个人情绪整体上是清新明亮的。个人感情经历的失败和时代的风云变幻让天性脆弱敏感的诗人逐步走向失望、忧郁、哀怨。但无论怎样迷茫与忧伤，诗人并没有放弃理想，而是像乐园鸟一样不懈追求心中的"乐园"，然而现实让诗人在苦苦追寻中不断受挫，他无奈又彷徨，想从文学的象牙塔中，想在自然和回忆的家园中寻求抚慰。日军侵华等系列民族危机粗暴轰毁了戴望舒的象牙塔，面对民族危亡，个人忧郁纤细的情愫被放置一旁，诗人投身救亡图存的战斗，诗歌风格开始深沉阔大。他坚信民族战争会取得胜利，光明终会到来，这时，他笔下的"青"又恢复了勃勃的生机。"青"的隐喻"已经扬弃了一般比喻的明晰性和语意关联上的对应性，而带有了抽象的甚至含混的特征。也正是因为它有着这种抽象与含混的特征，它又往往将诸如生命、死亡、爱、意志、欲望甚至存在本身等这类原本属于形而上范畴的东西接纳了进来，使之具有非常浓厚的"思"的色彩乃至于某种神秘的意味。"①戴望舒忠实于自己的生命体验，并将这种独特的存在体验投射到青色中，成功地实现了传统与外来诗歌艺术的交融。

第三节　个人、古典与现代的融会

戴望舒笔下的"青"何以如此丰富多变？为何一个"青"可以容纳许多相

---

① 贺昌盛：《象征：符号与隐喻》，南京大学出版社 2007 年版，第 3 页。

异甚至相反的情感？其奥妙在于诗性隐喻的核心特征：无穷尽的创造性以及随之而来的突然性、新颖性、美学性等①。作为一种诗思方式，诗歌隐喻的核心功能主要有三大特点：一是提供观察和认知世界的新途径，横看成岭侧成峰，熟视无睹的世界在隐喻光芒的照耀下呈现出不一样的面貌和风采；二是创造新的意义，产生新的思想和感情，开拓出烙上作者和时代特色的新审美风格与审美空间；三是创造新的诗歌抒情方式，探索新的诗歌创作技艺，引领诗歌创作新风尚。诗性隐喻最能充分发挥人的想象力、创造力和认知力。隐喻的意义是模糊不定，多向散发，不可穷尽的。这种多义性的产生源于三个原因，一方面是喻体可以跟不同的本体结合产生不同意义；二是文化背景不同，对同一个喻体会有基于本民族本时代本地域的喻旨；三是年龄、性别、性格、成长环境、受教育程度等因素使不同的读者对同一喻体会产生不同的联想，选择不同的意义去解读。喻体存在的这三个背景无论在时间还是空间上都是不可穷尽的，因此隐喻意义的产生也是不可穷尽，千变万化的。诗人的天才就体现在隐喻的不断创造上，他既要超越古人，又要超越自己。诗歌犹如能拼出无数隐喻图形的魔方，在每一次转动中获得发展。而隐喻的每一次创新，都丰富与扩展了人类的语言系统，推动着语言的发展。② 诗性隐喻的创造性、新颖性、美学性等特点在青色隐喻内涵的变迁中得到充分体现。莱考夫指出：隐喻有两种，一种是建构我们文化普遍概念系统的隐喻。一种是常规概念系统之外的隐喻，富于想象力和创造力的隐喻。这样的隐喻能够让我们对我们的经验有一种新的理解……它们能够让我们的过去、我们的日常生活、我们的知识和信仰有新的意义。③ 莱考夫把这样的隐喻称之为新隐喻，诗歌隐喻是新隐喻家族中最有活力的成员。诗歌隐喻属于"远取譬"，在看似不相关事物之间发现、创造联系，并在这个过程中凸显某些特征，抑制另一些特征，

---

①　胡壮麟：《认知隐喻学》，北京大学出版社年第 107 页。

②　余松：《隐喻与诗性言说》，载《当代文坛》，2006 年第 2 期。

③　[美]乔治·莱考夫、[美]马克·约翰逊著，何文忠译：《我们赖以生存的隐喻》，浙江大学出版社 2015 年版，第 129 页。

从而展现一个新的与内心情感吻合的世界。青色是多种颜色和内涵的集合体，当诗人情感的潮水流到明朗的区域时，清新的绿色就脱颖而出，活力、希望、清新、欢乐等情感便浮现出来；当诗人的心绪忧郁感伤时，明丽鲜亮的绿色便消隐而去，黑色，墨绿色的等暗色系便粉墨登场，默默诉说凄凉、忧伤、幻灭的情感；当诗人心情迷茫，孤单和寂寥像风一样轻轻吹过时，宁静深思的蓝便遮蔽了绿和黑。当诗人的心情变幻不定，若悲若喜，朦胧凄迷，青色便在绿，蓝，黑，白之间变幻不定，暧昧不清。酷爱"青"的戴望舒手握隐喻这个万花筒，不断开拓"青"的隐喻空间，流转自如地创造新的意义，大气魄地开创一个显现新的审美风格和诗学意识的诗歌时代。

新隐喻有创造一个新现实的力量，当我们按照隐喻开始理解我们的经验时，这种力量开始起作用；当我们按照它开始活动时，它就会变成一个更深刻的现实。如果新隐喻进入我们赖以活动的概念系统，它将改变由这个系统所产生的概念系统、知觉、活动。许多文化变革起因于新隐喻的引入和旧概念的消亡。①

戴望舒创造了一个梦幻的青色世界。这个青色的世界是戴望舒心中理想的精神家园。隐喻语言"通过心灵构形，创造人类的精神性结构"。② 吴晓东对此进行过精辟的探究："从本质上说，现代派诗人执着的乐园是一个精神性的王国，是一个幻想的乌托邦的存在。没有人真正到过那里，也没有人能逼真地复现它的形状。它只是诗人想象中一种拟喻性的存在。当一个'辽远的国土'无法在现实世界中找到对应的范型，从而无法具体地进行描述的时候，诗人只能采取一种幻想性与比喻性的方式来呈现。这时的诗歌在语言维度上就无法脱离譬喻和象征。从这个意义上说，现代派诗歌的语言是一种隐喻和象征化的语言。批评家瑞恰慈认为：'所有的语言终极都具隐喻的性质。'如果说这是从终极的意义上界定语言的隐喻性质，那

---

① ［美］乔治·莱考夫、［美］马克·约翰逊，何文忠译：《我们赖以生存的隐喻》，浙江大学出版社2015年版，第134页。

② 余松：《隐喻与诗性言说》，《当代文坛》2006年第2期。

么现代派诗歌则是在实践性和具体性层面印证着语言的隐喻性。"①作为现代派诗歌的领袖，戴望舒正是从"青"的这个词汇来印证现代诗歌语言的隐喻性。

　　戴望舒何以对"青"一往情深？这是因为"隐喻对一个人产生的意义一部分由文化决定，一部分与我过去的经历相关联。因为每一个我们所讨论的隐喻中的概念……都会因文化的不同而产生巨大的差别"②。戴望舒"尚青"情结一方面是因为青色界限模糊、亦明亦暗与诗人矛盾的二重人格非常匹配。穆时英认为戴望舒"非常清楚地了解着自己的矛盾和自己的二重人格。……二重人格是在他的身上异样尖锐地对立着。一方面爽直、钝感、无聊，近于白痴，失去理性，是只有"赤裸裸的本能的现代人"；另一方面，有着"羞涩、锐敏，近于女性的灵魂的"。这种二重人格的对立就是他诗作的源泉。③ 在挚友穆时英的眼里，戴望舒是一个笑嘻嘻的PIERROT，PIERROT指在表面快乐，内心孤独、寂寞、悲哀、绝望的人。20 世纪上半叶，民族多难，国家动荡，人们生活艰辛，"在我们的社会里，有被生活压扁了的人，也有被生活挤出来的人，可是那些人并不一定，或是说，并不必然地要显出反抗，悲愤，仇恨之类的脸来；他们可以在悲哀的脸上戴了快乐的面具的。每一个人，除非他是毫无感觉的人，在心的深底里都蕴藏着一种寂寞感，一种没法排除的寂寞感。每一个人，都是部分地，或是全部地不能被人家了解的，而且是精神地隔绝了的。每一个人都能感觉到这些。生活的苦味越是尝得多，感觉越是灵敏的人，那种寂寞就越加深深地钻到骨髓里"④。戴望舒就是一个寂寞入髓的人，如影随形的寂

---

　　①　吴晓东：《中国现代派诗歌的幻象性诗学与拟喻性语言》，《文艺研究》2016 年第 1 期。

　　②　[美]乔治·莱考夫、[美]马克·约翰逊，何文忠译：《我们赖以生存的隐喻》，浙江大学出版社 2015 年版，第 132 页。

　　③　刘涛：《为艺术形式申辩——穆时英的两篇文学评论小议》，《中国现代文学研究丛刊》2009 年第 2 期。

　　④　穆时英：《公墓·自序》，作于 1933 年 2 月 28 日。见《穆时英全集·第 1 卷》，北京十月文艺出版社 2008 年版，第 234 页。

窦让他时时陷入忧郁和感伤中。"羞涩、锐敏、近于女性的灵魂"让他羞于狂放地倾诉，红、黄等热烈奔放的暖色调与诗人寂寞的心境和羞涩的个性是不相宜的，绿色、蓝色、黑色、白色等含蓄内敛的冷色调很自然地成为诗人的选择。虽然同是冷色调，但是其中的内涵因视觉感受和深浅浓淡的不同往往相异或相反：如绿色代表活力与希望，黑色却代表死亡和绝望；浅绿很清新，墨绿却沉重；蓝色代表宁静，也代表忧郁。青色是这众多颜色的集合体，自然而然地蕴含着二重性。戴望舒性格中的二重性在"青"这个颜色里得到最恰当最适宜的表现。"尚青"是戴望舒天性使然。

戴望舒钟情于青色的第二个原因是深厚的古典文学修养在潜意识中促使他选择这个传统文人喜爱的颜色和意象。在中国传统诗歌中，有大量关于"青"的优美诗句或意象："青青子衿，悠悠我心"（《诗经·国风·郑风·子衿》），"苔痕上阶绿，草色入帘青"（刘禹锡《陋室铭》），"客舍青青柳色新"（唐·王维《送元二使安西》），"朱弦已为佳人绝，青眼聊因美酒横"（宋·黄庭坚《登快阁》）。中国新诗对古典文学经历了初期策略性的决绝之后，便一直向古典文学汲取成长的营养，戴望舒等现代派诗人对晚唐朦胧梦幻凄艳的情调尤其迷恋，他说："旧的古典的应用是无可反对的，在它给予我们一个新情绪的时候"①。晚唐最有代表性的诗人是李商隐，他虽才华过人，一生却郁郁不得志。他的诗歌忧郁缠绵，晦涩多义，幽深委婉，绮丽含蓄。李商隐的诗中带有青字的诗句比比皆是："嫦娥应悔偷灵药，碧海青天夜夜心"（《嫦娥》），"蓬山此去无多路，青鸟殷勤为探看"（《无题》），"青女素娥娥俱耐冷，月中霜里斗婵娟"（《霜月》），"十岁去踏青，芙蓉作裙钗"（《无题》），"朝来灞水桥边问，未抵青袍送玉珂"（《泪》），"阶下青苔与红树，雨中寥落月中愁"（《端居》），"相思树上合欢枝，紫凤青鸾共羽仪"（《相思》），"沧海月明珠有泪，蓝田玉暖日生烟"（《无题》，"沧，青色义"），他的诗歌有一首诗的名字就叫《北青萝》。

① 戴望舒：《诗论零札》，载梁仁编：《戴望舒诗全编》，浙江文艺出版社1989年版，682页

"青"在李商隐的笔下不再是自然社会景物的写实，而是内心世界的关照。李商隐将忧郁、感伤、失落、惆怅、欣喜、怜爱、向往、憧憬种种说得清说不清的情愫都揉进了"青"这个色相模糊的颜色中。读者可以从多角度对"青"进行解读。这种写法突破了古典文学感物抒怀的传统，闪烁着现代性的光芒。"李商隐温庭筠代表的晚唐诗词，正是古典时代的朦胧诗。这样的诗的情感蕴涵，传达方式和审美效果，区别于传统的'白话'诗，也区别于"五四"之后流行的直白描述的现实主义、袒露呼喊的浪漫主义新诗的抒情模式，正是 20 世纪 30 年代现代派诗人在晚唐诗词中所要寻找的东西"①。"尚青"是戴望舒对古典文学传统的遥遥呼应，是对古典诗歌艺术传统创造性的吸收和借鉴。

第三个原因是西方象征主义诗歌的影响。起源于法国 19 世纪中叶，后来迅速传播到全世界的西方现代主义象征派诗歌内容上要求"诗人们努力探求内心的'最高真实'，赋予抽象的概念以具体的形式"②，表意特征上"象征主义者在诗歌常常是晦涩含混的。这是一种故意的模糊，以便使读者的眼睛能够远离现实集中在本体理念上。"③它特别重视诗歌情调的暗示性，追求晦涩朦胧的表意模式，重视色彩与音乐性。这些诗歌观念在 20 世纪 30 年代的中国新诗诗坛受到现代派诗人群的追捧。戴望舒从理论和实践上积极倡导西方象征主义诗歌观点，他认为诗歌是诗人"隐秘灵魂的泄露"，诗的动机"在于表现自己和隐藏自己之间"，他强烈反对"做诗通行狂叫，通行直说，以坦白奔放为标榜"的倾向④。戴望舒曾经翻译过保尔·福尔的《我有几朵小青花》："我有几朵小青花，我有几朵比你的眼睛更灿烂

---

① 孙玉石：《新诗：现代与传统的对话——兼释 20 世纪 30 年代的"晚唐诗热"》，载《现代中国》(第 1 辑)，湖北教育出版社 2001 年版，第 85 页。

② 王泽龙：《中国现代主义诗潮论》，华中师范大学出版社 2008 年版，第 247 页。

③ 查尔斯·查德威克：《象征主义》，引自杨柳编译：《花非花：象征主义诗学》，旅游教育出版社 1991 年版。

④ 杜衡：《〈望舒草〉序》，载梁仁编：《戴望舒诗全编》，浙江文艺出版社 1989 年版，第 50 页。

的小青花。//——给我吧！——她们是属于我的，她们是不属于任何人的。在山顶上，爱人啊，在山顶上。"戴望舒自己创作的《路上的小语》："——给我吧，姑娘，那朵簪在你发上的//小小的青色的花，//它是会使我想起你底温柔来的。"后者从意象的选择，诗歌思维方式，诗歌的结构，隐喻的运用都带有前者强烈的影响。他在中国古典诗歌提倡含蓄和西方象征派诗重视暗示的艺术传统中找到了相通之处，而隐喻便是通往含蓄和暗示的坦荡的大道。① 戴望舒通过隐喻语言的运用找到了中西艺术的交汇点。

新诗肇始者胡适猛烈反对旧诗，在新诗和旧诗之间划下一条森严的界限，然而在实际创作中，旧诗的影子却随处可见。戴望舒认可传统诗歌，积极借鉴和吸收传统诗歌的长处，却以"回返"的方式站到了新诗艺术的前列，根本原因之一便是戴对诗歌隐喻语言创造性的把握和运用。霍克斯认为："隐喻的主要用途在于扩展语言。而由于语言是现实，所以扩展语言也就是扩展现实。并列在隐喻中的诸因素所产生的相互作用，为它们双方都带来了一个新的意义范围，因此当然可以说隐喻创造了新的现实，当然也可以说隐喻把这种现实限定在语言之内，从而使运用语言的人易于接受。"②既迷恋晚唐传统诗歌情调，又深受法国象征主义诗歌影响的戴望舒深谙隐喻与诗歌语言之间玄妙的关系，对诗歌隐喻语言的创造性给予了高度重视和创造性运用，李健吾对此进行了热烈的赞美，说戴望舒等人"语言无所谓俗雅，文字无所谓新旧，凡一切经过他们的想象，弹起深湛的共鸣，引起他们灵魂颤动的，全是他们所伫候的谐和。他们要把文字和语言糅成一片，扩展他们想象的园地，根据独有的特殊感觉，解释各自现实的生命。他们追求文字本身的瑰丽，而又不是文字本身所有的境界。他们属于传统，却又那样新奇，全然超出你平素的素养，你不禁把他们逐出正统

---

① 杜衡：《〈望舒草〉序》，载梁仁编：《戴望舒诗全编》，浙江文艺出版社 1989年版，第 50 页。

② ［美］泰伦斯·霍克斯：《隐喻》，北岳文艺出版社 1990 年版。

的文学"①。戴望舒对"青"多种隐喻内涵的赋予便是这种语言探索的体现，其实质是对"现代诗质"的探寻。这种现代诗质的探寻，"一方面，是体认现代经验的性质，寻求诗歌感觉、想象方式的现代性；另一方面，也是一种把诗歌外在形式灵魂化的追求，从而使新诗弥合现代语言与现代意识的分裂，真正成为一种新的感受和想象世界的艺术形式"②。戴望舒诗歌显示了新诗自白话诗派、浪漫派以及格律诗派之后新的审美尺度，改变了诗歌感受和想象世界的方式，初期浅显易懂的诗歌走上了另一条朦胧多义的道路，新诗进入一个迥异于初期写实派、浪漫派以及新古典派的新时代。

---

① 转引自孙玉石：《中国现代诗歌艺术》，北京大学出版社 2010 年版，第 119-120 页。

② 王光明：《现代汉诗的百年演变》，河北人民出版社 2003 年版，第 249 页。

第三部分　结构隐喻

第十章　隐喻在穆旦诗歌语篇中的建构功能

第一节　隐喻与语篇建构功能

　　隐喻在语篇中具有建构作用，隐喻是一个思维过程，也是一个将零散材料通过创作主体意志与情感的投射，合并为一个有机整体的过程。诗歌是一种间接陈述，它的言说特点是欲说还休，它不动声色地呈现给读者看起来在物理逻辑上毫不同质毫无关联的意象，这些意象若没有一种联系机制将其整合为一个整体，诗歌就沦为材料的堆积。隐喻便是诗歌中各种材料融合为一个有机统一的整体的联系机制，它是诗歌根本思维方式之一，它能使破碎、混乱的经验世界超越日常的逻辑和理性思维方式，建构出一个井然有序、紧密相连、有机统一、清澈澄明的诗意空间。

　　隐喻的这种联系和建构功能在东西方现代派诗歌中被广泛应用，并形成了现代派诗歌独特的"片段"化、"戏剧化"形式以及"平行"结构等。穆旦是中国四十年代现代派诗人的杰出代表，在他的诗歌中，隐喻的语篇建构功能尤其突出，许多诗歌如《防空洞里的抒情诗》《从空虚到充实》等"片段化""戏剧化"特点十分鲜明。本书将从片段化隐喻、原型与潜意识隐喻、文体并置隐喻等三个角度探讨隐喻是如何实现穆旦诗歌语篇的建构功能。

第二节　"片段化"隐喻结构

穆旦相当一部分诗歌初看之下形同意象的堆积，经验碎片的堆砌，片段的拼缀，场景的拼贴，读者只能从中得到一些零碎、混乱的印象，如果不熟悉现代派的写法，不了解隐喻的语篇建构功能，就会晕头转向，不知所云。如《从空虚到充实》，客厅的谈话、咖啡店的 Henry 王、街上成群唱歌的人，流浪的人，痛苦的人，茶会后两点钟的雄辩，洪水的泛滥，德明太太的唠叨……地点、人物、事件瞬息万变，看起来毫不相关，其混乱与庞杂简直令人目瞪口呆。再如《防空洞里的抒情诗》，忽而是不明身份的人物之间拉杂闲散的谈话，忽而是恍恍惚惚的思绪，忽而是现实中的细节描绘，忽而是古老的传说，忽而是人物的幻觉，时空大幅度变化，人物与事件虚虚实实，真假莫测，完全颠覆了传统诗歌意境的清晰明澈和结构的有机严整。再如《蛇的诱惑》《玫瑰之歌》《五月》等无不是打破了诗歌常见的起承转合结构，在过去、现在、未来等多时空，在内心独白、事件描述、人物对话、理性抒情等多种言说方式、多种语气语调、多种文体风格之间自如转换，诗歌里的意象、场景看起来都像是完全被切断了有机关联，诗歌内部的单一、纯粹、有机特征被异质，混杂、对立、多义，破碎、散漫等取代，这便是现代派诗歌非常典型的"片段化"写法。

穆旦的这种写作手法酷似艾略特的《荒原》，后者是现代派诗歌"片段化"写作风格最突出的代表作之一，诗歌中充满了大量各式各样的凌乱、破碎的片段：对话、神话、典故、细节描写、教义，典故……《荒原》的片段性在当时并没有立即被人欣然接受。许多评论家都对诗歌的整体效果表示赞赏，但是对片段拼缀的方式大都不以为然，甚至认为这样使"生活中缺乏方向感和组织的原则，这对最高形式的艺术中的组织也是不利的"①。

---

① F. R. Lesvis. New Bearings in English Poetry. Harmondworth: Pelican Books, 1972: 86.

艾略特对这种创作理念和创作方法进行了阐释："一般人的经验既混乱、不规则，而又凌乱"，而诗人"有统一的感受力"，"有一种感受机制，可以吞噬任何经验"，能将毫不相干的经验在心智里形成"新的整体"。① 这个观点早在克罗齐的《美学》中就有类似的描述：

　　构思悲剧的人把大量的，好比说，把大量的印象注入一个坩埚，许多在其他情况下孕育出来的表达方式和新印象混成一体；就像我们把破碎的青铜块和精美的小塑像一道投入熔炉一样。这些精美的小塑像必须像青铜块一样先熔化，然后才能变成新的塑像。旧的表达语言必须再次降到印象的水平，才能综合成为一种新的单一的表达用语。

　　克罗齐的"破碎的青铜块""精美的小塑像"与艾略特笔下的"经验"异曲同工，现代派诗人对题材没有任何限制，只要有助于表达主题就可以入诗。同时，这些经验、题材在被使用的过程中，获得了比原有的字典意义更加丰富的含义。正如阿多诺对艺术作品构成的异质性的判断："艺术作品并不构成审美反思一向认为如此的那种天衣无缝的形式整一性或总体性……从艺术作品的结构来看，它们并非是有机体；起码可以说，最优产品是敌视自身存在的有机方面的，并将其作为虚幻而又肯定的东西展示出来。"②

　　穆旦深受西方现代派诗人的影响，大胆采用片段连缀、拼接方式创作诗歌，形成鲜明的"片段化"风格。这既是受西方现代派诗歌的影响，也是相应现实的召唤。"一战"后，城市、文化、价值观念、道德信仰等支离破碎，现代派诗人试图用破碎的形式来表达这种混乱、无序、幻灭感。艾略特的《荒原》就是一个成功的尝试。《荒原》出版后，为艾略特赢得了巨大的声誉，并迅速流传开来。叶公超将艾略特详细介绍到中国，并且开启学界艾略特研究之风。20 世纪 30 年代中期对艾略特诗歌理论和作品的译介越来越多。他的弟子赵萝蕤将《荒原》翻译成中文，更多的中国人享受到了这

一精神的盛宴。瑞恰慈和燕卜逊在中国的讲学进一步加速了现代派文学在中国的传播。周钰良回忆："我也记得我们从燕卜逊先生处借到威尔逊的《爱克斯尔的城堡》和艾略特的文集《圣木》，才知道什么叫现代派，大开眼界，时常一起谈论。他特别对艾略特著名文章《传统和个人才能》有兴趣，很推崇里面表现的思想。当时他的诗创作已表现出现代派的影响。"①王佐良回忆说："当时我们都喜欢艾略特——除了《荒原》等诗，他的文论和他所主编的《标准》季刊也对我们有影响。"②"不只是通过书本受到了西方现代派的影响……如今他们跟着燕卜逊读艾略特的《普鲁弗洛克》，读奥登的《西班牙》和写于中国战场的十四行，又读狄仑·托马斯的'神启式'诗，他们的眼睛打开了——原来可以有这样的新题材和新写法！"③20 世纪 40 年代是现代派诗歌在中国的影响走向深化的阶段，也是穆旦诗歌创作走向成熟和高潮的阶段，穆旦显然对艾略特的诗风、诗歌创作技巧进行了有意识的模仿和借鉴。这个阶段的中国也是一个混杂、破碎的年代，各种价值观念，理论，压迫人心的现实，国家的前途的忧虑，个人何去何从的茫然，种种复杂混乱的经验在诗人的周遭涌动，用单一纯粹的手法创作诗歌显然既不符合现实，也无从表达诗人内心的体验，现实呼唤着与之相应的诗歌结构和内容。穆旦采用"片段化"创作技巧既是现实的召唤，也是内心情感的需要。也就是说，"片段化"创作技巧实际上是用文体形式上的破碎来隐喻破碎、混乱、无序的现实和心理状况，让紊乱的诗歌结构本身就形成一个绝妙的暗喻。诗人启动隐喻机制，在破碎的片段和混乱的现实之间发现了相似点，进而创造了"片段化"诗歌结构。《从空虚到充实》《玫瑰之歌》《防空洞里的抒情诗》《合唱二章》《蛇的诱惑》《赞美》等诗篇都具有鲜明的片段化风格。

---

① 周钰良：《穆旦的诗和译诗》，载《一个民族已经起来》，江苏人民出版社 1987 年版，第 20 页。

② 王佐良：《穆旦：由来与归宿》，载《一个民族已经起来》，江苏人民出版社 1987 年版，第 2 页。

③ 王佐良：《谈穆旦的诗》，载《丰富和丰富的痛苦》，北京师范大学出版社 1997 年版，第 3-4 页。

　　试以《从空虚到充实》第一部分为例，这一部分几乎全是意识凌乱的流动。首行和第 2 行是抒情化的内心独白，出现的几乎全部是情感类形容词，描述个体对现实社会的感受。第 3 行到第 7 行文体上类似于自言自语，自我祈求，自我驳斥，孤独、矛盾、单调、无聊。第 8 行到 31 行片段化的特点最为明显，也最难解读。这一部分是叙事性文体。第 1 行和第 2 行可以看作是对心理状态隐喻化描写，第 3 行和第 4 行是一个原型隐喻，出现了"洪水"的意象，它来自圣经中"诺亚方舟"的故事。上帝看人类互相残杀，大地上丑恶横行，于是决定毁灭所有的生物，除了诺亚和他的方舟中洁净的生物。天渊的泉眼打开，滔天洪水淹没了大地，除了诺亚方舟中的生物，凡是有气息的都被毁灭。接着作者臆造了一个人物 Henry 王，这是淹没在时代浪潮中的千千万万个普通人中的一个，为家庭琐事烦恼，对前途迷茫，追问生命的意义和苦难，欲投身火热的生活又犹豫不前。这显然是现代文学史上常见的"零余人"的形象。这个形象与前面诗行表达的情绪是对应的。

　　这三个部分无论是内容还是文体都是断裂的，破碎的，忽而是抒情，忽而是对话，忽而是叙事；忽而是历史传说，忽而是现实写照，忽而是内心独白，诗歌的跳跃性、省略性、异质性、混杂性在这里被穆旦发挥到极致，诗歌的有机整体性看起来似乎完全被抛弃了。但是"现代汉语诗歌接受了科学理性的思维方式的影响，重视事物之间的关系，注重诗歌的内在诗意生成，把真切表现现代人复杂的情感思想和具体、生动、深刻的生活经验放在首位；在诗歌形式上不强调单个字或词语的个体蕴含，而突出诗歌形式整体的诗性建构，强调句与句间的组合关系。"[①]现代汉语诗歌中"存在一种碎片化的空间，由孤独可怕的客体构成，因为它们之间的联系仅仅是一种潜在的可能。"[②]无论诗歌的时空与场景怎样的跳跃、切换、凌

---

　　①　王泽龙、钱韧韧：《现代汉语虚词与新诗形式变革》，《中国社会科学》2014 年第 9 期。

　　②　Roland Barthes. Writing Zero Degree，Translated by Annette Lavers and Colin Smith，London，pp. 54-55.

乱，丝毫不影响诗篇内在的整体性和统一性。它是通过哪些衔接手段实现这一目标的呢？

首先是逻辑的统一。三个部分表达的都是对生活、生命乃至存在本身意义的追寻，都是对现实生活的一种诗意描述。前两个部分重在写情绪和感受，第三部分则通过具体的人物和场景进行列举、增补、解释、例证。作者列举了现实生活中种种生活状态：有的像空洞单薄苍白的影子，无视现实，被动等待，既恐惧，又幸福，在自己建造的无形的墙里等待福音的降临；有的陷入家庭琐事的烦琐与平庸中，茫然失措；有的回忆快乐的往日，沉溺于虚幻的幸福中；有的在"旗"的号召下，走上街头，热血沸腾，奔走呼号；还有的在行进的队列前被感召，但又犹豫彷徨……生命的种种形态，生活的种种状态都被诗人以流动的梦幻般的意识流手法穷形尽相的描绘出来。这样的生活，这样的生命，是空虚的，还是充实的？读者情不自禁发问。

其次是人物的替代。（这一点在第二节中表现得更为突出，第二节中出现了一个女人，两个男人，还有一个不是你也不是我，甚至性别也很模糊的人）。诗中每一个人物都代表个体生命的一种状态，某一段时空交叉点上的一种状态。每一个人物你中有我，我中有你，甚至男人和女人都统一在一个人身上，就连读者在解读诗歌的过程中也情不自禁成了诗中的人物。重要的不是他们是谁，而在于他们身上显现出来的内容是什么，无论正反善恶，无论是正向类比还是反向类比，都能构成隐喻关系。

布鲁克斯说："人物和其他象征一样，那种表层的关系可能是偶然的，而且显然是无足轻重的，既可能是讽刺性的，也可能是随意联系在一起或者在幻觉中联系在一起的，但在全诗的上下文中更深层的关系却因此而显示出来了。其结果是产生了一种经验的整一感，一种所有历史时期的一致感，和一种随之而来的诗的大主题的真实感。"①

再次是诗歌结构中大量的空白和断裂激发的思维与意义空间带来有机

---

① Clean Brooks. Modern Poetry and Tradition. 169.

统一性。"不管意象和语词本身是多么蕴涵丰富，那都是有限的，只有空白和断垣包蕴着无限的，因为这种沉默只会诱发和暗示，却不直接言说；正是这种沉默中潜伏着莫名的情绪和神秘的奥蕴"。① 也就是说，穆旦在运用片段化手法创作诗歌的时候，有意识不遵守常规的语法与逻辑规则，有意制造意象、语词、场景、语气、语调之间的断裂与空白，迫使读者忽视语词意义，将阅读重心放在语词或段落的组织形式上，放在诗歌的结构上。所以读者若是想从穆旦诗歌语句中寻找微言大义，肯定会大失所望，甚至认为诸如《防空洞里的抒情诗》这样的诗歌是胡言乱语，怪力乱神。但是若将阅读视点放在诗歌结构上，所有的不惑可迎刃而解。诗人正是用乱糟糟的此起彼伏的毫无关联的片段隐喻现实的混乱和内心的茫然和惶恐，须知，语言的意义在强大的现实冲击波面前是有限的，无力的，言说在很多时候要么词不达意，要么隔靴搔痒。但是用喧哗的语词搭建起来的无声的结构却是一个意味无穷的象征物，作者和读者种种复杂的思想、情绪都可以在这个无限的象征物中进行投射和沟通。

作者通过人物身份的切换，通过一个个片段的流动，通过片段之间的空白带来的无声的启示，用一种形式上的支离破碎隐喻了一个破碎、彷徨、无序的经验世界。

这种片段化创作技巧也是艾略特"客观对应物"诗学理论付诸实践的体现。艾略特说："诗人没有什么个性可以表现，只是一个特殊的工具，不是个性，使种种印象和经验在这个特殊工具里用种种意想不到的方式来互相结合""诗不是放纵情感而是逃避情感，不是表现个性，而是逃避个性"，显然艾略特反对像浪漫派诗人那样直抒胸臆，他认为"用艺术形式表达情感的唯一方法是寻找客观对应物；换句话说，是用一系列实物，场景、一连串事件来表现某种特定的情感；要做到最终形式必然是感觉经验的外部事实一旦出现，便能立刻唤起那种情感。"② 寻找"客观对应物"来表达情感

---

① 陈庆勋：《艾略特诗歌隐喻研究》，上海人民出版社 2008 年版，第 143 页。

② 艾略特著，王恩衷编译：《艾略特诗学文集》，国际文化出版公司 1989 年版，第 2、6、11 页。

的过程便是隐喻机制启动的过程，诗人将自己的体验，感觉，经验等投射到"一系列实物、场景、一连串事件"等一连串客观事物中，形成了泥沙俱下，诸多片段杂糅拼贴的"片段化"隐喻结构。

这也是所谓"陌生化"手法，通过大量的碎片，新颖的结构迫使读者从传统的阅读和感受方式中走出来，另辟蹊径，改变与作者进行沟通和交流的方式，改变阅读诗歌的方式，获得不一样的审美感受和阅读感悟。

第三节　原型与潜意识隐喻结构

原型隐喻对诗歌整体性起到很好的建构作用。在《从空虚到充实》中，几乎每一节都有洪水意象的描述，并且水势由远而近，一节比一节汹涌。第一节，只是喊着"来了！"；第二节"扑打我，流卷我，淹没我，从东北到西南"，使我"不能支持"。第三节看似暂缓的语气中暗含着凶险，"水来了，站脚的地方"；第四节洪水终于来临，作者用慢镜头进行了惊心动魄的全景和近景描写："洪水越过了无声的原野，/漫过了山角，切割，暴击；/展开，带着庞大的黑色轮廓/和恐怖，和我们失去的自己。"这灭顶之灾令每一个人惊恐战栗。第四节最后一部分，洪水带来了死亡，拍打我们的内心，吞噬我们的"血液"和"骨肉"。每一节中的洪水意象你呼我应，步步推进，一线穿珠，贯穿全文，构成强有力的深层结构。

文化人类学家发现了人类的原始思维方式（隐喻），弗洛伊德和荣格的无意识理论足以证明原始的隐喻思维虽然被理性逻辑思维抑制，但是仍然顽强的存在于人的意识深处。两者结合，原型隐喻便成为现实社会的对应物。创世神话、远古传奇、文学典籍中的母题在一种文化中深深切入民族精神的根部，它们广为传播，广为接受，成为既定秩序的象征。当诗歌对它们征用的时候，它们就为碎片般的现实和心理意识构建了一种内在的骨架。也就是说，现代派诗歌中的原型隐喻，不像普通隐喻在古典诗歌中一样仅仅起装饰作用，而是一种整体性的结构隐喻。

洪水意象在圣经故事中有两个作用：一是毁灭：它是"死亡的符咒"，

死神的象征，一切生灵在它的追逐下都溃不成军，在它狰狞洪亮的笑声中，大地陷入死亡的静寂中；一是新生，当旧的世界被摧毁了，耶和华就可以着手来营造一个新的世界，鸽子衔来的第一枚橄榄叶意味着希望的诞生。所以，《从空虚到充实》中反复出现的"洪水"一方面意味着作者对现实世界的质疑、厌恶、恐惧、批判、绝望，另一方面意味着绝望中的反抗：置之于死地而后生！希望孕育于死亡，死亡创造新生！毁掉旧世界，意味着创造新世界。在这里我们看到了鲁迅先生反抗绝望精神的延续。故最后一节既是对死亡的描写，也是对新生的召唤。

原型隐喻构成了一个潜在文本，破碎片段构成显在文本，二者的互文性构成了隐喻关系并由此形成了全诗的整体结构。隐喻思维能够让神话和历史、梦境与现实、意识与无意识、现在与过去连接起来，这些成分都像克罗齐所谓的"青铜块"一样，被诗人的统一感受力纳入诗中，获得新的意义。穆旦的诗歌经常会出现这样的结构：他一支笔写现实生活，另一支笔写神话原型、传说、梦境、意识的流动，双线交织前进，形成隐喻的并行结构。

《蛇的诱惑》中的"蛇"是一个原型隐喻。小序是关于蛇的传说，小序、标题与诗歌正文形成一个隐喻式平行结构。在中西方的原始神话中，"蛇"的地位相当高。在中国古代的神话中，"蛇"被看作"龙"的基本形态，龙是在"蛇"基础之上经过想象加工而成的。闻一多先生在《伏羲考》一文中认为，在当初众图腾单位林立的时代，内中以蛇图腾最为强大，蛇图腾兼并同化了许多弱小单位的结果就是龙图腾的诞生。所以龙图腾的主干部分和基本形态是蛇。中国古代许多典籍都有记录，女娲伏羲是"人首蛇身"，而这两人又是华夏民族的创始人，整个华夏民族应从他们这里溯源。因而蛇是原始生殖力的象征。而生殖力的象征主要归于对女性的崇拜上，同时也是对母亲的崇拜与热爱的产物。

《圣经·旧约·创世纪》中，亚当与夏娃被蛇诱惑，偷食了禁果，于是被上帝永远地逐出了伊甸园。女人从此有了怀孕的痛苦，依赖丈夫，受丈夫管制；男人要终其一生在土地里劳动才可以得到吃的。并且蛇永远与女人为敌，蛇咬女人的脚跟，女人打蛇的头。同时蛇必须用肚子走路，终生吃土。这里，蛇与女人有了密切的关系。除了在《圣经》中对蛇有过描写，并且是以邪恶的化身出现的之外，西方的蛇又是与女性和生殖有关的。"作为代表生育力的蛇，它是大地女神的一部分，而作为地下之水，它使她的子宫受孕；它也可以代表天上之水，是智慧—精神之蛇，进入并引导女性灵魂，也可以看作是诱惑而使之受精。"①所以在东西方不同的原始神话中，蛇的意义都与生殖、土地、女人、人类起源等有关。

穆旦《蛇的诱惑》这首诗写于1940年2月，还有半年他就要从西南联大毕业。这意味着他即将面临人生的重大抉择。当时的国家、社会处于剧变、动荡时期，神州大地狼烟四起，抗日战争进入艰难的第二阶段。穆旦虽置身大后方，但是作为一个有强烈爱国情怀的知识分子，在国家面临亡国灭种的危机之际内心不可能是平静的。是投笔从戎还是明哲保身？在出世与入世之间，穆旦面临选择。对穆旦以及当时广大知识分子而言，天下兴亡，匹夫有责。面对残损的山河，热血男儿拍案而起。然而时局动荡，政府腐败，报国无门。显然无论哪种选择都是"艰难的选择"，这种进退两难的处境就导致内心的煎熬和不为人理解的寂寞。人"穷"则返"本"，会问天叩地，寻找心灵的归宿和精神的依托。这种归属在文学形象上就表现为对土地的眷恋、对女性的崇拜、对母亲的热爱。而这三方面意味的叠合恰恰是"蛇"在神话中所具有的意味。蛇的原始神话宗教的意味与穆旦及当时广大知识分子的心理状态形成极佳的隐喻。

《蛇的诱惑》正文也是典型的双线平行发展结构。一条线是现实的：写"我"陪德明太太去百货公司购物沿途所见所闻；另一条是心理意识的流动，写我在陪德明太太购物过程中所思所想。人的心理有显意识层面和无意识层面，无意识层面的内容必须通过感觉意象的具体化才能为人感知和体验。也就是说，通过隐喻的投射，无意识的观念、思想成为可以感知和

---

① ［德］埃利诺伊曼：《大母神——原型分析》，东方出版社1998年版，第145页。

体验的形体。现实生活充满狂欢、混乱、虚无的气息，人们一如既往、麻木不仁的生活，谁也没有觉察到"我"内心极度的痛苦和纠结。我反反复复追问"又平稳又幸福"的路在何方？我反反复复问自己："我活着吗？我活着吗？我活着为什么？"在迷茫中，我渴求智慧，希望成为伊甸园中那个智慧的果子，我渴望摆脱贫穷、卑贱、粗野、劳役、痛苦……在这阴暗的生的命题前，我苦苦追寻人类精神的家园和温暖的归宿。

　　这首诗的结构像一个金字塔，标题和小序形成深层结构，正文是表层结构；正文中意识流部分形成深层结构，现实生活形成表层结构，结构与结构之间层层呼应，形成互文，使本诗结构极具张力，诗篇主旨穿越时空，上升到形而上空间，直指存在等永恒性、根本性的命题。郑敏说："诗的结构层次越多，对话也愈丰富。""诗的魅力的另一个来源就是诗的内在结构……这种结构是诗人的思想境界的结晶"[1]"在现代派诗中，多层结构是很常见的，这很像现在城市的多层建筑。诗的底层可以是平凡而现实的生活的片段，然而，在这底层之上有伸展向象征主义的高空的建筑。"[2]

　　主题和结构都与此类似的还有《防空洞里的抒情诗》，也是将传说、现实、意识流这些青铜块倒进诗歌的"坩埚"里，用传说来喻示现实，通过对现实的反思，追问生存的意义和价值。

第四节　文体杂糅式隐喻结构

　　还有一类隐喻结构比较特别，是用两种或多种诗歌文体的并置、对比形成隐喻。代表文本就是《五月》。文体的不同往往带来节奏、意象、文体内部结构等多层面的对照。这首诗由两首文体截然不同的诗相互穿插构成，一首是仿文言旧体诗词，一首是现代白话诗，两者的形式与内容形成

---

[1]　郑敏：《诗的魅力的来源》，载《诗歌与哲学是近邻——结构—解构诗论》，北京大学出版社 1999 年版，第 65、66 页。
[2]　郑敏：《诗的魅力的来源》，载《诗歌与哲学是近邻——结构—解构诗论》，北京大学出版社 1999 年版，第 65、66 页。

意味深长的对比。作者运用这种独特的诗歌结构多侧面、多层次地表达意义。正如布鲁克斯所指出的："华兹华斯和唐恩既然都是诗人，他们的作品基本上有一种相同的结构，而那种我们认为与唐恩有联系的富有活力的结构——进击与反击构成的那种模式——在华兹华斯诗中也有与之相当的东西。这两个人的作品里，部分与部分之间存在着有机的联系，那就是说，每个部分都影响整体，也接受整体的影响。"①

《五月》中两首诗的对比可以细分为三个层面。第一个层面是文体层面的对比，一是戏仿中国传统诗歌，一是典型的中国现代新诗。前者四句七言，字数整齐，读起来朗朗上口，但是明眼人一眼看出，这不是真正的旧体诗，而是押韵的歌谣。江弱水指出"五首古典绝句的仿作……居然没有一首平仄妥帖""音调别扭"。例如：

负心儿郎多情女(仄平平平平平仄)
荷花池旁订盟约(平平平平仄仄平)
而今独自凭栏想(仄平仄仄平平仄)
落花飞絮满天空(仄平平仄仄平平)②

江弱水举例的本意是力证穆旦对"古代经典的彻底的无知"（王佐良语），所以"写不来一首平仄大致不差的绝句"。但是穆旦本意并不是要写一首平仄妥帖的绝句，他是想通过对旧诗词形式的戏拟，造成一种"猝然的对照"；通过这种对照来反映"两种精神世界，两个时代"，而这种创作技巧，恰恰体现了"燕卜逊所教的英国现代派诗的影响，已经深入中国青年诗人的技巧和语言中去了。"③什克洛夫斯基将"戏仿"理解为一种通过"裸露"陈旧艺术形式的手法，使陈旧的形式显得僵硬、机械甚至荒谬，从

---

①　赵毅衡编：《"新批评"文集》，中国社会科学出版社1988年版，第345页。
②　江弱水：《中西同步与位移》，安徽教育出版社2003年版，第146页。
③　王佐良：《穆旦：由来与归宿》，载《一个民族已经起来》，江苏人民出版社1987年版，第3页。

而从陈旧的形式或"死形式"中创造出某种新艺术形式的手段。"戏仿"能重新利用已废弃不用的文体的手法，从而创造出新的文体和作品。他指出不仅是戏仿作品，甚至"每一件艺术作品都是作为一个现有模式的类似物和对照物而被创造出来的。一个新的形式不是创造出来用以表现一个新内容，而是为了从一个旧形式里去接受所失去的作为一种艺术形式的特征的东西"。① 旧诗词有格律，其长处是音韵铿锵，音调和谐，但是固定不变的格律容易带来内容的空洞，缺乏真情实感。最平庸的诗人只要懂得了"四声八病"，也能"不会吟诗也会吟"。

现代诗部分读者却可以借助长短不一的句式，忽快忽慢的节奏，高低起伏的音调，感受到现代情绪的紧张与痛楚。如首行"勃朗宁，毛瑟，三号手提式"节奏短促快捷，紧张有力，宛若绷得紧紧的弦，先声夺人；第二行"或是爆进人肉去的左轮"句子长了，但是在看似舒缓的语调中却积蓄了更强的爆发力；第三行"它们能给我绝望后的快乐"将前三句积蓄的力全面引爆：这些意味着死亡、战争的杀人武器毁灭了人类的肉体，也毁灭了我对人性的不切实际的幻想，我在痛楚中大彻大悟：索性让战争将这些罪恶一起毁掉吧。第三行的"绝望"和"快乐"是语言悖论式反讽，为什么我会在"绝望中快乐"呢？后面几行是两句带有分句的长句子，用稍缓的语调阐释为什么会在"绝望中快乐"，因为我"从历史的扭转的弹道里，""得到了二次的诞生"，因为我领悟了鲁迅先生"反抗绝望"的精神，后面几行节奏虽慢，语调虽缓，但诗句底层内蕴却更加凝重。这一节整体的节奏是快—慢—快—慢，在这忽快忽慢的节奏中，读者能够清晰地感受到情绪之流一波一波的冲击。两种文体在语音、节奏、语调等层面构成了特定意义的隐喻。

《五月》第二个层面的对照是意象的对照。旧体诗中的意象是淡淡花香，声声布谷，思乡浪子，荷花誓盟，凭栏伤情，落花飞絮，春花秋月，

① J. M. 布洛克曼：《结构主义》，中国人民大学出版社 2003 年版。转引自程军：《什克洛夫斯基论"戏仿"》，《理论界》2009 年第 5 期。

一叶扁舟，晚霞炊烟，良辰美景等。这些意象都是传统诗歌中最常见的意象，尽管它们玲珑剔透，精致优美，但因为用的过多、过滥、过久，已经成为一种"死隐喻"，附着在这些意象上面的情感已经成为集体无意识，这些意象以及由这些意象组成的诗句缺乏新鲜感和活泼的生命力，这些意象组成的是一个陈旧的世界。而现代诗歌中的意象是充满现代气息的勃朗宁、毛瑟、三号手提式、爆进人肉去的左轮、漆黑的枪口、无尽的"谋害者"、愚蠢的人们、炮火映出的影子、鲁迅的杂文等。这些意象凝聚了诗人独特的情思，具有特定的内涵，透露的是诗人对战争与人性的思考。两重意象，两个世界，一个是远远落后于时代的静止的农业社会的场景，一个是充满张力与动感的现代社会的写照。所以，《五月》第二层面的对照在于通过语言的力量，揭示了两种不同价值观之间无可逾越的价值鸿沟，一种无形的张力让诗歌的主题得到了延伸。

　　《五月》第三个层面的对照对比存在于旧体诗词和现代诗歌自身内部结构之中。旧体诗词一共分为五小节，第一节是明媚的春天，情调高昂；第二节是怨妇凭栏，文气开始下沉；第三节年华流转，人生无常，笔调渐指虚无；第四节写人们用及时行乐对抗生命的短暂和虚无；最后一节笔锋突转，以"他们梦见铁拐李／丑陋乞丐是仙人／游遍天下厌尘世，一飞飞上九层云"的诗句结尾，人们渴望通过得道成仙来得到永恒的生命，逃避尘世的苦恼。但是这种方式显然是行不通的，作者以此反衬古人的浅陋与天真，暗示时代的更替，价值的变化，人类对自身与世界的关系在深化。这五节文气由最初的高昂到后来的渐渐下沉，第四节微微上升，但是第五节一沉到底，一针见血地指出对现实的逃避和自欺欺人是行不通的。而现代诗歌中的"我"在第一节中就从"勃朗宁，毛瑟，手提式，／或是爆进人肉去的左轮"中，得到了一种绝望后的快乐，并"从历史的扭转的弹道里"，获得了二次的诞生，学会了鲁迅的杂文。现代人的代表——"我"，一出场就是一个有独立思考能力、品格独立的人，并开始用批判和质疑的眼光看待世界。第二节顺势而下，写"我"发现现代世界是混乱、黑暗、虚伪的。"愚蠢的人们"是正话反说，这是一群被革命和真理、正义激励的时代潮儿，但也是容易被利用、被蒙蔽、被欺骗的人群。"愚蠢"既是反讽，又含着正义、真理、热情被玷污的痛惜。当各种名义的革命"火炬的行列叫喊过去以后"，曾经被"愚蠢"的人们看作是正义的事物，竟然毫不留情地把他们推向了泥淖，"而谋害者，凯歌着五月的自由"，牢牢地控制着这个世界。真相是残忍的、荒诞的，"一将功成万骨枯"，所谓正义、真理往往只是某股势力争权夺利的遮羞布，我的发现是惊心动魄的。第三节，在这样惊心动魄的事实面前，我既没有选择随波逐流，也不再那么容易被诱惑和欺骗，我"于是吹出些泡沫，我沉到底，/安心守住了你们古老的监狱，/一个封建社会搁浅在资本主义的历史里"。"我"把自己整个地陷入黑暗之中，但并不是要成为黑暗的一部分，而是试图在黑暗中寻找、创造黎明的曙光。"黑夜给了我黑色的眼睛，我却用它寻找光明"。但是，当"我"沉入黑暗的世界后，诗歌进入了第四节，诗人突然来了一个大逆转：善于批判和质疑，具备革命者素质的"我"并不见得永是侠肝义胆的斗士，不见得是永不变质的玉石，"我"不仅要"飨宴五月的晚餐"，而且"要在你们之上，做一个主人"，同时，"我的怀里/藏着一个黑色的小东西，/流氓，骗子，我们一起，/在混乱的街上走——"，"黑色的小东西"暗喻人类的劣根性，这就颇有点原罪的意味了。第四节与前面三节形成反讽，揭示了人们自身所存在的黑暗性和劣根性，而这黑暗性、劣根性是需要人们警醒和正视的，否则，所有的革命，所有的一切正义的追寻，都只会变成一种鲁迅所提到的"历史的轮回"。诗人用结构暗示一个真理：即自身如果缺乏一种灵活的、不断创造又不断毁灭、不断质疑又不断批判的机制，那么，所有的一切，都只会沦为一种虚无的境地，沦为历史的不断循环和轮回。这充分显示了现代人勇于正视现实，善于发现事实真相，善于反省，不自欺，不欺人，善于辩证思维的优良品质。与旧体诗文气的不断下跌相比，现代诗部分是不断上扬，扬到顶点的时候，凌空一击，闪烁出绚丽的思想火花。

　　仔细品味《五月》的结构，表层像两条平行的大路，走进去讶然发现每条大路上竟又有无数的小岔道，每一处岔道既有其内在的风景，又相映成趣。而所有的"风景"在隐喻的魔力下，又都是统一的，密切联系，不可分割的。

而不同时期的文体并置杂糅入同一首诗的根本用意是用语言、文体的变迁与演变来隐喻社会的变迁，文化的演变，个体生命的循环。语言、个体生命、社会群体都在时间之流里萌芽、成长，成熟，衰亡，新生。"古往今来，语词的冲击力都是由语词的组织形式而非意义决定的，因为意义从来都不可能是纯粹的和稳定不变的，相反它会因背景和过程而衰微或者流变。"①

传统诗歌往往有句无篇，以炼字和警句见长，一首诗能够流传千古，往往是因为其中的名句，这个句子即使单独拿出来，诗意、意境并不会受到太大的影响。如"春风又绿江南岸""红杏枝头春意闹""海上生明月，天涯共此时"，"秋水共长天一色，落霞与孤鹜齐飞"等都是极为美妙的诗句。而现代诗歌则强调整体感，逻辑感。诗歌中每一个句子，每一个词汇都是不可分割的整体，把他们组合在一起是诗，是带有诗人个人情思烙印的独特风格的诗，但是一旦把其中某个词汇或是句子从中剥离出来，要么诗味全无，要么改变了其中的诗意。也就是说，现代诗歌的结构本身是会说话的。现代诗人利用文体结构来隐喻、暗示读者他真正想表达的东西。布鲁克斯说"我们可以用一句话来总结现代诗歌的技巧：重新发现隐喻并充分运用隐喻"②。穆旦可谓中国现代派诗人中重新发现并充分运用隐喻的杰出代表。隐喻思维与隐喻结构给他的诗歌语言带来的是感性与抽象的并重，形象与概念的共存，呈现出与传统诗歌语言决然不同的思维方式和审美趣味，在本质上实现了中国新诗的现代性转换。

---

① 陈庆勋：《艾略特诗歌隐喻研究》，上海人民出版社 2008 年版，第 147 页。
② [美]布鲁克斯：《反讽——一种结构原则》(1949)，载赵毅衡编：《新批评文集》，百花文艺出版社 2001 年版，第 377 页。

第十一章　隐喻在李金发诗歌中的建构功能

　　20世纪20年初，以"丑怪诗风"异军突起的李金发在诗坛蒙蒙"微雨"中获得了褒贬不一的评价，部分批评者对他持否定态度，如新诗肇始者胡适强调诗歌要"明白清楚"，批评象征诗晦涩难懂，说他的诗是一个使人难猜的"笨谜"。任钧也指责象征派诗歌的晦涩和暧昧，说读这些作品"好像在听外国人说中国话"，"读了也等于不曾读"①。然而这些所谓"读不懂、可读性差的诗歌"却得到朱自清的极力肯定和赞扬：他说"他（李金发）的诗没有寻常的章法"，"他要表现的不是意思而是感觉或情感；仿佛大大小小红红绿绿一串珠子，他却藏起那串儿，你得自己穿着瞧。"②用李金发自己的话说就是："诗人因意欲而作诗，结果意欲就是诗。意欲在他四周升起一种情感及意想的交流。"③这种所谓不寻常的"章法"缘于隐喻结构在诗歌中的大量灵活运用：李金发通过隐喻串联起看似不相干的诸多意象，并建构诗歌结构、形成语言框架，为新诗的传播提供了新的路径，而被李金发"藏起"的"那串儿"正是他的"意欲"——情感脉络和心理轨迹。

　　"诗人的大脑完全是一套隐喻的句法"④。隐喻在李金发诗歌建构过程中被广泛应用，并形成了具有浓郁现代主义文学风格的"意识流"和"双声

---

　　①　杜学忠、穆怀英、邱文治：《论李金发的诗歌创作》，《中国现代文学研究丛刊》1983年第1期。

　　②　赵家璧主编：《中国新文学大系·诗集·导言》，上海良友图书公司1935年版，第7-8页。

　　③　王泽龙：《中国现代主义诗潮论》，华中师范大学出版社2008年版，第82页。

　　④　束定芳：《隐喻学研究》，上海外语教育出版社2000年版，第120-121页。

部"两大结构特点。

第一节 意识流结构

"意识流"概念由美国机能主义心理学家威廉·詹姆斯于1884年首倡，之后获得西格蒙德·弗洛伊德的"无意识"理论的支撑，又被小说家弗吉尼亚·伍尔夫、马塞尔·普鲁斯特、詹姆斯·乔伊斯等人发扬光大，后逐渐成为西方文学中一种别具一格的写作手法，被视为20世纪现代主义艺术的主要成就之一。而意识流小说也逐渐形成一个独立的风格流派影响至今。意识流小说以内心独白、自由联想为手段，淡化故事情节，围绕人的意识活动展开叙述，给读者以梦幻和陌生的阅读体验。随即诗歌也引入该手法，产生了一批具有意识流色彩的现代诗。意识流究竟囊括哪些技巧目前尚无定论，美国当代批评家梅·弗里德曼在《意识流：文学方法的研究》中认为，内心独白、内心分析和感官印象是意识流最主要、最常用的三种方法①。除此之外，中国学者刘庆雪还关注到意识流小说中的时空跳跃技巧，认为人物意识的流动可以跨越物理时间和现实空间的束缚，在心理时间和心理空间中频繁跳跃，使作者能在有限的时间和空间内表现出更加丰富的思想内容，呈现出了人类丰富多彩的内心世界②。从本质上来讲，内心独白、感官印象和时空转换(跳跃)这些意识流技巧所展现出模糊、矛盾、自由的审美特征，形成了无序的片段化隐喻结构，是诗人用形式上的断裂和疏离来隐喻破碎、混乱、无序的现实和心理状况，让诗歌结构本身就形成一个绝妙的暗喻。

所谓内心独白可以分为两种，一种是感性的，就是作者直接引述抒情主人公的心灵话语，将它毫无保留、原原本本地呈现在读者面前，是非理性、无逻辑的；另一种则是理性的，抒情主体对自己的精神世界和心理世界进行一定程度的分析和推理，有比较严密的逻辑。意识流是灵动的，是

---

① ［美］弗里德曼著，申丽平等译：《意识流：文学手法研究》，华东师范大学出版社1992年版，第4页。

② 刘庆雪：《试析意识流小说时空跳跃的艺术技巧》，《江西社会科学》2008年第5期。

思维在脑中的自由体操，此时的诗人进入了意识混沌状态，时而迷幻时而清醒，迷幻时的诗句是自我独白，清醒时的诗句又成了审视之前呓语的理性分析。诗歌的基本功能是抒情，相比于叙事，用于抒情的意识流使作者能够更容易进入和把握自己的情绪，需要把情感加以宣泄的时候使用内心独白，需要将它加以节制、舒缓节奏的时候就成了内心分析。快与慢、狂野与理性、激昂与沉静在这里相互交织，这样一来诗人自由奔放的思想情感就在泼洒到位与收束得当之间取得了平衡。李金发诗歌中有很多独白式的作品，如《题自写像》《希望与怜悯》《岩石之凹处的我》《自解》等，这些作品中作者与自己对话、与虚无对话，把自己的心境排布在纸面上，把想法和盘托出。诗人在《题自写像》中这样与"另一个自己"对话：

> 即月眠江底，
> 还能与紫色之林微笑。
> 耶稣教徒之灵，
> 吁，太多情了。
>
> 感谢这手与足，
> 虽然尚少
> 但既觉够了。
> 昔日武士被着甲，
> 力能搏虎！
> 我么？害点羞。
>
> 热如皎日，
> 灰白如新月在云里。
> 我有革履，仅能走世界之一角，
> 生羽么，太多事了呵！

1923 年于柏林①

---

① 李金发：《李金发诗集》，四川文艺出版社 1987 年版，第 31-32 页。本书所引李金发诗歌皆来自此版本。

这首诗所作之时，李金发正在德国柏林游学，因为觉得当时的立体派和先锋派的绘画艺术"不合自己的胃口"于是"并无好感"，就自己在寓所练习雕刻和油画①。画自画像是一个历史悠久的文化习俗，在画中题诗写字也是中国古代文人书画传统的典型表现。诗的第一节写的应是画中景物，月亮落入江底，背后紫色的山林凝视着每一个观赏这幅画像的人。紫色象征着噩梦、恐怖、死亡和幽灵的文化意义，与"微笑"并行出现生发出一种诡异的感觉。面对这幅油墨未干的西式技法作品，这个中国诗人向自己发问："我是耶稣之灵吗?"显然不是，不过是自作多情罢了。第二节视角转到自己的手足上，作者将自己的身形与古代的猛士相比，虽然不能暴虎冯河但也足用余生了。第三节又转回到画中景物上，此时恍惚于日月之间，在异国的我身着西装革履，凭我的一双脚只能走到世界的某一角。之后思维飞上天空，想生出一对翅膀吗? 无事生非! 从画内到画外，从心外到心内，生理视觉和心理视野的变换使写作视角有变化不致呆板，也预示着诗人向内向己寻求文化和解的倾向；三节诗歌，三次转折，节与节之间是场景的变换，句与句之间是语义的转折，自我肯定与否定的对立面不停地翻转、抵触；一个从中国南方乡村辗转到欧洲资本主义强国留学的年轻人看到以"耶稣基督""西装革履"为代表的西方文明，不免有些民族性自卑，此时的他不知道该如何面对哺育自己二十余年的厚重传统，又该如何接纳这新奇的现代文明，于是在这幅西式画作和这个东方人之间无形中生成了一道巨型的文化沟壑。随着视角的转换、语义转折的触发，主人公对传统信仰崩溃的茫然和对现代意识觉醒的错愕在字里行间和画作现实之间频繁流动，心理矛盾体也被推来推去，辗转在自我揶揄之间，从而使诗歌俨然浑然一体。

弗里德曼指出感官印象是"头脑一般说来是消极被动，只受瞬息即逝的印象的约束"，"只是和一小部分意识有关，但它是距离注意力中心最远的一部分"。可以理解为：感官印象，是在一段意识中并非人物注意力所

---

① 陈厚诚：《死神唇边的笑：李金发传》，百花文艺出版社 2008 年版，第 65 页。

集中的，而只是人物的感官于瞬间偶尔捕捉到的、稍纵即逝的客观存在物①。内心独白是诗人将自己的全部意识明白无疑地说给读者听，感官印象则不同，虽然它也可以通过内心独白的方式表现出来，但不是表现全部意识或者"有意识"，即只是"潜意识"或"下意识"，所以感官印象总是以片段、不连贯、朦胧模糊的形态出现。李金发刚到巴黎时，正是印象主义、新印象主义和后印象主义之流风靡法国艺坛的时候，他也"一度对雷诺阿等印象派画家颇为醉心，称赞马奈为'人杰'"②，或受印象派影响，他的诗作中多有刻画感官印象的痕迹。较典型的是《寒夜之幻觉》一诗：

> 窗外之夜色，染蓝了孤客之心，
> 更有不可拒之冷气，欲裂碎
> 一切空间之留存与心头之勇气。
> 我靠着两肘正欲执笔直写，
> 忽而心儿跳荡，两膝战栗，
> 耳后万众杂沓之声，
> 似商人曳货物而走，
> 又如猫犬争执在短墙下，
> 巴黎亦枯瘦了，可望见之寺塔
> 悉高插空际。
> 如死神之手，
> Seine 河之水，奔腾在门下，
> 泛着无数人尸与牲畜，
> 摆渡的人，
> 亦张皇失措。
> 我忽而站立在小道上，

---

① 屈光：《中国古典诗词中的意识流》，《中国社会科学》2000 年第 5 期。
② 陈厚诚：《死神唇边的笑：李金髪传》，百花文艺出版社 2008 年版，第 41 页。

两手为人兽引着，

亦自觉既得终身担保人，

毫不骇异。

随吾后的人，

悉望着我足迹而来。

将进园门，

可望见峣峨之宫室，

忽觉人兽之手如此其冷，

我遂骇倒在地板上，

眼儿闭着，

四肢僵冷如寒夜。

诗人调用了视觉、触觉、听觉、机体觉等多种感觉，写出了在一个寒冷的夜晚自己出现诸多幻觉的经历，无处不透露出令人可怖的气息。生理感觉产生感官印象是确定无疑的，除了描写自己不断变化的感觉特征，同时作者还积极地为自己的情感寻找"客观对应物"①来强化它们，这正是现代派常见的写法。在这首诗中，作者想要表现的是一种身在异乡为"孤客"的孤独寂寥之感，加上夜晚的寒气从体外又加重了这种内心感受带来的实际痛苦。那他找的客观对应物都是什么呢？全是使人感到恐怖的意象：黑夜中的寺塔、死神之手、浮在水中的人尸和牲畜、人兽，作者断然没有在现场亲眼见过这些东西，而且它们大多并不存在，但确实是常见的令人害怕的情景，所以在这里也自然成为作者害怕、恐惧、惊悚情绪的客观对应物。这些隐喻场景在字面意义上没有明显的关联，体现出无意识下感官印象出

---

① "客观对应物"理论是 T. S. 艾略特提出来的，可以概括为：用一系列实物、场景、一连串事件来表现某种特定的情感；要做到最终形式必然是感觉经验的外部事实一旦出现，便能立刻唤起那种情感。它是为处理诗人的个体经验，达到"非个人化"创作的目的而提出的。

现的随意性，但是它们所代表的心理意义和文化意义最终指向是同一的。另外还有诸如"忽而""又如""如""忽"等连接词语在语言层充当刚性衔接手段，因此保证了诗人的意识流没有成为痴人的呓语而是有诗味诗情的主题统一、意义连贯的文本。重视调动主体感觉器官和积极寻找情感客观对应物的创作技巧使李金发的诗歌给读者留下深刻的印象，产生使人身临其境、感同身受的代入感，再次印证了意识流的感性特质。尽管感官印象表面上显得天马行空、毫无关联，但是它们所代表的文化意义和个体意义在创作目的上的指向是一致的，加之形式语言衔接手段的串联，这些隐喻性意象就能够保证全诗主题发展的一元线性趋势，使诗歌呈现出整一的形态。

　　时空转换(跳跃)类似于电影艺术中的蒙太奇剪辑手法，是诗人将存在于不同时间、空间的意象组合、拼接、粘贴在一起，产生联想、对比、悬念、暗示等效果。时空转换破坏了正常的时空顺序，时空跳跃的灵活性与多变性正符合了意识流飘忽不定的特点，这种手法的跳跃性和无序性让诗人有更充分的心理余地来表现琐细复杂的情感。如《小乡村》：

> 憩息的游人和枝头的暗影，无意地与
> 池里的波光掩映了：野鸭的追逐，扰
> 　　　乱水底的清澈。
> 满望闲散的农田，普遍着深青的葡萄
> 之叶，不休止工作的耕人，在阴处蠕
> 　　　动一几不能辨出。
> 吁！无味而空泛的钟声告诉我们"未
> 免太可笑了。"无量数的感伤，在空
> 间摆动，终于无休止亦无开始之期。
> 人类未生之前，她有多么的休息和暴
> 　　　怒：
> 狂风遍野，山泉泛生白雾，悠寂的长

夜，豹虎在林里号叫而奔蹿。

无尽的世纪，长存着沙石之迁动与万

物之消长。

该诗前两节描写所见都是乡村悠闲惬意的景象：人们趁着空闲到乡村中游览放松，景致优美、人与动物和谐相处，这是当下的此时此地此景。第三节一阵不知何起的"无味而空泛的钟声"旋即引发了作者的联想想象，一丝与当下悠闲安逸的境界相抵触的自嘲、伤感之情蓦然涌上心头，诗人的思绪一转闪回到"人类未生之前"，所见的变成了原始狂暴的地球初年，由此他生发出沧海桑田、世事无常、万古无尽的感伤。人脑是一个很奇特的物件，小小的头颅竟能容下无限的宇宙和无尽的时间，任意地在其间跳转、变换。作者用这种无序化的叙述方式隐喻自己当下迷乱的心迹，以此时和彼时、此地和彼地的并置来隐喻时间空间的无限和人类自我有限之间的根本性矛盾。外在事物触发作者的头脑机能，联想和想象使作者产生创作的冲动，用时空转换的手法把想到的画面逐一呈现，作者的意识则随着时空翻转而不断流动并形成意识流。

前面说过，意识流没有固定的表现技巧，内心独白、感官印象和时空转换等手法相互之间联系紧密并且在实际应用上也有交叉重叠的地方，但这并不是说对意识流手法进行分类没有意义，之所以将它们进行分开叙述，是为了从不同的角度来揭示意识流和隐喻结构的关系。内心独白强调"作者—文本—物象—读者"之间的双双对位关系，外界客观存在触发作者内心情感和创作冲动，通过意识流的编织和隐喻的建构形成诗歌文本，读者面对已完成的、独立于作者的作品时，通过调动个体经验和隐喻解读能力来解构和重构诗行，最终完成对诗歌的理解和审美过程。而感官印象的重点在于凸显作者的个体感受(觉)力和寻找客观对应物的能力，提升读者阅读诗歌的体验感。时空转换则着眼于文本内部的条分缕析，把处于不同时空的意象、意念和场景打乱重建来形成和谐自洽的诗歌整体。

片段化的意识流创作技巧使李金发的诗歌呈现出鲜明的现代特色，由此形成的诗歌隐喻结构也显示出作者的智性特质，因此隐喻视角下的诗歌创作就是这样一个过程：诗人受到外物的触动之后积极寻找"客观对应物"来具显情感进而启动隐喻机制，将自己的体验、感觉、经验等投射到"一系列实物、场景、一连串事件"等一连串客观事物中，形成泥沙俱下、诸多片段杂糅拼贴的无序片段化隐喻结构。这正是所谓"陌生化"手法，摒弃传统诗歌起承转合的结构模式和直抒胸臆的抒情习惯，甚至改变诗歌材料常见的生存语境，背离材料间常见的联系，通过大量不相关联的意识断片形成全新的结构，迫使读者从传统的阅读和感受方式中走出来，改变与作者进行沟通和交流的方式以及阅读诗歌的方式，才能获得不一样的阅读感悟和审美感受。

第二节　双声部：古典与现代的对话

有些学者对李金发诗歌中浓烈的"异域情调"表示质疑，认为他的诗歌"既不是中国式的也不是法国式的，它没有民族面目"①，是移植的、甚至"冒牌"的象征主义，还有的说他作为一个汉语诗人，竟然连"中国话不大会说，不大会表达"②云云。然而这种"模糊的民族面目"恰恰是李金发在初涉诗坛之际就确立的文学理想："余每怪异何以数年来关于中国古代诗人之作品，既无人过问，一意向外采辑，一唱百和，以为文学革命后，他们是荒唐极了的，但从无人着实批评过，其实东西作家随处有同之思想，气息，眼光和取材，稍为留意，便不敢否认，余于他们的根本处，都不敢有所轻重，唯每欲把两家所有，试为沟通，或即调和之意。"③可见李金发不但没有忽视对古代文学文化的借鉴学习，也没有一味地嫁接移植西方文

---

① 巫小黎：《李金发研究述评——纪念李金发 100 周年诞辰》，《中国现代文学研究丛刊》2000 年第 4 期。

② 周良沛：《"诗怪"李金发：〈序李金发诗集〉》，载李金发《李金发诗集》，四川文艺出版社 1987 年版，第 10 页。

③ 李金发：《李金发诗集·食客与凶年》，四川文艺出版社 1987 年版，"自跋"第 435 页。

艺，反而有着调和中西、贯通古今的远大诗歌理想的(虽然现实结果证明其并不成功)。所以在李金发的诗歌中能够读到的是厚重的古典味道和鲜明的现代异质的交融，是既有深沉的中国性，也有前卫的西方性。古典与现代在他诗歌的立意选材、审美特征和文体语言等方面进行着跨时空的历史性对话。

李金发的诗歌以自然风物和城市风光等意象的描绘着力最多，其中既有异域的欧陆情调，也有故国的乡土气息。如午后倦懒的春光：

> 野榆的新枝如女郎般微笑，
> 斜阳在枝留杰，
> 喷泉在池里呜咽，一
> 二阵不及数的游人，
> 统治在蔚蓝天之下。
>
> 　　　　　　　　　　《下午》

有街头疲惫的工人：

> 他们将因劳作
> 而曲其膝骨，
> 得来之饮食
> 全为人之馀剩；
> 他们踞坐远处，
> 嗤笑了。
>
> 　　　　　　　　《街头之青年工人》

还有家乡的热带景观：

> 我的故乡，远出南海一百里，

　　　　　有天末的热气和海里的凉风，

　　　　　藤荆碍路，用落叶谐和

　　　　　一切静寂，松荫遮断溪流。

　　　　　　　　　　　　　　　　　《故乡》

乡土记忆和异国熏香在他的诗作中交织并存。在他公认的代表作《弃妇》中，传统美学和现代思维取得了更加密切的融合，他至少做到了立意选材层面的中西结合、古今贯通。全诗如下：

　　　　　长发披遍我两眼之前，

　　　　　遂隔断了一切羞恶之疾视，

　　　　　与鲜血之急流，枯骨之沉睡。

　　　　　黑夜与蚁虫联步徐来，

　　　　　越此短墙之角，

　　　　　狂呼在我清白之耳后，

　　　　　如荒野狂风怒号，

　　　　　战栗了无数游牧。

　　　　　靠一根草儿，与上帝之灵往返在空谷里，

　　　　　我的哀戚惟游蜂之脑能深印着；

　　　　　或与山泉长泻在悬崖，

　　　　　然后随红叶而俱去。

　　　　　弃妇之隐忧堆积在动作上，

　　　　　夕阳之火不能把时间之烦闷

　　　　　化成灰烬，从烟突里飞去，

　　　　　长染在游鸦之羽，

　　　　　将同栖止于海啸之石上，

静听舟子之歌。

衰老的裙据发出哀吟，
徜徉在邱墓之侧，
永无热泪，
点滴在草地
为世界之装饰。

首先，"弃妇"本身是中国古代文学中一个相当常见的母题，早在《诗经》中就有诸如《卫风·氓》《邶风·谷风》，汉乐府的《孔雀东南飞》，魏晋曹植的《弃妇诗》，唐代张籍的《离妇》和顾况的《弃妇诗》等诗作流传。这些诗歌中多写的是被不义的男子抛弃的妇女诉说自己悲惨命运、控诉丈夫不忠。但是也有一类表面上以弃妇作为抒情主人公，而实际上是被放逐的臣子斥责奸佞小人、标榜自己能德的"逐臣诗"。有意思的是这首诗和被遗弃的妇女与被放逐的臣子都没有关系，李金发借"弃妇"题想表达的是一种苦闷抑郁而无人理解的心绪，是某种心理境界。所以李金发对这个母题只是"取其言而舍其义"，这样就在诗题和内容之间形成了一种若即若离的关系，用这样一种结构方式来隐喻作者对传统文化和西方文明的接受态度：一方面对传统文化土壤有所取益，但是又不免有些自卑；另一方面用西方视角审视古典文明，却又不能完全接纳、消化。之所以说他的诗歌和古代文学有密切关联，除了借助文学母题来进行改造和隐喻，还因为在这首诗中能找到很多被借用、化用的经典意象。比如"狂呼在我清白之耳后，如荒野狂风怒号"的蚊虫对应"聚蚊成雷"的惯用语，"红叶"使人联系到古诗中很多时候作为闺怨愁思的象征，"与上帝之灵往返在空谷里""与山泉长泻在悬崖"与杜甫的《佳人》中"绝代有佳人，幽居在空谷""在山泉水清，出山泉水浊"也不无关联。需要注意的是，这些意象在古代诗人写作之时就已经成为固定的隐喻意象，通过千百年来反复袭用很多意象已经丧失隐喻活力，不能引起读者的联想，难以唤起原本的始源域而单一指向了概念域，成为"死隐喻"①。但是诗人在他的诗歌中有意使用这些"死隐喻"，把它们作为建构情感的客观对应物群的成员，比如"夕阳之火""灰烬""游鸦之羽""游子之歌"等几个意象，看似毫无关联，读来也十分陌生，经过作者有机组合之后，形象地把弃妇的心境一层一层地暗示出来了。同时作者还运用现代隐喻思维进行隐喻书写的创新，例如"夕阳之火不能把时间之烦闷/化成灰烬"这两句诗就是例子。莱考夫和特纳曾将人的一生视作一团火焰燃烧的整个过程，人的一生就是一段时间，我们逐渐衰老的过程对应生命之火燃烧的过程，死亡就是火焰末了的灰烬②。这里诗人把夕阳比作火焰，在比喻的基础上把时间的流逝、寿命的减少隐喻为火焰的燃烧、灰烬的留存，这种思维使诗歌具有了别样的智性内涵和现代意味。还有"弃妇之隐忧堆积在动作上"一句也值得玩味，古代的弃妇都是像《祝福》里的祥林嫂一样不停诉说自己的遭遇，而在这里李金发将忧愁表现在动作上而不是语言上，说明他的忧愁不能以语言的宽慰来消除，只能通过身体的对抗来缓解，这是现代身体意识的表现。李金发就是这样一方面袭用某些常见的古典文学母题(如《弃妇》《屈原》)，挪用古诗的传统意象(如红叶、夕阳、钟声、古寺等)，一方面又让它们一定程度跳出传统文化的语义场，进入属于他个人的经验空间，表现出对文化传统的母孕性归依和现代性超越。

李金发诗歌的"审丑"意识和"恶美"趣味显然取法于西方象征主义诗派的波德莱尔、魏尔伦、马拉美等人。波德莱尔让从丑中表现美的"恶之花"在 20 世纪的西方诗坛大放异彩，反对美即善、美即真的传统美学观念，要从丑恶的对象中挖掘出象征的、神秘的美来。李金发把波德莱尔认成是自己的"名誉老师"，并提出"世间任何美丑善恶皆是诗的对象"，并自称是一位"工愁善病"的骚人③。于是他的诗歌中就多有诸如死尸、腐烂、污血、

---

① 莫嘉琳：《死隐喻再定义及术语辨析》，《中国外语》2013 年第 3 期。

② George Lakoff and Mark Turner. More than Cool Reason：A Field Guide to Poetic Metaphor. Chicago：The University of Chicago Press，1989：31-32.

③ 杜格灵、李金发：《诗问答》，《文艺画报》1935 年第 1 卷第 3 期。

枯骨、坟冢、残叶等一般认为是阴暗丑恶的意象："青紫之血管，／永为人们之遗嘱，"（《死者》）；"以你锋利之爪牙，／溅流绿色之血了！"（《呵……》）；"或能以人骨建宫室，／报复世纪上之颓败，／我将化为黑夜之鸦，／攫取所有之腑脏，——"（《恸哭》）。虽然李金发的诗歌和象征派颇有师承关系，但他并未完全摆脱中国诗歌的审美烙印。谈蓓芳这样精辟地总结到："没有一个作家是可以截然离开其本国的文学传统的；也可以说，没有一个作家是有割裂传统的能力的。在传统面前，没有一个作家是绝对自由的。"①尽管中国古代主流审美原则是"温柔敦厚"，但是不缺乏另辟蹊径的怪奇诗人。败落、恐怖、秽恶的情景在中唐时期"怪奇诗派"诗人们的诗中恣纵地陈列着："老树无枝叶，风霜不复侵。腹穿人可过，皮剥蚁还寻。"（韩愈《枯树》）；"久病床席尸，护丧童仆孱。"（孟郊《吊卢殿》）；"岩峦叠万重，诡怪浩难测。人来不敢入，祠字白日黑。"（贾岛《北岳庙》）②。从本质上来讲，李金发和与他相去一千多年的唐代诗人都是在"以丑写美""以丑喻美"，想要以这种强烈的美丑对比来表达一种内在的、个体的生命意识。写丑不是为了表现丑、歌颂丑，也不是要批判和揭露丑恶的现实与社会，从某种角度来说，它是一种排解内心苦闷、抒发生命体验的新颖方式。

各种文体的相互交织是李金发诗歌的又一大特色。朱自清指出他的诗的语言整体特征是文言、欧化和新语言（入诗的白话）的纠结③。这种纠结是新诗发轫阶段诗人们面临的共同问题，但是在李金发这里转化为他诗歌中极具个人风格的闪光点。往往在同一首诗中，文言、白话和外语都可能同时出现，作者用多种文体和语言的并置、杂糅来隐喻不同的心理状态和现实情境。如《一段纪念》：

---

① 谈蓓芳：《由李金发的〈弃妇〉诗谈古今文学的关联》，《复旦学报》（社会科学版）2002 年第 1 期。

② 姜剑云：《审美的游离——论唐代怪奇诗派》，东方出版社 2002 年版，第 156-158 页。"怪奇诗派"是中唐时期以孟郊、韩愈、卢仝、李贺、贾岛等为代表的一个诗人群。

③ 文贵良：《李金发：词的梦想者——新诗白话的诗学实践》，《华东师范大学学报》（哲学社会科学版）2006 年第 3 期。

Sport-woman

之歌者，

以舞蹈之音，

战栗

我

残暴之同情。

并不是歌声之节奏。

你 Lucette-Broguin 之名，

在我是

极其可怕，

你眉端

之诮笑，

全为

狂喜之充满。

将永不出斯土也。

你，无情之歌女，

污浊了

无数神之忠告。

我，所谓诗人，

流尽了一切心泪，

终未溅湿你彩色之裳。

只感到

Dear friend, I amsorry！

这首诗中现代汉语、古代汉语、英语相互交织缠绕，显示出独具风味的诗歌语言特色。首先映入眼帘的是英语词句的使用，诗歌头尾两句皆是英语，末尾一句"Dear friend, I am sorry!"使人不禁联想到徐志摩的名作《沙扬娜拉》(赠日本女郎)：

> 最是那一低头的温柔，
>   像一朵水莲花不胜凉风的娇羞，
> 道一声珍重，道一声珍重，
>   那一声珍重里有蜜甜的忧愁——
> 沙扬娜拉！①

同样的现代汉诗，同样的末句，同样的欧化用法，"我的朋友，对不起！(Dear friend, I am sorry!)"和"再会！(さよなら!)"是多么地相似！用朋友最熟悉的母语表达这个中国诗人最深切的情愫。除了外来词的使用，欧化文法的突入也很明显。如"你，无情之歌女""我，所谓诗人"都是英语中的同位语结构，"你""我"是主语，"无情之歌女""所谓诗人"是补充说明前面成分的同位语，而汉语语法中是没有和印欧语系相对等的同位语用法的。尽管李金发诗歌中的欧化词汇和语法相当常见，但是他的语言习惯毕竟还是汉语的底子，白话的使用当然占了大部分，但是文言的入侵也是十分明显的。如诗人喜用"之"这种结构助词，有它前面是形容词("残暴之同情""彩色之裳")，有时是名词("歌声之节奏""神之忠告")，又如"将永不出斯土也"是典型"……也"的判断句式，诗歌的节奏和韵律就是通过这些显性的词汇衔接手段建构起来的。

加拿大著名文学批评家诺思洛普·弗莱在研究了《圣经》的意象之后认为"A：B"式意象的并置会形成"双重视域"，在这一"双重视域"的作用下我们会努力把所有并置的意象纳入一个整体之中，以便对诗歌有一个整体

---

① 徐志摩：《志摩的诗》，浙江文艺出版社 1996 年版，第 5 页。

的把握，亦即所有的诗歌意象会形成一个"单一全体"①，例如庞德的"人群中这些面孔幽灵般的显现；/湿黑枝条上花瓣片片"（《在一个地铁车站》））②这样纯粹由意象组成的诗歌就能起到这样的作用。这个观点对于诗歌结构隐喻也有一定解释力，因为在诗歌中并置的两套体系可也以形成"A：B"并置式的结构。李金发诗歌中的双声部对话就是这样，在意象的选择和使用上，诗人有时沿用古典诗歌典型意象和固定的象征意义，有时复活某些"死隐喻"、赋予它们新的内涵，古典意象和现代意象在诗歌中共存，通过文化背景的统摄归并产生新的隐喻意义；李金发诗歌"丑怪"的审美情趣也是从西方象征主义和中国古典怪奇诗派双向取益、各有继承的，使中国读者和西方读者都能从中获得独一无二阅读体验；在他的同一首诗中，文言、白话、欧化相互缠绕纠结，这些异质的成分在诗歌中并置，建构起诗歌新颖的外在形式语言架构。质性有别的古典与现代要素在诗人有意的交叉放置之下在读者的心中迸发出极大的理解和审美张力。

意大利文艺批评家克罗齐在《美学》中谈到艺术作品的整一性和不可分割性时说："表现品总是直接地起于印象，构思一部悲剧者好像取大量的印象放在熔炉里，把从前所构思成的诸表现品和新起的诸表现品熔成一片，正犹如我们把无形式的铜块和最精彩的小铜像同丢在熔炉里一样。那些最精彩的小铜像和铜块一样被熔化，然后才能铸成一座新雕像。"③这句话对于解释诗歌的整体性建构也同样适用，结构隐喻就是那融化和黏合这些小铜像和铜块的潜在力量。隐喻与诗歌都是人类智性与审美的高度凝练，而诗歌结构隐喻则是二者的完美统一。诗人的伟大之处在于用语言将外物存在与内心感兴相联系，构建起物我一体、天人合一的诗美境界。

李金发在20世纪20年代初崭露头角之时，中国诗界刚刚经历"文学革命"，正处于挣脱旧体诗词藩篱、进行现代化转换的稚弱初期。面对当时

---

①　陈庆勋：《艾略特诗歌隐喻研究》，上海人民出版社2008年版，第103页。

②　庞德：《一个地铁车站》，载袁可嘉、董衡巽、郑克鲁选编：《外国现代派作品选》（A卷），北京燕山出版社2006年版，第81页。

③　克罗齐著，朱光潜译：《美学原理》，商务印书馆2012年版，第24页。

新诗过于平白、缺乏诗质的"无治状态"，李金发以开拓者的姿态独辟蹊径，重回古典文化传统，拉起象征主义的大旗，写出"以丑为美"的怪诗，给沉闷的诗坛带来新风，向彼时的创作者们展现了新诗进一步发展的多种可能：如融合东西传统的可能，新的审美原则和表现方法的确立，新的诗歌语言策略的探索等，从而推动中国新诗进入一个崭新的阶段。

第十二章　隐喻在闻一多诗歌中的建构功能

隐喻的特点之一就是发现或者创造事物之间的联系，这种联系反映到篇章结构上，就呈现为内在结构的有机性与统一性。"篇章隐喻是指以某种衔接和连贯方式延伸于一定篇幅甚至整个篇章，从而形成该篇章的基本语法和语义框架的那种隐喻。"①能够触发语篇的衔接与连贯关系正是隐喻的重要功能之一，它将看起来毫不相关的事物联结在一起，在认知角度上赋予其新的联系。隐喻在诗歌的结构与逻辑构建中起到举足轻重的作用："只有隐喻这一超越理性与非理性，逻辑与非逻辑的衔接工具才能让我们走上诗歌语篇分析与文本建构的坦途。"②。

闻一多提出的"三美"说中的"建筑美"强调了现代诗中诗歌形式美的重要性，他的诗确有着精心打磨过的"建筑美"和"量体裁衣"的各种结构，这些形态各异的诗歌结构不单单是具有外在形式上的美感，更重要的是超越了"工具"的层面，具有隐喻诗歌主旨的"本体"意义。隐喻对闻一多诗歌的结构起着举足轻重的作用，不同的隐喻类型和隐喻方式建构出不同的诗歌结构。本文结合闻一多所处的时代背景、个人际遇、诗歌特点，从主题隐喻，双层隐喻、图画隐喻三个类别探究隐喻如何在诗歌中发挥衔接与连贯作用以及整体构建作用。

---

① 魏纪东：《篇章隐喻研究》，上海外语教育出版社 2009 年版，第 6 页。
② 陈庆勋：《艾略特诗歌隐喻研究》，上海人民出版社 2006 年版，第 154 页。

第一节　主题隐喻结构

要将言说片段组合起来，构成完整、有逻辑的语篇，最不可或缺的因素便是衔接与连贯，传统语言学家认为衔接手段是形成语篇的决定性因素，其常见的衔接手段有词汇衔接和语法衔接，20 世纪 70 年代末认知语言学家对隐喻的研究突破词汇、句法层面，扩展到语篇层面，隐喻的认知功能可以将有联系甚至没有联系的事物衔接在一起，传达新的深层含义，同时将看似毫无关联的片段相互勾连，组建起内部秩序，这就使得语篇文本有了结构以及内容上的衔接。为何隐喻可以衔接全篇？认知语言学家认为衔接片段，形成语篇的决定性因素源于人的心理活动（深层）。① 这意味着对于语篇结构的研究更应从心理角度出发，只有深入探索语篇连贯性的认知机制，才能更深入地理解语篇的衔接与连贯。隐喻，不仅是修辞格，更是一种思维方式和心理活动，通过研究隐喻在诗歌中的功能我们能更好地探究诗歌片段衔接与连贯的奥秘，并借此探索出诗歌结构在隐喻作用下呈现出的美学特征以及蕴含的独特内涵。

人类心理活动天然具有强大的联想功能，其生发机制有两个途径，一为纵向联想，一为横向联想。纵向联想可分为两种，一种是层级联想，以认知对象为元基础，根据时间顺序或者事物发展规律，认知主体联想到二级对象，三级对象，四级对象……比如有了祖父，就有父亲，儿子，孙子；有了树干，就会联想到树枝，树叶。层级联想有的是多层级，比如从祖父到孙子是四层，从树干到树叶是三层；同一层级内部的对象之间关系则是平等的。就像一个祖父不止生了一个儿子，这些儿子的身份都是一样的，都是第二代；也像一棵树的主干上不止长了一根树枝，而是有好几个粗细差不多的分支。这种联想的特点都是有一个母对象或元对象，所有联想到的对象都是以最初的元对象为核心和基础，没有了这个元对象，其他

---

① 吴丹丹：《语篇中的隐喻机制》，《英语广场》2019 年第 2 期，第 16-18 页。

对象就是无本之木，无水之源，相互之间也不能有机的统一，有了这个核心对象和元基础，则所有的联想对象无论如何天马行空，都牢牢吸附在同一个家族体系内，每一个对象都含有家族的 DNA. 纵向联想还有一种是根据时间和事物发展顺序进行联想，事物的发展一环套一环，前者是后者的基础，后者是前者发展的结果，一环套一环，少了哪一个环节都不行，每个阶段之间是递进的关系，后者比前者的程度更深，更甚。好比小学是中学的前提和基础，中学是大学的前提和基础。婴幼儿会成长为儿童，儿童成长为少年，青年，老年。纵向联想的共同点是有一根时间轴，无论是递进式还是层级式，都是在时间轴上发生的。横向联想则是从横向的相关性展开联想，比如玫瑰是花，由玫瑰联想到茉莉，月季，百合……松树是树，由松树联想到柏树，楠树，杉树，柳树……粤菜是中国的一个菜系，由粤菜联想到鲁菜，川菜，徽菜，浙菜……最初引发联想的对象和后续联想到的对象之间的关系是平行的，没有核心和边缘的区别，它们之间的相关性是构成联想的基础。横向联想和纵向联想不是截然分开的，往往是你中有我，我中有你，在横向基础上展开纵向联想，在纵向联想的前提下进行横向联想，或者两者交叉进行，都是比较常见的思维活动。人类这个联想机制和联想特点正是隐喻建构篇章的心理基础，与之相对应，隐喻在闻一多诗歌结构中的建构功能体现为主题隐喻建构和多隐喻建构两种形态。

闻一多非常重视隐喻的建构功能。他常常选取某个喻体作为主隐喻，在此基础上，根据主题的需要对主隐喻进行拓展，延伸，形成以主隐喻为核心的一个隐喻群，所有的喻体都指向同一个主题，形成内涵一致的隐喻场，在外在形式上则呈现出衔接紧密、连贯相关的诗歌结构与有机统一的诗歌语篇，从而很好地实现形象意境和语篇结构的完整统一。

如《红烛》以"红烛"作为核心隐喻，在此基础上，展开扩展和延伸。在其隐喻结构中，主结构是纵向层级式联想，有蜡烛就有烛光，有烛泪，对主题的多个侧面层层进行阐述。诗人开篇便推出主隐喻："红烛啊！这样红的烛！诗人啊！吐出你的心来比比，可是一般颜色？"①这四句明明白白告诉读者，诗人以红烛自比，红烛是全诗的核心隐喻，隐喻诗人为了崇高理想甘愿自我牺牲，燃烧直至生命终止的高尚人格与人生信念，"蜡身""烛火""烛光""烛泪"是主隐喻的扩展、延伸隐喻，"红烛啊！/是谁制的蜡——给你躯体？/是谁点的火——点着灵魂？……/然后才放光？"开篇的夫子自道，让后续篇章的理解势如破竹，作者用一连串无须回答的疑问句表达了自己炽热的爱国情怀：是祖国用他的千年文化哺育了我，为了它的繁荣昌盛，为了生活在这片古老土地上民众的幸福，我愿像红烛一样燃烧自己，照亮华夏。第二层结构则采用了横向联想和纵向联想中的发展联想。诗人就"蜡烛燃烧"进行了纵向发散式联想，他想象，并且热烈地期待燃烧的结果：烧破世人的梦/烧沸世人的血/也救出世人的灵魂/也捣破他们的监狱。他也预料这个"燃烧"的过程必有曲折：理想是丰满的，现实却是骨感的，追逐理想，实现理想的道路往往充满误解，矛盾，甚至遭遇重重挫折："匠人造了你，原是为烧的。既已烧着，又何苦伤心流泪？哦！我知道了！是残风来侵你的光芒，你烧得不稳时，才着急得流泪！"一腔热血的爱国诗人愿意为祖国的前途进行无畏的探索、斗争乃至牺牲，却总有黑暗、腐朽、堕落的势力阻挠这伟大事业的进行，阻滞中国现代化进程。残风隐喻黑暗势力，红烛散发的光芒隐喻诗人探索、斗争、献身的精神，烛泪隐喻诗人探索救国救民之道后受挫，苦闷、忧郁的心情。这些子隐喻之间没有主次之分，都环绕在"红烛"这个核心隐喻的周围，都置身于红烛——爱国诗人这个大的隐喻场下，共同对目标域进行了全方面、多角度的描写与阐释，表达诗人各种复杂的情愫。诗歌的各个部分在主隐喻的统领以及其拓展下显得紧凑、统一、连贯，成为一个内容之间相互制约和说明的有机结合体，这便是隐喻使诗歌各部分衔接在一起的奥妙。

这种基于横向联想或是纵向联想或是纵横结合的联想生发的主题隐喻

---

① 闻一多：《红烛死水》，北方妇女儿童出版社 2012 年版，本章引用的诗歌，若无注释，均出自该书。

结构在闻一多的诗歌中比比皆是，如《孤雁》，围绕主隐喻"孤雁"，以大雁飞翔途中所遇为线索，衍生出大海，苍鹰，钢筋铁骨的机械，黑烟等子隐喻，表达了身处异国的游子生存的艰难，对西方文明的否定，对祖国的思念以及"一片冰心在玉壶"的赤子之心等种种细微的情感。再如《死水》，以"死水"这个核心隐喻为前提，以"扔破铜烂铁""泼残羹冷炙"作为起点，在这个基础上充分展开想象，衍生出"翡翠""桃花""罗绮""云霞""珍珠"等一串子隐喻，层层叠叠、反反复复表达了作者对古老中国腐朽、落后一面的厌恶与诅咒。这些子隐喻与主隐喻紧密结合，如同一面三棱镜，从不同的侧面折射主题丰富的内涵。它们处于同一个认知域中，"照花前后镜，花面交相映"，相互推进，相互映射，使上下文中不同的隐喻产生认知域上的联系，在本是零碎的诗歌片段中搭建起桥梁，编织成一个相互联结的隐喻网，形成诗歌深层结构，进而让诗歌不同的部分连贯起来，产生了内容与结构上的有机结合。

第二节　双层隐喻结构

如果说主题隐喻是基于纵横联想方式形成的，那么双层隐喻结构便是基于正话反说，或反话正说，言此及彼的特殊陈述方式形成的。闻一多诗歌中最惹人注目的便是外松内紧的双层隐喻结构，使诗歌形成一个有张力的隐喻机制。闻一多诗歌的外松内紧双层隐喻结构首先体现为内在的"厌恶"与外在的"赞美"，内在的"爱/恨与外在的恨/爱"等相互矛盾的情绪，1922 年，闻一多满怀着一腔热血奔赴美国求学，在异国他乡，诗人看到了国外的繁华与兴盛，但他并没有被繁华的西方世界晃花了眼，仍坚守着一颗报效祖国的红心。1925 年，当他殷切地回到祖国的土地上，并想投身国家建设时，摆在他眼前的却并不是一派欣欣向荣的祖国，他被现实击倒——军阀混战，帝国主义横行，民众在重重苦难中辗转呻吟。诗人在极度的失望、悲痛之时写下了《死水》。在《死水》中，他并没有直白地高呼自己对军阀、对帝国主义的痛恨，也没有单刀直入地书写自己回国后的失望，而是颇具匠心地运用委婉的反讽构建一个看似对立矛盾，实则统一和谐的结构。在这个结构里，他极力用外在的"赞美"表达内心的"厌恶"。诗的一二节首先从静态和动态两个方面来描绘死水的现状。诗中写到"也许铜的要绿成翡翠，铁罐上锈出几瓣桃花……霉菌给他蒸出些云霞"，在这里，污秽、丑陋的事物竟能幻化为迷人之景，铜与翡翠，铁锈与桃花，油腻与罗琦，霉菌与云霞，诗人独创出它们之间的相似性，将"破铜烂铁"与高贵的翡翠联系在一起，劣迹斑斑的铁锈居然也能成为娇嫩的桃花，每一句中都有矛盾的对立，这些看似不相关的、冲突的事物并置到一起却能产生不一样的惊人效果，这是"通过各种力量之间的制衡，达成一种对立统一的结构，进而使诗歌在各种不协调因素和矛盾的冲突中实现其深层的表达。"①眼前死寂的、漂着油脂、散发恶臭的死水便是诗人回国后腐败、落魄中国的化身，诗人对祖国现状的绝望、伤心由这些事物投射出来，这里哪里是美的所在？分明是世上肮脏丑陋的代表！而作者明知其丑却非说其美，以美衬丑，更有力地讽刺了"死水"垂死挣扎、腐朽透顶、不堪一击。诗歌的第三、四节又将腥臭的死水联想为令人痴醉的绿酒，漂浮在死水表面的白沫也被想象为洁白的珍珠，死水上还飞舞着追腥逐臭的蚊蝇，得意忘形的青蛙叫声聒噪却不以为耻，反大声歌唱一展歌喉，将死水的丑陋可笑一展无遗。"恨"来自表层结构，这只是这首诗的表面意义，如果仅止于此，这只是一首平庸的诗。让这首诗脱颖而出的是表层结构下与其意义矛盾对立的深层结构，深层结构好比是夜空中闪烁群星的大背景，是张牙舞爪言说行为后不动声色，影响却又无处不在，控制言行的心理活动。当两重结构产生难以融合的对立与冲突时，张力就产生了。当魂牵梦萦的祖国如臭水沟一样脏乱、颓败，腐臭时，诗人陷入巨大的失望乃至绝望中，他痛恨、讽刺、针砭这样的祖国，然而这是祖国啊！生我养我的祖国啊！"诅咒"祖国之后，诗人痛苦地发现自己又无法不深爱着它，在这种绝望的讽刺痛恨与不能不爱的矛盾中还有一重意思：诗人渴望破坏旧世界，迎来

① 邵维维：《论克林斯·布鲁克斯的诗学观》，《兰州学刊》2012年第12期。

新世界，一行行诅咒里隐含对美好新生活的呼唤。"哀其不幸，怒其不争，痛其不美，恨其堕落，望其重生"的矛盾心态让这首诗回肠百转，其爱恨交织、痛怜杂糅的多重意蕴让读者咀嚼不尽。

其次这种外松内紧的双层隐喻结构体现为叙述方式的矛盾：内在的激愤、火热与外在的冷静、克制，内在的"沉重沉痛"与外在的"轻松平和"。作为一名爱国诗人，闻一多的诗中总有爱国热情缓缓流淌，他的诗不乏情感的爆发，就像《长城之下哀歌》中"五千年文化底纪念碑哟！/伟大的民族底伟大的标帜！……长城啊！你原是旧文化底墓碑！"①诗人看到当时国家的衰落，他爱恨交加的激荡情感完全喷薄而出。但在大部分的诗歌创作中，他很少用呐喊的方式疏泄自己突如其来的感情，他会在灵感与情绪到来之后加以沉淀，以理性制约感情，同时这种"对感情的适当制约和沉淀处理为炼字炼句提供了时间缓冲，为诗的规范化创立了条件。"②因此闻一多的许多诗作都以一种轻松活泼的口吻叙事，不深入了解闻一多的"哀其不幸，怒其不争"的心境，不具体研究当时的社会环境，可能并不容易发现这种诙谐轻松的背后其实隐藏着作者与诗中人物内心的悲凉。外在的语气越平和，诗人内心的沉痛反而会越深，其诗歌所形成的这种外松内紧的双层结构自身构成有张力的隐喻机制，隐喻诗人的矛盾心性，从内容和情感上组成诗歌的整体构架。

"诗始于普通的隐喻，巧妙的隐喻和'高雅'的隐喻，适于我们所拥有的最深刻的思想。诗为以此述彼提供了一条可行之路。……近些年来我一直想一步步地使隐喻成为全部思想。"③我们应该有意识地探索诗人在隐喻中投入的感情，闻一多的诗歌中内心激愤的情绪到达纸上时往往显得十分冷静，诗歌由此所形成的内外双层结构恰好是他内心矛盾的投射，郑敏说："诗的结构层次越多，对话也愈丰富。诗的魅力的另一个来源就是诗

---

① 闻一多.：《闻一多全集》，三联书店 1982 年版。
② 杨伟：《矛盾就是人性》，西南大学出版社 2009 年版。
③ 曹明伦：《罗伯特·弗罗斯特诗集》（下），辽宁出版社 2002 年版，第 924 页。

的内在结构……这种结构是诗人的思想境界的结晶。"①正如《火柴》中表现的那样，全诗只有四句，"这里都是君王底樱桃艳嘴的小歌童：有的唱出一颗灿烂的明星，唱不出的，都拆成两片枯骨。"1922 年 8 月，告别祖国，诗人来到了美国这块繁华土地，满揣着对西方先进文化的向往，执着于学习知识以报效祖国的热血，他带着他炽热的心投入新生活，然而理性锐利如他，虽然美国富裕繁盛，但诗人的"冷眼"中仍看到了这繁华背后隐藏的罪恶和污秽。资本主义制度下的美国经济高度发展，那些"樱桃艳嘴的小歌童"，在各种机遇与可能之下就可以靠着自身的美妙歌喉，一跃而起为"一颗灿烂的明星"；与此同时，资本主义的利己主义和资本家的压榨也正在吞噬更多无辜者的才智、体力和生命，人们在这样的境态之下更有可能变成"两片枯骨"。全诗没有强烈的感叹句式没有嘲讽般的疑问句式，也没有一个带有感情色彩的词语，然而诗人并不是心如止水，诗人为此诗取名"火柴"，首先打入一个炽热的形象，而诗歌中体现的却又是冰冷的现实，这两者便形成冷与热的强烈对比，他看似冷漠的语言之下仍涌动着一股深挚的激情，极度的怨恨、无奈幻化为平静的笔触，这样的双层结构隐喻着闻一多那冷热交加复杂情怀，一边发自内心地赞叹美国的繁荣，另一边对其表示强烈的不满，双层结构的隐喻除了令作品有着结构上的对比和冲突，更使整首诗歌交织着诗人复杂的情感态度，支撑着诗歌的复杂情感架构，形成诗歌的内在灵魂。

再如《死水》一诗，表达自己对死水的厌恶，对国家现状的失望以及对黑暗现实社会的鞭挞等"沉重""沉痛"的情感，但诗人的语气却是那么的轻松、自然，没有情感的爆发，取而代之的是甚至有些暗讽、调侃的语气，"爽性""不如"中也可见闻一多写诗时情感的克制，悲痛到极致时反而是对情感的压抑，这样的双层结构的对比使诗歌更显张力与层次，这种又扬又抑又热又冷的双层结构也正隐喻着闻一多的矛盾心态，闻一多愤恨沉寂的

---

① 郑敏：《诗歌与哲学是近邻———结构—解构诗论》，北京大学出版社 1999 年版，第 66 页。

死水但同时又是希望它能造出新的世界，闻一多咒骂这个死水一般的黑暗世界同时又期待有一天国家能崛起，这样的结构形成的隐喻如前文中所谈到的一样，也正是作者构架整首诗的精髓所在。

再如《天安门》《罪过》《飞毛腿》等诗有对话，有情节，有起伏，鲜活生动，给人以明快之感。但是轻松活泼的背后是作者对穷苦百姓的心痛以及对社会黑暗的批判，诗歌的表层与深层的对立结构是诗人内心多层情感的外显，直接隐喻着诗人内心的矛盾与冲突，因为隐喻"可以被用来描绘事物的各种情态或揭示事理的多维内涵，从而淋漓尽致地宣泄作者的感受、增强欣赏者的审美感的曲折性和丰富性"①。《飞毛腿》中通过普通人的口吻讲述了一个人一生的故事，"'天为啥是蓝的？'没事他该问你，还吹他妈什么箫，你瞧那副神儿……再瞧他擦着那车上的俩大灯罩，擦着擦着问你曹操有多少人马。"从诗歌的叙述中可以看出飞毛腿是个内心丰富的人，生活虽然穷苦但也能自得其乐，然而生活并不因为你不抱怨不怨恨就放过你，随着老婆的死去，原本乐观淡泊善于自洽的飞毛腿万念俱灰终结了自己的一生，这样一个与世无争的人物竟然还是没有善终，诗人用外在语言的轻松掩饰的是对当时如同飞毛腿一样有着梦想、灵魂、忠于生活的普通生命的惋惜与悲悯，双层结构的矛盾与张力深刻隐喻着诗人的多重情感。

第三节　图像式隐喻结构

诗歌的形式要为内容服务，新诗的形式是根据内容和情感表达的需要来创造的。闻一多的诗歌注重"建筑美"，即形式美。闻一多说，"我们不能使其内容与形式分离而不影响其内容之本身"，"没有形式艺术怎能存在！"闻一多主张诗要有"美的形体"，"美的灵魂若不附丽于美的形体，就

---

① 魏纪东：《篇章隐喻研究》，上海外语教育出版社 2009 年版，第 73 页。

失去它的美了。"①他极其重视诗人创作诗歌时，诗歌外在形式的构建对诗歌的作用。闻一多在《论形体》中提到了两种追求形体的手段，一种是西方绘画的那种艺术家追求雕塑性那样，用绘画技巧在画布上"雕塑似地"塑造形体，而另外一种就是像中国古典绘画的那样，用线条映射形体的存在，闻一多更推崇后者。因为"你那幻觉无论怎样奇妙，离着真实的形，毕竟远得很。但我这影射的形，不受拘挛，不受污损，不迁就，才是真正的形"②。闻一多"三美"理论中"建筑美"的倡导便是对诗歌形体美、线条美的追求。因此，闻一多在诗行的排列与变化上苦心经营，独具匠心，构建独特的"诗形"（建筑），形成内涵丰沛的"图像"，隐喻诗歌中情感的发展变化，以此构建整个诗歌的情感基调。比如他强调"均齐中之变异"，他注重诗歌形式均齐，但他并不规定诗的形式一定要是整齐如一的"豆腐块"，而是根据不同的意境、情感来相体裁衣，通过精心的安排形成优美的诗形，既带给读者视觉上的享受，又对诗歌思想情感构成巧妙的隐喻。

可见在闻一多心中，"形式"并不是被动的工具，而是与内容密不可分，相互作用，表情达意的本体性元素，形式本身是有意味有内涵的，而形式表情达意的功能正是通过隐喻得以实现。曾有注意到闻一多诗歌结构的这种"诗中画"特性，并总结为"纺锤形"和"工字形"等，我们从结构隐喻的角度谈谈闻一多诗歌结构的图像化特点。

陈正在他的论文里把《我要回来》这首诗的结构形象地概括为"纺锤形"，③ 并认为这个形状隐喻了闻一多心中膨胀而又无处发泄的郁积和伤悲。这是相当有创见的。闻一多的女儿闻立瑛去世时年方四岁，而闻一多在女儿去世前都未能再见她一面，深爱着女儿的闻一多为悼念亡女写下了《我要回来》这首诗："我要回来，乘你的拳头像兰花未放……眼睛里燃着灵光，我要回来/我没回来，乘你的脚步像风中荡桨……笑声里有银的铃

---

① 闻一多：《评本学年〈周刊〉里的新诗》，《清华周刊》1921年第七次增刊。

② 闻一多：《论形体——介绍唐仲明先生的画》，载《闻一多全集·第二卷·文艺评论·散文杂文》，湖北人民出版社1983年版，第179页。

③ 陈正：《论"诗是做出来的"》，山东师范大学，2016年。

铛，我没回来。"这首诗两头都是简洁短小的四字句，"我要回来""我该回来""我回来了"，中间则是均齐的长句，恰如一个两头尖锐中间鼓胀的"纺锤"，极其形象地隐喻着诗人心中尖锐的疼痛以及层层郁积、膨胀的浓浓悲伤，诗人回顾爱女短短的一生时心中充满怜爱和愧疚，然而悲痛又无处诉说无法排解，只能任由其在胸中膨胀，情感的锐痛和膨胀的悲伤恰如一只大纺锤。诗歌的"形"与诗中的"情"互相呼应，互相映射，画是无声的诉说，诗歌是会诉说的画，是现代版的"诗中有画，画中有诗"，情感的表达在"画"与"情""意"的交相映射中格外深刻隽永。还有《你莫怨我》："你莫怨我！这原来不算什么，人生是萍水相逢，让他萍水样错过。你莫怨我！"也同样运用"纺锤"结构，"你莫怨我"安置在纺锤的上下两端，正如纺锤的尖端，这两句话是诗人感情表达的宣泄口，中间三行构成了纺锤的主体，隐喻郁积于胸的情绪，诗形的变化对诗中情感的复杂性，流动性形成了恰到好处的隐喻和对照。

闻一多另一种结构的诗体被陈正称为"工字形"①，在闻一多诗歌中也有一定的代表性。如同样是哀悼爱女的《忘掉她》："忘掉她，像一朵忘掉的花。那朝霞在花瓣上，那花心的一缕香。忘掉她，像一朵忘掉的花！"这是两头宽中间窄的结构体，隐喻的是诗人丧女后情感的激发—隐忍—激发的流变。成年人在悲痛如潮般袭来时，悲痛之后会尽量克制，然而这种切肤之痛哪里能够克制住？因此中间短暂的平静后，情感又转为激荡和一泻千里。诗歌结构本身如一幅"图像"，形成喻体，诗歌感情是本体，两者相辅相成，共同构建起诗歌的"形"与"神"。

《春光》《闻一多先生的桌子》等诗的结构则是一个"方形漏斗"，该诗首先用很长的篇幅描绘了一幅草长莺飞的春光图，构成一个大大的方形，如同漏斗的主体，下面两行字构成的小方块如同漏斗的小嘴，春天盎然的生机经过这个小小的出口后，画风突转，镜头转向惨淡、衰败的底层人生活图景：幽暗深远的小巷，衣衫褴褛的盲人，拖着骨瘦如柴的身体，随风

---

① 陈正：《论"诗是做出来的"》，山东师范大学，2016 年。

发出一声凄厉的呼唤："可怜可怜我这瞎子，老爷太太！"对于这位沿街乞讨的盲人而言，哪有什么春光明媚鸟语花香，现实中的他忍饥挨饿沿街乞讨，宛如还生活在寒冷的冬季，"漏斗形"结构隐喻有产者与无产者贫富悬殊的社会现实，用直观的图案表达前者对后者的压迫，前者的幸福快乐在一定程度上是对后者利益的压榨所致，隐晦又明确地表达了内心的义愤。《闻一多先生的桌子》同样用大部分篇幅详尽描绘人间控诉、吵闹的场景，最后由闻一多先生一句话把这一锅沸腾的人间烟火冷凝、释放：世间万物皆有自己的秩序，一切争吵都是枉费心机。

再如"串珠"形，用情感作"轴"，把相似的内容和相似结构、篇幅的片段串在一起，表达情感的递进和深入。在《什么梦？》中诗人写了一个母亲在迷迷糊糊之中做的三个不同的梦，梦境的变化隐喻母亲内心痛楚一步一步加深，她经历了孤独、恐怖，最后陷入了深深的绝望，在绝望的最后一刻她选择走进死门。这三个梦的演绎发展过程就是母亲生存境遇一步步恶化，对生活的信念逐渐崩塌的过程，而这个母亲也正是中国身处于水深火热之中的广大劳苦母亲的代表。"你在那里，在那里叫着我？……这到底，到底是什么意义？……我做的是什么梦？"母亲的第一个梦中之间是发生在寒雁飞过之时，母亲仿佛身处无限寒冷的空荡苍穹之下，追问着自己盼望的人在何处？第二个梦，黄昏里挟着剧痛向母亲袭来，这样难熬的日子究竟有何意义呢？最后一个梦中母亲站在死门前下定决心要与世诀别。全诗的内容与情感本身便是层层递进的，这些不同程度的噩梦如珠子一样串联在一起，整体结构形成对诗人混乱与迷茫内心的深刻隐喻，并获得诗歌节与节间内在的情感和逻辑的统一。

作者从结构隐喻的视角出发，运用形态各异的诗歌外在结构形式，形象又深刻隐喻诗人不想说、不能说、不便说的感情，同时还可以勾勒情绪细微的变化，又因其"无声画"的特质具有开阔的阐释空间，拓展了诗歌的意境和内涵。同时我们不难发现闻一多"理性节制情感"诗歌创作原则的践行。如双层结构中，表层结构是对深层结构情感的控制和净化，图像式隐喻中，图像就是对浓烈情感的收束。当感情郁积到要喷发的时候，闻一多轻轻一顿，默默把怒火转化为淡淡的苦笑，把咆哮变成调侃，把撕心裂肺的痛哭变成了若隐若现的泪光，而后者因为有理性缰绳的控制，更有想象的空间和耐人回味的余地，表达了更加丰富的内涵。

闻一多《死水》集中几乎每一首都有这样的隐喻手法所形成的独特结构形式，闻一多也曾骄傲地说："试问这种精神与形体调和的美，在那印板式的律诗里找得出来吗？在那杂乱无章，参差不齐，信手拈来的自由诗里找得出来吗？"①这种灵活性、开阔性、包容性正是现代隐喻的魅力所在。

作为新诗发展进程中一个关键转折点上的代表性诗人，闻一多无论在语言、意象、格律还是诗歌结构上都进行了先锋式探索，这位在新诗创作领域勇于开拓的先行者，在新诗结构隐喻上也给了后来者可贵的启示。他用精心设计的各种结构去隐喻他在面对文化冲突、现实与梦想的冲突、守成与创新的冲突等各种矛盾冲突时产生的复杂心态，隐喻他爱恨交织、冷热攻心、希望中失望，失望中绝望、绝望中新生、愤怒中隐忍、爆发中克制等种种复杂矛盾的情愫。结构层面的隐喻，同意象隐喻，词汇隐喻一样，同样具有强大的传情达意的功能。在具体创作过程中，他既能吸收传统诗歌"均齐"的美感特点，又能借鉴西方诗歌的排列方式和用韵特点，形成 20 世纪极具个人辨识度的诗歌。

---

① 闻一多：《晨报·诗镌》第 7 号，1926 年 5 月 13 日。

第十三章　郭沫若诗歌中神话的隐喻性

　　自 1921 年郭沫若发表自己的第一部新诗集《女神》以来，郭沫若诗歌便开始成为中国现代文学史中不可忽视的存在。郭沫若诗歌研究成果极其丰硕，但是涉及郭沫若诗歌神话隐喻研究则相对单薄，本书欲以神话隐喻作为切入点，探讨郭沫若诗歌中隐喻艺术的形态、特征与功能，试图为郭沫若诗歌研究开辟新的路径。

　　语言作为一种符号被创造之初，是以人类对外部世界的理解而呈现出来的；符号世界是伴随着创世神话——这个具有象征性的叙述被记录下来而产生的，人类原始神话的出现则孕育了最初的隐喻思维，神话隐喻作为隐喻的一个分支，是将神话原型作为源域来看待，用其映射其他任何可以关联起来的事物，以达到隐喻的效果。

　　弗莱曾说："在形式阶段，诗歌既不属于'艺术'这一类别，也不属于'词语'类，而是代表自己的类别。"[①]诗歌的语言形式充满着独有的仪式感，这种仪式感依托诗歌的韵律、符号的象征以及重复的可逆性的辉映——隐喻构成它语言表达的圣殿，它以那无以言表的智慧、隐藏其中的热情，讨论永世的困惑和启示，描绘一瞬的思绪和知觉，借助于神圣的话语力量将我们的思想从现实世界带入到另一个创建的精神世界，把我们的生命寄托给另一个陌生的地域。在原始的语言世界，神话将可感知的存在

---

　　① 弗莱著，陈慧、袁宪军、吴伟仁译：《批评的剖析》，百花文艺出版社 2002 年版，第 136 页。

的经验世界，将一切的可见之物全部象征化，"每一存在者，皆为象征物"，人的肉体与大地在神话世界里混为一体，成了一个崭新的异域，它们相互映射，将不可见的事物带入到我们的精神之中。在以神话为题材的诗歌中，神话与诗处在同一的象征体系中，以隐喻的思维诉说着不可见的存在。

第一节　郭沫若诗歌中神话隐喻的分布概况

郭沫若的诗歌主要是在"五四"新文化运动中打破旧的诗歌规范的背景下产生的，他在诗歌上的成就也主要奠定在诗歌创作的前期，《女神》的发表更是反映出我国现代诗歌逐渐迈入了自己的轨道。《女神》中的大批诗歌含有对神话意象的描写，每一个神话意象中都包含着诗人在那个时代的理想和憧憬，每一个神话都是一个意味深长的隐喻，它具有神奇的"熔炼"功能，能够通过隐喻机制把神话、历史、梦境等超时空的元素与现实"熔"成一个整体，让神话成为现实的绝妙隐喻。在郭沫若的诗歌中，神话隐喻的力量得以彰显出来，"隐喻思维能够让神话和历史、梦境与现实、意识与无意识、现在与过去连接起来，这些不同时空里的成分都像克罗齐所谓的'青铜块'一样，被世人启动隐喻机制，纳入诗中，获得完整性和统一性。"郭沫若的诗歌就是借用神话内容的原型象征性，将原始创世的幻想嵌入到自己的诗意世界中，把自己与世界同化，把固有的隐喻结构同化成自己的思想形式，在原始的建构中生根发芽，释放出新时代下的寓意和精神。

郭沫若的诗歌对东西方神话元素的运用数量也是惊人的，笔者主要统计的是郭沫若诗歌创作巅峰期的作品，也就是《女神》《星空》《恢复》《瓶》《前茅》这五部诗集的作品，创作时间主要集中在 20 世纪 20 年代。在统计的 160 余首郭沫若诗歌中，关于神话隐喻意象的使用主要可以用本土神话内容和西方神话内容区分开来，这里笔者用"中国神话隐喻"和"西方神话隐喻"两个部分进行划分，以方便展示郭沫若诗歌中神话隐喻的分布情况①

---

① 郭沫若：《郭沫若全集·文学篇·第一卷》，人民文学出版社 1982 年版。

如表 13-1 所示：

表 13-1　　　　　　　郭沫若诗歌中神话隐喻分布

年代	诗歌名称及使用数量	中国神话隐喻	西方神话隐喻
1919	地球，我的母亲	伊尹	普罗美修士（Prometheus，今译普罗米修斯）
	Venus		Venus（维纳斯，罗马美与恋爱的女神）
1920	湘累	娥皇女英（湘水之神）、大禹治水	
	凤凰涅槃	凤凰	
	天狗	天狗吞日月	
	心灯	凤凰	
	日出		亚坡罗（Apollo，太阳神阿波罗）
	晨安	扶桑	
	笔力山头展望		Cupid（爱神丘比特）
	新阳关三叠		Bacchus（巴克科斯，罗马酒神）
	胜利的死		自由神、死神
	司健康的女神		Hygeia（古希腊神话司健康的女神）
	蜜桑索罗普之夜歌	鲛人（神话中的人鱼）	
	岸上		Poseidon（波塞冬，古希腊海神）
1921	女神之再生	女娲补天、共工怒触不周山、金箭射天狼	
	拘留在检疫所中		Prometheus
	司春的女神	司春的女神	
	天上的街市	牛郎织女	

续表

年代	诗歌名称及使用数量	中国神话隐喻	西方神话隐喻
1922	星空	牛郎织女	十二星座、Apollo
	洪水时代	夏禹、伯益、后稷（大禹治水）	
	月下的司芬克司		司芬克司（Sphinx，希腊神话狮身人面的怪物）
	静夜	鲛人	
	孤竹君之二子	伯夷叔齐、不食周粟	
	广寒宫（诗剧）	嫦娥、广寒宫、牛郎织女、张果老	
	Apaolo 之歌		地狱、天堂
	哀时古调	骊龙	
1923	我们在赤光之中相见	金箭射天狼	太阳神、天魔
1924	太阳没了	祝融（火神）	
	《瓶》第二十六首、第二十九首	司春的女神	
1925	《瓶》第二十七首	地狱、天堂	
1928	《瓶》第三十首	夸父逐日	
	《瓶》第三十三首	仓圣（仓颉）	
	血的幻影	混沌	恶魔、天使
	共计 33 首	23 首	17 首

　　通过表 13-1 可以看出，在统计的 160 余首郭沫若的诗歌中，涉及神话隐喻的诗歌达 33 首，其中采用中国神话隐喻的诗歌含有 23 首，采用西方神话隐喻的诗歌有 17 首，也就是说，这里面有 7 首诗歌是既含有中国神话隐喻，也含有西方神话隐喻内容的。从时间划分来看，从 1919 年到 1928 年，郭沫若的诗歌创作多数年间运用到了神话隐喻，其中 1919 至 1922 年间是诗歌创作运用神话隐喻的高峰期。

不难发现，郭沫若诗歌中的神话隐喻采用的原型大多是典型的神话人物或事例，既包括有太阳神阿波罗、普罗米修斯等典型的古希腊神话中的神祇魔怪，又包括许多为人熟知的本土的神话原型，这些意象大多出自《山海经》《水经注》《楚辞》等记录有中国上古神话故事的古典书籍，仅《女神》一部诗集，郭沫若便选用了"凤凰涅槃、女娲补天、金箭射天狼、盘古开天地、驾龙车、牛郎织女、广寒宫、华胥国、蚩尤、烛龙"①十种原型。从数据中不难看出，郭沫若的诗歌中有许多首诗歌实际上是将中国本土神话元素和西方神话元素融合在一起的，《凤凰涅槃》《星空》《血的幻影》等诗歌可以说是东西方神话元素融合于诗歌的典型代表。因而不论是中国神话隐喻的使用，还是西方神话隐喻的使用，均代表着郭沫若诗歌中独特的神话隐喻内涵，下面将进行详细的分析。

第二节　郭沫若诗歌神话隐喻的内涵

对于郭沫若诗歌中的神话元素，历年来已有不少的学者进行了研究和分析，冯奇肯定了郭沫若诗歌创作对本土神话内容的采用："古代神话中所蕴含的丰富的民族原始精神，像一根魔杖左右着郭沫若的早期创作"②，他认为郭沫若对神话是持以一种痴迷的态度的，"对于远古神话的迷恋，一方面决定于郭沫若对神话的产生的审美价值欲做一番理论上的思辨；另一方面，诗人冲动的本性，耽于幻想的性格以及强烈的创造欲望，更驱使他借助于古代神话来编织现代神话"③。神话似乎成了郭沫若灵魂驰骋的无限的新领域，从原始的创世神话，到山河星空的掌管神明；从舍小家救大家的治水精神，到坚贞不渝，至死方休的永世爱情，从东方的女娲补天到

---

①　卜庆华：《郭沫若创作所采神话考》，《青海师专学报》1986 年第 2 期。

②　冯奇：《神话与郭沫若》，载中国郭沫若研究会编：《郭沫若百年诞辰纪念文集》，1992 年，第 785-793 页。

③　冯奇：《神话与郭沫若》，载中国郭沫若研究会编：《郭沫若百年诞辰纪念文集》，1992 年，第 785-793 页。

西方的普罗米修斯传递火种，神话成了郭沫若诗歌创作的灵感源泉。郭沫若跨越国籍、民族、种族的障碍，在东西神话中找寻人类共同的生命起源和文化起点，以表达对新时代的理解与憧憬，诗人对新时代下世界的理解、对新时代下人的理解以及对二者的关系的理解呈现出了独特的内涵。

首先，郭沫若诗歌常常用神话隐喻"新"的世界，表达对创建繁荣进步、和谐稳定的永恒新秩序的渴望。

语言自创始之初便经验的构成了二元对立的模式，这种观念模式似乎是在不自觉的情况下自然而然产生的，隐喻思维下的神话世界也避免不了生命万物的二元构建，有光明之神，就会有黑暗之神，有天堂就会有地狱。"从具有普遍性的原始隐喻和象征性的另一面来看，一种二元对立观念及其逻辑也遍布于一切语言之中。"①神话自身的二元性恰提供给郭沫若表达自我思想的契机，如沉于地底上千年的火山一般，神话成了郭沫若诗歌吼出心声的火山口，他在诗歌中强调了"毁灭"和"创世"二元对立的概念构造，更是通过对旧世界的黑暗的描写衬托出新秩序下世界光明和繁荣的景象。

这一点亦可说是郭沫若诗歌中常见的隐喻内涵，或者说这是那个时代下"五四"精神的文学体现。受到本土民间文学和西方文学滋养的郭沫若敏锐地看到了创世神话中蕴含的契合时代需要的文化力量，他选择借用这一力量来控诉旧秩序的黑暗和创造新秩序的必然。他借用《女神之再生》控诉着"颛顼"和"共工"所代表的旧社会的军阀、独裁统治者们的贪婪和残忍，他借用农叟和牧童的声音，鄙夷两个神祇对权力的欲望和争夺：

> 农叟一人(荷耕具穿场而过)
> 我心血都已熬干，
> 麦田中又见有人宣战。
> 黄河之水几时清？

---

① 耿占春：《隐喻》，东方出版社 1993 年版，第 100 页。

人的生命几时完？

牧童一人（牵羊群穿场而过）

啊，我不该喂了两条斗狗，

时当只解争吃馒头；

馒头尽了吃羊头，

我只好牵着羊儿逃走。①

"农叟"哀怨世间的纷争，"牧童"痛恨神祇为"两条斗狗"，"颛顼"和"共工"的黑暗是不被世人所接受的，长期的隐忍下，必将导致世间的愤怒和反抗意识狂烈的迸发，代表光明意志的"女神"终究忍无可忍，创造出新世界的太阳：

——雷霆住了声了！

——电火已经消灭了！

——光明同黑暗底战争已经罢了！

——倦了的太阳呢？

——被胁迫到天外去了！

——天体终竟破了吗？

——那被驱逐在天外的黑暗不是都已逃回了吗？

——破了的天体怎么处置呀？

——再去炼些五色彩石来补好他罢？

——那样五色的东西此后莫中用了！

我们尽他破坏不用再补他了！

待我们新造的太阳出来，

要照彻天内的世界，天外的世界！

---

① 郭沫若：《郭沫若全集·文学篇·第一卷》，人民文学出版社1982年版，第10页。

天球底界限已是莫中用了！

——新造的太阳不怕又要疲倦了吗？

——我们要时常创造新的光明、新的温热去供给她呀！①

　　诗人不再遵循"女娲补天"的神话规律，而是打破古代对神话的固化，创造出新时代下的现代神话内涵，"女神"不再选择补石，意指对旧秩序的失望和忍耐已到极限，只有一切重来才能看到新的希望。到这里本应该结束了，但诗人仍未止步，哪怕"新造的太阳"出现差池，也要"时常创造新的光明"。郭沫若不仅借助诗歌中的神话原型，隐喻了时代所欠缺的创世精神，而且进一步升华了神话中原有的喻指，没有达到希望便一直创造下去，这是郭沫若之所以被人推崇为时代的先行者的原因。

　　《凤凰涅槃》中讲述"凤凰"在悲鸣下面对死亡，受到群鸟的嘲讽挖苦，最终又重获新生。诗中，通过"凤"和"凰"哀伤悲切的歌唱，读者可以感受到诗人借神鸟之口，表达了心中对黑暗世界的极度憎恨和不满，而这恰恰激发了与旧世界彻底决裂的勇气和决心。燃烧的烈火隐喻着前途的坎坷和困难，但它们依然展现出了无畏与从容，视死如归。"凤凰"代表的是对民主自由的追求，它不只是代表某个人或某一类人，更是代表着一种向往新生的时代精神。

凤凰和鸣：

我们更生了。

一切的一，更生了

我们更生了。

一的一切，更生了。

我们便是他，他们便是我。

---

　　① 郭沫若：《郭沫若全集·文学篇·第一卷》，人民文学出版社 1982 年版，第 12-13 页。

我中也有你，你中也有我。

我便是你。你便是我。

火便是凰。

凤便是火。

翱翔！翱翔！

欢唱！欢唱！①

　　这段"凤凰和鸣"原本作者写了 15 节，15 节的重复与呐喊，将凤凰异于凡鸟的形象推向了顶峰，这里凤凰不是某个个体，而是诗人心中的呐喊，呐喊世人要像这凤凰一样，心中燃烧着火，燃烧着共同创建新秩序的希望。重生后"凤凰"象征着新秩序给世界带来的美好与繁荣，新的秩序扫走了"群鸟"代表的一切旧的纷争与阴暗，令整个社会呈现出和平欢乐的盛世场景。

　　《洪水时代》借用了中国神话传说"大禹治水"的故事，通篇讲述"夏禹"为了制服洪水，不惜远离家乡，克服艰难险阻，以达到"把地上的狂涛驱回大海"的目的。诗歌借用夏禹的妻子"涂山上的夫人"，以及"伯益、后稷"的声音，衬托出"夏禹"的不遗余力和坚韧不拔。于是诗歌中的"洪水""荒山""人类""两个女郎""手中的斧斧"等意象都成为"夏禹"的辅佐，它们围绕着"夏禹"这一原型连接成一幅栩栩如生的诗歌的画卷。"夏禹"代表着敢于面对险恶，迎难而上的坚韧的精神，隐忍着内心对"涂山上的夫人"——平静美好、安逸的生活的思念，不论多么艰难，都将把"洪水"——时代的黑暗、旧世界的一切腐打倒。诗歌最后写道："他那刚毅的精神/好象是近代的劳工。/你伟大的开拓者哟，/你永远是人类的夸燿！/你未来的开拓者哟，/如今是第二次的洪水时代了！"这段话十分精妙，最后一句说"第二次的洪水时代"，原本在围绕"夏禹"这个神话形象下，借用

---

　　① 郭沫若：《郭沫若全集·文学篇·第一卷》，人民文学出版社 1982 年版，第 44 页。

大禹治水的精神，隐喻出诗人心中敢于应对困难，这就已经起到了意旨引导的效果，诗人还不满足于此，他提到"第二次的洪水时代"，便将喻指的事物进一步的深化，同"不断创造新的太阳"的"女神"一样，将"夏禹"所做的事情变成了一种永恒的"伟业"，喻示着对新秩序的世界的永恒追求。

　　对太阳神的颂扬是郭沫若使用神话隐喻表达对创建新秩序渴望的又一体现。《日出》中的太阳神"亚坡罗"驾乘的不是传统的马车，而是现代科技发明的"摩托车"，喻指新时代下对落后的事物的摒弃以及对进步事物的推崇：

> 哦哦，摩托车前的明灯！
> 你二十世纪底亚坡罗！
> 你也改乘了摩托车吗？
> 我想做个你的助手，你肯同意吗？
> 哦哦，光的雄劲！
> 玛瑙一样的晨鸟在我眼前飞腾，
> 明与暗，刀切断了一样地分明！
> 这正是生命和死亡的斗争！①

太阳神成了新秩序的象征，新秩序不仅带来了社会的进步，更是对旧的黑暗的斗争，扫除黑暗，迎接光明。诗人更是在《我们在赤光中相见》中将太阳神塑造为一个消灭旧世界的斗士，"在这黑暗如漆之中/太阳依旧在转徙，/他在砥晒他犀利的金箭/要把天魔射死。"值得一提的是，除了有明显运用太阳神原型的诗歌外，郭沫若在许多描写太阳的形如《欲海》《太阳礼赞》等诗歌中，都将太阳神化了，对太阳的描写不是基于一种自然现象，而是作为一个神祇形象，或者说光明的使者来看待，太阳神成

---

　　①　郭沫若：《郭沫若全集·文学篇·第一卷》，人民文学出版社1982年版，第62页。

为引领新秩序的领导者，同"女神""凤凰"的使命相同，它们同为新秩序的象征。

其次郭沫若诗歌的神话还隐喻"新"的个体，表达强烈的自我意识和主体意识。闻一多说："若讲新诗，郭沫若君底诗才配称新呢，不独艺术上他的作品与旧诗词相去最远，最要紧的是他的精神完全是时代的精神——20 世纪底时代的精神。"①闻一多对郭沫若的《女神》之所以给出这样的评价，在于郭沫若"诗思方式的变革"②对中国现代诗歌创作具有开创性的意义。其中一条区别于古诗的思维变革就是郭沫若注入诗歌中的强烈的自我意识和主体意识，这一意识也自然的延伸到了含有神话隐喻的诗歌之中，相比较而言，其中含有中国神话隐喻的诗在这一点上表现得尤为突出。《女神之再生》中女神是以诗人第一人称的口吻歌唱的：

> 女神之一
> 我要去创造些新的光明，
> 不能再在这壁龛之中做神。
> 女神之二
> 我要去创造些新的温热，
> 好同你新造的光明相结。
> 女神之三
> 姊妹们，新造的葡萄酒浆
> 不能盛在那旧了的皮囊。
> 为容受你们的新热、新光，
> 我要去创造个新鲜的太阳！
> 其他全体
> 我们要去创造个新鲜的太阳，

① 闻一多：《〈女神〉之时代精神》，《创造周报》第 4 号，1923 年 6 月 23 日。
② 王泽龙：《中国现代诗歌意象论》，中国社会科学出版社 2004 年版，第 43 页。

不能再在这壁龛之中做甚神像！①

在这里，诗人自己成了象征世界中的女神，无论有多少神明的呼声，似乎都出自一人之口。又如《凤凰涅槃》中"凤"的独自歌唱：

> 宇宙呀，宇宙，
>
> 你为什么存在？
>
> 你自从哪儿来？
>
> 你坐在哪儿在？
>
> 你是个有限大的空球？
>
> 你是个无限大的整块？
>
> 你若是有限大的空球，
>
> 那拥抱着你的空间
>
> 他从哪儿来？
>
> 你的外边还有些什么存在？
>
> 你若是无限大的整块，
>
> 这被你拥抱着的空间
>
> 他从哪儿来？
>
> 你的当中为什么又有生命存在？
>
> 你到底还是个有生命的交流？
>
> 你到底还是个无生命的机械？②

读到此处，会让人不自觉地联想到，这到底是"凤"在说话，还是诗人本身在说话，这段诗词更像是一个苦恼的个体正在发出的疑问，在这样强烈的

---

① 郭沫若：《郭沫若全集·文学篇·第一卷》，人民文学出版社 1982 年版，第 8 页。

② 郭沫若：《郭沫若全集·文学篇·第一卷》，人民文学出版社 1982 年版，第 36 页。

主体意识的诗歌中，此时"凤凰"的角色成为自我个体的代言，诗人把对人性个体意识的解放寄托于神话原型中，意指着时代的觉醒首先是个人的觉醒，个人的觉醒起源于自我意识的觉醒。

再如《瓶》的第三十首中提到的"我在和夸父一样追逐太阳"，诗人把自己当作"夸父"，将夸父逐日所代表的坚持不懈的精神作为诗人自己的追求与寄托。"身为诗人的郭沫若将诗人的地位奉于一切神祇之上，神圣的神灵都是诗人感性思维的产物。"①诗人呼吁者世人要像夸父一般具有强烈的主观能动意识，发挥出每一位个体的力量。

若提到郭沫若诗歌中体现自我意识和主体意识最为明显的一首，那一定非《天狗》莫属。我国素有"天狗蚀日月"的神话传说，在上古的原始人类眼里，"天狗"的形象不是文学作品的素材，而是隐藏着世人对世界的惊讶，和对未知现象的恐惧和敬畏，恐惧只会造成混乱，利用符号的象征意义却可以消除混乱的思维意识，给之以安定，引导我们走向个体意识的知觉，"天狗"的意义便在于此。在整首诗歌里，诗人直截了当地把自己看作是神祇"天狗"，通篇29个短句，29句的全是以"我"开头的，诗篇的一二节，"天狗"，即"我"，把"日、月、星球、全宇宙"全部吞食后，便具有了宇宙的所有功能，这种强烈的自我觉醒的膨胀表现出一种"由内向外"的崭新的"自我"的诞生。所以在第三、四节中，"我"变成了能量的聚集体，成了一切的源泉：

> 我飞奔，
> 我狂叫，
> 我燃烧。
> 我如烈火一样地燃烧！
> 我如大海一样地狂叫！

---

① 钱晓宇、李怡：《〈神话的世界〉：郭沫若早期文艺思想的一面镜子》，《湖南大学学报》（社会科学版）2012年第1期。

我如电气一样地飞跑！

我飞跑，

我飞跑，

我飞跑，

我剥我的皮，

我食我的肉，

我吸我的血，

我啮我的心肝，

我在我神经上飞跑，

我在我脊髓上飞跑，

我在我脑筋上飞跑。

我便是我呀！

我的我要爆了！①

由此，"我"便完成了一部完整的创世神话，从诞生到死亡，又从死亡中重生，"我"便成为创世主，整个宇宙生命置身于"我"的象征秩序中，将身体与自然相关联的远古时期的人类的神话思维发挥得淋漓尽致。耿占春在《隐喻》提到过："人体式的宇宙是中国古典思想中的基本的潜藏的隐喻。或者说正是这个原始的隐喻启迪了一种完整的智慧。"②诗歌中，"天狗"就是自我意识的集合，这种意识的力量足以毁灭精神中一切的腐朽，同样也可以创造新的光明，此时的"我"便达到了真正的人性的觉醒和解放。

再次，郭沫若还用神话隐喻"新"的人际关系，表达对自由与平等的倡导和追求。郭沫若借用诗歌中的神话隐喻对社会变革中人与人的关系表达出了自己的想法，倡导"人的自由"便是其中的一个主旋律，郭沫若诗歌中

---

① 郭沫若：《郭沫若全集·文学篇·第一卷》，人民文学出版社 1982 年版，第 54-55 页。

② 耿占春：《隐喻》，东方出版社 1993 年版，第 78 页。

对自由的解放首先是从精神意识上开始的，即"表达的自由"和"想象的自由"，当自由的意识镌刻在每个人的脑海中，那么所有的人便找到了追寻自由的入口，形成了对其他人的自我追求的理解和尊重。他在《Venus》中自由表达对女神的向往和爱慕：

> 我把你这张爱嘴，
>
> 比成着一个酒杯。
>
> 喝不尽的葡萄美酒，
>
> 会使我时常沉醉！

> 我把你这对乳头，
>
> 比成着两座坟墓。
>
> 我们俩睡在墓中，
>
> 血液儿化成甘露！①

全诗的内容是对古希腊美与恋爱女神维纳斯的赞美，并在想象的世界中同女神的幽会，诗人毫不遮掩地把 Venus 的"嘴"比作"酒杯"，把"乳头"比作"坟墓"，这是由一个自由的意识下发出的声音，诗人在自己的精神世界中，不用顾忌旧的约束与礼教，而是随性的表达出了自己的真实想法。

又如《月下的司芬克司》这首诗，这是作者赠予陶晶孙的一首诗，"木星照在当头，/照着两个'司芬克司'在走。/夜风中有一段语气泄露——/一个说：/好像尼罗河畔/金字塔边盘桓。/一个说：/月儿是冷淡无语，/照着我红豆子的苗儿。"整段分为三个小节，诗人刻画了两个"司芬克司"，分别诉说着自己的一句话，这两句话看似不着边际，像是意象的堆砌，却又令人心中划过一丝触思，犹如手里抓住了什么，可又看不到是什么。

---

① 郭沫若：《郭沫若全集·文学篇·第一卷》，人民文学出版社 1982 年版，第130 页。

"司芬克司"，原本为希腊神话人头狮身的女怪物的形象似乎已感觉不到，诗人冲淡了神话原型本有的形象，然而也并未明确地赋予一个新的形象，似乎是在借用神话原型之口诉说一种无法言说的思绪。这个思绪到底是什么呢，诗中却并未明示，留给读者的是朦朦胧胧的迷雾一般的印象，读者为它的神秘和美所"蛊惑"，所吸引，情不自禁沉迷于诗歌营造的情境中，探寻诗人内心深处的情愫。通常郭沫若的诗的情感表达都是丰富强烈的，这里似乎诉说着能够震撼我们内心的东西，但它究竟诉说的是什么呢？令我们感到诧异和匪夷所思的不是诗人吐露的情感，也不是它映射的现实中的事情，而是一个"语言的事件"，这个"语言"把诗性的美展现得惟妙惟肖，将新诗中所提倡的"创作的自由"和"象征的自由"体现得淋漓尽致。

《天上的街市》将一种虚无缥缈的幻境带给读者，郭沫若像是在模仿屈原的《天问》一般，将整个星空囊入自己的象征世界，"牛郎织女"的神话原型成为美丽图画的背景，诗人融入星空之中，畅想着可能发生的种种：

> 远远的街灯明了，
> 好像闪着无数的明星。
> 天上的明星现了，
> 好像点着无数的街灯。
>
> 我想那缥缈的空中，
> 定然有美丽的街市。
> 街市上陈列的一些物品，
> 定然是世上没有的珍奇。
>
> 你看，那浅浅的天河，
> 定然是不甚宽广。
> 那隔河的牛郎织女，
> 定能够骑着牛儿来往。

> 我想他们此刻，
>
> 定然在天街闲游，
>
> 不信，请看那朵流星，
>
> 那怕是他们提着灯笼在走。①

这首诗的题目本身就充满着浓厚的象征意义色彩，诗歌开头就把读者引入一个想象的绮丽的世界。在第一节中"明星"与"街灯"相互映衬，天上地下的背景一时间已经难以辨认，这为整首诗歌奠定了隐喻的基调。第二节详细描写了想象中的街市，展现出天上仙境繁华迷蒙的景色，并用"缥缈"的虚无和若隐若现来进一步唤起诗人和读者的想象。第三、四节写牛郎织女的幸福生活，突然间想象中的美景就像是真实存在的生活画面一般，诗人和读者的思绪已被带走，不愿归来。王国维认为，意境有"写境"和"造境"的区别，这首诗便是在诗人仰望星空之时，重塑了神话的美景。优美的意境与诗人主观表达的抒情相辅相成，互为结合，编织出了自由的梦的世界。

在自由意识的引导下，人们自然会想要表达自己同他人平等的渴望，出生于新旧交替时代的郭沫若对旧事物的抨击便包括了对封建时代下等级制度的厌恶与唾弃，高度的社会责任感令他对社会中的不公感到愤慨，他便用诗歌来暴露社会不公的丑恶，用神话隐喻来表达对社会底层的劳苦大众的赞美。在《地球，我的母亲》的第六节中，诗人写道：

> 地球，我的母亲！
>
> 我羡慕你的宠子，炭坑里的工人，
>
> 他们是全人类的普罗美修士，
>
> 你是时常地怀抱着他们。

---

① 郭沫若：《郭沫若全集·文学篇·第一卷》，人民文学出版社 1982 年版，第194 页。

这里，诗人把身份地位、工作艰辛的"炭坑里的工人"比作成西方人敬畏的带来光明的神祇"普罗美修士"，诗人对劳苦大众的赞美一下子就呈现出来，摆脱旧社会对底层劳动人民身份的歧视与贬低，诗人从真正的人格平等和身份平等的思想中表达出了对每个劳动者的尊重。诗人接着写道：

> 地球，我的母亲！
> 我们都是空桑中生出的伊尹，
> 我不相信那缥缈的天上，
> 还有位什么父亲。①

诗人借用伊尹生于空桑，没有生父的传说，表达出对父权社会下不平等的人际关系的摒弃，折射出诗人对社会关系平等的强烈愿望。

第三节 郭沫若诗歌中神话隐喻的特点

在《神话的世界》中，郭沫若提出："一切神话世界中的诸神是从诗人产生，便是宗教家所信仰的至上神'上帝'，归根也只是诗人的儿子"的观点，他在传统神话观里糅进了自己的个人情愫和时代风尚，并在自己的诗歌创作中体现出来。对新时代的表达令郭沫若诗歌中的神话隐喻不仅含有普遍意义上的特征，而且具有自身独特的个性化特点，概括来说，其神话隐喻的特点可以归结为以下几点：

其一，郭沫若诗歌使用的神话隐喻中的世界观具有辩证发展性的特点。在郭沫若诗歌中的神话隐喻体现的创世观念中，新世界的产生与发展既不是循环论观念下的事物运动的重复与循环，也不是线性发展观下的单一的量的积累与上升，而是一种有量变到质变的螺旋式的前进与发展，新

---

① 郭沫若：《郭沫若全集·文学篇·第一卷》，人民文学出版社 1982 年版，第 80 页。

事物在产生之时也伴随着旧事物的毁灭，具有明显的辩证思维的特点。不同于道教所信仰的"天道轮回"和天主教中所信仰的"上帝创造万物"的说法，在《女神之再生》《凤凰涅槃》《天狗》等多首诗歌中，神话原型所喻指的由旧世界向新世界的过渡，均是牺牲下的创世，是在旧的事物毁灭的基础上重新产生新的世界，"女神"将"颛顼和共工"为代表的旧世界完全舍弃，"五色彩石"不用了、"破了的天体"不要了、"脚下的遗骸"拿去做神像，放下一切旧的，而去追求"创造新的太阳"；"凤凰"死后重生，"天狗"吞噬宇宙中的一切天体后又创造一切。这些都强调了新世界区别于旧世界的"质"的变化，这种创世观实际上更偏向于中国古代的形如"盘古开天辟地"的原始神话观念，但诗人没有止步于此，这种"质"的变化不是形而上学式的、暂时的，而是一种永久的前进式的变化，诗人用"我们要时常创造新的光明、新的温热去供给她呀！"这样的诗句来表明在其定义的创世神话下，对旧事物的变革是永恒的，是一种自我否定的态度，体现出诗人明显的辩证意识。这种辩证发展的观念产生了区别于传统神话的新的创世观念，映射在诗歌中，进而赋予了诗歌新时代下的力量，深化了诗歌所表达的内容主旨。

其二，郭沫若诗歌中的神话隐喻具有矛盾斗争性的特点，即入世的热情与避世的期望的对立斗争。社会中存在着这样一种观点：入世是一种积极意义的观念，而避世是一种消极意义的观念。用这句话来评价郭沫若诗歌中的神话隐喻并不是妥当的，郭沫若诗歌中的大部分神话隐喻往往代表着一种积极入世的形象和态度，如"女神"和"凤凰"的重生、太阳神对黑暗的驱逐等隐喻表达，然而也有一些神话隐喻是例外的，比如诗人在《洪水时代》中描写夏禹治理洪水的积极入世的同时，也不免有着强烈的思念妻子和故乡的情感和愿望，二者之间矛盾的斗争使得诗歌的情感表达更加的强烈，而后者并不是一种消极的情绪，反而是一种对美好生活的向往和憧憬，是一种对新时代的积极渴望；在《太阳没了》中，诗人在前五节的描写中都是在描述太阳及太阳神被黑暗吞噬和笼罩，似乎表现出前途的黑暗和诗人内心的动摇，然而最后一节又突然笔锋一转，把自己和同伴作为"逐暗净魔的太阳"，继续"前走！前走！"，前后的翻转与对立也反映出诗人也曾有过挣扎，这种内心的斗争通过神话隐喻前后的矛盾呈现出来，使得诗歌表达更易于理解，而前者的暗淡与迷茫恰恰衬托出最终坚定决心的不易和勇气。郭沫若诗歌中神话隐喻的矛盾斗争性从一个新的途径阐释了诗人的思维构建活动，令诗歌中的情感冲突和思想冲突的表达更为激烈，诗歌中的高潮更加得以彰显。

其三，郭沫若诗歌中的神话隐喻具有鲜明的时代性特点，即创作新神话所体现的现代性。郭沫若诗歌对神话素材的使用更多意义上是一种原型基础上的创新和思辨其创作动机是在"古人的骸骨里吹嘘进'现代的生命'"。诗人选择了一条寄托诗思的特殊道路，借用远古创世的故事作为自己批判现代文明的有力武器，这也使得郭沫若的神话隐喻诗歌风格是独特的，与他人迥异的。郭沫若诗歌中神话隐喻同神话原型的故事情节往往有着很大的差别，这种时代性特征表现得十分明显，"共工"和"颛顼"相争是为了做元首，而且各自有了党徒；"天狗"不仅吞噬了日月，还吞噬了近代才出现的名词意象："一切的星球""X光线"；太阳神"亚坡罗"驾驶着摩托车；以女娲为原型的"女神"和"司芬克司""嫦娥"都由一个变成了多个。正如闻一多在《〈女神〉之时代精神》评价郭沫若的诗歌中"富于科学的成分"那般，郭沫若将许多含有近现代社会生活气息的意象运用于诗歌中，嵌入在神话隐喻里，表现出诗歌中的强烈的时代的精神，创新后的神话内容令读者感受起来更加亲切和易懂，体现出新诗区别于传统诗歌对神话素材的运用，令诗歌散发出诗人独特的气质和审美风格。

第四节　郭沫若诗歌中神话隐喻的功能与作用

耿占春曾提出："诗人的意图是：打破语言与意指之间的固定联结，使语言恢复其独立的本体的意义，从而借以形式新的意义作用和精神结构。"①郭沫若基于对语言规范的破格，基于对人性思维的解放，基于对象

---

① 耿占春：《隐喻》，东方出版社1993年版，第106页。

征体系下的文学的重塑，他用诗歌超越了经验的生活世界，打开了由自己建造的新世界的大门。郭沫若诗歌对东西方神话素材的大量使用，令神话隐喻成为郭沫若表达诗歌理想的武器，诗人强烈主体意识下的浪漫主义诗思方式也令神话隐喻在诗歌中发挥着独特的功能和作用。

首先，神话隐喻在郭沫若诗歌中起到了意旨引导的作用。与李商隐诗歌中的神话原型给人带来的晦涩和神秘感不同，郭沫若诗歌中的神话原型常给人以直观的视觉冲击，"女神""凤凰""Apollo"指向光明和新生，"颛顼共工"和"Bacchus"指向贪婪与腐朽，每一个神话人物都鲜明的对应着某一层面的意义与内涵。这也与郭沫若诗歌的整体风格有着直接的联系，郭沫若在雪莱、惠特曼等浪漫主义诗人的影响下，诗体风格偏向于抒情的直白与表达的浪漫，加之作为我国最早的一批无产阶级主义者，郭沫若对旧社会黑暗的痛恨与对解放人性枷锁的毕生追求都使得在文学创作时不得不用更加有力量的表达形式来唤醒世人。基于忧国忧民的民族情怀，诗人内心强烈的情感和话语需要借助新的媒介进行释放，神话原型自身带有的隐喻特征为诗人带来了极大的便捷，像是找到了一种极快的交通工具，诗人不需要自己费尽周折挑选合适的普通意象符号，便可以达到自己的理想目的，将自己心中的火焰最恰当的展示出来。

提出三元符号学理论的皮尔斯提出了"指示性"是符号的三大特征之一。对指示性符号的理解，他曾解释道："它能够指称它的对象……是因为，一方面，它与个别对象存在着一种动力学（包括空间的）联系，另一方面，它与那些把它当作符号的人的感觉或记忆有联系。"[①]神话原型就是这样的语言符号，其本有的隐喻内容令它原本就带有一定的指示性，郭沫若就是抓住了神话原型的这一独特之处，将其充分利用，赋予其新内涵，发挥出更加夺目的指示效果。

在郭沫若创作的含有神话隐喻的诗歌中，我们可以发现神话原型的意

---

① ［美］C·S·皮尔斯，赵星植译：《皮尔斯：论符号》，四川大学出版社 2014年版，第 56 页。

旨引导作用体现的十分明显。通过《女神之再生》《凤凰涅槃》《天狗》《洪水时代》、Venus、《广寒宫》等众多诗歌中都可以看出，诗人很明显的都是分别围绕着诗中某一神祇形象和故事进行的诗歌构思，这些神话原型在诗歌中从上至下，贯穿整体，大幅加强了诗歌自身的连接性和流畅性。

其次，神话隐喻对郭沫若诗歌的诗体本身产生了功能性的改变，对诗歌的整体产生了建构作用，表现出了整体建构性特点。通常隐喻对诗歌的建构作用方面具有一定的局限性，但神话隐喻具有自身的特殊性。作为一种原型，神话隐喻对诗歌的建构作用往往是从文本整体的框架基础上展开的，也就是说，原本只是诗歌中的个别意象不再只作用于部分诗句或章节，而是一跃成为众意象中的佼佼者，成了领袖，所有意象的意旨皆受到了这一特别意象的左右。在诗人使用神话素材时，神话原型本身就带有某项为人熟知的特指意义，这种特指使得诗人不论怎么运用和描绘，都只能是一种"翻新"，即在旧有的含义基础上做出改变，赋予新的认知内涵，神话原型中旧的本意不会消逝，而是被创作者淡化了、隐藏了，而新的内涵又会产生新的潜在文本，因而整个文学作品因为原型的加入不得不发生了根本性的改变，就好似造飞机的原材料发生了变化，整个飞机的构架与功能都随之发生改变。"隐喻"这个新型材料使诗歌的飞机插上了腾飞的翅膀，翱翔在时代的天空中。

郭沫若在运用神话隐喻创作诗歌时，便抓住了神话元素本身的原型性特点，不仅很少削弱神话原型的光环，反而找出其最突出的地方，将其放大加强，令诗歌散发出了更大的光芒，让神话原型在诗歌中成为一股主导性的力量。以《凤凰涅槃》举例，整首诗无不由"凤凰"这一形象所贯穿，从头到尾描绘了凤凰从走向死亡到重获新生的过程，序曲描绘了凤凰涅槃前的暗淡凄凉的氛围，紧接着描述凤凰死亡前的悲哀与哭喊，第三部分借描写群鸟的冷嘲热讽，对比衬托出凤凰的高尚和对凤凰重生的迫切需要，诗歌的情感在这里已经积攒到临界值而无法释放，最后一部分描绘凤凰重生后的欢乐与热情，前面积攒的种种愤怒与悲叹都在这里得到释放和化解。在整首诗歌中，"凤凰"这一原型形成了一种潜在的隐喻文本，重生前的

"凤凰"代表着作者对旧世界沉沦腐朽的无力，重生后的"凤凰"代表着作者对新世界光明繁荣的向往，而这一潜在的隐喻又与全诗表层的隐喻文本相互作用，从而建构出诗歌的整体构架。

最后，运用了神话隐喻的郭沫若诗歌表露出一种审美原始性的美学功能。尽管郭沫若在运用神话隐喻后，在诗歌中构建出了自己新的神话世界，然而诗人并没有破坏原有神话中的美。因为在诗人的心中，大自然永远是超自然的，是一种动人的悬念，是一种精神的向往，而人类原始的祖先同诗人的感觉一样，对眼前的万物都是惊奇的，一切的疑惑都是超现实的。远古人类对神话的编制都是建立在一种"人体式大地"的隐喻之中，所有的死物都可以与生命形成联系，鸟与太阳被视为有着神秘的联系，郭沫若没有否定这层联系，"凤凰"的涅槃与重生就像是日出日落；日食被视为天狗吞日的奇迹，郭沫若没有嘲笑这种解释的愚昧，"天狗"既然能够吞日月，那就还能吞掉更多不可想象的事物；对女性生殖的崇拜幻想出人类产生之初的共同母亲女娲，郭沫若没有抹去女神创造生命的独特魅力，"女神"也可以放下对失败品的哀伤，重新去创造崭新的生命来完成伟大的杰作。混沌模糊的世界的雏形，让诗人感受到创世中的生命的欲望、死亡与复活，郭沫若借助诗歌讲述着自然，讲述着人类起源，讲述着神的献身，一个推崇原始美的诗人又怎么会对宇宙中的存在不感到吃惊呢？这种来自遥远的"过去"传来的启示，让郭沫若为之向往和痴迷，这种向往便融进了诗歌里，借助一个个传说的神祇传达出对原始自然的美的追求。

神话隐喻对郭沫若诗歌的独特"诗质"的形成起到了不可替代的作用，与其说是神话隐喻成就了郭沫若诗歌，倒不如说是改天换地的时代氛围和郭沫若特立独行的创作思维选择了神话隐喻，郭沫若长于想象，豪迈奔放的个性特征与气魄宏大的神话传说相得益彰，为中国现代诗歌贡献出了令人耳目一新的瑰宝。郭沫若当之无愧为现代中国新诗创作的先行者。

参 考 文 献

一

[1] 胡适：《尝试集》，亚东图书馆 1920 年版。

[2] 俞平伯：《冬夜》，亚东图书馆 1922 年版。

[3] 陆志韦：《渡河》，亚东图书馆 1927 年版。

[4] 穆木天：《旅心》，创造社出版部 1927 年版。

[5] 周作人：《过去的生命》，北新书局 1929 年版。

[6] 王独清：《圣母像前》，乐华图书公司 1931 年版。

[7] 赵家璧主编：《中国新文学大系》，良友图书印刷公司 1935 年版。

[8] 刘大白：《刘大白诗集》，书目文献出版社 1983 年版。

[9] 许德邻：《分类白话诗选》，人民文学出版社 1988 年版。

[10] 朱自清：《朱自清全集》，江苏教育出版社 1988 年版。

[11] 郭沫若：《郭沫若全集》，人民文学出版社 1990 年版。

[12] 康白情：《康白情新诗全编》，花城出版社 1990 年版。

[13] 艾青：《艾青全集》，花山文艺出版社 1991 年版。

[14] 闻一多，孙党伯、袁謇正主编：《闻一多全集》，湖北人民出版社
  1993 年版。

[15] 穆旦，李方编：《穆旦诗全集》，人民文学出版社 1996 年版。

[16] 戴望舒，王文彬、金石主编：《戴望舒全集》，中国青年出版社 1999

年版。

[17] 冯至:《冯至全集》,河北教育出版社 1999 年版。

[18] 傅斯年,欧阳哲生主编:《傅斯年全集》(第 1 卷),湖南教育出版社 2000 年版。

[19] 卞之琳,江弱水、青乔编:《卞之琳文集》,安徽教育出版社 2002 年版。

[20] 胡适,季羡林编:《胡适全集》,安徽教育出版社 2003 年版。

[21] 李金发,周良沛编选:《李金发诗选》,长江文艺出版社 2003 年版。

[22] 徐志摩,韩石山编:《徐志摩全集》,天津人民出版社 2005 年版。

[23] 废名,王风编:《废名集》,北京大学出版社 2009 年版。

[24] 刘半农:《扬鞭集》,中国文联出版社 2009 年版。

[25] 孙大雨:《诗·诗论》,上海三联书店 2014 年版。

[26] 朱湘,方铭主编:《朱湘全集·诗歌卷》,安徽文艺出版社 2017 年版。

[27] 朱英诞,王泽龙主编:《朱英诞集》,长江文艺出版社 2018 年版。

[28] 穆旦,查明传等编:《穆旦自选诗集》,天津人民出版社 2010 年版。

[29] 穆旦:《穆旦诗文集》(增订版),人民文学出版社 2014 年版。

[30] 辛笛等:《九叶集》,江苏人民出版社 1981 年版。

二

[1] [英]瑞恰慈,曹葆华译:《科学与诗》,上海商务印书馆 1937 年版。

[2] [美]诺姆·乔姆斯基:《句法结构》,中国社会科学出版社 1979 年版。

[3] [法]列维—布留尔,丁由译:《原始思维》,商务印书馆 1981 年版。

[4] [美]韦勒克、沃伦著,刘象愚等译:《文学理论》,生活·读书·新知三联书店 1984 年版。

[5] [印度]徐梵澄译:《五十奥义书》,中国社会科学出版社 1984 年版。

[6] [美]爱德华·萨丕尔,陆卓元译,陆志味校订:《语言论》,商务印书馆 1985 年版。

[7] ［英］詹·乔·弗雷泽，徐育新等译：《金枝》，中国民间文艺出版社
1987 年版。

[8] ［美］诺姆·乔姆斯基，黄长著、林书武等译：《句法理论的若干问
题》，中国社会科学出版社 1988 年版。

[9] ［德］恩斯特·卡西尔著，于晓等译：《语言与神话》，生活·读书·新
知三联书店 1988 年版。

[10] ［英］伊格尔顿，王逢振译：《当代西方文学理论》，中国社会科学出
版社 1988 年版。

[11] ［英］查尔斯·查德威克：《象征主义》，昆仑出版社 1989 年版。

[12] ［英］艾略特著，王恩衷编译：《艾略特诗学文集》，国际文化出版公
司 1989 年版。

[13] ［英］米克著，周发祥译：《论反讽》，昆仑出版社 1992 年版。

[14] ［英］艾·阿·瑞恰慈，杨自伍译：《文学批评原理》，百花洲文艺出
版社 1992 年版。

[15] ［英］托·斯·艾略特著，李赋宁译：《艾略特文学论文集》，南昌百
花洲文艺出版社 1994 年版。

[16] ［捷克］米兰·昆德拉，孟泥译：《被背叛的遗嘱》，牛津大学出版社、
上海人民出版社 1995 年版。

[17] ［英］威廉·燕卜荪，周邦宪等译：《朦胧的七种类型》，中央美术学
院出版社 1996 年版。

[18] ［德］海德格尔，孙周兴选编：《海德格尔选集》，三联书店 1996 年版。

[19] ［意大利］维科：《新科学》，商务印书馆 1997 年版。

[20] ［德］威廉·冯·洪堡特：《论人类语言结构的差异及其对人类精神发
展的影响》，商务印书馆 1999 年版。

[21] ［瑞士］费尔迪南·德·索绪尔著，高名凯译：《普通语言学教程》，
商务印书馆 1999 年版。

[22] ［英］狄兰·托马斯，海岸、傅浩、鲁萌译：《狄兰·托马斯诗选》，
河北教育出版社 2002 年版。

［23］［古希腊］亚里士多德著，陈中梅译注：《诗学》，商务印书馆 2005
　　　年版。

［24］［丹麦］索伦·奥碧·克尔凯郭尔著，汤晨溪译：《论反讽概念》，中
　　　国社会科学出版社 2005 年版。

［25］［美］约翰·克罗·兰色姆：《新批评》，江苏教育出版社 2006 年版。

［26］［英］T. S 艾略特著，赵萝蕤、张子清等译：《荒原》，燕山出版社
　　　2006 年版。

［27］［美］威廉·A·哈维兰著，瞿铁鹏、张钰译：《文化人类学》第十版，
　　　上海社会科学院出版社 2006 年版。

［28］［美］克林斯·布鲁克斯著，郭乙瑶 、王楠、姜小卫等译：《精致的
　　　瓮》，上海人民出版社 2008 年版。

［29］［俄］列夫·托尔斯泰：《艺术论》，人民文学出版社 2008 年版。

三

［1］刘西渭：《咀华集》，上海文化生活出版社 1936 年版。

［2］伍蠡甫：《西方文论选》，译文出版社 1979 年版。

［3］冯文炳：《谈新诗》，人民文学出版社 1984 年版。

［4］朱自清：《新诗杂话》，北京三联书店 1984 年版。

［5］袁可嘉：《现代派论·英美诗论》，中国社会科学出版社 1985 年版。

［6］杨匡汉、刘福春编：《中国现代诗论》，花城出版社 1985 年版。

［7］王力：《王立文集》，山东教育出版社 1985 年版。

［8］赵毅衡：《新批评———一种独特的形式主义文论》，中国社会科学出版
　　社 1986 年版。

［9］杜运燮、袁可嘉、周与良编：《一个民族已经起来》，江苏人民出版社
　　1987 年版。

［10］伊丽莎白·朱，李力等译：《当代英美诗歌鉴赏指南》，四川人民出
　　　版社 1987 年版。

[11] 袁可嘉：《论新诗现代化》，北京三联书店 1988 年版。

[12] 孙绍振：《美的结构》，人民文学出版社 1988 年版。

[13] 唐湜：《新意度集》，北京三联书店 1990 年版。

[14] 叶威廉《中国诗学》，北京三联书店 1992 年版。

[15] 耿占春：《隐喻》，东方出版社 1993 年版。

[16] 赵罗蕤：《我的读书生涯》，北京大学出版社 1996 年版。

[17] 周晓风：《现代诗歌符号美学》，成都出版社 1995 年版。

[18] 徐友渔：《语言与哲学》，生活·读书·新知三联书店 1996 年版。

[19] 李方编：《穆旦诗全集》，人民文学出版社 1996 年版。

[20] 西南联大北京校友会编：《国立西南联合大学校史—1937 年至 1946 年的北大、清华、南开》，北京大学出版社 1996 年版。

[21] 杜运燮、张同道编：《西南联大现代诗钞》，人民文学出版社 1997 年版。

[22] 游有基：《九叶诗派的研究》，福建教育出版社 1997 年版。

[23] 黄仁宇：《中国大历史》，三联书店 1997 年版。

[24] 金元浦：《文学解释学》，东北师范大学出版社 1997 年版。

[25] 王佐良：《王佐良文集》，北京外语教学与研究出版社 1997 年版。

[26] 曹元勇编：《蛇的诱惑》，珠海出版社 1997 年版。

[27] 谢泳：《西南联大与中国现代知识分子》，湖南文艺出版社 1998 年版。

[28] 张隆溪，冯川译：《道与逻各斯》，四川人民出版社 1998 年版。

[29] 季广茂：《隐喻视野中的诗性传统》，高等教育出版社 1998 年版。

[30] 废名：《论新诗及其他》，陈子善编，辽宁教育出版社 1998 年版。

[31] 钱理群、吴福辉、温儒敏等：《中国现代文学三十年》，北京大学出版社 1998 年版。

[32] 废名(陈子善编)：《论新诗及其他》，辽宁教育出版社 1998 年版。

[33] 李健吾(郭宏安编)：《李健吾批评文集》，珠海出版社 1998 年版。

[34] 张同道：《探险的风旗：论二十世纪中国现代主义诗潮》，安徽教育出版社 1998 年版。

[35] 杜运燮:《海城路上的求索——杜运燮诗文选》,人民文学出版社1998年版。

[36] 龙泉明:《中国新诗流变论》,人民文学出版社1999年版。

[37] 郑敏:《诗歌与哲学是近邻—结构-解构理论》,北京大学出版社1999年版。

[38] 李怡:《中国现代新诗与古典诗歌传统》,西南师范大学出版社1999年版。

[39] 刘小枫:《沉重的肉身》,上海人民出版社1999年版。

[40] 解志熙:《生的执著》,人民文学出版社1999年版。

[41] 孙玉石:《中国现代主义诗潮史论》,北京大学出版社1999年版。

[42] 李欧梵:《现代性的追求:李欧梵文化评论精选集》,北京三联书店2000年版。

[43] 王本朝:《20世纪中国文学与基督教文化》,安徽教育出版社2000年版。

[44] 梁漱溟:《东西文化及其哲学》,商务印书馆2000年版。

[45] 赵新林、张国龙著:《西南联大战火的洗礼》,上海教育出版社2000年版。

[46] 李洪涛:《精神的雕像:西南联大纪实》,云南人民出版社2001年版。

[47] 罗振亚:《中国现代主义诗歌史论》,社会科学文献出版社2001年版。

[48] 赵毅衡:《"新批评"文集》,百花文艺出版社2001年版。

[49] 吴晓东:《象征主义与中国现代文学》,安徽教育出版社2001年版。

[50] [日]吉川幸次郎,章培恒等译:《中国诗史》,复旦大学出版社2001年版。

[51] 吴晓东:《记忆的神话》,新世界出版社2001年版。

[52] 蒋洪新:《英诗新方向——庞德、艾略特诗学理论与文化批评研究》,湖南教育出版社2001年版。

[53] 徐通锵:《基础语言学教程》,北京大学出版社2001年版。

[54] 刘象愚、杨恒达、曾艳兵主编:《从现代主义到后现代主义》,高等

教育出版社 2002 年版。

[55] 洪子诚:《问题与方法:中国当代文学史研究讲稿》,北京三联书店 2002 年版。

[56] 蒋登科:《九叶诗派的合璧艺术》,西南师范大学出版社 2002 年版。

[57] 刘禾《跨语际实践——文学,民族文化与被译介的现代性(中国,1900—1937)》,宋伟杰等译,三联书店 2002 年版。

[58] 贺麟:《五十年来的中国哲学》,商务印书馆 2002 年版。

[59] 王力:《汉语诗律学》,上海世纪出版集团、上海教育出版社 2002 年版。

[60] 邱紫华:《东方美学史》上下卷,商务印书馆 2003 年版。

[61] 赵毅衡:《诗神远游:中国如何改变了美国现代诗》,上海译文出版社 2003 年版。

[62] 陈思和:《中国现当代文学名篇十五讲》,北京大学出版社 2003 年版。

[63] 徐葆耕编:《瑞恰慈:科学与诗》,清华大学出版社 2003 年版。

[64] 王健平:《语言哲学》,中共中央党校出版社 2003 年版

[65] 陈嘉映:《语言哲学》,北京大学出版社 2003 年版。

[66] 王光明:《现代汉诗的百年演变》,河北人民出版社 2003 年版。

[67] 袁可嘉:《欧美现代派文学概论》,广西师范大学出版社 2003 年版。

[68] 高玉:《现代汉语与中国现代文学》,中国社会科学出版社 2003 年版。

[69] 唐湜:《九叶诗人:"中国新诗"的中兴》,上海教育出版社 2003 年版。

[70] 张沛:《隐喻的生命》,北京大学出版社 2004 年版。

[71] 王力:《汉语史稿》,中华书局 2004 年版。

[72] 王宏印:《穆旦诗英译与解析》,河北教育出版社 2004 年版。

[73] 赵毅衡编选:《符号学文学论文集》,百花文艺出版社 2004 年版。

[74] 董洪川:《"荒原"之风:T·S·艾略特在中国》,北京大学出版社 2004 年版。

[75] 彭立勋、邱紫华、吴予敏:《西方美学史》第二卷,中国社会科学出版社 2005 年版。

［76］李荣启：《文学语言学》，人民出版社 2005 年版。

［77］马大康：《诗性语言研究》，中国社会科学出版社 2005 年版。

［78］赵沛霖：《现代学术文化思潮与诗经研究二十世纪诗经研究史》，北京学苑出版社 2006 年版。

［79］曹而云：《白话文体与现代性》，上海三联书店 2006 年版。

［80］张卫中：《汉语与汉语文学》，文化艺术出版社 2006 年版。

［81］陈伯良：《穆旦传》，世界知识出版社 2006 年版。

［82］沈玲、方环海、史支焱：《诗意的语言》，学林出版社 2007 年版。

［83］陈爱中：《中国现代新诗语言研究》，中国社会科学出版社 2007 年版。

［84］骆寒超：《论新诗的本体规范与秩序建设》，中国文史出版社 2007 年版。

［85］朱狄：《艺术的起源》，武汉大学出版社 2007 年版。

［86］穆旦：《穆旦诗文集》，人民文学出版社 2007 年版。

［87］沈玲、方环海、史支焱：《诗意的语言》，学林出版社 2007 年版。

［88］葛兆光：《汉字的魔方》，复旦大学出版社 2008 年版。

［89］奚密著，奚密 宋炳辉译：《现代汉诗——1917 年以来的理论与实践》，上海三联书店 2008 年版。

［90］陈庆勋：《艾略特诗歌隐喻研究》，上海人民出版社 2008 年版。

［91］王泽龙：《中国现代诗歌意象论》，中国社会科学出版社 2008 年版。

［92］王泽龙：《中国现代主义诗潮轮》，华中师范大学出版社 2008 年版。

［93］谭桂林：《现代中外文学比较教程》，湖南师范大学出版社 2009 年版。

［94］赵毅衡：《重访新批评》，百花文艺出版社 2009 年版。

［95］易彬：《穆旦评传》，南京大学出版社 2012 年版。

［96］易彬：《穆旦诗编年汇校》，北京大学出版社 2019 年版。

［97］易彬：《穆旦年谱》，中国社会科学出版社 2010 年版。

［98］易彬：《穆旦与中国新诗的历史建构》，中国社会科学出版社 2010 年版。

［99］李怡、易彬：《穆旦研究资料》（上、下），知识产权出版社 2013

年版。

[100] 李方：《穆旦诗文集》，人民文学出版社 2006 年版。

[101] 邓招华：《西南联大诗人群史料钩沉汇校及文学年表长编》，人民出版社 2016 年版。

[102] 王宏印：《不朽的诗魂——穆旦诗解析、英译与研究》，南开大学出版社 2018 年版。

[103] 王宏印：《诗人翻译家穆旦(查良铮)评传》，商务印书馆 2016 年版。

[104] 王家新编选：《纪念穆旦诞辰百年学术研讨会论文集》2018 年。

[105] 高秀芹、徐立钱：《穆旦：苦难与忧思铸就的诗魂》，北京出版社 2007 年版。

[106] 郑毓瑜：《引譬连类》，生活·读书·新知三联书店 2017 年版。

[107] 许霆：《中国新诗发生论稿》，人民出版社 2012 年版。

[108] 董迎春：《反讽时代的孤寂书写》，黑龙江人民出版社 2012 年版。

[109] 倪爱珍：《论反讽》，四川大学出版社 2020 年版。

[110] 陈安慧：《反讽的轨迹——西方与中国》，武汉大学出版社 2017 年版。

[111] 赵毅衡：《反讽时代》，复旦大学出版社 2011 年版

[112] 克伦凯郭尔著，汤晨溪译：《论反讽概念》，中国社会科学出版社 2005 年版。

后　记

　　这本书是我尝试借助语言诗学、意象诗学、传播学结合的视角，研究"隐喻与中国现代诗歌"关系的成果，该课题 2015 年列为国家社科基金项目"中国现代诗歌隐喻研究"（15BZW134），2020 年结项，历时五年，其间艰难，自不必言。

　　我自 2007 年有幸入泽龙师门下，成为王导第一批博士生始，便开始做新诗本体研究。泽龙师睿智勤勉，在新诗研究领域焚膏继晷，日积月累，常有所得，更如将军开疆拓土，为学生不断开辟和发现新的学术研究点。每招一届博士，甫一开始做学术研究，王导便围绕形式本体研究为其定题，好比以新"领土"赠之。王门弟子虽然大多做的新诗形式本体研究，但是每个人研究的问题皆不相同，比如王雪松师弟研究新诗中的节奏，高周权师弟"领取"的是新诗分行研究，高健师妹则"分到"了新诗中的对称问题，而钱韧韧师妹专心做新诗中的虚词，倪贝贝师妹探究的是人称代词与新诗变革关系等，弟子们领到"封地"后，个个欢喜，埋头深耕，成果斐然，蔚为大观。近些年来，新诗本体研究逐渐成为一个引起学界较多关注的现象。张桃洲教授曾说，在文学性和诗意逐渐消失或弥散，文学和诗歌本体被种种传媒、网络、影音和大众文化所围裹的今天，提出重视诗歌本体研究无疑有相当积极的意义。不过问题的关键或许在于，究竟应该如何重返诗歌本体及本体研究？王门师生的研究成果即是对桃洲教授这个问题最好的回答。现代诗歌研究最薄弱之处突出反映在诗歌形式研究方面，作为文学门类中的诗歌，相对其他文体形式而言，是一门更加形式化的艺术，这就要求我们的研究进一步深入到诗歌本体艺术层面的各个环节。王导及师门各位弟子的研究正是以此为出发点，深入到诗歌本体的各层面与各个要素，如文体，节奏，结构，意象，语言等。有专家评价，十多年来，王门师生的研究成果对新诗本体研究有了积极推进。

我做隐喻这个题目亦是王导"点题"，这个题目是我的博士论文"穆旦诗歌语言研究"中"隐喻"章节的深化和拓展，由穆旦这一位诗人诗歌中的隐喻拓展到整个现代文学三十年，将诗歌隐喻细分为意象隐喻、词汇隐喻、篇章结构隐喻三个板块。因穆旦诗歌最能体现中国现代诗歌隐喻艺术的成就，且我在十余年新诗研究历程里，对穆旦诗歌研究用力最多，耕耘最深，成果最有代表性，因此，本书在体例上打破时间惯例，在每个板块中，穆旦研究都放在前面，其余篇章仍旧按照时间顺序排列。在研究的过程中，我深感自己理论知识的薄弱和中外文化文学知识储备的不足。前人虽有零星研究，但是针对中国现代文学三十年诗歌开展的系统性隐喻研究目前尚无。幸有耿正春、季广茂、张沛、陈庆勋等学者珠玉在前，给我很大的启发和借鉴。更幸得泽龙师耳提面命，不倦教诲。漫漫人生路，你能成为什么样的人，既取决于你的个性、天赋、后天的努力，也取决于你遇到什么样的引路人。一个既有真才实学又能全力托举学生的导师，可以最大限度开发学生潜力。如何做学问，如何为人师，王导当为我辈模范。

感谢吴思敬老师、姜涛老师在长沙理工大学的学术会议上对我的课题论文提出的宝贵意见，感谢耿正春老师慷慨赠送《隐喻》大作，感谢张桃洲、吴投文、易彬、邓招华、卢桢、刘波、袁洪权、凌孟华、陈爱中等诸位同行学友在完成课题过程中提供的诸多帮助，与诸位同行的交流亦为艰苦的学术生涯平添无限乐趣。感谢继林，雪松，继龙，少华，贝贝等师弟师妹给予的诸多鼓励和帮助，感谢《学术月刊》《华中师范大学学报》《江汉学术》《长沙理工大学学报》《清华大学学报》《湖北大学学报》《江汉论坛》《淮阴师范学院学报》（以发表时间先后为序）刊发了我本课题部分研究成果。我的学生陈丹璐、张楠、郑帅、谷金雨、陈晓娟、黄旭东、谈烟、马红雪亦参与了本课题的部分写作与资料整理工作，他们都是非常有才华的年轻人，日后前程可期，祝福他们前程似锦。感谢武汉大学出版社为此书的出版所付出的种种努力，尤其感谢詹蜜社长的帮助。

　　本书亦是泽龙师主持的国家社会科学基金重大项目"中国新诗传播接受文献集成、研究及数据库建设（1917—1949）"（16ZDA240）成果，是泽龙师主编的现代汉语诗歌传播接受研究的系列丛书之一，感谢恩师的提携。

　　本书的出版得到了"武汉理工大学研究生教材专著资助建设项目"的资助，感谢学校的支持。

　　最后感谢我的家人一直以来的支持和付出。许多个春节，全家在厨房热火朝天忙"年"，我却独自在书房码字的情形历历在目。家人的理解和支持是我顺利完成课题的动力与后盾。感谢我亲爱的女儿不断带给我生命的惊喜，感谢小甜心无条件的信赖与爱，愿她茁壮成长，前程锦绣。

2021.12.14 于武昌南湖